형사 오병호

김성종 장편추리소설

국립중앙도서관 출판예정도서목록(CIP)

형사 오병오 : 김성종 장편소설 / 저자: 金聖鍾. -- 성남 :
남도, 2019
      p. ;   cm

 ISBN 978-89-7265-579-4 03810 : ₩16000

한국 현대 소설[韓國現代小說]

813.62-KDC6
895.734-DDC23   CIP2019002008

형사 오병호

김성종 장편추리소설

이 소설의 초판본은 1977년 문학예술사에서 발행되었습니다.

- 차 례 -

수 류 탄

오병호는 하늘을 올려다보았다.

머리 위에서는 7월의 태양이 뜨겁게 타오르고 있었다. 하늘에는 구름 한 점 없었다. 가뭄은 너무 오래 계속되고 있었다. 그는 입술이 바짝 타 들어가는 것을 느꼈다.

그는 건널목에 서서 적색 등이 녹색 등으로 바뀌기를 기다리고 있었다. 길 건너편에 파출소가 있었다. 그 파출소에 들어가 본부에 경비전화도 걸고 물도 한 잔 얻어 마셔야겠다고 생각했다. 공복을 느꼈지만 아무것도 먹고 싶은 생각이 없었다. 신호가 바뀌었다. 사람들 속에 섞여 길을 건너갔다.

"어서 오십시오."

그의 얼굴을 알고 있는 파출소 소장이 안으로 들어서는 그를 보고 말했다.

"덥지요?"

"덥군요."

병호는 고개를 끄덕이면서 소장이 권하는 자리에 앉았다.

그는 먼저 냉수를 한 컵 들이킨 다음 본부로 전화를 걸었다.

"그 여자를 놓치고 말았습니다. 체포 직전에 그만……"

수사본부장은 그의 말을 끝까지 듣지 않고 전화를 끊었다. 그것은 상대방이 몹시 화가 났다는 증거였다.

병호는 떨떠름한 표정으로 수화기를 내려놓았다. 그는 갑자기 자신이 갈 곳이 없는 미아처럼 느껴졌다. 본부로 바로 직행하여 상사의 얼굴을 대하기는 정말 싫었다.

그는 조금 전까지 강도 살인 사건의 용의자 한 명을 미행했었다. '다이아몬드 살인 사건'이라고 불리고 있는 그 사건의 일당은 모두 네 명이었는데 그 중 세 명이 남자였고 나머지 한 명은 여자였다. 여자가 낀 강도 살인 사건이었기 때문에 여느 사건보다 좀 특이한 데가 있었다. 더구나 나중에 알고 보니 그 여자가 두목이라고 했다. 체포된 자의 말에 따르면 그녀는 체포될 때에 대비해서 몸에 항상 청산가리와 수류탄을 지니고 다닌다고 했다.

경찰이 경계한 것은 청산가리보다도 수류탄이었다. 그녀가 어디서 어떻게 그것을 구입했는지는 몰라도 그녀가 만일 그것을 자폭용으로 사용할 경우 그녀 혼자만 죽는 게 아니고 경찰을 비롯해서 그 주위에 있는 일반 사람들까지 희생될 가능성이 컸다.

병호는 그것이 두려웠다. 그래서 그녀를 발견하고서도 덮치지 못하고 미행만 하다가 그만 놓쳐버렸던 것이다. 한편으로는 그녀를 미행하다 보면 다른 자들까지도 한꺼번에 일망타진할 수 있을지도 모른다고 생각했었다. 욕심이었지만 그 유혹이 오히려 더 강했다고 보는 것이 옳았다.

다이아몬드 살인 사건은 어느 돈 많은 노파를 살해하고 보석류를 강탈해 간 사건이었는데 그 보석류 가운데 시가 3억 원을 호가하는 5캐럿짜리 다이아몬드 세 개가 있어 장안의 화제가 되었기 때문에 그렇게 불리게 되었던 것이다.

파출소 벽에 걸려 있는 시계가 오후 2시 8분을 가리키고 있었다. 안에 있는 사람들은 모두가 더워서 땀을 흘리고 있었다.

병호는 마땅히 갈만한 곳이 생각나지 않았기 때문에 멍한 표정으로 의자에 앉아 담배만 태우고 있었다.

출입문이고 창문이고 모두 활짝 열려 있었기 때문에 거리의 소음이 귀가 먹먹할 정도로 들려오고 있었다. 더 이상 앉아 있다가는 미칠 것 같은 생각이 들어 막 일어서는데 파출소 앞 차도에 택시가 굴러 와 멎는 것이 보였다. 빈 택시였다.

마침 잘 됐다 싶어 밖으로 나가는데 운전사가 택시에서 내린다.

"안 갑니까?"

"잠깐 기다리세요."

중년의 운전사는 너무 더운 탓인지 상기된 얼굴에 땀을 많이 흘리고 있었다. 그는 한 손에 작은 여행 가방을 든 채 파출소 안으로 뛰어 들어갔다.

병호는 택시 뒷좌석으로 들어가 운전사가 돌아오기를 기다렸다. 차에는 엔진이 그대로 걸려 있었다.

운전사는 한참이 지나도 파출소에서 나오지 않았다. 병호가 도로 택시에서 내리려는데 그제서야 운전사가 차로 돌아왔다.

"어디로 모실까요?"

"여의도로 갑시다."

차를 출발시키고 나서 운전사는 한숨을 내쉬었다. 굳어 있던 그의 어깨에서 긴장이 풀리는 것을 병호는 볼 수가 있었다. 잠시 후 건널목에 멈춰 섰을 때 운전사가 입을 열었다.

"정말 진땀 뺐네."

백미러를 통해 두 사람의 시선이 부딪쳤다. 병호는 슬슬 졸음이 밀려왔다.

"외국 손님이 탔었는데 가방을 두고 내렸지 뭡니까. 궁금해서 열어봤더니 가방 안에 수류탄이 들었지 않아요. 그게 터질까 봐 정말 십 년 감수했죠."

그는 군용 수류탄에 관한 지식이 전혀 없는 것 같았다. 신호등이 바뀌자 택시가 다시 움직였다. 병호는 눈을 크게 뜨고 운전사의 뒤통수를 노려 보았다.

"파출소에 갖다 줬더니 야단법석이 났어요."

"그 파출소로 돌아갑시다! 빨리 갑시다!"

택시 운전사는 병호가 경찰관임을 알고는 곤혹스런 표정을 지었다. 아까 그 출발 장소로 다시 돌아가면서 그는 내내 후회하는 얼굴이었다.

파출소에 도착한 병호는 파출소 안으로 뛰어들어갔다. 운전사도 그 뒤를 따라 들어왔다. 병호가 가지 못하게 붙들었기 때문에 그는 일당을 벌 수 없게 되었다고 툴툴거렸는데, 병호가 일당을 계산해 주겠다고 하자 그제서야 태도를 바꾸어 협조적으로 나왔다.

외국인이 놓고 내렸다는 여행 가방은 파출소장의 책상 위에 놓여 있었다. 순경들은 긴장한 얼굴로 그것을 바라보고 있었다.

"본서에 보고했습니다."

소장이 병호에게 말했다.

외국인의 가방에서 수류탄이 발견되었다는 것은 대수롭게 보아 넘길 일이 아니었다. 그것은 보기에 따라서는 엄청난 사건의 전주곡이 될 수도 있다고 볼 수 있는 그런 성격의 사건이었다.

병호의 입장에서는 그것은 누구보다도 더욱 실감 있게 피부에 와 닿는 사건이었다. 그는 마침 수류탄을 휴대하고 다니는 살인 용의자를 추적하고 있는 만큼 수류탄이라는 말만 들어도 신경이 곤두서는 판이었다.

다른 수사관들이 들이닥치기 전에 그는 수류탄이 들어 있는 가방 속을 뒤지기 시작했다. 소장은 못마땅한 눈치였지만 병호로서는 상대방의 눈치 같은 것을 살피고 있을 계제가 아니었다.

그는 수첩에다 가방 속의 물건들을 하나하나 자세히 적었다. 지문이 묻지 않게 면장갑을 끼고 나서 먼저 가방부터 살폈다. 누런 가죽으로 튼튼하게 만들어진 그 가방은 어깨에 걸 수도, 들고 다닐 수도 있게 되어 있었다. 까맣게 때가 끼고 닳고 닳은 가방이었지만 국산 가방은 아닌 것 같았다. 가방 한 귀퉁이에는 'PIELLE'라고 새겨진 쇠로 된 마크가 부착되어 있었다.

가방 안에는 수류탄과 함께 수첩 등 여러 가지 물건들이 뒤엉켜 있었다. 수류탄은 파이프용 담배 가루를 담아 두는 깡통 속에 담뱃가루와 함께 들어 있었다.

"처음에는 담뱃가루만 들어 있는 줄 알았는데 들어보니까 이상하게 무겁더란 말입니다. 그래서 뚜껑을 열고 담뱃가루를 헤쳤더니 그게 나왔습니다."

택시운전사가 흥분해서 말했다. 그는 안경을 끼고 있었는데 그것이 자꾸만 흘러내리는 바람에 자주 손가락 끝으로 그것을 밀어 올리곤 했다.

병호는 담뱃가루를 조금 집어 냄새를 맡아보았다. 향내가 짙은 것이 한 대 피우고 싶은 충동을 불러일으켰다. 조심스럽게 수류탄을 꺼냈다. 얼른 보기에도 그것은 외제 수류탄 같았다. 아라비아 숫자와 함께 뜻을 알 수 없는 영문 약자가 찍혀 있었다. 안전핀이 제 자리에 있는 것을 확인한 다음 그것을 가만히 쥐어보았다. 장갑을 끼었는데도 차갑고 섬뜩한 감촉이 손바닥 가득히 느껴졌다. 수류탄을 깡통 속에 도로 넣은 다음 뚜껑을 끼웠다.

그는 축축이 습기가 배어 있는 구겨진 손수건을 집어 들었다. 그것은 누런 바탕에 검붉은 장미가 그려진 손수건이었다. 거기에는 코딱지 같은 것들이 닥지닥지 붙어 있었다. 코에 가까이 대자 퀴퀴한 냄새가 났다.

"지저분한 놈이군."

그는 중얼거리면서 잭나이프를 집어 들었다. 칼날은 흰 뿔에 금 장식이 정교하게 입혀진 손잡이 속에 감춰져 있었다. 손잡이 옆에 장치되어 있는 단추를 누르자 철컥 하면서 칼날이 튀어나왔다. 햇 빛 속에 노출되자 그것은 눈부시게 빛을 반사했다.

한번 찌르고 싶은 충동을 느끼게 할 만큼 날카롭게 생긴 칼날이 었다. 손잡이 한쪽 중간 부분에는 황금사자상이 붙어 있었다. 날의 한쪽 면에는 아라비아 숫자와 함께 'GOLDEN LION'이라는 표시가 깨알같이 새겨져 있었다. 날의 다른 면에는 'MADE IN U.S.A'라는 글귀가 표시되어 있었다.

그는 조심스럽게 수첩을 꺼냈다. 검은 표지로 된 수첩으로 곁에 는 아무 표시도 되어 있지 않았다. 자세히 들여다볼 시간이 없었기 때문에 대강 훑어보았다. 수십 개의 이름과 전화번호가 적혀 있었 는데 영문자가 표기된 이름들은 하나같이 암호 같은 것들뿐이었다. 이를테면 'K.K.K' 'S.9' 'LION' 이런 식이었다. 글씨체는 난잡해 보 였다.

수첩의 뒤 표지 안쪽에 파란색 표지의 여권이 끼워져 있었다. 미 국 여권이었다. 여권에 적혀 있는 이름은 'Noel White'. 나이는 29 세. 여권 번호는 07624815×번.

병호는 여권에 붙어 있는 명함판 사진을 뚫어지게 들여다보았 다. 끼고 있는 안경 렌즈에 빛이 반사되어 그것이 미국인의 인상을 흐려 놓고 있었다. 군인처럼 금발 머리를 짧게 올려 치고 콧수염을 길렀는데 턱이 억세 보였다. 렌즈에 가려진 두 눈은 노리끼리한 색 깔을 띠고 있었다.

"이 사람이었나요?"

병호는 사진을 운전사에게 보였다.

운전사는 그것을 들여다보고 나서 고개를 끄덕였다.

"네, 맞습니다."

가방 바닥에는 꽤 많은 동전이 깔려 있었다. 그것은 여러 나라 동전들이었다. 여러 나라를 여행하다가 쓰고 남은 것들을 버릴 수가 없어 가방 속에 넣어 둔 것 같았다.

가방 속에는 소형 책자가 두 권이나 들어 있었다. 한 권은 남녀의 성교 장면을 여러 각도에서 찍은 포르노 책이었고, 다른 하나는 하이재킹(비행기 납치)을 다룬 만화였다. 포르노 책보다도 만화가 더 볼만한 것 같았다. 그것 역시 전체적으로 포르노 책이었지만 거기에는 스토리가 있었다.

만화 속의 대화는 영어로 진행되고 있었다. 그러나 그림만 보아도 스토리의 진행을 알 수 있을 것 같았다. 일단의 테러리스트들이 비행기를 공중 납치하여 기내에서 승객들이 보는 가운데 스튜어디스들을 강간한다는 내용 같았다. 강간하는 장면이 실감나고 박진감 있게 노골적으로 그려져 있었다. 테러리스트들은 기관단총과 권총 또는 수류탄으로 무장하고 있었다.

테러리스트가 들고 있는 수류탄을 보는 순간 병호는 하나의 예감이 번개처럼 머리를 스쳐 가는 것을 느꼈다. 그러나 그것은 단지 예감에 불과했다.

"몇 시에 어디서 그 사람을 태웠나요?"

병호는 만화를 들여다보면서 물었다.

"이태원 S쇼핑센타 앞에서 태웠습니다. 그때가 아마 1시쯤 됐을 겁니다."

"동행은 없었나요?"

"없었습니다."

"어디서 내렸나요?"

"명동 입구에서 내렸습니다. 오늘은 아침 식사를 하지 않았기 때문에 몹시 배가 고팠습니다. 그래서 다른 손님을 태우지 않고 바로 기사 식당을 찾아 갔습니다. 여기서 가까운 식당이죠. 식사를 마치고 차에 오르다가 그때 그 가방이 뒷자리에 있는 것을 발견하고 파출소에 신고한 겁니다.”

파출소 안으로 사람들이 몰려들어 왔다. 본서에서 달려온 수사관들이었다. 병호는 아는 얼굴들과 악수를 나누었다.

뒤이어 병호가 소속되어 있는 시 경찰국 쪽에서도 사람들이 달려왔다. 택시 속에서 수류탄이 발견되었다는 것은 그만큼 경찰을 긴장시키기에 충분한 사건이었던 것이다.

“이건 체코 제 세열(細裂) 수류탄입니다!”

그 방면의 전문가가 수류탄을 보고 나서 큰 소리로 말하는 것을 병호는 뒤쪽에 서서 들었다.

“이 체코 제 수류탄은 성능이 아주 우수한 겁니다. 지금까지 나온 수류탄 중에서 살상력이 가장 우수한 것으로 알려져 있는 겁니다. 살상력이 대단한 겁니다.”

그 소리를 뒤로 들으며 병호는 파출소를 나왔다.

거리는 숨이 막힐 정도로 더웠다. 10분쯤 걷다가 그는 가로수 그늘 속으로 들어가 거리를 메우고 있는 차량들을 바라보았다. 어느새 다이아몬드 살인 사건에 대한 자신의 관심이 스러지고 있는 것을 알고 그는 적잖게 당황했다. 자신도 모르는 사이에 그의 관심은 체코 제 세열 수류탄에 쏠려 있었던 것이다.

그것이 어느 정도의 사건이 될지는 알 수 없지만 거기에는 엄청난 음모가 도사리고 있는 것 같았다. 그것은 어디까지나 육감이었지만 그는 그 육감을 버리고 싶지가 않았다.

사진으로 본 노엘 화이트의 얼굴을 머리 속에 그려보려고 했지만 잘 되지가 않는다. 어느 새 희미한 영상으로 남아 사라지려고 하고 있었다. 상대방의 사진을 두고두고 자세히 보지 않고 잠깐 보았기 때문일 것이다.

화이트는 수류탄이 들어 있는 그 가방을 일부러 택시에 놓고 내렸을까? 그렇지는 않았을 것이다. 병호는 머리를 흔들면서 찌푸린 눈으로 차량들을 바라보았다.

화이트는 깜박 잊고 그것을 놓고 내렸을 것이다. 택시에 물건을 놓고 내리는 경우는 의외로 많다. 한 순간 정신을 딴 데 팔기라도 하면 그런 경우를 당하기 십상이다.

수류탄과 여권이 들어 있는 가방이라면 그로서는 매우 중요한 물건이었음에 틀림없다. 그런 것을 택시에 잊고 내릴 수가 있을까? 충분히 있을 수 있다. 택시에 거액의 돈이 들어 있는 돈가방을 놓고 내리는 사람을 생각하면 그것은 얼마든지 가능한 일이다.

지금쯤 화이트라는 그 미국인은 미친 듯 거리를 헤매면서 그 가방을 찾고 있겠지. 아니다. 그것을 찾을 수 없다는 것을 누구보다도 그 자신이 잘 알고 있을 것이다. 이미 그는 도망칠 궁리를 생각하고 있을 것이다.

임시본부

거리의 가로등과 쇼윈도에 불빛이 하나 둘 켜지기 시작하고 있었다. 해가 졌는데도 거리에는 여전히 후덥지근한 열기가 그대로 남아 있었다.

금발머리를 짧게 올려 친 젊은 외국인 남자는 길 건너편에 있는 25층짜리 특급 호텔을 두려운 눈으로 올려다보았다. 끼고 있는 안경이 불빛에 반사되어 잠깐 하얗게 빛났다. 허우대가 큰 외국인이었다. 위에 걸치고 있는 노란색 티셔츠의 등이 땀에 흠뻑 젖어 있었다. 밑에는 꼭 끼는 낡은 청바지를 입고 있었다.

그는 손에 들고 있던 사파리를 오른쪽 어깨 위에 걸치면서 손목시계를 들여다보았다. 8시 15분 전이었다. 예정된 시간에서 무려 여섯 시간이나 지나고 있었다. 그는 다시 한 번 두려운 눈빛으로 길 건너편에 우뚝 솟아 있는 H호텔을 올려다보았다.

그 호텔은 그와 그의 일행이 임시 본부로 사용하고 있는 곳이었다. 경험상 외딴곳보다는 도심에 자리 잡고 있는 호화 호텔이 오히려 안전하다는 판단이 섰기 때문에 그곳을 임시 본부로 정했던 것이다.

그는 그들 일행이 기다리고 있을 그 호텔 안으로 들어가기가 두려웠다. 이유는 물건을 잃어버린 데 대한 책임을 지기 싫었기 때문이었다. 그러나 그렇다고 해서 동지들을 외면하고 다른 곳으로 도망칠 수도 없는 노릇이었다. 도망은 곧 배신이기 때문에 더욱 가혹

한 보복을 받게 된다는 것을 그는 잘 알고 있었다.

여권까지 잃어버렸기 때문에 조직의 도움이 없이는 한국을 빠져나가기도 어렵게 되었다. 솔직히 잘못을 시인하고 거기에 대한 벌을 받은 다음 도움을 청하는 게 오히려 낫다고 생각한 그는 마침내 길을 건너갔다.

호텔 로비는 사람들로 북적대고 있었다. 로비를 한번 훑어본 다음 그는 구내 전화가 놓여 있는 곳으로 갔다.

본부로 사용하고 있는 방은 20층에 자리 잡고 있었다. 신호가 울리기가 무섭게 귀에 익은 목소리가 들려왔다. 화이트는 기어들어가는 목소리로

"로렌스입니다."

하고 말했다.

그것은 그들끼리 통하는 그의 또 다른 가명이었다.

"로렌스, 어떻게 된 일이야?"

격노한 목소리가 들려왔다. 그들은 영어로 대화하고 있었다. 그들은 일상적인 말은 영어로 하기로 약속이 되어 있었다.

"문제가 생겼습니다."

그는 겁에 질려 더듬거리듯 말했다.

"무슨 문제야?"

영어가 갑자기 아랍어로 바뀌었다.

"저기……."

"잠깐! 거기 어디야?"

"로비에 있습니다."

"왜 올라오지 않고 거기에 있어?"

"단둘이 만나서 말씀 드리고 싶습니다."

"그러지 말고 올라와."

"먼저 이야기를 끝낸 다음 올라가겠습니다."

그것은 이야기의 결과에 따라서는 올라가지 않을 수도 있다는 뜻이었다.

그것은 심각한 말이었다. 상대방은 잠깐 침묵을 지키더니 그릴에서 기다리라고 말했다.

"혼자 내려오셔야 합니다."

화이트는 다짐하고 나서 전화를 끊었다. 그는 지치고 불안한 눈으로 로비를 휘둘러보고 나서 그릴 쪽으로 걸음을 옮겼다.

그릴은 드넓었다. 한쪽에는 무대까지 갖추어져 있었는데 그 무대 위에서는 여가수가 부드럽고 달콤한 음색으로 노래를 부르고 있었다. 침대 속에서 저런 음색의 신음 소리를 듣고 싶다고 생각하면서 그는 홀을 가로질러 창가의 빈자리에 가서 앉았다.

창밖에는 연못이 있었고 그 연못 위로는 인공으로 만든 폭포가 무지개 빛 조명을 받으며 세차게 물을 쏟아 붓고 있었다. 조명과 폭포수가 이루어 내는 그 현란한 아름다움에 그는 잠시 넋을 잃고 있다가 옷자락을 스치는 소리에 고개를 돌렸다.

한복을 곱게 차려 입은 웨이트리스가 미소를 지으며 물이 들어 있는 컵을 내려놓았다. 그는 웃으며 조금 있다가 주문하겠다고 말했다.

그는 돌아가는 웨이트리스의 뒷모습을 유심히 바라보았다. 한국 아가씨들은 정말 귀엽고 아름답다. 저런 아가씨를 끌어 안고 밤을 지새울 수 있다면 얼마나 좋을까? 하복부에서 뜨거운 욕망이 꿈틀거리는 것을 그는 느꼈다. 허벅지의 근육이 꿈틀거렸다.

그는 무릎을 오므렸다가 다시 벌렸다. 그리고 한숨을 내쉬었다. 보고 생각하는 것은 자유다. 그러나 여자한테 손을 대서는 안 된다. 작전 기간 동안에는 철저하게 금욕을 강요당하고 있었다. 그것은 명령이었다. 명령을 어기면 기다리는 것은 죽음이다. 그것은 한 번의 섹스의 대가치고는 너무 엄청난 것이다.

이윽고 그는 당황해서 고개를 쳐들었다.

작달막한 사나이가 어느 새 그의 앞에 다가와 있었다. 그의 왕방울 같은 두 눈이 앞으로 튀어나올 것처럼 그를 쏘아보았다. 금발이 자세를 바로 하자 작달막한 사나이가 맞은 편 자리에 앉았다. 그의 머리는 곱슬곱슬 했다. 피부가 거칠고 억세 보이는 인상을 지닌 사나이였다.

조금 전의 그 웨이트리스가 다가와 영어로 무엇을 들겠느냐고 상냥하게 물었다. 그들은 똑같이 파인주스를 시켰다. 금발은 시원한 맥주 같은 것을 마시고 싶었지만 작전 기간 동안에는 술 마시는 것도 금지되어 있었다. 주문한 것이 올 때까지 그들은 입을 다문 채 서로를 바라보고 있었다. 금발은 불안한 기색이었고 고수머리는 분노를 숨긴 채 탐색하듯 그를 노려보고 있었다.

금발은 맞은편에 바위처럼 버티고 앉아 있는 사나이한테 이제부터 해야 할 자신의 변명이 과연 제대로 먹혀 들어 갈 수 있을까 하고 생각했다.

고수머리의 사나이는 이번 작전을 지휘하고 있는 대장으로서 모두가 무서워하는 냉혹하기로 정평이 나 있는 인물이었다. 그는 세상을 깜짝 놀라게 한 여러 작전에 거의 빠지지 않고 참가한 역전의 용사였다.

나이는 아직 채 마흔이 안 됐지만 온갖 고난과 풍파를 헤쳐 나오는 동안 생긴 깊은 주름살 때문에 실제보다 훨씬 나이 들어 보였다. 그는 위에 흰색 저고리를 입고 있었고 앞 단추를 단추 구멍에 끼워 놓고 있었다. 안에 받쳐 입은 것은 체크무늬의 와이셔츠였다. 넥타이는 자주색이었다. 왼쪽 가슴께가 불룩해 보이는 것이 그 안에 피스툴이 감춰져 있는 것 같았다.

이윽고 웨이트리스가 주스 잔을 놓고 가자 대장이 이마에 깊은 주름살을 지으며 앞으로 상체를 기울였다.

"한치의 오차도 없이 움직여야 한다는 거 잘 알고 있을 테지. 그런데 넌 우리를 여섯 시간 동안이나 기다리게 했어. 어떻게 된 거야? 무슨 문제가 생겼다는 거야?"

화이트도 상체를 앞으로 기울였다. 그 바람에 두 사람의 얼굴이 거의 맞닿을 듯이 가까워졌다. 금발머리 청년은 두려운 표정으로 입을 열었다.

"가방을 잃어버렸습니다. 그 속에……"

그는 차마 그 다음 말을 잇기가 어려워 머뭇거렸다.

"가방 속에 뭐가 있었지?"

고수머리 사나이가 아랍어로 날카롭게 물었다.

"패스포드와 파인애플이 들어 있었습니다. 그 밖에 수첩과 자질구레한 것들이 들어 있었습니다."

금발은 사색이 되어 상대방의 표정을 살폈다. 파인애플은 수류탄을 의미했다. 고수머리는 어이없다는 표정으로 한동안 그를 쳐다보다가 컵을 들어 단숨에 주스를 쪽 들이켰다.

"어디서 어떻게 잃었지?"

"택시 속에 두고 내렸습니다. 면목없습니다."

그는 고개를 숙이고 컵을 만지작거렸다.

고수머리의 얼굴이 일그러졌다. 금발은 숨을 죽였다. 상대방이 몹시 격노하고 있다는 것을 그는 알 수가 있었다.

"어떻게 그런 실수를 했지? 어떻게 그런 바보 같은 실수를 할 수가 있지?"

거친 숨소리가 목소리에 섞여 들려왔다.

"용서해 주십시오."

그의 얼굴에 공포의 빛이 서렸다.

"택시 번호를 알고 있나?"

"전혀 모릅니다. 택시가 사라지고 난 뒤에야 가방을 놓고 내린 것을 알았습니다. 지금까지 그 택시를 찾아 다니느라고 이렇게 늦었습니다."

"그래서 찾았나?"

"찾지 못했습니다."

"그런 실수에 대해서 어떤 결과가 돌아온다는 것은 너도 잘 알고 있겠지?"

고수머리는 나직이 뇌까렸다.

"아, 알고 있습니다."

"넌 우리 전체를 위험에 빠지게 했어. 이번 작전은 그만두는 게 좋겠어."

"저 혼자만 위험하지 다른 사람들은 괜찮을 겁니다."

"바보 같은 놈!"

화가 난 그는 낮게 부르짖으며 주먹으로 탁자를 두드렸다. 힘을 억제하며 두드렸기 때문에 탁자 위에서 컵들이 달그락거리다가 말았다.

"용서해 주십시오. 그렇지 않으면……"

금발의 말투가 도전적으로 변했다.

"그렇지 않으면 어떻게 하겠다는 거지?"

대장의 눈이 휘번득거렸다.

"대원을 하고 함께 행동할 수 없겠지요. 저는 저대로 갈 수밖에 없습니다."

"어디로 가겠다는 거지?"

"저는 최후의 수단을 강구할 수밖에 없겠지요. 망명 같은 거 말입니다."

그 말은 곧 배신을 의미하는 것이었다. 망명은 곧 조직에 대한 모든 정보를 불어 버리는 것을 의미한다. 정보를 털어놓으면 모두가 위험에 빠진다. 조직이 와해되는 것이다. 고수머리의 얼굴이 납 덩어리처럼 굳어졌다. 그것이 차츰 풀리는 것 같더니 얼굴 전체가 묘하게 뒤틀리면서 웃음소리가 흘러나왔다.

"넌 아주 순진한 데가 있어. 너는 너무 솔직해서 탈이야."

"나중에 다 알려질 일인데 숨겨서 뭐합니까? 솔직히 털어놓는 게 사태를 수습하는데 도움이 될 거라 생각해서 사실대로 말씀드린 겁니다."

"로렌스, 내가 널 제일 아끼고 있다는 걸 네 자신이 누구보다도 잘 알고 있겠지?"

고수머리는 굳은 표정을 풀고 진지한 얼굴로 화이트를 쳐다보았다.

"알고 있습니다."

화이트도 진지한 표정이 되었다.

"넌 가장 우수한 대원이야. 널 잃는다는 것은 열 명의 다른 대원을 잃는 것보다도 더 큰 손해야. 본의 아닌 실수를 가지고 사랑하는 부하를 제거할 만큼 난 그렇게 어리석지 않아."

"그렇다면 용서해 주시는 겁니까?"

금발이 감격해서 물었다.

"용서하고 말고. 좋은 경험을 했을 거야. 앞으로는 그런 실수가 없도록 해."

"감사합니다."

그는 눈물까지 글썽이며 대장을 바라보았다. 대장이 그렇게 우러러 보이기는 처음이었다.

"자, 여기서 이러고 있을 게 아니라 방으로 가자구. 올라가서 보고해야지."

대장이 일어서려고 하는 것을 그가 막았다.

"만일 그 여자가 용서하지 않으면 어떡하죠?"

"그리지아는 나한테 맡겨. 내가 적당히 잘 둘러댈 테니까 걱정하지 마."

그는 화이트의 어깨를 툭 치고 나서 먼저 일어섰다.

금발은 대장의 뒷모습을 바라보다가 엉거주춤 일어나 그 뒤를 따라갔다.

"그 여자에게 어떻게 말씀하실 겁니까? 말을 맞추어야 하지 않습니까?"

엘리베이터 속에서도 금발은 걱정스러운 듯 고수머리를 쳐다보았다.

"내가 알아서 할 테니까 걱정 말란 말이야! 넌 잠자코 있기만 하면 돼!"

대장이 역정을 내는 바람에 화이트는 입을 다물었다.

실수를 봐준다는 것은 있을 수 없는 일이었다. 그것은 조직의 관리에 치명적인 약점이 되기 때문이다. 그것을 알면서도 화이트는 대장의 말을 믿고 싶었다.

그들이 방안으로 들어섰을 때 그리지아는 소파에 앉아 사과를 깎아먹고 있었다. 화이트는 뒤에서 문고리가 걸리는 소리를 듣고 돌아보았다. 난쟁이가 어느 새 문에 기대서 있었다.

그는 난쟁이는 아니었지만 키가 유난히 작아 그렇게 불리고 있었다. 문고리가 걸린 것을 보고 화이트는 비로소 자신이 함정에 빠진 것을 알았다. 방안의 공기는 차가웠다. 거기에는 난쟁이 외에 또

두 명의 남자가 더 있었다. 그들은 화이트가 방안으로 들어서자 때
맞추어 욕실에서 나왔다.

"심각한 문제가 생겼습니다. 로렌스가 자기 가방을 깜빡 잊고 택
시에 두고 내렸답니다. 지금까지 그 택시를 찾아 다니느라고 이렇
게 늦었답니다."

고수머리가 냉정한 목소리로 말했다.

"택시를 찾았나요?"

그리지아가 아름다운 목소리로 물었다. 그녀는 브라운 빛깔이
감도는 안경을 끼고 있었다.

"찾지 못했답니다."

"그 가방 속에는 뭐가 있었지요? 본인이 직접 말해요."

그리지아가 명령했다. 그녀의 아름다운 입술이 사과에 닿았다.
그녀의 흰 얼굴은 흑발에 감싸여 있었다.

그녀는 이번 작전의 총책임자였다. 대원을 지휘하는 것은 고수
머리였지만 중요 사항에 대한 마지막 결정권은 그녀한테 있었다.
그녀의 정확한 나이는 알려져 있지 않았지만 30대 초반쯤으로 보
였다.

"패스포트와 파인애플이 들어 있었습니다. 그밖에는 별로 중요
하지 않은 것들입니다."

화이트는 불안한 기색으로 말했다.

"그러고도 무슨 염치로 기어들어 왔지?"

"용서해 주십시오."

"용서? 우린 장난하러 여기에 온 게 아니에요."

그녀는 칼로 사과 한쪽을 싹둑 잘라 내어 그것을 금발에게 던졌
다. 그것은 금발의 발치에 가서 떨어졌다.

"먹어요. 내가 마지막으로 주는 거니까."

그것은 최대의 모욕이었다. 그는 무릎을 굽혀 떨리는 손으로 사과 조각을 집어 들었다.

"용서해 주십시오! 목숨을 바쳐……"

"닥쳐!"

대장이 소리쳤다

"당신은 나한테 거짓말을 했군요?"

금발이 억울한 듯 말했다.

"거짓말한 게 아니야. 난 규칙대로 하는 것뿐이야. 네놈은 우리를 위험에 빠뜨리고, 게다가 밖에서 나를 위협했어. 용서해 주지 않으면 망명하겠다고 말이야."

방안에 차가운 침묵이 깔렸다.

금발의 청년은 비로소 동지들의 마음을 움직일 수 없다고 판단한 것 같았다. 그는 떨면서 사과 조각을 입으로 가져갔다.

"비열한 놈!"

난쟁이가 뒤로 다가가 권총 끝으로 그의 뒤통수를 찔렀다.

금발의 청년은 부르르 떨었다.

외국인의 죽음

사과 조각은 그대로 그의 입에 물려 있었다.

"빨리 먹으라니까!"

여인이 포개 놓은 다리 하나를 흔들면서 말했다. 검정 스커트 아래로 드러난 다리는 미끈해 보였다. 위에는 코발트색 블라우스를 입고 있었고, 목에는 흰 상아 목걸이가 걸려 있었다. 귀에도 무거워 보이는 귀걸이가 대롱거리고 있었다. 빨갛게 매니큐어를 칠한 손가락이 섬세하게 움직이고 있었다.

화이트는 눈물을 글썽이며 그녀를 원망 서린 눈으로 쳐다보다가 천천히 사과를 씹기 시작했다. 그는 순간적으로 그녀와 가졌던 화려한 밤을 생각했다. 그의 밑에 깔려 환희에 몸부림치던 그녀의 모습이 눈에 선했다. 불과 열흘 전의 일이었다. 그녀는 너무 기쁜 나머지 눈물까지 흘리면서 수없이 그를 사랑한다고 말하지 않았던가! 그런데 지금은 전혀 다른 모습을 보여주고 있다. 언제 그랬느냐 싶게 차갑게 그를 내려다보면서 마치 개를 대하듯 사과 조각을 던져주고 먹으라고 하고 있다. 그것은 최대의 모욕이었다. 그리고 죽음의 선고이기도 했다. 그녀는 자기와 관계를 가졌던 남자를, 입으로 사랑한다고 말했던 남자를 죽이라고 명령하고 있었다. 그 표변에 화이트는 놀라고 있었다. 그날 밤의 일을 생각해서라도 죽음만은 면해 주는 자비를 베풀어줄 것이라고 기대했는데 전혀 그렇지가 않았다. 화이트는 혹시 그녀가 잊은 것이 아닌가 생각했다. 그럴 리가 없다. 그런 것을 어떻게 잊을 수 있단 말인가. 그는 죽는 마당에 할 말은 해야겠다고 생각했다.

"그리지아, 그날 밤 일을 잊었습니까? 당신은 내 품에 안겨서 나를 사랑한다고 수 없이 되풀이해 말했지요? 그 일을 생각해서라도 한 번만 나를 용서해 줘요. 용서해 주면 당신을 위해 목숨을 바치겠어요."

그는 울면서 말했다. 그리지아는 마지막 사과 조각을 입에 넣으려다 말고 빙그레 미소를 지었다.

"로렌스, 가여운 로렌스. 아직도 꿈을 꾸고 있나 보군요. 나와 사랑을 나눈 사람이 어디 한 둘인지 알아요? 이 방에 있는 남자들 모두가 나와 사랑을 나누었어요. 나는 물론 그때마다 사랑한다고 말했어요. 그건 빈 말이 아니에요. 정말 나는 모두를 사랑해요. 로렌스를 지금도 사랑하고 있어요. 하지만 그건 어디까지나 침대에서의 이야기예요. 그것을 공적인데 적용시킬 생각은 추호도 없어요. 나는 내 남편이나 자식이 잘못을 저질렀다 해도 봐주지 않을 거예요. 봐준다는 것은 우리의 목적에 해를 끼치는 행위이고 우리 모두의 안전을 해치기 때문이에요. 우리가 이렇게 위험을 무릅쓰고 임무를 수행하고 결속될 수 있는 것은 누구에게나 공평하게 규율이 적용되기 때문이에요. 로렌스, 착각하지 말아요. 내 마음이 아프지 않는 건 아니에요. 하지만, 하는 수 없어요. 그런 눈으로 날 쳐다보지 말아요. 그건 남자답지 못한 너무 비굴한 눈이에요. 내가 당신처럼 비굴한 남자와 관계를 가졌다니 부끄러워요."

그녀의 얼굴은 차갑게 굳어 있었다.

"그리지아!"

금발의 청년은 여자 쪽으로 개처럼 기어갔다.

"빨리 없애 버려요!"

운동선수처럼 머리를 짧게 기른 동양인이 소리쳤다. 그는 일본인이었다.

"우리 조직은 이런 경우에 아주 엄격합니다. 자결할 기회를 주고, 본인이 자결을 거부하면 대신 죽여줍니다."

일본인이 덧붙여 말했다. 그는 다른 조직의 대원으로 이번 일을 위해 서울에서 합류한 사람이었다.

"우리도 그럼 자결할 기회를 주도록 해요."

그리지아가 사과를 깎던 칼을 금발 앞에 던졌다. 뒤에서 난쟁이가 뒤통수에다 권총을 들이댔다.

"허튼 수작하면 쏴 버려!"

고수머리가 말했다.

금발은 칼을 집어 들었다. 그것을 움켜쥐고 한동안 몸을 떨어 대다가 이윽고 그것을 자신의 복부에 갖다 댔다. 사람들은 긴장한 얼굴로 그의 다음 행동을 기다렸다. 그러나 그는 떨어 대기만 할 뿐 끝내 그것으로 자기 배를 찌르지는 못했다. 이윽고 그의 손에서 칼이 굴러 떨어졌다.

그때 뒤에서 난쟁이가 가는 줄로 그의 목을 휘어 감았다. 난쟁이는 빠르고 힘차게 그의 목을 죄기 시작했다.

난쟁이는 괴력을 지니고 있었다. 그는 줄로 소리 없이 사람 목을 죄어 죽이는데 뛰어난 솜씨를 지니고 있었다. 그의 솜씨는 아주 정확해서 지금까지 한 번도 실수한 적이 없을 정도였다. 그가 목을 죄는데 사용하는 줄은 특수한 줄이었다. 그것은 실처럼 가늘면서도 결코 끊어지지 않는 줄이었다. 그리고 그것은 살을 파고드는 특징이 있었다. 난쟁이가 그 줄로 힘껏 목을 죄면 2분 안에 상대방의 목을 끊어 놓을 수가 있었다.

기습을 당한 금발은 뒤로 나자빠지지 않으려고 버티면서 두 손

으로 줄을 움켜잡았다. 그러나 소용없는 짓이었다. 줄은 칼날처럼
날카롭게 목과 손가락을 파고들기 시작했다. 동시에 검붉은 피가
줄줄 흐르기 시작했다. 다른 사람들은 냉담한 눈으로 금발이 죽어
가는 것을 보고 있었다. 줄은 피에 묻혀 더 이상 보이지 않았다. 금발
의 얼굴이 점점 보랏빛으로 변해 가고 있었다. 금발의 상체가 뒤로
활처럼 휘어졌다. 피가 그의 노란 티셔츠를 붉게 물들이고 있었다.
금발이 끙 하고 힘을 주면서 몸을 뒤로 뻗었다. 난쟁이는 그의 등에
깔려 뒤로 쓰러졌다. 그 바람에 금발의 목에 감겨 있던 줄이 풀렸다.
금발은 재빨리 몸을 일으켰다.

　　회색 머리에 회색 눈을 가진 자가 재빨리 권총을 뽑아 들고 금발
을 겨누었다.

　　"안 돼! 총소리가 나면 안 돼!"

　　그리지아가 소리쳤다. 일본인이 잭나이프를 펴 들었다. 회색 눈
의 사나이는 권총 끝에 소음 파이프를 끼우기 시작했다. 고수머리
는 안타까운 눈으로 금발을 바라보고 있었다.

　　"로렌스, 용사답게 죽어라. 소용없는 짓이야."

　　"죽을 수 없어!"

　　금발은 소리치면서 의자를 집어 들었다. 그것을 휘두르면서 창
문 쪽으로 접근해 가더니 그것으로 대형 유리창을 후려갈겼다. 유
리창은 요란스러운 소리를 내면서 깨졌다.

　　"로렌스, 안 돼!"

　　그 아래에는 호텔의 풀장이 있었다. 그러나 그것은 까마득히 아
래쪽에 있었다. 풀장의 주위에는 야외 뷔페가 열리고 있었다. 그는
풀장으로 뛰어내리려 하고 있었다.

　　금발이 창틀 위로 올라섰다. 그를 붙잡는다는 것이 불가능하게
되었다. 회색 눈의 사나이가 그를 향해 권총을 발사했다. 탄환은 금

발의 등을 관통했다. 소음 파이프를 끼우고 발사했기 때문에 총소리는 나지 않았다. 회색 눈은 다시 한 번 방아쇠를 당겼다. 등에 두발의 총탄을 맞은 금발은 비틀하다가 창문 아래로 사라졌다. 처절한 비명이 길게 이어지다가 바깥 소음 속으로 묻혀 버렸다.

금발의 몸뚱이는 가득 음식을 차려놓은 식단 위로 떨어졌다. 그전에 사람들은 머리 위에서 대형 유리창이 깨져 유리 조각이 떨어지는 바람에 한쪽으로 피해 있었다. 거구가 20층 높이에서 굉장한 속도로 떨어져 부딪치는 바람에 식단 위에 정성스럽게 차려놓은 먹음직스러운 음식들이 사방으로 날아갔다. 여기 저기서 비명이 터져나오고 야외 뷔페장은 순식간에 수라장이 되고 말았다.

용감한 호텔 경비원 한 명이 부서진 식단 위에 엎어진 금발을 끌어내려 바닥에 바로 눕혔다. 금발은 그때까지 죽지 않고 가늘게 신음 소리를 내고 있었다. 그의 얼굴은 피와 음식물로 뒤범벅이 되어있었다. 금발이 무슨 말인가 하려는 듯 입술을 움직이는 것을 보고 경비원은 그를 잡아 흔들며 그의 입에다 바싹 귀를 갖다 댔다.

"말해 봐요! 스피크! 스피크!"

그는 얻어들은 서툰 영어로 소리쳤다. 금발이 입술을 움직였다.

"에어…… 에어……"

그것은 거의 알아듣기 어려운 소리였다.

"뭐라고? 다시 말해 봐? 다시 한 번 말해 봐!"

"에어……"

처음보다 더 작은 소리로 중얼거린 다음 금발은 움직이지 않았다. 입은 그대로 벌어져 있었고 두 눈은 허공을 향해 열려 있었다. 벌어진 입에서는 검붉은 피가 꾸역꾸역 흘러나오고 있었다.

20층에서 사람이 떨어져 죽고 나서 호텔 경비원들과 종업원들이 잠겨 있는 2049호실 문을 마스터키로 열고 방안으로 들어가기까지는 10분 정도의 시간이 흘렀다.

방안은 텅 비어 있었다. 대형 유리창이 깨져 나간 쪽에는 밤의 열기가 몰려들어 오고 있었다.

"모두 나가요! 경찰이 올 때까지 모두 나가 있어요! 어떤 것에도 손을 대면 안 돼요!"

객실 담당 지배인이 사람들을 모두 밖으로 몰아낸 다음 문을 잠갔다. 그리고 문 앞에 두 명의 경비원을 세워 놓았다.

복도에는 많은 사람들이 몰려 서 있었다. 20층에 투숙하고 있는 사람들과 다른 층에서 구경하기 위해 달려온 사람들이 서로 뒤섞여 있었다.

"무서워요. 정말 끔찍한 일이에요."

미국인으로 보이는 중년 부인이 어깨를 움츠리면서 옆에 서 있는 여인에게 말했다.

"네, 정말 소름 끼치는 일이에요."

브라운 색깔의 안경을 낀 여인이 맞장구를 쳤다. 그녀는 팔짱을 낀 채 구경꾼들 속에 섞여 있었다.

"빨리 호텔을 나가야겠어요. 이런 호텔에서 무서워서 어떻게 지내요."

미국인 중년 부인이 뒷걸음질 치며 말했다. 코발트색의 블라우스를 입은 젊은 여인은 어깨를 으쓱하고는 고개를 딴 데로 돌렸다.

조금 후 경찰관들이 나타났다. 그들은 구경꾼들을 쫓았다. 사람들은 하나 둘씩 흩어지기 시작했다.

그리지아도 못 이기는 척하고 그곳을 떠났다. 그녀는 비상계단을 통해 아래 층으로 내려갔다. 그녀는 팔짱을 낀 채 뒤돌아보는 법 없이 침착하게 걸음을 옮겼다. 그녀의 뒷모습은 남자가 유혹을 느낄 만큼 늘씬해 보였다.

조금 후 그녀는 1933호로 들어섰다.

방안에는 고수머리의 사나이가 있었다. 그는 창가에 서서 수라장이 된 야외 뷔페장을 내려다보고 있다가 고개를 돌려 그녀를 쳐다보았다.

"경찰이 왔어요."

하고 그녀가 말했다. 그녀는 그의 곁으로 다가가 아래를 내려다보았다.

"스타트가 불안한데요."

그는 얼굴을 찡그리면서 말했다. 이마에 깊이 잡혀 있는 주름살이 꿈틀거렸다.

"너무 걱정하지 말아요."

"모두가 연기를 하든가 포기하든가 하는 게 어떻겠느냐는 의견입니다. 대원들 의견을 전적으로 무시할 수도 없고…… 마음이 안 놓입니다. 모두가 동요하고 있어서 과연 작전이 성공할 수 있을지 걱정입니다."

"도대체 무슨 말을 하는 거예요!"

그녀는 몸을 홱 돌려 그를 응시했다.

"그 따위 말이 어딨어요? 한 사람 죽었다고 이렇게 대장부터 동요하면 어떻게 되는 거예요?! 모두 죽고 한 사람만 남더라도 작전은 결행할 거예요. 나 혼자 남더라도 결행할 거예요. 분명히 말해 두는데…… 이번 작전은 포기하지도 않고 연기하지도 않을 거예요. 예정대로 결행한다고 말하세요. 당신은 대장이에요. 대장이라는 사람이 그렇게 겁에 질려 벌벌 떨고 있으면 어떻게 부하들이 따라오겠어요. 정말 한심해요."

대장의 얼굴이 벌겋게 달아올랐다. 그의 왕방울 같은 눈이 디룩거렸다.

"겁에 질려 그러는 게 아닙니다."

그는 화가 나서 바지에 두 손을 찌른 채 방안을 왔다 갔다 했다.

"겁에 질린 사람은 아무도 없어요."

그는 한 손을 흔들어 댔다.

그리지아는 담배에 불을 붙였다. 그녀는 연기를 내뿜으면서 대장의 움직임을 차갑게 바라보고 있었다. 저자는 용기만 있지 머리 쓰는 것은 좀 둔한 편이라고 그녀는 생각했다.

"실패하면 개죽음을 당하기 때문이에요. 실패해서도 안 되고 개죽음을 당할 필요도 없지 않아요. 그래서 하는 말이에요."

그는 손가락을 흔들며 말했다. 그녀는 그가 계속 말하게 내버려 두었다.

"한국 경찰은 아주 중요한 단서들을 포착했어요. 파인애플, 로렌스의 패스포트, 로렌스의 죽음…… 그밖에 로렌스의 유품들이 지금 경찰 손에 들어가 있어요. 어떤 음모가 계획되고 있다는 것을 경찰은 금방 알 수가 있는 거예요."

"경찰 수사는 그 이상 발전할 수 없어요. 한국 경찰의 수사력은 전근대적이고 형편없다고 들었어요. 걱정할 필요 없어요."

그는 움직임을 멈추고 그녀를 가만히 쳐다보았다. 그녀를 두고 '지옥의 악마'라고 부르는 이유를 이제야 알 수 있을 것 같았다. 그녀는 그 말을 몹시 싫어하고 있었다. 그러나 대원들끼리는 그녀를 그렇게 부르는 때가 많았다.

그녀의 겉모습은 아름다워 보였다. 그녀는 빼어난 미모를 지니고 있었다. 우유빛 피부에 새까만 머리, 검은 눈썹, 검은 눈, 오똑한 코 등이 그녀의 윤곽을 뚜렷이 만들어 놓고 있었다. 특히 그녀의 크고 검은 두 눈은 그녀가 지니고 있는 아름다움의 결정체라고 할 수 있었다. 남자들은 투명하게 빛나는 그 눈을 바라보고 있노라면 어느새 그 눈 속으로 깊이 빨려 드는 것 같은 기분을 느끼곤 한다. 어느 때의 그 눈은 투명한 빛이 사라지고 꿈꾸듯 깊이 가라앉아 있는 것이 마치 죽음의 호수를 연상케 한다. 그녀의 미모와 성적 매력에 몸살을 앓는 대원들이 많았다.

그녀의 열정과 몸의 유연성, 끊임없이 흘러나오는 높은 신음 소리에 관해 보다 구체적으로 말하는 사람들이 많았다. 그러나 그녀를 완전히 정복했다고 자신 있게 말하는 남자는 지금까지 없었다. 오히려 그녀가 그 많은 남자들을 데리고 놀았다는 것이 옳은 표현이라고 할 수 있었다.

"나는 그렇게 보지 않습니다. 한국 경찰의 수사력을 그렇게 낮게 평가하고 싶지 않습니다. 한국은 치안 상태가 최상에 속해 있는 나라입니다. 밤 늦게 다녀도 아무 사고가 없습니다. 그것은 경찰력이 안정된 바탕 위에 놓여 있기 때문이라고 생각합니다."

그녀가 신경질적으로 손을 흔들었다.

"길게 이야기할 필요 없잖아요. 한국 경찰이 우리의 목적을 알게 될 거라 이 말인가요? 그래서 우리가 거사도 하기 전에 우리를 일망타진할 거라고 생각하는 건가요?"

그녀가 너무 정확히 지적해서 말했기 때문에 그는 입을 다물 수밖에 없었다.

"그대로 하는 거예요. 나는 하고 말 거예요. 다른 사람들한테 그렇게 전해요."

그녀는 갑자기 목소리를 낮추어 속삭이듯 말했다.

유 언

그날 밤 늦은 시각에 오병호는 카페 '바람과 함께 사라지다' 에 앉아 있었다.

밤 9시가 지난 시각이었다. 그는 스탠드 위에 동전을 두 개 놓고 앉아 있었다. 그는 열심히 그것들을 들여다보기도 하고 만지작거리기도 하면서 술을 마시고 있었다.

그것들은 외국 동전들이었다. 하나는 5프랑짜리 프랑스 동전이었고 다른 하나는 10페세타 짜리 스페인 동전이었다.

프랑스 화의 앞면에는 나뭇잎이, 그 뒷면에는 씨 뿌리는 여자의 모습이 그려져 있었다. 스페인화의 앞면에는 왕관과 휘장이 그려져 있었고 그 뒷면에는 후안 카를로스 국왕의 옆 얼굴이 조각되어 있었다.

그것들은 그가 노엘 화이트의 가방 속을 검사할 때 아무도 몰래 슬쩍 한 것들이었다. 그 가죽 가방 바닥에는 적지 않은 동전들이 들어 있었는데 그 중에서 그는 아무렇게나 동전 두 개를 집어 들었던 것이다. 그것은 화이트가 세계 여러 나라를 돌아다녔다는 증거물들이었다.

그는 스페인에도 있었고 프랑스에도 있었다. 그리고 또 그밖에 여러 나라들을 돌아다녔을 가능성이 컸다. 그리고 극동의 한국에까지 와서 수류탄이 들어 있는 가방을 잃어버린 것이다. 이것은 무엇을 의미하는 것일까?

"뭘 그렇게 들여다보세요?"

그의 심각한 표정을 보고 바텐더 일을 보고 있는 여인이 물었다. 병호는 대답 대신 미소를 지으며 동전들을 만지작거렸다.

"그게 뭐예요? 어디 좀 봐요."

동전을 받아 든 그녀는 호기심 어린 눈으로 그것들을 자세히 들여다보았다.

"이거 외국 동전 아니에요?"

병호는 고개를 끄덕였다. 그리고 잔을 들어 위스키를 입 속에 조금 흘려 넣었다.

"이거 어디서 나셨어요? 이거 하나만 저 줄 수 없어요?"

그녀가 프랑화를 테이블에 내려놓고 스페인 동전을 손으로 꼭 쥐었다.

"안돼요."

그는 분명히 말했다. 그가 너무 분명한 어조로 말했기 때문에 그녀는 조금 놀라는 것 같았다.

"어머, 아주 중요한 것인가 보죠? 동전 수집하세요?"

"아니, 그렇지는 않아요."

그는 동전들을 집어서 주머니에 넣었다.

"서비스예요."

그녀가 병호의 빈 잔에 위스키를 따르며 말했다. 그녀는 그의 글라스에 얼음 조각을 한 개 떨어뜨리고 나서 그의 얼굴을 가만히 응시하며 말했다.

"그 사건 아직 해결되지 않았나요?"

그녀가 조심스럽게 물었다.

그 사건이란 다이아몬드 살인 사건을 말하는 것이었다. 그는 그 카페의 오랜 단골인 만큼 그녀는 그의 표정의 변화에 아주 민감한

편이었다. 그리고 그녀는 다른 손님들보다도 그에게 유난히 신경을
쓰고 있었다.

　신경을 쓰기는 병호도 마찬가지였다. 신경을 쓴다기보다도 그
는 그녀를 좋아하고 있었다. 그가 오랫동안 그 카페에 드나드는 것
도 그녀를 좋아하기 때문이었다. 그러나 그 좋아한다는 것을 내색
하거나 말로 표현한 적은 한 번도 없었다. 그는 속마음 깊숙이 그녀
에 대한 감정을 가라앉혀 놓고 있을 뿐이었다.

　그녀는 카페 '바람과 함께 사라지다'의 주인이었다. 그녀는 이
혼한 전력이 있는 여자였다.

　그녀가 이혼한 것은 3년 전인 그녀의 나이 스물여덟 살 때였다.
그때 그녀에게는 네 살짜리 딸이 하나 있었다. 남편은 그 딸과 약간
의 위자료를 그녀에게 주고 미국으로 떠나 버렸다. 남편의 새 여자
는 재미교포 처녀였다.

　안계화(安桂花)는 1년 동안의 외롭고 괴로운 방황 끝에 지금의
카페를 차렸다. 병호는 그 카페에 처음부터 출입했다. 그리고 여주
인 계화가 마음에 들어 계속 드나들게 되었던 것이다. 그녀에게 있
어서도 그는 특별한 손님이었다. 아니, 이제는 손님이라 할 수 없는,
그녀에게 있어 특별한 의미를 지닌 사람이었다. 그러나 그는 자신
이 특별히 취급되거나 또는 그녀에게 있어서 특별한 의미를 지닌
사람이기를 바라지 않았다. 분명한 것은 그도, 그리고 그녀도 서로
를 좋아한다는 사실이었다.

　실내에는 별로 손님이 없었다. 그 카페가 손님들로 흥청거리는
것을 그는 지금까지 한 번도 본 적이 없었다.

　뒷골목에 초라하게 자리잡고 있는 그 카페는 겨우 적자를 면하
고 있는 것 같았다. 병호로서는 손님이 별로 없는 그 조용한 분위기
가 오히려 좋았다.

전화벨이 울리더니 계화가 전화통을 병호 앞에 갖다 놓는다.

"전화 왔어요."

병호는 그녀를 한 번 쳐다보고 나서 수화기를 받았다. 그것은 왕
문수한테서 걸려 온 전화였다.

왕 형사는 그가 허물없이 대하는 그의 부하이자 파트너였다.

"거기 계시는군요."

"이리 오지 그래. 한 잔 하게."

"거기 갈 시간이 없을 것 같습니다. 일이 또 터졌습니다."

"무슨 일이야? 오늘은 그만해 두고 좀 쉬자구."

"아무래도 저하고 함께 어디 좀 가야겠습니다."

"도대체 무슨 일인데 그래? 이 시간에 어딜 가자는 거야?"

"H호텔에서 살인 사건이 발생했는데…… 피살된 사람이 금발의
젊은 외국인이랍니다. 아직 저도 가 보지는 못했는데 호텔 직원들
에게 알아보니까 택시에 수류탄을 두고 내린 노엘 화이트와 인상착
의가 비슷한 것 같습니다."

"H호텔에서 만나!"

병호는 수화기를 내려놓고 계산을 치른 다음 아무 말 없이 밖으
로 뛰쳐나갔다. 정신 없이 뛰어나가는 그의 뒷모습을 카페의 여주
인이 멀거니 쳐다보고 있었다.

밖으로 나온 병호는 골목에 주차해 놓은 고물차(일명 콜롬보 차
)를 차도로 끌어냈다.

병호가 H호텔에 도착했을 때까지도 피살체는 호텔 풀장 가에 그
대로 방치되어 있었다. 방치되어 있다기보다는 이미 숨이 끊어졌기
때문에 추락 당시의 현장 상황을 그대로 보존한 상태에서 조사를
하기 위해 그대로 그곳에 놓여 있었다는 것이 옳았다.

풀장 주위에는 사람들의 접근을 막기 위해 경찰관들로 차단 벽

을 만들어 놓고 있었다. 차단 벽 안에서는 계속 카메라 플래시가 터지고 있었다.

어느 새 알고 달려온 기자들이 한 컷이라도 더 찍으려고 피살체에 벌떼처럼 달라붙고 있었다.

병호는 차단 벽을 뚫고 들어가 시체를 내려다보았다. 경찰관이 피살체 위로 시트를 덮으면 기자들이 사진을 찍기 위해 그것을 젖히곤 하는 바람에 큰 혼란이 일고 있었고, 그 때문에 피살체를 자세히 관찰하기가 힘들었다.

"화이트의 인상착의와 비슷하지 않습니까?"

어느 새 다가왔는지 왕 형사가 그의 곁에 붙어 서서 작은 소리로 속삭이듯 말했다. 병호는 말없이 끄덕이기만 했다.

피살체는 눈 뜨고 보기에는 너무도 처참한 모습을 하고 있었다.

"목에 길게 상처가 나 있고 등에 두 발의 총알을 맞은 것 같습니다. 여길 보십시오."

왕 형사는 등에서 가슴 쪽으로 뚫고 나온 두 개의 구멍을 손가락으로 가리켜 보았다. 그런 다음 손을 위로 쳐들었다.

"바로 저깁니다. 20층에서 떨어졌습니다. 대형 유리창이 박살났습니다."

빌딩의 바로 밑에서 올려다보니 창문이 떨어져 나간 20층의 방이 까마득히 높아 보였다. 사람들이 호텔 방의 창가에 서서 아래를 내려다보고 있었다.

"20층 49호실입니다."

사이렌 소리가 가까워지더니 앰뷸런스가 호텔 구내로 들어서는 것이 보였다.

오병호와 왕문수는 엘리베이터를 타고 20층으로 올라갔다.

"화이트가 분명하다면 문제가 심각해지는데요."

엘리베이터 안에서 왕 형사가 말했다.

그는 유난히 땀을 많이 흘리고 있었다. 작달막한 키에 살이 쪄서 배가 튀어나오고 코와 입이 큰데다 부리부리한 눈 위에 검은 테의 안경까지 걸치고 있어서 그의 인상은 영락없이 두꺼비를 연상케 하고 있었다. 그래서 그에게는 두꺼비라는 별명이 붙어 있었는데, 본인이 그 말을 싫어하기 때문에 그의 동료들은 그가 듣지 않는 데서만 그를 두꺼비로 부르고 있었다. 그 인상 때문에 그는 여성들에게 별로 인기가 없었고 그래서 서른이 넘도록 아직 장가도 못 가고 있었다.

"화이트가 틀림없다면 보통 심각한 문제가 아니지."

엘리베이터를 나서면서 병호가 말했다.

그들은 2049호실 쪽으로 걸어갔다.

그쪽의 복도 입구에는 정복 경찰관들이 서 있었고, 그들은 복도를 오가는 사람들을 일일이 체크하고 있었다.

2049호실은 경찰 수사관들로 북적대고 있었다. 그들은 각자가 맡고 있는 분야에 따라 정신 없이 돌아가고 있었다. 전화벨이 울리더니 전화를 받은 수사관 한 명이 병호를 찾았다. 병호는 그쪽으로 다가가 수화기를 받아 들었다.

"거기 있군요."

늙은 목소리가 가늘게 들려왔다.

"아, 네, 지나다 들렀습니다."

병호는 수화기에다 대고 공손히 말했다.

"여느 살인 사건하고는 성격이 좀 다른 것 같습니다."

"나도 그렇게 보고 있어. 국제회의가 빈번하게 열리고 외국인들이 몰려들기 시작하는데 외국인이 그런 식으로 살해됐다는 건 이미지 메이킹에 아주 나쁜 영향을 준단 말이야. 외국인들은 그런데 아주 델리케이트한 반응을 보이거든."

병호는 상대방이 사람들과 이야기를 할 때 외국어를 섞어 쓰는 것을 좀 삼가 줄 수 없을까 하고 생각했다. 늙은 목소리의 주인공은 언제나 대화 속에 외국어를 많이 섞어쓰는 버릇이 있는데, 병호는 언젠가는 한 번 그 점을 지적해 주어야겠다고 생각하면서도 아직 그러지는 못하고 있었다.

"······그래서 하는 말인데 스피드하고 명쾌하게 그 사건을 해결해 보여야겠어. 그래야만 한국 경찰의 이미지를······"

"저기 말씀하실 때······"

"······실추시키지 않을 거란 말이야. 아무래도 국내는 물론 국제적인 이목을 집중시킬 것 같으니까 각별히 신경을 써서 신속히 범인을 잡아내줘요."

"저보고 이 사건을 맡으라는 말입니까?"

"이미 시작하고 있지 않나. 지금 맡고 있는 것은 다른 사람한테 맡기고 H호텔 건을 맡도록. 관할서는 물론 각 경찰서에서 민완 형사들을 모두 차출해서 합동으로 수사를 벌이는 거야. 이미 지시를 내렸어. 나는 데스크 위에 앉아 있는 로봇이니까 오 형사가 지휘를 하란 말이야. 부족한 것은 모두 말해. 얼마든지 지원할 테니까. 각 서에서 차출한 인물들을 컨트롤하는 게 좀 힘들겠지만······"

그 다음 말은 너무 시끄러워서 잘 알아들을 수 없었다.

"좀 더 크게 말씀해 주십시오."

그러나 전화는 이미 끊어져 있었다. 병호는 수화기를 내려 놓고 복도로 나가 왕에게 말했다.

"보스가 나보고 이 사건을 맡으라는 거야."

"잘 됐군요."

두꺼비가 눈을 빛내며 말했다.

병호는 머리를 흔들었다. 새로 시작하는 것은 언제나 힘들다고 그는 생각했다.

그들은 그들의 상관을 보스라고 부르고 있었다. 그는 마치 어떤 조직의 보스처럼 그들 위에 군림하고 있었다.

"수류탄을 처음 신고한 택시 운전사 말이야. 그 사람 이름이 뭐였더라?"

병호가 수첩을 꺼내려고 하자 왕이

"민태식입니다."

하고 말했다.

"음, 민 씨를 빨리 데려와서 피살체를 확인시켜."

피살체의 얼굴은 피투성이였기 때문에 노엘 화이트의 여권에 붙어 있는 사진만으로는 신원을 확인하기가 어렵겠다고 그는 생각하고 목격자의 확인을 지시했다.

"그 사람 지금 어디 있죠?"

"관할서에 연락해 봐."

그는 다시 방안으로 들어갔다.

방안은 격렬한 격투가 벌어졌음을 말해 주고 있었다. 회색 카피트에는 여기저기 피가 묻어 있었고, 탁자며 의자 같은 것들이 제멋대로 나뒹굴어 있었다.

병호는 2049호실 바로 옆방인 2050호실에 임시 수사본부를 설치했다. 그의 보고를 받은 보스는 방값이 꽤 비싸지 않겠느냐고 말했지만 그는 지금 그런 것을 일일이 따질 계제가 아니라고 그의 말을 일축했다.

"얼마든지 지원하겠다고 하시지 않았습니까?"

그의 다그치는 말에 상대방은 그만 입을 다물어 버렸다.

병호는 먼저 달려와 대충 조사를 마친 관할서의 수사관들로부터 간단히 보고를 받은 다음 호텔 경비원을 불러들였다. 그는 다른 사람의 보고에 결코 만족하지 않는다. 자신이 직접 보고 듣고 확인하지 않으면 직성이 풀리지 않는 성격이다.

불려 들어온 경비원은 이재문(李在文)이라고 하는 30대 중반의 남자였다.

"외국인이 떨어졌을 때 제일 먼저 달려가서 그 사람을 안아 들었습니까?"

"네, 음식을 진열해 놓은 식단 위에 떨어졌기에 안아서 밑에다 내려놨지요."

"그때까지 그 사람이 살아 있었나요?"

"네, 살아 있었습니다."

"그 사람한테서 무슨 말인가 들었다면서요?"

"네, 들었습니다."

"그 사람에게서 어떻게 무슨 말을 들었는지 자세히 말씀해 주시겠습니까?"

"그 사람이 무슨 말인가 하려고 입술을 달싹거리기에 어깨를 잡아 흔들면서 말해 보라고 소리쳤지요. 스피크 스피크하고 소리치니까…… 그 사람이 에어 에어 했습니다. 소리가 너무 작아서 알아듣기 힘들었습니다."

"몇 번 그렇게 말했습니까?"

"처음에 두 번 했고, 나중에 또 한 번 에어라고 했습니다. 그러고 나서 숨을 거두었습니다."

방안에 무거운 침묵이 깔렸다.

모두가 병호를 바라보고 있었다. 병호는 손목시계를 보았다. 이미 밤 11시가 지나고 있었다. 그는 깊은 눈길로 한참 동안 이재문을 응시하다가 물었다.

"이건 아주 중요한 겁니다. 그 외국인이 죽기 전에 분명히 에어라고 했습니까?"

"네, 분명히 '에어'라고 했습니다."

"그 다음 말은 듣지 못했습니까?"

"그 다음 말은 없었습니다."

"죽은 사람이 그 다음 말을 잇지 못해 안타까워하는 표정이 아니던가요?"

"네, 그랬습니다. 몹시 안타까워하는 표정이었습니다."

"됐습니다. 수고하셨습니다."

경비원은 그에게 거수경례를 한 다음 물러갔다.

병호는 서 있거나 앉아 있는 수사관들을 둘러보았다.

"피살된 그 외국인은 무슨 말을 하려고 했을까? 에어라는 말은 공기라는 뜻인데……"

"그 뒤에 다른 단어가 붙으면 뜻이 아주 달라집니다."

젊은 수사관이 말했다.

"그 달라진 뜻을 알아내야 해. 그게 바로 이 사건의 열쇠일지도 몰라."

병호는 그들로부터 어떤 대답을 듣고 싶었지만 그들은 약속이나 한 듯 입들을 다물고 있었다.

X의 의미

경비원이 가고 난 뒤 병호는 객실 담당 지배인과 프런트 계원을 불러들였다. 프런트 계원에게는 현재 H호텔에 투숙하고 있는 모든 손님들의 숙박 카드를 가져오게 했다.

H호텔에는 객실이 485개 있었다. 그 중 손님들이 투숙하고 있는 방은 412개 였다.

병호는 412장의 숙박 카드 가운데서 2049호실 숙박 카드를 집어 들었다. 그 카드에 적혀 있는 인적 사항은 다음과 같았다.

* 이름＝Thomas Rut(토마스 러트)
* 국적＝미국
* 성별＝남자
* 생년월일＝1951년 4월 10일
* 출생지＝이란
* 여권번호＝05736057X

카드에 적힌 투숙 일자를 보니 이틀 전인 7월 18일 투숙한 것으로 되어 있었다.

"미국인이 투숙했군요?"

병호는 그렇게 말하면서 지배인과 프런트 계원을 쳐다보았다.

"네, 그렇습니다."

하고 프런트 계원이 대답했다.

"떨어져 죽은 사람이 49호실에 투숙했었나요? 이 카드, 그 사람 것 맞습니까?"

병호는 두 사람에게 카드를 흔들어 보였다.

"아닌 것 같습니다."

지배인이 애매한 표정으로 말했다.

"아닌 것 같다니요?"

병호는 눈을 똑바로 뜨고 지배인을 쳐다보았다.

"투숙객이 많다 보니까 수백 개의 방에 누가 투숙하고 있는지 일일이 얼굴을 기억하기가 힘듭니다. 숙박 카드에 사진을 붙여 놓는다면 몰라도 그렇지 않는 이상 그렇게 많은 사람들의 얼굴을 모두 기억해 둔다는 것은 거의 불가능합니다."

지배인의 말을 받아 프런트 계원이 입을 열었다.

"네, 그렇습니다. 지배인님은 모를 수밖에 없습니다. 우리는 투숙하러 오는 손님들을 프런트에서 직접 맞고 있는데도 그 손님들의 얼굴을 방 호수에 따라 일일이 기억하기가 힘듭니다. 특별한 경우를 제외하곤 말입니다. 유명한 사람이 투숙했다거나 또는 좀 특별하게 생긴 사람이 투숙하면 그 방 호수를 기억할 수가 있죠. 그런데 일반 투숙객들은 호수 별로 얼굴을 기억하고 있기가 힘듭니다."

병호는 그들의 말을 이해할 수 있다는 듯 고개를 끄덕였다.

"그럴 테죠. 충분히 이해합니다. 49호실에서 떨어져 죽은 외국인의 몸에서는 신원을 증명할 수 있는 것이 아무 것도 발견되지 않았습니다. 그래서 그 사람이 과연 이 카드에 적혀 있는 미국인 토머스 러트인지, 아니면 다른 사람인지 그것을 확인할 수 없기 때문에 그러는 겁니다. 그런데 어떤 근거에서 추락사한 외국인이 49호실 투숙객이 아닌 것 같다고 말씀했죠?"

"벨맨한테 들었습니다. 벨맨이 마침 49호실 손님의 얼굴을 기억하고 있었습니다."

"그래요? 그 벨맨을 좀 불러주겠어요?"

잠시 후 벨맨이 연락을 받고 올라왔다.

호텔 제복 차림의 그는 여자 뺨칠 정도로 예쁘장하게 생긴 청년이었다. 그런데 그가 49호실 손님을 특별히 기억하고 있는 그 이유라는 것이 알고 보니 민망스러운 내용이었다.

그는 얼굴을 붉히며 이렇게 말했다.

"그 사람이 저한테 10달러짜리 지폐를 팁으로 주면서 방으로 식사를 날라다 달라고 했어요. 다른 사람은 안 되고 제가 직접 식사를 가져와야 한다고 했어요. 그래서 주문한 것을 가지고 갔더니 그 사람이 저를 껴안으면서 이상한 짓을 하려고 했어요."

차마 말할 수 없다는 듯 고개를 숙였다.

"괜찮아요. 수사에 필요해서 그러니까 숨기지 말고 다 이야기해요. 여긴 남자들만 있으니까 무슨 이야기를 해도 괜찮아요."

병호의 말에 벨맨은 용기를 얻어 좀 더 구체적으로 이야기했다.

"그걸 꺼내 흔들면서 저보고 옷을 벗으라는 거예요. 제가 싫다고 하니까 저를 침대 위에 쓰러뜨려 놓고 강제로 옷을 벗기려고까지 했습니다. 그러면서 말을 들으면 1백 달러를 주겠다고 했습니다. 겨우 뿌리치고 도망쳐 나왔죠."

"그게 언제 일이었습니까?"

"어제 저녁때 그랬습니다."

"49호실에서 떨어져 죽은 외국인을 봤나요?"

"네, 봤는데 49호실에 있던 그 손님이 아니었습니다."

"틀림없습니까?"

"네, 틀림없습니다. 떨어져 죽은 사람은 금발이던데 49호실 그 손님은 금발이 아니고 흑발이었습니다. 저에게 손을 대려고 한 걸 보니까 호모 같았습니다."

병호는 프런트 계원을 돌아보았다.

"49호실 손님은 어떻게 됐나요? 체크아웃 했나요?"

"아직 체크아웃 하지 않았습니다."

"그런데 방안에서는 토머스 러트의 짐이 하나도 발견되지 않았습니다. 방 열쇠만 방안에 있었습니다."

쉽게 간단히 생각하면, 49호실 투숙객인 토머스 러트라는 인물이 아직 신원이 밝혀지지 않은 한 외국인을 살해하고 종적을 감추었다고 볼 수 있었다.

"그 호모의 생김새와 옷차림을 생각나는 대로 한번 말해봐요."

"검은 머리에 키는 중키였고 안경을 끼고 있었습니다. 그리고 턱에 시커먼 수염을 수북이 기르고 있었습니다. 얼굴은 긴 편이었고 눈은 푸른 빛이었습니다. 옷차림은 로비에서 한번 보니까 검정 바지 위에 흰 저고리를 입고 있었습니다."

조사 결과 토머스 러트는 혼자서 49호실에 투숙하고 있었고, 23일까지 투숙하기로 예약되어 있었다. 그는 23일까지 숙박료를 이미 지불해 놓고 있었다.

자정이 지났을 때 밖에 나갔던 왕 형사로부터 임시 본부로 전화가 걸려 왔다.

"민태식 씨한테 시체를 확인시켰습니다. 수류탄을 두고 내린 그 외국인이 틀림없답니다!"

왕 형사는 흥분해서 큰 소리로 말했다. 병호는 수화기를 내려놓고 방안에 있는 수사관들을 둘러보았다.

"죽은 외국인의 신원이 밝혀졌어요. 이름은 노엘 화이트……"

그러나 412장의 숙박 카드 가운데 노엘 화이트의 것은 보이지

48 · 형사 오병호

않았다.

날짜는 자정이 지나 7월 21일로 접어들고 있었다.

밤새 병호는 잠 한숨 못 자고 바쁘게 지냈다. 그는 수사 요원이 아무리 많아도 결국 마지막에 가서는 범인과 일대 일로 대결한다는 것을 오랜 경험을 통해 잘 알고 있었다.

노엘 화이트를 살해한 제1 용의자는 토머스 러트일 수밖에 없다고 그는 생각했다. 그뿐만 아니라 모든 수사 요원들도 그렇게 생각하고 있었다. 토머스 러트는 과연 어떤 인물일까? 그는 왜 노엘 화이트를 살해했을까? 그 혼자서 노엘 화이트를 해치웠을까? 여러 가지 의문점들이 꼬리를 물고 일어났다. 범인이 토머스 러트일 가능성은 시간이 흐를수록 굳어져 갔다. 그가 범인이 아니라면 호텔 방에 돌아와야 마땅하다. 그런데 날이 샐 때까지 그는 돌아오지 않고 있었다. 그는 종적을 감춘 것이다.

<토머스 러트라는 이름의 미국인 남자를 긴급 수배할 것. 여권 번호는 0573605 7X. 1급 살인 용의자임. 발견 즉시 체포할 것>

이것은 밤새 전국 경찰에 내려진 토머스 러트에 대한 긴급 수배 명령이었다.

경찰은 러트가 아직 서울에 숨어 있을 것으로 보고 특별히 서울 일원에 비상망을 펴는 한편 그가 국외로 탈출할 것에 대비해 공항과 항만을 봉쇄했다.

병호는 이번 사건을 단순한 살인 사건으로 보지 않았다. 그렇게 볼 수 없는 여러 가지 심각한 증거들이 드러나고 있었기 때문이다. 첫 번째 증거는 피살자가 외국인이고 제1 용의자 역시 외국인이라는 사실이었다. 두 번째 증거는 피살자가 수류탄을 가지고 다니다가 그것을 잃어버린 후에 살해되었다는 점이었다. 세 번째는 공범이 있을 가능성이 높다는 점이었다. 피살된 노엘 화이트는 혼자 상대하기에는 너무 몸집이 큰 사나이였다. 그런 사나이를 혼자 상대하여 처치한다는 것은 쉬운 일이 아니다. 더구나 피살자는 그 상처나 현장 상황으로 보아 단번에 총을 맞고 피살된 것이 아니었다. 방안에는 격렬한 격투의 흔적이 남아 있었다. 피살된 사람의 몸에도 그런 흔적은 있었다. 조사 결과 피살자는 나중에 총을 맞은 것 같았다. 그러니까 같은 일행끼리 격투를 하다가 마지막에 가서 권총을 맞고 밑으로 떨어진 것 같았다. 두 개의 총알이 노엘 화이트의 등을 관통하고 있었다.

20층에 투숙하고 있는 손님들을 상대로 탐문 수사를 벌였지만 총소리를 들었다고 말하는 사람은 아무도 없었다. 그렇다면 소리가 나지 않는 총에 맞은 것이 분명했다.

소음권총은 아무나 이용할 수 있는 게 아니다. 일반적인 범죄자들한테는 그런 무기가 없다. 그만큼 그것은 구하기 힘든 무기이다. 따라서 소음권총을 소지한 자는 특별한 인물로 볼 수밖에 없다. 특별한 임무를 띤 스파이이거나 고도의 훈련을 받은 테러리스트, 아마 그런 부류의 인물일 것이다.

노엘 화이트의 목숨을 끊어 놓은 치명적인 상처는 물론 등을 관통한 총상이었다. 그밖에 치명적인 상처는 아니지만 목에도 꽤 큰 상처가 나 있었다. 그것을 검사한 전문가는 거기에 대한 검사 결과를 이렇게 말했다.

"이것은 살인 전문가의 솜씨입니다. 사용된 무기는 철사 줄 보다 더 튼튼한 줄입니다. 그런 줄은 전문가들이 사람을 소리 없이 죽일 필요가 있을 때 사용하는 것인데 뒤에서 번개같이 빠른 솜씨로 목을 휘어 감고 죄면 그 줄이 살을 파고들어 수분 안에 목을 끊어 놓고 맙니다. 그 줄에 목이 일단 감기면 벗어나기 힘들죠. 줄을 이용한 살인 기술은 고도의 훈련이 없으면 불가능한 일입니다. 게릴라 요원이나 스파이 또는 테러리스트들이 흔히 사용하는 수법입니다. 노엘 화이트가 그런 줄에 감겼으면서도 목이 잘리지 않은 것을 보면 살인자가 실수를 했던가 화이트가 공격을 물리칠 수 있을 만큼 강했던가 둘 중의 하나일 것입니다."

줄로 화이트를 살해하는 데 실패한 범인은 미쳐 날뛰는 화이트를 향해 미처 권총을 빼 들 틈이 없었을 것이다. 여기서 소음 권총을 발사한 사람이 따로 있었다는 계산이 나온다.

처음부터 권총을 이용하려 했다면 굳이 줄로 목을 쬘 필요가 없었을 것이다. 줄로 소리 없이 화이트를 살해하는데 실패하자 함께 있던 공범이 권총을 꺼내 그를 쏘았을 것이다. 공범은 화이트의 뒤쪽에 있었고, 그래서 등을 향해 총을 발사했을 것이다. 총에 맞은 노엘 화이트는 어떻게 해서 20층 높이의 방에서 아래로 떨어지게 되었을까?

그 의문은 어렵지 않게 풀릴 수가 있었다. 우선 많은 목격자들이 다음과 같이 이야기했는데, 그들은 풀장 가에서 야외 뷔페를 즐기던 사람들이었다. 그들의 말에 의하면 대형 유리창이 깨지는 것과 함께 피살자가 떨어진 것이 아니라 그 사람이 떨어지기 전에 그보다 먼저 유리창이 깨졌고, 그 유리 파편들이 밑으로 떨어져 내렸다고 했다. 그런 다음 1, 2분쯤 지나서야 피살자가 비명을 지르며 밑으로 떨어졌다는 것이었다.

방안에는 상처투성이의 의자가 하나 있었다. 그것은 뒹굴고 있었는데 상처가 여기저기 날카롭게 나 있는 것으로 보아 그것으로 대형 유리창을 깬 것 같았다. 대형 유리창은 1센티 정도의 두께여서 주먹을 휘둘러 깰 수 있는 게 아니었다. 그렇다면 범인들이 의자로 유리창을 깬 다음 노엘 화이트를 창 밖으로 내던진 것일까? 범인들이 잔인하다면 그럴 수도 있는 일이다. 그러나 한편으로 생각하면 그것은 가능성이 없는 이야기였다. 왜냐하면 그와 같은 행동은 범인들이 자신들의 위치를 외부 사람들에게 노출시키는 짓이기 때문이다. 총에 맞아 죽어 가는 그를 굳이 창문을 깬 다음 밖으로 내던짐으로써 자신들의 위치를 노출시킬 필요가 있었을까? 그만큼 그들이 어리석은 자들이라고는 생각되지 않았다. 그렇다면 그 창문은 노엘 화이트가 깬 것이라는 계산이 나온다. 출입문이 막히자 그는 창 밖으로 몸을 날리기 위해 의자로 유리창을 후려쳤을 것이다. 그때까지만 해도 그는 총에 맞지 않았을 것이다. 창틀 위에는 구두 발자국이 나 있었다. 검사 결과 그것은 피살자의 것으로 밝혀졌다.

다급해진 노엘 화이트는 의자로 창문을 부순 다음 창틀 위로 뛰어 올랐을 것이다. 하지만 아무리 다급한 상황에 처해 있다 해도 순간적인 판단은 할 수 있는 법이다. 노엘 화이트는 20층 높이에서 뛰어내려 자신이 살 수 있다고 생각했을까?

거기에 대한 해답으로 병호는 풀장을 생각해 냈다. 피살자가 다이빙에 어느 정도 자신이 있다면 그 방에서 풀장으로 뛰어내릴 수 있다고 생각했을지도 모른다. 화이트는 그 가능성을 생각하고 그 방에서 뛰어내리려고 했는지도 모른다. 그런데 그 중간에 총이 발사된 것이고, 그래서 그는 밑으로 굴러 떨어진 게 아닐까? 그가 일부러 밑으로 뛰어내렸다면 그렇게 비명을 지르진 않았을 것이다. 그가 자진해서 뛰어내리기 전에 등에 총을 맞았기 때문에 그는 비명을 지르며 밑으로 굴러 떨어졌던 게 아닐까?

목격자들은 소름 끼치도록 처절한 비명을 들었다고 이구동성으로 말하고 있었다. 그런 저런 증언들과 증거로 보아 범인은 2명 이상일 것이라고 병호는 생각했다. 그리고 그 범인들은 H호텔에 투숙하고 있었을 것이라고 생각했다.

날이 새자 병호는 옷을 갈아입기 위해 집으로 향했다. 집으로 가는 차 속에서 그는 노엘 화이트가 살해된 이유를 생각해 보았다.

어디까지나 그것은 생각에 불과했지만 수류탄을 잃어버렸기 때문에 살해된 것 같은 생각이 들었다. 그 수류탄이 어떤 목적을 노린 것이라면 그것을 잃어버렸다는 것은 대단히 큰 실수가 아닐 수 없을 것이다. 그와 함께 그는 패스포드까지 잃어버렸기 때문에 자신의 신분을 경찰에 노출시키고 말았다. 범인들은 수류탄과 노엘 화이트의 패스포드가 이미 한국 경찰의 손에 들어갔을 것으로 생각했을 것이고, 그래서 자신들의 안전을 위해 화이트를 제거한 것이 아닐까?

그런데 그건 그렇다 하고 노엘 화이트를 포함한 그들 일당은 도대체 그 수류탄으로 무슨 짓을 하려고 했을까? 그들이 노린 그 목적을 X라고 하자. 노엘 화이트가 수류탄을 잃어버렸기 때문에 그들은 그 X도 포기했을까? 그는 그들이 X를 포기했다고 보고 싶지 않았다. 그렇다면 굳이 노엘 화이트를 살해하지 않아도 될 것이다. 그들이 X를 포기했다면 그 길로 바로 국외로 도망쳐 버리면 되는 것이다. 포기하지 않았기 때문에 화이트를 살해한 것이다.

도대체 X는 무엇일까?

수류탄이 노리는 것은 파괴와 살상이다. 그들은 파괴와 살상을 노리고 있다. 무엇을 파괴하려는 것일까? 그리고 누구를 죽이려는 것일까? 엄청난 사건이 곧 발생할지도 모른다는 두려움과 불안감이 그를 휩싸 안았다.

그는 소름 끼치는 전율을 느끼면서 흑하고 숨을 들이켰다.

독신자의 아파트

30분 후 그는 강 건너 남쪽에 자리 잡고 있는 아파트단지 안으로 차를 몰고 들어갔다. 새벽녘이라 단지 안은 조용했다.

차에서 내린 그는 아파트 건물 안으로 들어가 계단을 올라가기 시작했다. 그 아파트 건물은 5층짜리로 엘리베이터가 설치되어 있지 않았다. 그의 아파트는 5층에 있었다. 그는 주택공사에서 지은 13평짜리 아파트에서 혼자 살고 있었다. 그나마 그것도 그의 소유가 아니고 세를 얻어 살고 있는 것이었다.

아파트는 지은 지 너무 오래되어 몹시 낡아 있었다. 이윽고 5층에 올라온 그는 509라고 표시되어 있는 철문 앞에 다가서서 자물쇠 구멍에다 열쇠를 꽂았다. 현관 바닥에는 신문이 몇 개 떨어져 있었다. 지난 며칠 동안의 신문들이었다. 그는 나흘 만에 집에 돌아오는 길이었다.

집안에 들어설 때마다 느끼는 것이지만 그는 지금도 공허감을 느끼고 있었다. 쩍쩍거리는 새소리가 그러한 느낌을 깼다. 그는 거실 한쪽에 놓여 있는 새장 쪽으로 다가가 보았다. 하얀 문조 한 마리가 횃대 위에 올라앉아 놀란 듯이 울어대고 있었다. 울고 있는 놈은 수놈이었다. 둥지 속에는 역시 눈처럼 하얀 문조 한 마리가 앉아 있었다. 그것은 암놈이었는데 눈을 감은 채 미동도 하지 않고 앉아 있었다. 아마 죽은 지 오래된 것 같았다. 비로소 그는 수놈이 그렇게 울어대는 이유를 알 수 있을 것 같았다. 모이통 속에는 노란 조가 조금 남아 있었지만 물그릇 속에는 물이 한 방울도 남아 있지 않았다. 아마 목이 타서 암놈이 죽은 것 같다고 그는 생각했다.

새장 속으로 손을 집어넣자 수놈이 놀라서 파닥거렸다. 그는 죽은 새를 집어냈다. 털은 보드라웠지만 몸뚱이는 이미 싸늘하게 굳어 있었다. 짚을 엮어 만든 새집 속에는 품다 만 알들이 몇 개 가지런히 놓여 있었다. 그것을 보자 비로소 그는 가슴이 아파 왔다. 세상에! 알을 품은 채 고스란히 앉아서 죽다니! 그것은 순전히 그의 잘못으로 그가 죽인 것이나 다름없었다. 지난 며칠 동안 너무 바쁘게 돌아다니다 보니 그는 집안에 갇혀 있는 새들이 목이 말라 죽어 가고 있다는 것을 그만 깜빡 잊고 말았던 것이다.

죽은 새를 탁자 위에 올려놓고 나서 새장 속에 모이와 물을 넣어 주자 수놈은 먼저 물그릇 쪽에 달라붙어 물을 마시기 시작한다. 부리로 여러 번 물을 찍고 나서 비로소 갈증이 풀렸는지 다음에는 물 속에 들어앉아 날개를 파닥이며 목욕을 한다.

그는 한참 동안 둥지 속에 놓여 있는 하얀 알들을 들여다보았다. 그것들은 암놈이 새끼를 까기 위해 오랫동안 품어 왔던 것들인데 이제 어미가 죽었으니 품어 줄 새가 없게 되었다. 이를 어쩌면 좋을까 하고 생각하다가 그는 주방 쪽으로 가서 커피포트에 물을 조금 넣고 끓였다. 그리고 커피 잔에 끓는 물을 부었다.

그는 커피 잔을 들고 창가로 가서 섰다. 그의 아파트에서는 한강이 잘 내려다보였다. 강변도로 위로 차들이 질주하고 있는 것이 그림처럼 시야에 들어온다. 빨리 암놈을 사다가 넣어 주어야겠다고 그는 생각했다. 새 문조가 자기가 낳지 않은 알을 품어 줄지 의문이지만 아무튼 둥지 속에 들어 있는 알들을 그대로 둘 수는 없는 노릇이었다.

그는 소파로 돌아와 앉았다. 집안은 몹시 어질러져 있었지만 그는 그것들을 치우려고 하지 않고 그대로 쳐다보고만 있었다. 탁자 위에는 나흘 전에 사용했던 커피잔이 그대로 놓여 있었고, 재떨이 속에는 담배꽁초가 수북이 들어 있었다.

그는 오랫동안 혼자 살아왔기 때문에 그런 생활에 익숙해져 있었다. 혼자 사는데 제일 중요한 것은 고독과 침묵을 어떻게 극복해 내느냐 하는 것이었다. 그는 그런 것들에도 아주 익숙해져 있었기 때문에 지금은 아무렇지도 않았다. 남들이 보기에 그처럼 쓸쓸한 사람도 없을 것이다. 병호야말로 서울에서 제일 쓸쓸한 사람이라고 할 수 있다. 그러나 그 자신은 그런 것에 아주 익숙해져 있었고, 그래서 자연스럽게 혼자 살아가고 있었다.

남은 커피를 마시고 나서 그는 담배에 불을 붙였다. 죽은 새가 가여워서 다시 가슴이 아려 왔다. 자신의 무관심과 실수로 새가 죽었다고 생각하니 견딜 수가 없었다. 그는 조간신문을 펴 들고 대강 제목만 훑어보고 나서 소파 위에 비스듬히 드러누웠다. 너무 피곤했기 때문에 그의 몸은 파김치처럼 늘어져 있었다. 자면 안 된다고 생각했지만 그는 이내 잠이 들었다.

한 시간쯤 지났을 때 전화벨이 울렸다. 그는 드러누운 채 손을 뻗어 수화기를 집어 들었다. 그것은 두꺼비 왕 형사한테서 걸려 온 전화였다.

"분류를 모두 끝냈습니다. 어떻게 할까요?"

그것은 H호텔 숙박 카드를 모두 분류해 놓았다는 말이었다.

"어떻게 할까?"

그는 대답 대신 되물었다.

"외국인들은 계속 빠져나가고 있습니다."

"그래? 음……"

그는 벽에 걸려 있는 낡은 벽시계를 쳐다보면서 신음했다. 그 시계는 오래 전부터 고장이 나 있었다. 그는 손목시계를 들여다보았다. 8시 30분이 지나고 있었다. 사람들이 계속 빠져나가고 있다 는 말은 H호텔에서 살인 사건이 일어난 이후, 1차 수사 대상인 투숙객들이 호텔을 떠나고 있다는 말이었다. 물론 그들은 프런트에 가서 정식으로 체크아웃 하고 나가는 사람들이다.

"내버려 둬."

그는 생각 끝에 퉁명스럽게 말했다.

"조사해 보지도 않고 모두 내보내란 말입니까?"

왕이 볼멘 소리로 물었다.

"할 수 없잖아."

"공범이 있을지도 모르는데요."

두꺼비는 억울해 하는 것 같았다.

"그래도 할 수 없어."

그는 화가 나서 말했다.

"알겠습니다. 그렇게 하겠습니다."

"외국인은 전부 몇 명이야?"

"카드에 등록된 외국인은 모두 109명입니다. 나라별로 분류하니까 18개국에 속해 있습니다."

"카드에 등록되어 있지 않은 동숙자들도 있겠지?"

"네, 체크했는데 같은 방을 쓴 외국인은 32명이었습니다."

"그들의 신원은?"

"확인하지 못했습니다. 그 중에는 이미 호텔을 떠난 사람들도 있고 해서……"

"지금 갈 테니까 기다려."

병호는 수화기를 내려놓고 소파에서 몸을 일으켰다. 주방으로 가서 냄비에 수돗물을 받아 그것을 가스레인지 위에 올려 놓고 가스 불을 켰다. 찬장에서 라면 한 개를 꺼내 봉지를 뜯으면서 그는 H 호텔에 투숙한 외국인들에 대해 생각해 보았다.

일차적인 수사 대상은 H호텔에 투숙하고 있거나 투숙했던 외국인들일 수밖에 없다고 그는 생각했다. 그것은 피살자가 외국인인데다 제1 용의자인 토머스 러트 역시 외국인이기 때문이었다. 그렇다면 공범 역시 외국인일 가능성이 크다고 그는 생각했다.

그렇다고 하지만 외국인들을 확실한 증거도 없이 조사한다는 것은 여간 어려운 일이 아니다. 더구나 호텔에 투숙한 외국인들을 일일이 만나서 이것저것 꼬치꼬치 캐묻는다는 것은 거의 불가능한 일이다. 호텔 영업에 영향을 끼치는 것은 차치하고라도 외국인들에게 한국에 대한 인상을 나쁘게 심어 줄 수도 있기 때문에 외국인들에 대한 수사는 확실한 증거가 없는 한 되도록 피하라는 것이 위에서 내려온 지침이었다.

살인 사건이 발생한 당시 H호텔 숙박 카드에 등록된 투숙객은 내외국인 합해 412명이었다. 그 중 외국인은 109명인데, 카드에 등록하지 않은 채 그들과 함께 동숙한 외국인이 32명이라니 그들까지 합치면 그 수는 141명으로 불어난다.

외국인들은 한가롭게 노니는 사람들이 아니다. 시간을 쪼개어 스케줄대로 움직이는 사람들이다. 그런 사람들을 붙잡고 어떻게 수사를 벌인단 말인가. 그들은 단 1분간의 시간도 쓸데 없는 일에 빼앗기는 것을 싫어할 것이고, 그런 그들을 붙잡고 늘어진다는 것은 매우 실례되는 짓임에 틀림없다. 물 끓는 소리가 들려왔다. 그는 냄비 뚜껑을 열고 라면을 분질러 넣었다. 그는 호텔 숙박 카드에 등록된 412명 가운데 내국인에 대해서는 일단 수사를 보류하기로 했다. 먼저 외국인에 대한 수사가 별 진전이 없을 경우 그때 가서 내국인에 대한 수사를 벌여야겠다고 생각했다. 그것은 시간과 인력을 절약하기 위해서였다.

라면을 먹고 나서 휴지에다 죽은 새를 싼 다음 그것을 빈 라면 봉지 속에 넣었다. 새장 쪽으로 다가가 문조에게 말을 걸었다.

"슬프고 외롭겠지만 참아 줘. 예쁜 놈을 소개시켜 줄게."

그는 사람에게 말하듯 그렇게 말하고 나서 화장실로 들어가 소변을 보면서 거울에 비친 자신의 모습을 바라보았다. 길쭉한 얼굴은 극도의 피로감에 젖어 메마른 모습을 하고 있었다. 앙상한 턱 주변에는 시커먼 털이 덮이기 시작하고 있었고, 두 개의 큰 눈은 슬픈 빛을 띠고 있었다. 넓은 이마에는 두 갈래의 깊은 주름이 잡혀 있었다. 되는 대로 빗어 넘긴 머리에는 흰 머리카락이 눈에 띄게 섞여 있었다. 면도를 해야겠다는 생각과 귀찮은 생각 때문에 잠시 거울 앞에서 머뭇거리다가 밖으로 나왔다.

그가 현관에서 구두를 신을 때 새가 다시 울기 시작했다. 횃대 위에 올라앉아 울고 있는 새를 바라보다가 그는 밖으로 나와 문을 잠갔다. 아파트 건물 밖으로 나온 그는 건물 뒤로 돌아가 나무 조각으로 화단의 흙을 조금 파낸 다음 거기에다 죽은 새를 묻어 주면서 다시 한 번 가슴이 아파오는 것을 느꼈다.

임시 수사본부가 있는 호텔 쪽으로 가는 동안 그는 생각을 바꿔 일단 보류하기로 했던 내국인에 대한 수사를 즉시 개시해야겠다고 생각했다. 외국인들에 대한 수사 자료로 삼을 수 있는 것은 그들이 남긴 숙박 카드밖에 없었다. 그들을 일대일로 만나 직접 조사할 수 없는 한 수사 자료만 가지고 간접적인 수사를 벌일 수밖에 다른 도리가 없었다.

병호는 복사된 109장의 숙박 카드와 그것을 항목별로 분류해 놓은 자료들을 검토해 보았다.

"카드에 등록하지 않은 외국인 동숙자 32명에 대해서는 자료가 하나도 없습니다."

왕 형사가 곁에서 말했다.

"그건 할 수 없는 일이지."

병호는 고개를 끄덕이면서 109장의 카드를 수사의 기본 자료로 삼을 수밖에 없다고 생각했다. 109장의 카드에 올라 있는 109명의 국적별 분류는 다음과 같이 나타나고 있었다.

* 일본 – 29명
* 미국 – 25명
* 중화민국 – 15명
* 홍콩 – 5명
* 프랑스 – 5명
* 사우디아라비아 – 4명
* 쿠웨이트 – 4명
* 영국 – 3명
* 캐나다 – 3명
* 서독 – 2명
* 이탈리아 – 2명
* 벨기에 – 2명
* 네덜란드 – 2명
* 브라질 – 2명
* 싱가포르 – 2명
* 태국 – 2명
* 스페인 – 1명
* 필리핀 – 1명

"이들에 대한 인적 사항을 모두 정리해서 각국 대사관에 빨리 보내요. 신원 조회를 의뢰하란 말이야. 각 나라 말로 공문을 작성하도록 하되 그게 어려우면 영어로 작성해도 되겠지."

"어디다 부탁하죠?"

외국어라고는 영어 몇 마디밖에 더듬거릴 줄 모르는 왕 형사가 난감한 표정으로 물었다.

"국제 형사계에 지원을 요청할 테니까 그쪽 요원들과 상의해서 작성하도록 해봐. 미국 쪽에는 노엘 화이트의 인적 사항도 보내고 토머스 러트에 대해서는 살인 용의자라는 점을 주지시켜. 러트의 몽타주가 완성되면 그것도 보내줘."

병호는 초조해 오는 기분을 달래려는 듯 계속 줄담배를 피워댔다. 자료를 앞에 놓고 보니 수사 범위가 한없이 확대될 것 같았다.

"이러다가는 전 세계를 상대로 수사를 벌어야 하겠는데."

그의 말에 형사들은 한결같이 놀라는 표정들을 지었다.

"내국인들에 대한 수사도 병행하는 게 좋겠어."

그는 사건 발생 당시 호텔에 투숙해 있던 한국인들의 복사된 숙박 카드를 쳐들어 보였다. 그것은 모두 303장이나 되었다.

"열 장씩 맡아요. 형식적으로 훑지 말고 자세히 조사해요. 내국인은 얼마든지 조사해도 좋으니까 지금 당장 시작해요."

그는 형사들에게 열 장씩의 카드를 나누어주었다.

카드를 받은 형사들은 즉시 밖으로 사라졌고 남은 카드는 외출했다 돌아온 형사들에게 일정하게 배분되었다. 맨 마지막 형사에게는 열세 장이 덤으로 떠맡겨졌다.

비행기 납치

시간은 자정이 지나 7월 22일로 접어들고 있었다.

병호는 온갖 잡동사니를 탁자 위에 올려놓은 채 그 앞에 앉아 있었다. 탁자 위에 팔꿈치를 올려놓고 두 손으로 턱을 괸 채 두 시간 넘게 그렇게 웅크리고 있었다.

탁자 위에 널려 있는 잡동사니는 피살된 노엘 화이트의 유품들이었다. 그것들은 처음 신고 된 관할 경찰서에 보관되어 있다가 노엘 화이트가 피살됨으로 해서 수사본부로 옮겨진 것들이었다. 병호는 그 유품들 가운데서 어떤 단서를 찾으려고 혼자 잠도 설쳐가며 고심하고 있는 중이었다. 그는 수첩과 여권을 들여다보기도 하고 잭나이프를 펴보기도 하면서 생각에 잠겨 있었다.

유품들 가운데 없는 것이 하나 있었다. 그것은 체코 제 세열 수류탄이었다. 그것은 위험부담이 따르기 때문에 다른 곳에 보관되어 있었다. 그대신 그것을 찍은 흑백 사진이 있었다. 그는 사진을 집어 들었다. 그것을 들여다보면서 그는 '에어……' 하고 중얼거렸다. 노엘 화이트는 수류탄으로 무슨 짓을 하려고 했을까? 그가 숨을 거두면서 남긴 '에어……'라는 말은 무엇을 의미할까? 수류탄은 파괴와 살상을 위해 존재한다. 화이트는 파괴와 살상을 위해 그것을 한국에 가지고 들어왔다. 무엇을 파괴하기 위해, 그리고 누구를 죽이기 위해 그것을 가지고 왔을까? 수류탄과 '에어……' 사이에 어떤 관계가 있지 않을까? 에어만 떼어놓고 볼 때 그것은 공기 또는 공중,

하늘같은 것을 의미한다. 거기에 수류탄을 가미시키면 하늘에서 수류탄을 터뜨린다는 의미가 될 수 있다.

하늘에서 어떤 방법으로 수류탄을 터뜨릴 것인가? 그것은 비행기를 이용하는 수밖에 없다. 다시 말해 비행기 속에서 수류탄을 터뜨린다는 뜻이다. 그렇다면 'air……'를 앞에 붙여 이루어진 복합어 가운데 가장 적합한 단어는 airplane, 즉 비행기이다. 화이트가 마지막으로 남긴 말, 'air……'는 airplane을 뜻하는 게 아닐까? 그는 그 말을 마지막까지 끝맺지 못한 채 숨을 거둔 게 아닐까?

침대 위에서는 왕 형사가 코를 골며 곤히 자고 있었다. 소파에서는 다른 형사 한 명이 입을 헤 벌린 채 잠들어 있었다.

화이트가 노린 것이 비행기였다고 치자. 수류탄으로 비행기를 폭파할 수 있을까? 물론 철저히 파괴할 수는 없어도 구멍 정도는 낼 수 있을 것이다. 그러나 정말 비행기를 폭파할 마음이 있다면 시한폭탄 같은 강력한 파괴력이 있는 것을 사용하지 수류탄을 사용하지는 않을 것이다.

병호는 만화를 집어 들었다. 그것 역시 화이트의 유품으로 영어로 된 만화였다. 겉장에는 'Hijacking!'이라는 빨간색 제호가 붙어 있었다. 그것은 공중 납치, 즉 비행기 납치를 뜻한다. 표지의 그림은 아주 자극적이고 선정적으로 그려져 있었다. 납치범 한 명이 스튜어디스 뒤에 달라붙어 권총으로 관자놀이를 겨눈 채 찢어진 유니폼 밖으로 흘러나온 풍만한 젖가슴을 한 손으로 움켜잡고 있고, 승객들은 공포의 눈으로 그것을 바라보고 있는 그림이었다. 그저께 파출소에서 대충 훑어보았기 때문에 내용은 대강 알고 있었다. 그것은 비행기 납치라는 위기 상황을 꾸며놓고 그린 일종의 포르노 만화였다. 일단의 납치범들이 기내에서 승객들을 꼼짝 못하게 해놓고 그들이 보는 앞에서 스튜어디스들을 강간하고 있었다. 스튜어디스들은 엉덩이를 높이 쳐든 채 통로에 엎드려 있었고, 납치범들은 그 뒤에 바싹 붙어 서서 그녀들을 능욕하고 있었다. 납치범은 모두 네 명이었다. 그들은 제각기 다른 무기들, 즉 기관단총, 권총, 도끼, 수류탄 등을 들고 있었다. 수류탄을 들고 있는 자는 털보에다 한쪽 눈에 안대를 대고 있었다.

"바로 이거야! 화이트가 노린 것은 비행기 납치였어!"

그는 속으로 외쳤다. 그러나 아직 자신의 생각을 다른 사람들한테 말하고 싶지는 않았다. 아니, 말할 단계가 아니라고 생각했다. 그러기에는 아직 증거가 부족했다. 결정적인 증거를 포착하기 전에 섣불리 그런 말을 꺼냄으로써 소동을 피우고 싶지 않았다. 그리고 자신의 판단이 잘못된 것일 수도 있었다.

만일 화이트가 노린 것이 비행기 납치였다면 틀림없이 공범이 있을 것이다. 그런 엄청난 짓을 자행하려면 적어도 2명 이상의 인원이 필요하다. 아니, 앞뒤에서 승객들을 위협하고, 조종실에 들어가 기장을 위협하려면, 그리고 기내에서 장시간 버티려면 적어도 4, 5명 정도는 있어야 할 것이다.

노엘 화이트는 테러를 앞두고 결정적인 실수를 저질렀기 때문에 공범들에 의해 살해되었을 가능성이 크다. 비행기 납치 계획은 취소되고, 화이트를 살해한 테러리스트들은 한국에서 철수했을까? 그랬으면 얼마나 좋을까. 그러나 그들이 철수했다는 어떤 증거도 아직까지는 없다. 그들의 존재를 찾아내어 추적해야 한다. 그들이 아직 한국에 있는지, 아니면 이미 출국했는지 그것부터 알아내야 한다. 만일 그들이 아직까지 한국에 남아 있다면 그것은 계획을 취소하지 않았다는 것을 의미한다. 비행기 납치를 전제로 하고 수사를 전개해야겠다고 그는 생각했다.

노엘 화이트는 H호텔에 숙박 카드를 남기지 않았다. 그것은 그가 그 호텔에 투숙하지 않았음을 의미한다. 그러나 그것은 표면적으로 나타난 것에 불과하다. 카드에 기재하지 않고 다른 사람, 그러니까 공범과 동숙했을 가능성은 얼마든지 있다. 실제로 화이트의 사진을 본 호텔 종업원들 가운데 그를 호텔 내에서 본 적이 있다고 증언한 사람들이 몇 명 있었다.

그들은 호텔 안에 있는 식당, 커피숍, 바 등에서 그를 목격했다고 증언하고 있었다. 그런데 목격자들은 하나같이 그가 동행이 없이 혼자였다고 말하고 있었다. 거기에 대해서는 이렇게 설명할 수가 있을 것이다. 화이트를 포함한 일당은 남의 눈에 띄는 곳에서는 함께 동행하거나 일절 서로 아는 체하지 않기로 약속했을 것이다.

화이트가 생전에 H호텔 구내 여기저기서 목격되긴 했지만, 그가 어느 방에서 누구와 동숙했는가 하는 것은 밝혀지지 않고 있었다. 그가 H호텔에 투숙하지 않았을 가능성도 얼마든지 있을 수 있었다. 이를테면 안전을 위해 일당이 모두 한 호텔에 투숙하지 않고 시내 여러 호텔에 분산해서 투숙했을 수도 있다. 그리고 모임을 위해 H호텔에 나타났는지도 모른다. 그 가능성에 대비해서 지금 수사 요원들은 서울 시내에 산재해 있는 모든 숙박업소들을 점검하고 있었다. 노엘 화이트가 투숙한 적이 있는지 그 흔적을 찾기 위해서였다.

병호는 탁자 위에 널려 있는 화이트의 유품들을 그의 누런 가죽 가방 속에다 쓸어 담은 다음 수사 자료 파일을 꺼내놓았다. 파일의 두께는 어느 새 한 주먹이나 되어가고 있었다. 그 가운데서 그는 공항에서 가져온 자료들을 들여다보았다. 그것은 대부분 지난 한 달 사이에 입국한 사람들의 명단과 그들의 인적 사항을 복사한 것들이었다. 거기에는 노엘 화이트가 피살된 시간 이후에 출국한 사람들의 명단도 들어 있었다.

그 명단 속에는 피살된 노엘 화이트와 행방을 감춘 토머스 러트의 이름도 들어 있었다. 그 자료에 따르면 화이트는 지난 7월 14일에 입국한 것으로 되어 있었다. 그리고 러트는 그보다 하루 전인 7월 13일에 입국한 것으로 나타나 있었다.

러트가 H호텔에 투숙한 것은 7월 18일이었다. 그 전에는 그 호텔에 투숙한 기록이 없었다. 그렇다면 13일에 입국해서 17일까지 다른 곳에 있다가 H호텔에 투숙했다는 것이 된다. H호텔에 투숙하기 전에 그는 어디에 있었을까? 13일에 입국 이후 부터의 그의 행적을 알아내기 위해 경찰은 지금 밤잠을 설치고 있었다.

서울에 도착하기 전의 러트의 출발지는 파리였다. 그가 이용한 항공 편은 에어프랑스 271편기로 기종은 보잉 747점보기였다. 항로는 '파리→앵커리지→도쿄→오사카→서울' 순이었다. 파리 드골 공항을 출발한 일시는 7월 12일 오전 10시 30분, 서울 도착 일시는 13일 오후 16시 10분이었다.

노엘 화이트의 죽기 전의 행적에 대해서는 다행히 그의 여권이 있기 때문에 러트보다는 좀 더 자세히 알 수 있었다.

공항의 입국 카드에는 그가 도쿄로부터 입국한 것으로 되어 있었다. 그가 도쿄를 출발한 것은 7월 14일 오후 6시의 일이었다. 그때 이용한 항공 편은 KAL 706편으로 기종은 보잉 747점보기였다. 그리고 서울 도착 시간은 두 시간쯤 후인 오후 8시 10분경이었다. 입국 카드에는 그 정도의 자료밖에 나와 있지 않았다. 그러나 여권에는 그 이전의 행적이 나와 있었다. 그의 낡은 여권의 빈 칸에는 스탬프가 어지럽게 찍혀 있었다. 그것은 출입국 할 때 찍어주는 스탬프였다. 그러니까 그것은 출입국 허가 증명이나 다름없는 것으로서 거기에는 출입국 날짜도 함께 찍힌다.

노엘 화이트의 여권에 어지럽게 찍힌 스탬프를 면밀히 검토한 결과 도쿄 출발 이전의 그의 여행 코스는 다음과 같았다

"뉴욕→프랑크푸르트→로마→나폴리→파리→암스테르담→앙카라→카이로→리스본→취리히→리오데자네이로→멕시코시티→도꾜."

그가 처음 뉴욕에서 출발한 날짜는 1년 전인 1985년 4월 15일이었다. 그리고 긴 여행 끝에 도꾜에 도착한 것은 1986년 6월 25일이었다. 그때까지의 그의 여행 기간은 14개월이나 되었고 방문한 나라는 13개국이나 되었다.

그 동안 그가 무슨 짓을 하고 돌아다녔는지는 몰라도 겉으로 드러난 그의 궤적으로 보아서는 그는 마치 세계를 지붕으로 삼고 살아가는 코스모포리탄 같았다. 그런데 그는 일본에 20일 동안 체류하다가 지난 7월 14일 한국에 입국, 비참한 최후를 맞음으로써 기나긴 여행에 종지부를 찍었다.

한국 경찰은 주한 미국 대사관에 노엘 화이트의 죽음을 통보하면서 그의 신원 조회를 의뢰했다. 그와 함께 그의 유족들이 그의 시신을 운구해 가도록 그들에게 통보해 줄 것도 아울러 부탁했다.

병호는 냉수를 한 컵 마시고 나서 욕실로 들어가 찬물로 얼굴을 씻었다. 자리로 돌아온 그는 다시 자료철을 들여다보기 시작했다.

7월 13일 토머스 러트가 타고 온 AF 271편기의 탑승객수는 그를 포함해서 369명이었다. 병호는 7월 13일부터 7월 20일 사이에 H호텔에 투숙한 투숙자 명단과 AF 271편기로 입국한 입국자 명단을 세밀히 대조해 보았다. 양쪽 명단에서 혹시 같은 이름이 나오지 않을까 해서 대조해 본 것인데, 그 작업은 4시경에야 끝맺을 수가 있었다. 결과는 성공적이었다.

그는 다섯 장의 숙박 카드를 따로 분류해 놓았다. 그리고 369장의 입국자 카드 가운데서도 다섯 장을 따로 뽑아놓았다. 양쪽에서 가려낸 각 5명씩의 명단은 서로 같은 동일 인물들이었다. 그러니까

지난 13일 AF 271편기를 타고 입국한 사람들 가운데 5명이 H호텔에 투숙한 것이었다. 그 중에는 물론 토머스 러트도 끼어 있었다. 러트를 제외한 4명의 인적 사항은 다음과 같다.

* Philip Roi(필립 로이) : 미국인 남자. 1954년 9월 9일생.
  여권 번호 08829613X. H호텔 투숙 7월 13일.
* Allain Gavee(알렝 가베) : 프랑스 남자. 1943년 4월 19일생.
  여권 번호 754993X. 호텔 투숙 7월 16일.
* 장길모(張吉模) : 한국인 남자. 1944년 11월 5일생.
  여권 번호 1024589X. 호텔 투숙 7월 13일.
* 薩摩賢治(사쓰마 겐지) : 일본인 남자. 1944년 9월 10일생.
  여권번호 03752892X. 호텔 투숙 7월 13일.

병호는 즉시 프런트로 전화를 걸어볼까 하다가 직접 내려가 보기로 했다. 프런트 데스크가 자리 잡고 있는 1층 로비는 이른 새벽인데도 불구하고 그렇게 조용하지만은 않았다. 나이트클럽에서 밤 샘한 것으로 보이는 젊은 남녀들이 서성거리고 있었기 때문에 로비는 생각했던 것보다 어수선해 보였다.

프런트 계원은 병호의 신분을 익히 알고 있었기 때문에 그의 말을 듣고 나서 즉시 컴퓨터 단말기 앞으로 다가앉아 키를 두드려댔다. 그 동안 병호는 로비를 어슬렁거리다가 화장실에 들어가 소변을 보고 나왔다. 프런트로 다가가자 프런트 계원은 이미 조사를 끝내놓고 그를 기다리고 있었다.

"네 사람 중 현재 호텔에 남아 있는 사람은 아무도 없습니다."
하고 프런트 계원이 말했다.

"모두 정식으로 체크아웃 하고 나갔나요?"

"네, 그렇습니다."

병호는 그들이 호텔에서 나간 날짜를 알아보았다. 필립 로이가 호텔에서 나간 날짜는 7월 18일이었다. 알렝 가베는 7월 19일, 그리고 장길모는 7월 21일, 일본인 사쓰마 겐지도 7월 21일이었다. 미국인과 프랑스인은 화이트가 피살되기 전에 호텔을 떠났고, 한국인과 일본인은 사건 발생 하루 뒤에 떠났다.

병호는 임시 수사본부로 돌아오면서 장길모라는 한국인에 대해서 생각해 보았다. 그는 한국인이면서 왜 집에 들어가지 않고 호텔에 투숙했을까? 장길모는 13일 오후 6시 호텔에 투숙했었다.

그가 타고 온 비행기가 김포 공항에 도착한 시간은 오후 4시 10분이었다. 입국수속을 마치고 시내에 자리잡고 있는 H호텔에까지 오려면 두 시간 가까이 걸릴 것이다. 그러니까 그날 장길모는 공항을 나서자마자 곧바로 H호텔로 달려왔다고 볼 수 있었다.

방으로 들어가자 왕 형사가 침대에서 몸을 일으켰다.

"아직도 안 주무셨습니까?"

그가 미안한 얼굴로 말을 걸었다.

"잠이 와야 말이지. 급히 수배해야 할 인물들을 찾아냈어."

병호는 다시 탁자 앞에 다가앉아 파일을 들여다보았다.

"어떤 인물들입니까?"

왕이 그쪽으로 다가와 앉으며 물었다.

병호는 추려놓은 4명의 명단을 두꺼비에게 보여주었다. 그리고 그들이 어떤 인물인가를 설명해 주었다.

본격 수사

두 사람은 지난 7월 14일 노엘 화이트와 같은 비행기를 타고 입국한 사람들에 대해서도 검토해 보았다. 이번에는 함께 작업을 했기 때문에 아까보다는 좀 더 빨리 해치울 수가 있었다.

7월 14일 오후 6시 KAL 706편으로 노엘 화이트와 함께 입국한 사람들은 모두 해서 389명이었다. 입국자들을 국적별로 보면 단연 일본인이 제일 많았고, 그 다음이 한국인들이었다. 389명 가운데 입국 당일 혹은 7월 20일까지의 사이에 H호텔에 투숙한 적이 있는 사람은 6명이었다.

1, 大野保(오노 다모쓰) : 일본인 남자. 1942년 5월 4일 생. 여권 번호 05720467X. 호텔 투숙 일자 7월 14일.

2, 多田紀美(오다 기미) : 일본인 여자. 1958년 11월 19일 생. 여권 번호 09152684X. 호텔 투숙 일자 7월 17일.

3, 右川龍造(우가와 류조) : 일본인 남자. 1946년 9월 2일 생. 여권 번호 07236582X. 호텔 투숙 일자 7월 18일.

4, Guinter Yulmut(귄터 율무) : 독일인 남자. 1953년 4월 10일 생. 여권 번호 AM261852X. 호텔 투숙 일자 7월 18일.

5, 馬如九(마여구) : 홍콩인 남자. 1947년 8월 16일 생. 여권 번호 S9186349X. 호텔 투숙 일자 7월 14일.

6, Frederick Masur(프레드릭 마주르) : 영국인 남자. 1944년

9월 5일 생. 여권 번호 M9803519X. 호텔 투숙 7월 19일.

여섯 명 가운데 지금까지 호텔에 남아 있는 사람은 일본인 오노 다모쓰와 독일인 귄터 율무뿐이었다. 오다 기미와 우가와 류조는 7월 21일 H호텔에서 나간 것으로 되어 있었다. 영국인 프레드릭 마주르도 같은 날짜에 프런트에서 체크아웃 한 것으로 되어 있었다. 홍콩인 마여구는 그보다 하루 전날인 7월 20일 호텔에서 빠져나간 것으로 되어 있었다.

"토머스 러트, 그리고 노엘 화이트…… 그들과 함께 입국해서 H호텔에 묵었거나 현재 묵고 있는 사람은 모두 10명이야. 이들 중에 공범이 있을지 모르니까 이들10명의 뒤를 철저히 추적해볼 필요가 있어."

"먼저, 출국했는지 그것부터 알아봐야겠는데요."

왕이 완전히 잠에서 깨어난 목소리로 말했다. 그는 이어서

"만일 아직 출국하지 않은 자가 있으면 어떻게 할까요?"

하고 물었다.

"출국 정지를 시켜. 그렇다고 오랫동안 붙잡아둘 수는 없고 하루 이틀 정도 붙잡아두고 철저히 조사를 해보고 나서 혐의점이 없으면 출국시켜."

"알겠습니다. 정신을 차릴 수 없을 정도로 수사 범위가 확대되는데요. 인원이 절대 부족합니다."

"지원을 요청해야겠어. 인원이 부족해서 수사를 못하는 일이 있어서는 안 되지. 무제한 투입시킬 테니까 철저히 조사를 해."

"이건 순전히 육감입니다만…… 이번 사건은 단순 살인 사건이 아닌, 모종의 흑막이 있는 꽤 심각한 사건 같다는 생각이 듭니다."

오병호는 심복 부하에게만 속에 품고 있는 생각을 털어놓고 싶

었다. 그는 소파에서 자고 있는 형사 쪽을 한 번 쳐다보고 나서 상체를 앞으로 기울였다. 그리고 목소리를 낮추어 입을 열었다.

"하이재킹 가능성이 많아. 아니, 하이재킹이라고 나는 단정을 내리고 싶어."

병호를 바라보는 두꺼비의 두 눈이 놀라움으로 커졌다. 병호는 자신이 그렇게 보는 이유를 왕에게 설명해 주었다. 설명을 듣고 난 왕 형사는 병호의 생각에 전적으로 동감이라는 듯 크게 고개를 끄덕이면서

"그렇군요. 바로 그것이었군요."

하고 중얼거렸다.

"하지만 이건 당분간 우리 둘만 알고 있는 게 좋아. 지금 터뜨리면 소동만 일어나지 수사에 도움이 될 게 하나도 없어. 신문에 공개되기라도 하면 수사는 더욱 어려워져. 그리고 그들이 노리고 있는 게 하이재킹일 거라는 건 어디까지나 심증일 뿐이지 정확한 증거가 있는 것도 아니야. 그러니까 우리는 그 증거를 찾아야 해. 증거를 찾는 방향으로 수사를 전개해야 해."

두꺼비의 표정이 돌처럼 굳어졌다.

물론 신문과 방송에서는 H호텔에서 발생한 외국인 피살 사건을 대대적으로 보도하고 있었다. 사건 내용이 특이하고 잔인한 데다 그 동안 별로 큰 사건이 없었기 때문에 각 언론기관에서는 외국인 피살 사건을 때를 만난 듯 다투어 센세이셔널하게 보도하고 있었다. 그러나 그 사건 보도에는 수류탄에 관한 이야기는 하나도 언급되어 있지 않았다. 그럴 수밖에 없는 것이 수류탄에 관한 이야기는 공개되지 않은 채 병호의 안주머니 속에 깊이 숨겨져 있었던 것이다. 설사 언론기관에서 수류탄에 관한 이야기를 알았다 하더라도 그것을 외국인 피살 사건과 연관 지어 생각한다는 것은 수사 기관

의 도움 없이는 거의 불가능한 일이었다.

토머스 러트에 대해서는 이미 사건 발생 직후부터 출국 정지 명령이 내려져 있었다. 그가 호텔에 체크아웃도 하지 않은 채 행방을 감추었고 지금까지 모습을 나타내지 않고 있는 것으로 보아 그가 노엘 화이트를 살해했을 가능성은 더욱 높아지고 있었다. 사건 발생 직후 경찰은 공항과 항만을 봉쇄하고 러트가 출국했는지 그것부터 알아보았는데 다행히 그때까지 그가 출국한 흔적은 어디에서도 찾을 수가 없었다. 그래서 경찰은 그가 틀림없이 국내에 잠복해 있을 것이라는 확신을 품고 전력을 기울여 그를 찾고 있었다.

날이 새자 새로 투입된 수사 요원들이 10명의 입국자들에 대한 소재 파악에 나섰다.

10명 중 아직 출국하지 않고 H호텔에 남아 있는 일본인 오노 다모쓰와 독일인 귄터 율무에 대해서는 경찰은 별로 신경을 쓰지 않았다. 일반적으로 생각해서 그들이 공범이라면 지금까지 사건이 발생한 그 호텔에 묵고 있을 리가 없다고 판단되었기 때문이었다. 그러나 일단 형식적으로나마 면담 정도는 해보고 넘겨야 뒤끝이 깨끗할 것이라고 생각되어 병호는 여자 형사로 하여금 그들을 만나보게 했다.

여 형사에게 그 일을 맡긴 것은 일손이 달리는 지금 형식적인 일을 처리하는 데는 별로 능력이 없어 보이는 그녀가 제일 적당하다고 생각되었기 때문이었다. 더구나 그녀는 뛰어난 미모를 갖추고 있기 때문에 외국인들에게 불쾌감을 주지 않고 필요한 것을 알아낼 수 있을 것 같았다.

그녀는 스물여섯 살의 미혼 처녀로 경찰에 들어온 것은 3년 정도밖에 되지 않았는데 그나마 수사계통에서 일한 지는 1년 조금 넘은 햇병아리 형사였다. 그녀의 신분을 모르는 사람들이 그녀를 보면 그녀는 번화가의 패션이나 썩 어울리는 멋쟁이 아가씨였다. 그런 아가씨가 형사라고 하면 모두들 의외라는 듯 깜짝 놀라는 것이었다. 그녀는 화장도 진하게 하는 편이었다.

"외국인을 조사하는 것은 매우 실례되는 일이니까 기분 상하지 않게 요령껏 해야 해요. 두 가지 측면에서 알아봐요. 하나는 그들이 공범일 가능성에 대비해서 알아봐요. 다른 한 가지는 그들이 공범이 아닐 경우인데, 그 경우라 하더라도 기내에서 혹시 노엘 화이트와 러트의 얼굴을 기억하고 있을지도 모르니까 그들의 사진과 몽타주를 보여주면서 동행이 없었는지 물어봐요. 요령 있게 물어봐요. 외국인들이니까 특별히 신경을 쓰지 않으면 안 돼요."

병호는 그 정도로 말해 주고 그녀를 내보냈다. 그런데 그녀는 나간 지 10분도 못 되어 돌아왔다. 일본인과 독일인이 제각기 묵고 있는 두 방에 가봤는데 모두 공교롭게도 외출 중이라는 것이었다.

"언제 나갔는지 알아봐요."

병호의 말에 그녀는 프런트에 전화를 걸었다. 그리고 전화를 끊고 나서 하는 말이 이랬다.

"잘 모르겠다는 데요."

병호는 그녀에게 그녀가 다음에 취해야 할 행동에 대해 말해주지 않았다.

아침 10시가 되기 전에 병호는 충혈된 눈으로 4명의 명단을 들여다보았다. 그것은 법무부 출국과에서 통보되어 온 출국자 명단이었다. 10명 가운데 이미 출국한 사람은 미국인 필립 로이, 프랑스인 알렝 가베, 일본인 우가와 류조, 그리고 홍콩인 마여구였다. 그들이 H호텔에서 체크아웃한 날짜와 출국 일자는 서로 일치했다. 병호는 그들의 명단을 한쪽으로 제쳐놓고 아직 출국하지 않고 있는 사람들의 명단을 뚫어지게 들여다보았다. 그들 가운데는 한국인 장길모도 끼어 있었다. 그리고 두 명은 아직 H호텔에 남아 있었다. 나머지 세 명은 일본인 사쓰마 겐지와 역시 같은 일본인으로서 젊은 여자인 오다 기미, 그리고 영국인 프레드릭 마주르였다.

10시가 지났을 때 신원 조회를 의뢰했던 각국 대사관으로부터 하나 둘씩 연락이 오기 시작했다.

맨 처음 연락을 해 온 곳은 미국 대사관이었다. 미국 대사관 직원은 피살된 노엘 화이트의 여권이 위조 여권이라고 말했다. 그리고 행방을 감춘 토머스 러트의 인적 사항은 모두 허위라고 알려주었다. 나머지 사람들, 그러니까 사건 발생 당일인 7월 20일 H호텔에 투숙해 있던 미국인들의 인적 사항은 모두 이상이 없는 것으로 판명되었다고 그 직원은 말했다.

"노엘 화이트와 토머스 러트에 대해서 좀 더 자세한 것을 알 수 있을까요?"

"신원이 모두 가짜이기 때문에 당장 알아낸다는 것은 어렵습니다. 하지만 보내주신 그들의 사진과 몽타주를 FBI에 보내서 수사를 의뢰했기 때문에 조만간 어떤 연락이 있을 겁니다. 그때 다시 연락하겠습니다."

그 직원은 사무적으로 말하고 나서 일방적으로 전화를 끊었다.

오후 3시가 지났을 때 한국에 주재하고 있는 18개국 대사관으로부터 신원 조회 결과가 모두 도착해 있었다. 그 가운데 미국 측을 제외하고 문제의 인물이 있다고 통보해 온 곳은 일본과 영국 대사관 두 군데였다. 나머지는 이상이 없다고 통보해왔다.

일본 측에서 이상이 있다고 연락해 준 인물은 사쓰마 겐지 라는 자였다. 그는 지난 7월 13일 토머스 러트가 타고 온 AF 271편기에 동승하여 입국했고, 바로 그날부터 H호텔에 투숙해 있다가 8일 후인 21일에 호텔을 나간 인물이었다. 그리고 아직 국내에 남아 있는 것으로 판명된 자였다. 주한 일본국 대사관에서 통보해 온 내용은 조금 구체적인 것이었다.

　＊사쓰마 겐지 : 일본 적군파 대원, 현재 지명수배 중인 자임.”

　그것은 긴장을 불러일으키기에 충분한 내용이었다.

　일본 대사관 직원은 사쓰마 겐지가 아직 한국 내에 있을 경우에 따라서는 일본 경찰이 한국으로 건너와 수사에 협조할 수도 있다고 전해 주었다. 병호는 즉시 일본 경찰의 협조를 구했다. 일본에서 수사팀이 와주면 사쓰마에 대한 정보를 보다 구체적으로 알 수 있을 것이라고 생각되었기 때문이었다.

　영국 측에서 문제가 있다고 통보해온 인물은 프레드릭 마주르였다. 그는 7월 14일 노엘 화이트가 타고온 KAL 706편으로 입국한 영국인이었다. 그는 7월 19일 H호텔에 투숙했다가 21일 체크아웃했고, 아직 출국하지 않은 것으로 되어 있었다.

　＊프레드릭 마주르 : 그의 여권은 변조 여권임. 프레드릭 마주르는 2년 전에 사망했음.”

　어렴풋하던 하나의 윤곽이 이제 뚜렷한 모습을 드러내기 시작한 것 같다고 병호는 생각했다. 지금까지는 갈피를 잡을 수 없을 정도로 많은 인물들이 눈앞을 어지럽히고 있었지만 이제는 수배 대상 인물이 분명해졌다. 그들을 빨리 체포해야 한다. 체포 이유도 충분하다. 한 명은 일본 적군파 대원으로 일본 경찰이 수배 중인 자이고 토머스 러트와 프레드릭 마주르는 위조 여권을 지니고 있다. 그것만으로도 충분히 체포 사유가 되고도 남는다.

　병호는 상부에 보고하러 가기 위해 자리에서 일어섰다가 생각을 고쳐먹고 도로 자리에 주저앉았다. 보고를 위해 일부러 시간을 내어 보스한테 갈 필요가 없다고 생각했던 것이다. 시간 절약을 위해 전화로 간단히 끝내면 된다. 상대방이 불쾌하게 생각하든 말든 그런 건 알 바 아니다. 그런 것까지 고려한다는 것은 너무 피곤한 일이라고 생각한 그는 수화기를 집어 들고 보스에게 전화를 걸었다. 보스는 마침 자리에 있었다.

보스는 콜록거리면서 병호의 이야기를 듣고 나더니 흥하고 코웃음을 쳤다. 그리고 피곤한 음성으로 입을 열었다.

"바야흐로 범죄도 국제화 시대를 맞이했군. 인터내셔널 킬러들이 한국에 몰려들어와 설쳐대고 있다는 건가? 재미있는 일이야."

"전 경찰력을 동원해서 이들 세 명을 빨리 체포하지 않으면……"

병호는 얼굴을 찌푸리면서 보스의 말을 막으려고 했지만 그는 듣지 않고 자신의 말을 계속했다.

"타깃이 정해진 이상 이제 쏘는 일만 남았지 않나. 방아쇠만 당기면 되는데 문제 될 것 없단 말이야. 이것은 아주 좋은 찬스야. 인터내셔널 킬러들을 일망타진해서 코리안 폴리스의 저력을 세계에 과시할 수 있는 아주 좋은 찬스란 말이야. 사람은 찬스를 이용할 줄 알아야지."

"네, 그렇습니다."

그가 말하고 싶은 것은 경찰력을 총동원해 달라는 것이었다. 그러나 보스는 외국어를 섞어서 말하는 그 자체를 즐기고 있는 것 같았다. 저 버릇을 언제쯤 고칠 수 있을까. 저것도 일종의 병이겠지 하고 그는 생각했다.

여 형사

7월 23일 오후.

H호텔 구내에 있는 풀장 옆을 지나는데 두꺼비가 병호의 소매를 잡아당겼다.

"저 아가씨…… 화시 아닙니까?"

병호는 두꺼비가 턱으로 가리키는 쪽을 쳐다보았다. 풀장은 꽤 많은 사람들로 북적대고 있었다.

"어디에 화시가 있다는 거야?"

병호가 두리번거리자 두꺼비가 손을 들어 가리켰다.

"저기 파란 파라솔 밑에 비스듬히 누워 있는 아가씨 말입니다. 검정 수영복을 입고 아이스크림을 먹고 있는 아가씨가 보이지 않습니까?"

"아, 보여."

병호는 어이없다는 표정으로 그 아가씨를 쳐다보았다. 그녀는 옆모습을 보이고 있었기 때문에 먼발치에서 자기를 주시하고 있는 남자들이 있다는 것을 모르고 있는 것 같았다. 그녀는 짙은 선글라스로 눈을 가리고 있었다. 햇볕에 가무잡잡하게 그을린 피부는 검정색 비키니 수영복과 조화를 이루면서 건강하고 매혹적인 아름다움을 발산하고 있었다.

"늘씬한데요."

두꺼비가 군침을 흘리며 말했다.

병호는 화가 났다. 모든 수사관들이 땀을 삘삘 흘리며 수사에 전력을 기울이고 있는 판에 햇병아리 여 형사가 호텔 풀장에서 한가롭게 수영이나 즐기고 있다니, 정말 말도 안 되는 일이었다.

그녀가 몸을 일으켰다. 그가 보기에도 그녀의 몸매는 매력적일 정도로 늘씬해 보였다. 남자들의 시선이 그녀에게 쏠리고 있었다. 그녀는 주위의 시선에 아랑곳하지 않고 풀장 앞으로 다가서더니 몸을 똑바로 세웠다.

"정말 근사한데요. 저런 아가씨는 경찰에 있기 아깝습니다."

두꺼비는 감탄하는 눈길로 화시의 몸매를 바라보며 말했다.

"당장 끌고 와. 지금이 어느 때라고 수영을 즐기고 있어."

병호가 화난 표정으로 말하자 그제서야 두꺼비도 제 정신을 차리고 한 마디 했다.

"네, 저건 좀 문제가 있겠는데요. 아무리 여자라고 하지만 남들은 정신 없이 돌아가는데 혼자서 저렇게 일도 하지 않고 풀장에서 노닥거리고 있다는 건 보기에 안 좋은데요. 불러다 따끔하게 한 마디 하셔야겠습니다."

"당장 불러와."

그때 여 형사가 물속으로 첨벙 소리를 내면서 뛰어드는 것이 보였다.

그녀는 맞은편으로 아주 능숙하게 헤엄쳐 나갔다.

"수영도 아주 잘하는데요. 언제 저렇게 수영을 배웠지."

두꺼비가 다시 감탄하는 어조로 말했다.

맞은편 물가에 닿은 화시는 벽에 부착되어 있는 쇠 사다리를 붙잡고 위로 올라갔다. 물에 젖은 그녀의 몸매는 더욱 매혹적으로 보였다. 그녀는 빈 의자로 다가가더니 그 위에 탐스러운 엉덩이를 올려놓는다. 그러자 옆에 앉아 있던 외국인 남자가 그녀에게 뭐라고 말을 거는 것이 보였다. 그 말에 그녀가 응수를 하면서 하얀 치열을 살짝 드러내고 웃는다. 금발의 외국인이 그녀 쪽으로 상체를 기울이면서 다시 뭐라고 말하자 그녀 역시 스스럼없이 거기에 대꾸한다. 외국인 역시 선글라스를 끼고 있었고, 코밑에는 멋지게 수염을 기르고 있었다. 바위처럼 넓고 단단해 보이는 가슴은 온통 털로 뒤덮여 있었다.

"저거 보십시오. 외국 놈 하나 낚은 모양인데요. 가서 데려 오겠습니다."

두꺼비가 도저히 참을 수 없다는 듯 그쪽으로 가려는 것을 병호가 막았다.

"잠깐! 내버려 둬."

두꺼비는 병호의 변덕스러움에 알다가도 모르겠다는 듯 그를 돌아보았다.

"그냥 둘 겁니까?"

"내버려 둬. 방해하지 않는 게 좋을 것 같아. 자, 여기를 뜨는 게 좋겠어."

그들은 호텔 안으로 들어갔다.

호텔 안에다 수사본부를 설치해 두었기 때문에 불편한 점도 있었지만 그보다는 편리한 점이 더 많았다.

왕 형사를 먼저 수사본부로 보내고 나서 병호는 1층에 자리잡고 있는 그릴로 들어갔다. 그릴에는 손님들이 많았다. 그는 중간쯤에 앉아 있다가 창가에 자리가 비자 그쪽으로 자리를 옮긴 다음 주스를 한 잔 시켰다.

바닥에서 천장 높이에 이르는 대형 유리창을 통해 인공 폭포가 쏟아내고 있는 많은 양의 물줄기가 시야를 시원하게 만들어 주고 있었다. 그 저쪽으로 풀장이 보였다.

여 형사 유화시는 아까의 그 외국인과 여전히 웃으며 이야기를 나누고 있었다. 그녀가 유난히 두 손을 움직이고 있는 것으로 보아 그녀의 외국어 회화 실력이 변변치가 못한 것 같았다. 그들이 앉아 있는 두 개의 의자는 처음보다 그 간격이 아주 좁혀져 있었다. 외국 인 남자가 자기 의자를 그녀 곁으로 당긴 것 같았다.

화시는 오른쪽 다리를 왼쪽 다리 위에다 포갰다. 하체의 볼륨이 남자의 손길을 기다리는 듯 안타깝게 흔들렸다. 외국인의 시선이 자신의 허벅지에 쏠리고 있음을 느끼면서 그녀는 다리를 풀었다가 이번에는 반대로 포개보았다. 외국인의 시선은 여전히 그녀의 허벅 지에서 떠나지 않고 있었다.

"당신 이름이 뭐지요?"

"율무…… 귄터 율무…… 당신은?"

외국인이 처음으로 물었다. 그들은 영어로 말하고 있었다.

"화시……"

"화시?"

그렇게 말하면서 외국인은 이름이 아무래도 이상하다는 듯 고 개를 갸우뚱했다.

"당신 컬리지 걸인가?"

화시는 고개를 끄덕였다.

"네, 그래요. 대학생이에요."

그녀는 더듬거리는 영어로 말했다. 그녀의 영어 실력은 형편 없 었기 때문에 아주 기본적인 대화만이 가능했다.

웨이트리스가 방울이 달린 팻말을 들고 지나갔다. 쇠 방울에서 달랑달랑하는 소리가 났다. 팻말에는 이름이 적혀 있었다.

화시는 거기에 적혀 있는 것이 자기 이름인 것을 보고 몸을 일으 켰다.

"안녕."

그녀는 외국인에게 고개를 까닥해 보인 다음 홱 돌아서서 카운터 쪽으로 사뿐사뿐 걸어갔다. 외국인이 자신의 엉덩이를 바라보고 있을 것이라고 생각하면서.

"도대체 거기서 뭘 하고 있는 거지?"

수화기를 들자마자 병호의 노한 목소리가 들려왔다.

"일하고 있는 거예요."

그녀는 별로 당황하지 않고 대답했다.

"수영장에서 외국 남자와 노닥거리는 것도 일인가?"

그녀는 재빨리 건물 안쪽을 바라보았다.

"노닥거리는 게 아니에요. 전 아주 신중하게 일을 하고 있는 중이에요."

마침내 그녀의 시선이 한곳에 멈췄다. 창가에 병호가 서 있는 것이 보였다. 그는 수화기를 귀에 대고 서서 창문을 통해 그녀를 바라보고 있었다. 그녀는 자기도 모르게 몸을 움츠렸다. 어머, 엉큼한 사람. 저럴 수가 있담. 처음부터 다 봤을 거 아니야.

"본부로 빨리 올라와요."

"저는 지금 놀고 있는 게 아니라니까요. 지금 막 한 사람 낚았단 말이에요."

"그 사람 누구야?"

"독일인 있잖아요. 귄터 율무라는 사람 말이에요. 그 사람하고 아주 자연스럽게 접촉했단 말이에요."

"이거 봐요. 누가 그런 식으로 접근하라고 했나. 형식적으로 한 번 면담해 보라고 했지. 누가 미인계를 사용하라고 했어."

그 말에 그녀는 얼굴을 확 붉혔다. 그녀는 입술을 깨물며 가만히 듣고 있다가

"저는 저대로의 방식이 있어요."

하고 내뱉듯이 말한 다음 수화기를 거칠게 내려놓았다.

"화시……"

탈의실 쪽으로 걸어가던 그녀는 자기 이름을 부르는 소리에 돌아섰다.

독일인이 어느 새 뒤에 다가와 있었다.

"무슨 일이에요?"

그녀는 정색을 하고 외국인을 바라보았다.

"화시…… 시간 좀 낼 수 없습니까?"

그가 불타는 눈으로 그녀를 바라보았다. 화시는 고개를 살래살래 흔들었다.

"안 돼요. 가야 해요."

그녀가 돌아가려고 하자 그가 다시 그녀의 이름을 불렀다. 그에게는 끈질긴 데가 있었다.

"지금 바쁘면 저녁에 만나줘요. 식사에 초대하고 싶어요."

"약속할 수는 없어요. 룸 넘버를 가르쳐 줘요. 전화하겠어요."

"1825……"

그녀는 탈의실로 들어가면서 자기도 모르게 미소를 지었다. 낯선 외국인 남자를 한 명 사로잡았다는 데서 오는 만족한 회심이 미소였다.

어제부터 그녀는 그 독일인 남자를 노렸다. 어제 병호로부터 지시를 받고 그를 방으로 찾아갔었지만 외출 중이었다. 그를 만나지 못하고 물러서면서 그녀는 생각을 고쳐먹었다. 그녀의 방식대로 한번 상대방한테 접근해 봐야겠다고. 남자 형사들은 그녀를 여자라고 숫제 무시하려고 들었다. 그녀에게는 지금까지 일다운 일이 한 번도 맡겨진 적이 없었다. 누구라도 할 수 있는 아주 쉽고 안전한 것,

그리고 남자들의 뒤치다꺼리가 그녀에게 맡겨질 뿐이었다. 모험심이 남달리 많은 그녀에게는 그것은 정말 참을 수 없는 일이었다.

임시 수사본부로 쓰고 있는 2050호실로 들어가자 경감이 뒷모습을 보이며 창가에 서 있는 것이 보였다. 두꺼비가 웃으며 그녀를 바라보았다. 오 경감이 돌아섰다. 그의 표정은 굳어 있었다.

"그 독일인을 어떻게 알게 됐지? 경찰이라고 했나?"

"아뇨. 신분을 밝혔으면 수영장까지 따라갈 필요가 없죠. 어제부터 그 사람 동태를 감시했어요. 그 사람은 외출했다가 어제 저녁때에야 돌아왔어요. 오노 다모쓰도 비슷한 시간에 돌아왔어요. 프런트에 부탁해 놓았기 때문에 그들을 알 수가 있었어요. 먼저 독일인한테 접근하기로 하고 기회를 노리다가 오늘 그 사람이 수영장에 가는 걸 보고 접근했던 거예요. 겨우 유혹했는데 반장님이 부르는 바람에 데이트도 하지 못하고 돌아온 거예요."

"그것 참 안 됐군. 그래서 뭘 좀 알아냈나?"

"아뇨. 한국에 무슨 일로 왔느냐고 하니까 비즈니스로 왔다고 했어요."

병호는 바지에 두 손을 찌르고 고개를 조금 숙이고 화시의 말을 듣고 있다가 쳐들었다.

"우리는 시간을 아껴야 해요. 인력이 부족하기 때문에 인력을 아껴야 해요. 공연한 일에 시간과 인력을 낭비해서는 안돼요."

"알고 있어요. 하지만 저는 아직 귄터 율무에 대해 아무 것도 알아내지 못했어요. 일본인에 대해서도요. 공연한 일이었다고 판단되면 즉시 그만두겠어요. 반장님, 저한테도 기회를 한 번 주세요. 제 능력을 한 번 발휘할 수 있게 말이에요. 저는 남자가 할 수 없는 일을 할 수 있어요."

방안에 있던 남자들이 어리둥절한 표정으로 일제히 그녀를 쳐다보았다. 맨 처음 박수를 친 사람은 두꺼비였다. 그를 따라 다른 사람들도 박수를 치기 시작했다. 박수를 치지 않은 사람은 오 경감 한 사람뿐이었다. 화시는 부끄러운지 두 손으로 얼굴을 가렸다.

"알았어요. 한번 해봐요. 방해하지 않을 테니까."

병호는 다시 창 쪽으로 몸을 돌렸다.

화시는 얼굴을 가리고 있던 두 손을 내렸다. 그녀의 두 눈에는 눈물이 번져 있었다. 그러나 그녀는 웃고 있었다.

"그 독일인이 저녁 식사에 초대했단 말이에요. 집에 가서 옷을 갈아입고 와야겠어요."

"그러다가 정말 그 남자한테 반해서 사고라도 나면 어떡하지?"

그렇게 말한 사람은 두꺼비였다.

"그런 걱정은 하지 마세요. 전 애인이 있단 말이에요."

"골키퍼가 있다고 골이 안 들어가나."

그녀는 그 말이 무슨 말인지 의아한 표정이다가 이윽고 그 말뜻을 알아차리고는 맹렬한 기세로 두꺼비한테 달려들어 그의 어깨를 때리기 시작했다. 그 바람에 실내에는 한 줄기 소나기 같은 시원한 폭소가 터졌다.

병호는 그들의 웃음소리가 등을 간지럽히는 것을 느끼면서 말없이 창밖에 시선을 던지고 있었다. 그는 웃을 수가 없었다.

지금쯤 적어도 외국인이 한 명 정도는 걸려들어야 되는 것이었다. 그런데 아무도 걸려들지 않고 있었다. 약속이나 한 듯 하나같이 행방을 감추고 있었다. 외국인은 전국 어디를 가나 그 신분이 노출되게 마련이다.

일단 누구든지 수배 대상에 오르면 숙박업소가 아니더라도 노상에서 검문검색을 당하기 때문에 금방 걸려들고 만다. 그런데 만하루가 지났는데도 그들을 발견했다는 보고는 아직 하나도 들어오지 않고 있었다.

　토머스 러트, 사쓰마 겐지, 프레드릭 마주르 – 이들 세 명을 체포하기 위해 현재 전 경찰력이 동원되어 있는 형편이었다. 그런데 그들은 어디로 숨어버렸는지 좀처럼 그 모습이 드러나지 않고 있었다. 만일 숙박업소에 투숙해 있지 않고 어느 민가에 잠복해 있다면 당분간 찾아내기가 어려울지도 모른다. 또 다른 가능성도 배제할 수 없다. 그것은 그들이 다른 위조 여권을 사용하고 있을 경우이다. 그 경우에도 찾아내기가 어려울 것이다.

　"그런데 좀 이상한 점이 있어요."

　뒤에서 유화시의 목소리가 들려오고 있었다. 그는 그녀의 말소리에 귀를 기울이지 않았지만 들려오는 것을 막을 수는 없었다.

　"오노 다모쓰는 1938호실에 투숙하고 있고 귄터 율무는 1825실에 투숙하고 있어요. 그들은 서로 모르는 사이인 것 같아요. 그런데 어제 제가 그들의 방을 찾아갔을 때 그들은 약속이나 한 듯 외출하고 없었어요. 그때가 아침 9시 조금 지나서였어요. 그리고 저녁때 거의 같은 시간에 돌아왔어요."

　"우연이겠지 뭐."

하고 두꺼비가 대수롭지 않다는 듯 말했다.

　"또 하나 있어요."

　거기에 반발하듯 화시가 날카롭게 말했다. 병호는 그녀의 다음 말에 귀를 기울였다.

테러리스트

유화시(劉和詩)는 조금 뜸을 들였다가 말했다.

"점심때 그러니까 1시경이었어요. 지하에 있는 책방에서 율무와 오노 다모쓰가 이야기하는 것을 보았어요."

비로소 병호가 고개를 돌려 그녀를 쳐다보았다. 그의 부드러운 눈에 날카로운 빛이 떠오르고 있었다. 화시는 침을 꿀꺽 삼키고 나서 말을 이었다.

"두 사람은 나란히 서서 책을 고르고 있는 것 같았어요. 얼른 보기에는 서로 모르는 사람이 책방에 들러 서가에 꽂혀 있는 책들을 빼보는 것 같았어요. 그런데 그게 아니었어요. 저는 조금 떨어진 곳에 있는 액세서리 코너에서 물건을 고르는 척하면서 그들을 유심히 관찰했는데 그들은 계속 나란히 붙어 서서 책을 고르는 것보다 이야기하는데 더 정신이 팔려 있는 것 같았어요. 이야기하는 것도 제스처를 써가며 서로 얼굴을 쳐다보면서 하는 것이 아니고 눈은 책에 가 있으면서도 입만 달싹거리는 것이었어요. 마치 다른 사람이 볼 때는 이야기하는 것 같지 않게 보이게 말이에요."

호텔 지하층에는 조그만 상가가 조성되어 있었다. 거기에는 고급양복점, 잡화점, 책방, 액세서리 코너, 가방점, 스포츠 용품점 같은 것들이 들어서 있었고, 한쪽에는 서너 개의 식당도 자리 잡고 있었다.

"아마 한 5분 정도 그렇게 나란히 서서 속삭였을 거예요. 먼저 오노가 책을 하나 사 들고 밖으로 나갔어요. 율무는 책을 사지 않고 담배를 사는 것 같았어요. 그는 오노가 나가고 5분쯤 있다가 책방을 나왔어요. 그 뒤 그들이 만나는 것을 보지 못했어요. 아까 수영장에는 오노도 있었어요. 하지만 그들은 전혀 모르는 사람처럼 행동했어요. 서로 마주쳐도 모르는 체하고 지나쳤어요. 마주치는 기회가 많았지만 한 번도 인사하거나 말하는 것을 보지 못했어요. 이상한 일 아니에요?"

그녀는 동의를 구하듯 사람들을 둘러보았다. 그러나 남자들은 약속이나 한 듯 벙어리처럼 앉아 있었다. 한동안 무거운 침묵이 흐른 뒤 두꺼비가 먼저 입을 열었다.

"뭐 그럴 수도 있는 일이지. 이상하게 보기 시작하면 모든 게 다 그렇게 보인다구요. 그건 그렇고, 아까 수영장에 있는 아가씨들 가운데 유 순경 몸매가 제일 늘씬했어요."

그녀의 얼굴이 금새 빨개졌다. 그녀는 화난 얼굴로 두꺼비를 노려보았다.

병호는 유화시의 능력을 너무 과소평가한 자신을 속으로 나무라면서 그녀에게 깊은 눈길을 주었다.

"나는 유 순경의 말을 귀담아 들을 필요가 있다고 생각해요. 그 두 사람에 대해서는 계속 관찰할 필요가 있을 것 같아요."

화시의 얼굴에 미소가 번지기 시작했다. 그것 보라는 듯이 그녀는 두꺼비를 쳐다보았다. 병호가 다시 말했다.

"그 두 사람을 계속 관찰해봐요. 이런 일은 혼자서는 무리일 테니까 몇 사람 지원조를 붙여주지. 수영장에서는 어떻게 율무한테 접근했어요?"

"제가 먼저 말을 걸지는 않았어요. 그쪽에서 말을 걸어오게 만들었어요. 마침 그 사람이 앉아 있는 의자 옆에 빈 자리가 나오기에 재빨리 헤엄쳐 건너가 거기에 가서 앉았어요. 그랬더니 율무가 말을 걸어왔어요. 저보고 헤엄을 아주 잘 친대요. 그러면서 저보고 아름답다나요. 콜라를 사주기에 못이기는 체하고 받아 마셨어요. 자기는 비즈니스 관계로 혼자 한국에 왔는데 일을 끝내고 지금은 한가하게 쉬고 있는 중이래요. 한국은 살기 좋은 나라 같은데 도시 공해가 너무 심한 것 같고 거리가 멋지지가 않대요. 영어 실력이 짧아서 다른 말들은 잘 알아들을 수가 없었어요. 자기는 며칠 후에 독일로 돌아갈 거라고 했어요. 그러면서 혼자 지내기가 심심한데 친구가 되어 줄 수 없느냐고 했어요. 저는 그럴 수 없다고 했지만 완강히 거절하지는 않았어요. 그 사람…… 말하는 표정이 진지해 보였어요. 그리고 착한 인상이었어요. 제가 전화를 받고 수영장을 나오려고 하니까 제 뒤를 따라 오면서 저녁 식사에 초대하고 싶다고 했어요."

"그래서 뭐라고 했어요?"

두꺼비가 눈을 빛내며 물었다. 화시는 그에게 눈을 흘기면서 말했다.

"지금 약속할 수는 없다고 했어요. 그래도 혹시 모르니까 룸 넘버를 가르쳐달라고 했더니 그것을 가르쳐주더군요. 전화하겠다고 했어요."

"그 초대에 응해 봐요."

병호의 말에 그녀는 고개를 끄덕였다.

"그렇지 않아도 그럴 생각이에요."

"조심해요."

병호의 얼굴에 걱정하는 빛이 나타났다. 무엇을 조심하라는 것인지 그녀는 얼른 납득이 가지 않았다.

"율무와 오노의 통화를 도청해 보도록 해. 그리고 그들이 눈치 못 채게 그들의 사진을 찍어 둬."

"알겠습니다."
하고 두꺼비가 하품을 참으면서 대답했다.

임시 수사본부로 쓰고 있는 H호텔 2050호실은 너무 비좁았기 때문에 병호는 두 개의 방을 터서 사용할 수 있는 2015호실로 본부를 옮겼다.

오후 5시가 지났을 때 그는 네 사람의 방문을 받았다.

일본에서 건너온 수사관들이었다. 병호는 그들을 한쪽 방으로 안내한 다음 중간 문을 닫았다.

마스오(滿洲夫)라는 40대 중반의 깡마른 사나이가 병호를 마주 보고 앉았고, 나머지 사람들은 그 곁에 둘러앉거나 창가에 가서 기대섰다.

마스오가 일본 수사관의 가운데 제일 높은 자리에 있는 듯했다. 그는 검은 테의 도수 높은 안경을 끼고 있어서 학자 같은 인상을 풍기고 있었다.

병호와 마스오는 영어로 이야기를 시작했다.

"사쓰마 겐지에 관한 기록입니다."

마스오는 두툼한 파일을 그 앞에 꺼내놓았다.

"감사합니다."

병호는 감사를 표한 다음 파일을 집어 들고 뚜껑을 펼쳐 보았다. 먼저 눈에 들어온 것은 여러 장의 사진이었다.

"사쓰마의 사진들입니다."

하고 마스오가 말했다.

사진에는 사쓰마의 여러 모습들이 찍혀 있었다. 머리를 짧게 깎은 모습, 티셔츠 차림, 양복 차림, 빨간 운동모를 눌러쓰고 있는 모습, 장발에 선글라스를 끼고 있는 모습 등이 나와 있었다. 그것들은 한 사람의 모습을 찍은 것이라고는 믿어지지 않을 정도로 서로 다른 모습들을 보여주고 있었다.

"그는 변장을 잘 합니다. 이것이 가장 확실한 사진입니다."

마스오는 머리를 짧게 깎은 사쓰마의 사진을 내보였다. 날카로운 눈매에 눈썹이 별로 없고 광대뼈가 튀어나온 길쭉한 얼굴이 이쪽을 노려보고 있었다. 얼른 보기에도 살기가 느껴지는 광포한 모습이었다.

"사쓰마는 사람 죽이는 것을 밥 먹듯이 해대는 자입니다."

병호는 마스오의 이야기를 들으면서 기록을 대강 훑어보았다. 그것은 일어와 영어로 작성되어 있었다.

"일본에서만도 다섯 명이나 살해했습니다. 은행 강도를 하다가 은행원 두 명을 사살했고, 극우파 인물인 아사하라를 백주 대로에서 칼로 살해했습니다. 그리고 경찰관 두 명도 권총으로 사살했습니다."

지명 수배되자 사쓰마는 1971년 국외로 탈출하여 잠적했다. 그가 다시 모습을 드러낸 것은 1973년 7월이었다. 그 해 7월 21일 승객 1백23명과 승무원 22명을 태운 파리 발 도쿄 행 일본항공(JAL) 소속 점보기가 경유지인 암스테르담 공항을 이륙 직후 4인조 무장 괴한에 의해 납치되는 사건이 발생했는데, 사쓰마가 바로 그 4명 속에 끼어 있음이 발견되었다.

그들은 일본에 투옥되어 있는 적군파 동지들의 석방과 인질들의 몸값 39억 9천8백만 엔을 요구했는데, 당시 아랍에미레이트의 두바이 공항까지 날아가 범인들과 협상을 벌인 운수성의 사토 정무차관에 의해 범인 가운데 사쓰마가 끼어 있음이 확인되었다.

협상이 끝나자 범인들은 리비아의 뱅가지 공항으로 이동, 인질들을 석방시킨 다음 비행기를 폭파시켜 버렸다.

"범인들은 리비아 정부에 투항했는데, 리비아 측이 그들을 어떻게 처리했는지는 알려지지 않았습니다. 4년 후 그 처리 결과가 나타났는데, 사쓰마는 다시 건재한 모습으로 비행기를 납치했습니다."

일본 측 수사관은 차분한 목소리로 이야기를 계속했다.

1977년 9월 28일 5명의 테러범들이 파리 발 도꾜 행 JAL 소속 DC-8기를 공중 납치했다. 승객 1백42명과 승무원 14명이 탄 그 비행기를 납치한 테러범들은 소련제 AK-47 자동소총과 수류탄으로 무장하고 있었는데, 그들 가운데 한 명이 사쓰마 임이 나중에 확인되었다.

방글라데시의 대카 공항에 비행기를 강제 착륙시킨 그들은 일본에 투옥되어 있는 적군파 대원들과 인질들의 몸값 6백만 달러를 요구했다. 일본정부는 그들의 요구를 모두 들어주고, 그들은 알제리의 베이 공항으로 날아가 알제리 정부에 투항했다.

"그 뒤 사쓰마의 행적은 밝혀지지 않았습니다. 지금까지 어디에도 모습을 드러내지 않기에 죽은 줄 알았는데…… 일본과 가까운 서울에 잠입할 줄은 정말 몰랐습니다."

마스오의 얼굴에 결연한 빛이 나타났다. 그가 사쓰마를 몹시 증오하고 있다는 것을 알 수가 있었다.

"정말 그 놈이 서울에 잠입해 있다면…… 이번에는 절대 놓치지 않을 겁니다. 그런데 어떻게 해서 그 놈이 한국 경찰에 걸려들었습니까?"

마스오 부장은 그것이 궁금하다는 듯 병호를 쳐다보았다. 병호는 거기에 대답하기 전에

"사쓰마 겐지라는 이름은 본명인가요?"

하고 물었다.

"아닙니다. 놈의 본명은 아모우 시로야마(天羽城山)라고 합니

다. 사쓰마 겐지라는 이름은 과거에 놈이 사용하던 가명의 하나입니다."

"그자는 하이재킹에 뛰어난 솜씨를 발휘하는가 보지요?"

병호가 의미심장한 표정으로 묻자 마스오는 고개를 끄덕였다.

"놈이 가담한 하이재킹이 확인된 것만도 두 건이나 되니까……그 방면에 경험을 쌓았다고 볼 수 있지요. 드러나지 않은 것까지 합치면 그보다 훨씬 건 수가 많을 겁니다. 서울에 잠입한 걸 보니까 일본으로 다시 들어오려는 것이 분명합니다. 그 말에 병호는 천천히 고개를 흔들었다.

"내 생각에는…… 그가 일본에 잠입하려는 게 아니라 한국에서 무슨 일인가 터뜨리려고 하는 것 같습니다."

일본 수사관들의 움직임이 굳어졌다. 그들은 숨을 죽이고 병호의 다음 말을 기다렸다.

"사쓰마 겐지라는 이름이 우리 수사망에 걸려든 것은 어떤 외국인의 피살 사건을 수사하는 과정에서 그렇게 된 겁니다."

병호는 노엘 화이트 피살 사건을 이야기해 주었다.

그리고 극비 사항이라고 전제한 뒤 수류탄이 발견된 사실도 말해주었다.

"하이재킹이군요!"

이야기를 듣고 난 마스오가 창백한 얼굴로 낮게 소리쳤다.

"나도 그렇게 생각하고 있습니다. 목표가 어떤 비행기인지, 그리고 디데이가 언제인지 그걸 알아내야겠는데 도무지……"

머리를 흔드는 병호의 표정이 어두워졌다.

"놈이 서울까지 잠입해 온 걸 보면 일본과 가까운 곳에서 일을 터뜨림으로써 적군파 조직이 아직 건재하다는 전시효과를 노리고 있음이 분명합니다. 사실 1977년 이후 적군파의 활동은 눈에 띄게 약화되어 그 존립 자체마저 의심이 갈 정도였습니다. 조직을 재정비하고 있는 게 아니냐는 생각도 들었는데, 마침내 마각을 드러낼 모양이군요. 그런데 놈이 서울에서 일을 터뜨릴지 아니면 도꾜에서 터뜨릴지 그게 아직 드러나지가 않았군요. 그걸 알아내야 할 텐데……"

거기에 대해서는 병호도 뭐라고 단정을 내릴 수 없었다. 그러나 그는 사쓰마 일당이 서울에서 비행기를 납치할 가능성이 많다는 쪽으로 생각하고 싶었다.

서울에서는 지금까지 그런 사건이 일어나지 않았고, 그래서 그런 사건이 일어날 가능성이 많은 취약 지역으로 생각되어 왔던 것이다.

"사쓰마 겐지 일당으로 생각되는 자들이 한국에 잠복해 있는 이상 하이재킹은 서울을 기점으로 발생할 가능성이 큽니다."

"물론 봉쇄 조치는 취했겠지요?"

"네, 그들은 우리가 파악하고 있는 그 위조 여권으로는 한국을 빠져나갈 수 없을 겁니다."

"그럼 또 다른 위조 여권을 사용하면 빠져나갈 수도 있다는 말이군요?"

"그야 그렇지요."

병호는 한 대 얻어맞은 기분으로 대꾸했다.

"하지만 그들은 자기들이 수배되어 있다는 것을 모르는 이상 다른 여권을 사용하지는 않을 겁니다."

"그렇다면 눈치 채지 못하게 조심스럽게 작업을 해야겠군요."

"그야 당연하죠."

병호는 수사 내용에 대해 더욱 철저하게 보안 조처를 해야겠다고 마음먹었다.

"수류탄이 발견된 걸 보니까 이미 무기가 반입된 것 같군요."

마스오가 걱정스러운 눈길을 병호에게 던졌다. 병호의 표정은 더욱 어두워졌다.

"나도 그렇게 생각하고 있습니다. 어떻게 무기가 들어올 수 있었는지 모르지만 정말 걱정입니다."

"아무리 철통같이 감시를 해도 그들은 뚫고 들어옵니다. 이스라엘의 텔아비브 근교에 있는 로드 공항의 감시 체제는 세계 최고로 알려져 있습니다. 테러리스트들이 제일 많이 눈독을 들이는 곳이니까요. 하지만 1972년 5월 30일 일본 적군파 세 명이 바로 거기서 자동소총을 난사해서 무고한 사람 24명을 살해했지 않습니까. 그때 그들은 수류탄도 던졌습니다. 끔찍한 일이었죠."

마스오의 이야기에 병호는 한숨을 길게 내쉬면서 담배에 불을 붙였다.

이상한 집

일본에 적군파(赤軍派)가 결성된 것은 1969년의 일이었다. 1960년대 후반 세계를 풍미한 월남전 반대 운동에 편승하여 일본에서는 미·일 안보조약에 반대하는 학생운동이 전개되었는데, 그것을 계기로 각종 과격 단체들이 탄생되었고, 적군파도 그런 단체들 가운데 하나로 등장하게 되었던 것이다.

적군파는 첫 번째 테러 대상으로 도꾜 주재 미국 대사관과 소련 대사관을 폭파하려고 했으나 작전이 실패로 돌아가 약 2백 명 가까운 대원들이 체포됨으로써 처음부터 난관에 봉착한다. 그러나 그들은 조직을 정비하여 1970년 3월 31일 마침내 JAL 소속 727기를 납치하는데 성공한다.

악명을 떨치기 시작한 적군파는 이듬해 정부관리와 기업인들을 납치하려다가 다시 경찰의 기습을 받고 그 대원들이 다수 체포되고, 일부는 해외로 도주하여 팔레스타인 게릴라 조직과 제휴함으로써 적군파가 반제국주의 투쟁에 앞장서는 계기를 마련하게 된다.

1972년 일본 내에 남아 있던 적군파는 다른 과격 단체와 손을 잡고 연합 적군을 결성한다. 그들은 새로운 투쟁을 위하여 혹독한 훈련과 자아비판 및 자체 내의 숙청을 단행하는데 그 숙청 방법이 너무도 악랄하고 혹독하여 세상에 큰 파문을 불러 일으킨다. 잔혹한 방법으로 살해된 대원들의 피살체가 지상에 공개됨으로써 일본 국민들의 분노를 자아내게 했고, 급기야 상당수의 대원들이 이탈하는 사태를 빚게 했다. 1973년 1월 1일에는 연합 적군의 지도자가 형무소에서 자살하고, 체포된 나머지 간부들은 실형 선고를 받게 되어 연합 적군은 사실상 일본 국내에서 와해되고 만다.

그러나 일본 국내에서는 적군파가 발붙일 곳이 없어졌지만 국외에서는 여전히 그 잔류파들이 테러 활동을 계속하고 있었다. 그들은 일본 국내의 적군파와는 다른 별도의 새로운 적군파로 자처하면서 이름도 '일본 적군' (日本赤軍: The Japanese Red Army : JRA)이라고 고쳐 부른다. 그들이 그 존재를 처음 드러낸 것은 1972년 5월 30일 이스라엘의 텔아비브 공항에서 무고한 사람들을 향해 총기를 난사함으로써 24명이나 되는 사람들을 살해하는 잔인한 테러를 감행하면서 부터였다.

일본 적군은 적군파의 아랍 지부가 그 세력을 확장하여 팔레스타인 게릴라 조직과 제휴, 그 활동 범위를 국제화 함으로써 새로운 테러 단체로 부상하게 된 것이다. 그들은 1972년 6월 15일 '아랍적군으로부터의 강령' 이라는 성명서를 발표한다. 그 성명서에서 그들은 일본 국내의 적군파를 공격하고 독자적인 노선을 걸어갈 것임을 명백히 하고 있다.

"우리는 1971년 2월 일본 내 적군파와 동일한 의식을 갖고 아랍 지부 건설에 착수하여 1년여에 걸쳐 세계의 각 전선과 교류해 가며 PFLP(팔레스타인 해방 인민전선)와의 공동 무장 투쟁을 전개해 왔지만, 아랍과 일본 적군의 공통적인 노선을 전 인민 앞에 표명하는 데까지 이르지는 못했다. 그 이유는 적군파의 구성원이었던 우리들이 국경을 초월한다는 현실 속에서 적군파를 일본의 혁명 세력으로 끌어올릴 수 없었기 때문이다. 이에 따라 우리는 스스로 자기 비판을 하지 않으면 안 될 것이며, 동시에 우리에 대한 적군파의 대응이 어떠한 것이었나를 묻지 않으면 안 된다. 1971년 11월을 기점으로 우리와 적군파의 관계는 단절된 상태에 있었으며, 아랍 지부 건설에서부터 물질적, 인력적 원조는 일절 없었다. 더욱이 현재의 무장을 모든 면에서 공유하도록 준비한 우리들에게 적군파의 대응은 불만의 연속뿐이었다."

일본적군은 1969년 적군파가 정립하였던 '세계당—세계 적군—세계 혁명 통일전선'이라는 전략을 그대로 답습하고 있다. 그들은 팔레스타인 게릴라 조직들이 추구하는 것처럼 이스라엘과의 투쟁에 역점을 두고 있다. 이스라엘과의 투쟁은 바로 그들을 지원하고 있는 선진 자본주의 제국들과의 투쟁이며 그것은 곧 세계 제국주의와의 투쟁이라는 이론적 토대를 마련하였다. 그들은 이스라엘을 부르조아 계급의 대표적 존재로 인식하고 있고, 이스라엘이야말로 제3 세계의 자원을 착취하고 수탈하는 제국주의의 거점이라고 생각하고 있다. 따라서 일본적군은 팔레스타인 게릴라 조직들과 제휴하여 제국주의의 상징인 이스라엘을 타도하는 것을 지상 목표로 삼고 있고, 그것이야말로 세계 제국주의를 타도하는 길이라고 믿고 있다.

그를 위해 일본 적군은 팔레스타인 게릴라 조직뿐 아니라 터키 인민 해방군, 서독 적군파, 아일랜드의 IRA, 모잠비크 해방전선 등 세계 각국의 테러 조직들과 제휴를 맺고 있으며, 2대 국제 테러 조직인 '국제 혁명기구'와 '세계 혁명평의회'에도 모두 가입되어 있었다.

1977년 5월 일본 적군은 그때까지의 팔레스타인 일변도의 노선에 과오가 있었음을 시인하고, 이후로는 일본 혁명에 전력을 기울일 것을 선언한다.

'우리들이 팔레스타인 게릴라와 제휴한 이래 6년이 경과하였으나, 그간 우리들은 일본 인민에 대해 무엇을 생각하고 어떠한 사회를 실현시키기 위해 투쟁하고 있는 것인가를 전할 수 없었다. 우리들은 자신의 불충분함을 결과로 받아들여 일본 인민공화국의 실현을 위한 투쟁을 계속할 것을 약속한다.'

마스오 부장의 일본 적군에 대한 이야기는 한국 경찰관들에게는 새로운 감각으로 받아들여질 수밖에 없었다. 지금까지 그런 것은 남의 나라 이야기 정도로 피상적으로 들어왔었는데 마스오 부장의 이야기를 듣고 보니 그것이 현실적인 느낌으로 피부에 와 닿는 것이었다.

"그렇다고 해서 일본 적군이 팔레스타인 게릴라 조직과 손을 끊었다는 말은 아닙니다. 그들은 세계 혁명을 위해 공동 전선을 펴되 자국 내에 먼저 혁명의 불길을 당겨야 한다는 거죠."

그의 이야기는 사쓰마 겐지의 목표가 무엇인지를 더욱 명확히 해주고 있었다. 병호는 조심스럽게 입을 열었다.

"지금까지 적군파가 벌인 하이재킹을 보니까 주로 일본 항공기를 대상으로 했더군요."

"네, 그렇습니다. 그것은 일본 국민들에게 가장 큰 충격을 줄 수 있기 때문에 그런 겁니다. 다른 항공기보다 일본 항공기를 택함으로써 그들은 보다 큰 선전 효과를 노린 겁니다."

"이번에도 그들은 JAL기를 대상으로 삼지 않을까요?"

"그럴 가능성이 크죠. 우리도 그렇게 생각하고 있습니다. 그래서 이미 일본 항공에 주의를 환기시켜 놨습니다. 보다 검색을 철저히 하고 보안을 강화하도록 지시해 놓았습니다."

"정보가 들어갔다고 해서 그들이 계획을 포기할까요?"

"정보도 정보 나름입니다. 자신들의 신원이 드러났을 경우에는 계획을 수정하거나 포기하겠지요. 하지만 막연히 경계를 강화하고 있다는 것을 알면 그들은 계획을 포기하지 않을 겁니다. 그들의 속성은 과격하고 저돌적이니까요. 웬만큼 위험해 가지고는 그들은 물러서지 않습니다. 놈들은 기어코 해내고야 말 겁니다."

"만일 이번에 일이 터지면 상당히 충격적인 것이 되겠군요."

"그럴 겁니다. 오랫동안 침묵을 지켜왔기 때문에 큰 것을 터뜨릴 가능성이 큽니다."

그게 무엇일까 하고 병호는 생각했다. 비행기를 폭파할 것인가, 아니면 사람들을 무차별 학살할 것인가, 그것도 저것도 아니라면 돈을 요구할 것인가.

장길모의 집은 한 마디로 호화 저택이었다. 그 집은 부유층들이 살고 있는 J동에 자리 잡고 있었는데 집 주위에는 성벽 같은 높은 담이 둘러쳐져 있어 집 밖에서는 집 안을 들여다볼 수가 없게 되어 있었다.

형사 두 명은 꼬박 하룻동안 그 집 주위에 잠복해 감시해 보았지만 이렇다 하게 이상한 사람들이 출입하는 것은 볼 수가 없었다. 그 집은 사람이 살고 있지 않은 집처럼 괴괴한 적막 속에 싸여 있었는데 밤에 불이 켜져 있는 것으로 보아서는 사람이 살고 있는 것이 분명했다.

동네 반장의 말에 따르면 그 집에는 노부부만이 살고 있다고 했다. 그런데 그들 중 남자 쪽이 불치의 병에 걸려 있어서 노파가 간병을 하고 있으며 가끔씩 의사가 들르기도 한다는 것이었다. 그 말을 뒷받침하기라도 하는 듯 아침에는 앰뷸런스 한 대가 그 집에 들어갔다가 나왔다. 앰뷸런스의 옆구리에는 'K피부과 의원'이라는 이름이 적혀 있었다.

동네 반장은 그 집 노인이 무슨 병에 걸려 있느냐는 물음에 얼른 대답을 못하고 머뭇거리다가 확실하지는 않지만 아마 나병인 것 같다고 말했다. 나병 환자라면 수용 시설에 옮겨 치료를 받게 해야 하지 않느냐고 하자 그렇지 않아도 동네 사람들 사이에서는 그런 말들이 오갔다고 했다. 나병 환자를 동네에 둘 수는 없다고 처음에는 모두가 강경하게 나왔지만 노파가 눈물로 호소하는 바람에 그대로 눈감아주게 되었다는 것이었다. 노파는 영감과 단 둘이 살고 있는데 영감을 딴 데로 보내 버리면 자기는 혼자서 어떻게 살라는 말이냐. 동네에 절대 폐를 끼치지 않게 하겠다. 영감을 절대 밖에 내보내지 않겠다. 영감은 이제 일흔 살이 넘어 얼마 살지도 못한다. 영감이 죽으면 자기도 죽을 것이다. 그때까지만 눈감아 달라. 여기는 우리가 20년 이상 살아온 집이다. 그리고 영감의 병명이 나병인지는 아직 확실치 않다. 나는 우리 영감과 한솥 밥을 먹고 있지만 전염되지 않고 있다. 제발 이 동네에 그대로 있게 해 달라. 노파의 이 같은 호소는 동네 사람들의 심금을 울려 그들은 더 이상 그들 부부를 쫓아내는 것을 강요하지 않기로 했던 것이다.

그렇기는 하지만 동네 사람들과 내왕이 없으니 자연 그 집은 동네 속의 절해고도 같은 집이 되고 말았다. 아무도 그 집을 찾지 않았고 노부부 역시 남의 집을 찾아가는 일이 없었다. 가끔씩 노파가 장바구니를 들고 바깥 출입을 하는 것이 고작이었다.

동사무소에 비치되어 있는 주민등록표에는 노부부 외에 장길모라는 40대의 남자가 동거인으로 되어 있었다. 그리고 그들과의 관계 란에는 장길모가 아들로 되어 있었다. 형사들은 하룻동안 잠복해 보았지만 장길모로 보이는 젊은 남자가 출입하는 것을 볼 수가 없었다.

형사 한 명이 본부로 상황을 보고했다. 이야기를 듣고 난 병호는 잠복을 그만두고 한번 그 집에 들어가 일단 사람들을 만나보라고 지시했다.

젊은 형사들은 땀에 젖은 몸을 이끌고 그 집으로 향했다. 그 집의 높다란 담벽은 담쟁이덩굴로 덮여 있었다.

"과거에는 아주 잘 살았던 집 같아."

안경을 낀 형사의 말에 멀쑥하게 키만 커 보이는 형사는 말없이 고개를 끄덕이면서 초인종을 눌렀다.

철제 대문에는 두껍게 녹이 슬어 있었다. 기둥에는 장문구(張文九)라는 낡아빠진 나무 문패가 붙어 있었다.

한참 만에야 안쪽에서 신발 끄는 소리가 들려왔다.

"누구세요?"

늙은 노파의 목소리가 안쪽에서 들려왔다.

"실례합니다. 동회에서 호구 조사 나왔습니다."

오후 6시가 지났는데 동회에서 호구 조사를 나왔다는 것은 말도 되지 않는다. 하지만 그런 것을 모르는지 노파가 쇠 빗장을 잡아 빼는 소리가 끼익 끽하고 들려왔다. 이윽고 쪽문이 열리면서 노파의 모습이 보였다.

"실례합니다."

형사들은 안으로 들어섰다.

노파의 머리는 온통 잿빛으로 덮여 있었다. 얼굴은 주름으로 쪼글쪼글해 보였다. 조그만 눈이 흐릿하게 흔들렸다. 노파의 등은 굽어 있었다. 그녀는 무표정하게 방문객들을 쳐다보았다.

"여기 장길모 씨 계십니까?"

"길모라구요?"

노파가 혀 짧은 소리로 물었다.

"네, 장길모 씨 말입니다. 그 사람 지금 이 댁에 있습니까?"

노파가 머리를 흔들었다.

"없어."

"어디 갔나요?"

"몰라."

노파는 머리를 흔들었다.

"장길모 씨하고 어떻게 되십니까?"

"아들이야. 하나밖에 없는 아들이야."

정원에는 수목이 가득 차 있었다. 그러나 손질이 제대로 되어 있지 않아 값비싼 정원수들이 아무렇게나 자라고 있었다.

"아드님도 여기에 살고 있습니까?"

노파가 다시 머리를 흔들었다.

"살지 않아. 미국에 갔어."

"언제 미국에 갔나요?"

"오래 됐어."

"할머니, 거짓말하시면 안 됩니다. 아드님은 며칠 전에 귀국했습니다."

"몰라. 그런 것 몰라. 그 애는 여기 오지 않아."

저만치 수목 사이에서 누군가가 움직이고 있는 것이 보였다. 형사들은 긴장해서 그쪽을 바라보았다.

"저기 누가 있습니까?"

형사들이 그쪽으로 가려고 하자 노파가 그들을 막아 섰다.

"안 돼, 물어볼 게 있으면 나한테 물어봐요. 우리 영감은 안 돼."

"잠깐이면 됩니다."

형사들은 노파를 뿌리치고 그쪽으로 다가가 보았다.

이윽고 나무 뒤로 돌아간 그들은 멈칫 그 자리에 서 버렸다.

얼굴이 무섭게 일그러진 노인이 그들을 쏘아보며 서 있었다. 그의 입에는 파이프가 물려 있었다. 코는 문드러져 있었고 입은 뒤틀려 있었다. 뒤틀린 입에 파이프가 물려 있는 것이 더욱 괴기스러워 보였다. 두 눈은 벌겋게 짓물려 있었다. 머리에는 머리카락 하나 남아 있지 않았다.

"누구요? 어디서 왔소?"

노인의 입에서 파이프가 굴러 떨어졌다. 그는 허리를 굽혀 문드러진 손으로 그것을 집어 들었다.

"경찰에서 왔습니다."

"왜? 무슨 일로 왔소?"

뒤틀린 입에서 흘러나오는 소리는 분명하지가 않았지만 알아들을 수는 있었다.

"장길모 씨가 아드님 되십니까?"

"그렇소."

노인의 두 눈에서는 금방이라도 피가 흘러나올 것만 같았다.

"아드님을 좀 만나려고 왔습니다만……"

"그 애는 여기에 없소. 그 애한테 무슨 일이라도 생겼나요?"

"아닙니다. 참고인으로 뭘 좀 물어보려고 왔습니다."

"그 애는 여기 살지 않아요. 발 끊은 지가 오래 돼요."

하나밖에 없는 아들이 왜 부모가 살고 있는 집에 들어오지 않는지 굳이 물어보지 않아도 알 수 있을 것 같았다.

은 신 처

장길모는 거실에 서서 안으로 들어서는 아버지를 바라보았다.

아직 해가 지지 않았는데도 거실 안은 어둠침침했다. 커튼을 쳐 놓았기 때문이다.

"무슨 일입니까?"

자기 아버지한테 묻는 말치고는 무례하달 정도로 날카롭고 퉁명스러운 어조였다.

"경찰에서 왔다 갔다. 너를 찾더구나."

노인은 자신의 흉한 모습을 될수록 보이지 않으려고 아들을 외면했다.

"뭐라고 했어요?"

아들의 무례한 말버릇에 노인은 익숙해져 있었다.

"없다고 했어. 여기 오지 않은 지가 오래 됐다고 했어."

"그밖에 다른 말은 하지 않았어요?"

장길모는 눈을 부라렸다.

"다른 말이란 게 뭐 있겠니. 네 직업을 묻기에 사실대로 대답했지. 무역을 한다고. 가족 관계도 묻기에 지금은 혼자라고 했지."

"이혼한 이야기도 했어요?"

"경찰이 묻는데 그럼 말 안 할 수가 있어야지. 가족들을 먼저 미국으로 보냈는데 결국은 가족이 헤어지게 됐다고 했지. 아이들은 네 아내가 기르고 있다고 했어."

"그런 쓸데 없는 말은 왜 했어요?"

아들은 벌컥 역정을 내면서 아버지를 노려본다. 그렇지 않아도 참혹하게 생긴 노인의 얼굴이 더욱 비참하게 일그러지고, 그 곁에서 노파는 잔뜩 풀이 죽은 모습으로 아들의 눈치를 살핀다.

"동회에 가서 주민등록표를 본 모양이더라. 이 집에는 왜 세 식구만 사느냐고 묻길래…… 그걸 설명하느라고 그런 이야기까지 하게 됐지. 하지만 주민등록만 여기다 해놨지 너는 여기서 살지 않는다고 했어."

"이중 국적을 가지고 있다는 말도 했지요?"

"아아니, 내가 왜 그런 말을 하겠니. 너한테 불리한 말을 왜 하겠니. 그런 말은 하지 않았어."

길모는 무서운 눈으로 노인들을 노려보다가 위협조로 말했다.

"제발 누가 나에 대해서 묻거든 무조건 모른다고 하세요. 나는 여기 오지 않는다고 하고 내 소식도 일절 모른다고 하세요. 무조건 모른다고 하란 말이에요. 제발 시키는 대로 해요. 왜 시키는 대로 하지 않고 함부로 지껄이는 거예요! 누구 죽는 꼴을 보고 싶어서 그러는 거예요!"

아들이 화를 내자 노부부는 어쩔 줄 모르면서 불안한 표정을 지었다. 그들은 아들을 몹시 두려워하고 있는 듯했다. 그런 그들에게 아들은 난폭했다. 그는 비대한 몸집을 가지고 있었다. 넓은 이마는 땀에 젖어 있었고 흰 창이 많은 두 눈에는 번득이는 빛이 있었다. 그가 돌아서 나가려고 하자 노인이 조심스럽게 물었다.

"그런데 경찰이 왜 너를 찾지?"

아들이 휙 돌아서서 아버지를 쏘아본다.

"그걸 내가 어떻게 알아요!"

노인은 움츠러들었다가 더듬거리는 목소리로 다시 말했다.

"경찰이 너를 한번 만났으면 하더라. 연락이 되거든 전해달라고 하면서 이걸 주고 가더라."

노인은 아들 쪽으로 손을 내밀었다. 그의 손에는 명함이 한 장 들려 있었다. 길모는 그것을 거칠게 잡아채서는 뚫어지게 들여다보았다. 그의 표정이 점점 창백하게 굳어져갔다.

"이런 건 뭐 하러 받아둬요?"

그는 명함을 던져버리고 나서 2층으로 통하는 계단을 빠른 걸음으로 올라갔다. 그러나 계단에서 되돌아 내려오더니 거실 바닥에 떨어져 있는 구겨진 명함을 집어 들고 다시 계단을 올라갔다.

2층에도 넓은 거실이 있었다. 거실을 사이에 두고 두 개의 방이 있었다. 그는 오른쪽 방으로 들어갔다. 방안은 냉방이 잘 돼 있어 시원했다.

방안에 있던 사람들의 시선이 일제히 그에게 쏠렸다. 그들은 그의 창백하게 굳은 표정을 심상치 않다는 듯 쳐다보았다.

"무슨 일이에요?"

그리지아가 흑발을 쓸어 올리면서 영어로 물었다. 커튼 사이로 흘러 들어온 가는 햇빛이 그녀의 흰 얼굴 위를 가로질러 갔다. 그녀는 소파에 앉아 있었다.

"경찰이 왔다간 모양입니다."

길모는 유창한 영어로 대답했다.

사람들의 표정이 흔들렸다. 그들은 몸을 조금씩 움직였다.

"경찰이 어떻게 알고 왔지?"

고수머리가 눈을 굴리며 물었다.

"눈치를 챈 것 같지는 않고…… 형식상 찾아온 것 같습니다."

"그게 무슨 말이야?"

"로렌스의 죽음을 수사하다 보니까 당시 그 호텔에 투숙했던 사람들을 모두 조사하게 된 게 아닐까요? 형식적으로라도 다 만나보는 게 당연하다고 생각합니다. 저는 한국인이기 때문에 별로 관심을 두고 있지는 않을 겁니다. 우리 아버지가 잘 말해서 돌려보냈습니다."

"뭐라고 말했나요?"

"우리 아들은 이 집에 살고 있지 않고 소식도 모른다고 했답니다. 그랬더니 알겠다고 하면서 그냥 돌아갔답니다. 만일 의심이 들었다면 그대로 돌아가지는 않았을 겁니다. 집안을 조사해 보고 이것저것 캐물었을 겁니다."

무거운 침묵이 한동안 흘렀다. 모두가 그의 말을 어떻게 받아들여야 할까 하고 생각하고 있는 듯했다. 방안에 감도는 팽팽한 긴장감을 보고 장길모는 멋적은 미소를 지었다.

"걱정할 것 하나도 없습니다. 모두가 너무 신경과민이 되어 있는 것 같은데 그럴 필요 없습니다. 마음 푹 놓고 지내십시오."

"미스터 짱!"

그리지아가 날카로운 목소리로 그를 불렀다. 그녀는 그를 언제나 짱 이라고 불렀다. 길모는 움찔해서 그녀를 쳐다보았다.

"한국에서의 은신처는 전적으로 당신한테 맡겨져 있어요. 당신 책임이란 말이에요."

"네네, 알고 있습니다. 그래서……"

"그래서 이곳을 우리한테 제공했단 말이지요? 알아요. 당신은 이곳이야말로 서울에서 가장 안전한 곳이라고 했어요. 하지만 그렇지 않다는 것이 증명됐어요. 경찰이 당신을 찾아 여기까지 왔으니까요. 여긴 안전한 곳이 아니라 위험한 곳이에요!"

그녀는 손에 들고 있던 글라스를 거칠게 탁자 위에 올려놓았다. 글라스 안에 있던 얼음 조각들이 달그락거렸다.

길모는 이마에 흐르는 땀을 손으로 닦으면서 머리를 흔들었다.

"그리지아, 걱정하지 않아도 된다니까요. 내 말을 믿어주세요. 왜 내 말을 믿지 않습니까?"

"경찰이 왔다 갔다는 사실이 문제야."

고수머리가 퉁명스럽게 쏘아붙였다.

"그 사실이 중요하단 말이야. 경찰이 이 집을 포위했을지도 모르잖아. 우리가 고스란히 체포되란 말인가?"

난쟁이가 방을 가로질러갔다. 그는 침대 위에 올라앉더니 두 다리를 흔들어댔다. 그의 조그만 두 눈이 교활하게 반짝이고 있었다.

"다른 데로 옮깁시다."

회색 눈의 사나이가 말했다. 그의 눈빛은 우울해 보였다. 길모가 손을 흔들어 그를 제지했다.

"그게 무슨 말입니까? 이제 와서 내 말을 믿지 못하겠다면 어떻게 되는 겁니까? 여기밖에는 옮길만한 데가 없어요. 장소를 물색하는 것이 그렇게 쉬운 일이 아닙니다. 더구나 한 사람이 아니고 많은 인원이 잠복해 있어야 하는데, 그런 장소를 찾는 것이 그렇게 쉬운 일인 줄 압니까? 제발 내 말을 믿어줘요! 아무 일 없을 테니까 안심하고 있어 줘요! 우리 아버지 얼굴을 보면 모두가 도망쳐요. 그보다 더 ?은 방패막이 어디 있습니까."

"사실 은신처를 옮기는 건 쉬운 일이 아닙니다. 그만큼 위험부담이 따르니까요."

이렇게 말한 사람은 일본인이었다. 운동선수처럼 머리를 짧게 기른 그의 얼굴은 몹시 강파르고 날카로운 인상이었다. 모두가 그를 쳐다보고 있는 가운데 그가 다시 말을 이었다.

"너무 그렇게 신경질적인 반응을 보일 필요는 없다고 생각합니다. 그런 반응이 오히려 우리에게 나쁘게 작용될 수도 있다고 생각합니다. 새로 옮길 은신처가 여기보다 안전하다는 보장은 없습니다. 더구나 미스터 짱은 여기보다 더 나은 장소는 구할 수 없다고 했습니다. 우리는 서울 지리를 잘 모릅니다. 모든 것을 미스터 짱에게 의존하고 있는 마당에 그의 말을 믿지 못한다는 것은 큰 문제가 아닐 수 없습니다. 그렇게 되면 계획을 처음부터 재조정하지 않으면 안 될 것입니다. 연기 하든가 포기 하든가 말입니다."

"그건 안 돼요!"

사쓰마 겐지의 말이 끝나기가 무섭게 그리지아가 날카롭게 소리쳤다. 그녀는 사람들을 차갑게 둘러보았다.

"계획을 변경할 수는 없어요! 취소할 수도 없어요! 그대로 강행할 거예요!"

고수머리가 알겠다는 듯 고개를 끄덕였다.

"은신처를 어떻게 할까요?"

"그대로 여기에 있기로 해요. 그 대신 만일의 경우에 대비해서 미스터 짱은 제 2의 은신처를 빨리 마련하도록 해요."

"알겠습니다."

장길모는 그녀를 향해 고개를 숙여 보였다.

"만일 이곳이 경찰의 습격을 받게 되면 당신은 책임을 져야 해요. 그 책임을 면할 수는 없어요."

"알겠습니다."

장길모는 창백한 얼굴로 다시 고개를 숙였다.

그때 전화벨이 울렸다. 전화벨은 세 번 울렸다가 끊어졌다. 조금 후에 다시 울렸는데 이번에는 두 번 울렸다가 멎었다. 다음에는 네 번 울렸다가 멈추었다.

네 번째 울렸을 때 길모가 마침내 수화기를 집어 들었다. 동시에 그리지아도 다른 쪽 수화기에 손을 가져갔다.

"마티스입니다."

묵직한 영어 발음이 수화기를 통해 들려왔다.

"아, 박사님…… 미스터 짱 입니다."

길모는 재빨리 대답했다.

"주문하신 설계도는 오늘 저녁 7시 45분발 JAL기편으로 보낼 예정입니다."

"어디서 출발합니까?"

"도꾜입니다."

"그럼 9시 45분경에 도착하겠군요."

"그렇습니다. 물건을 가져가는 사람은 다리를 다쳐 목발을 짚었습니다."

"알겠습니다. 마중 나가도록 하겠습니다."

"머리에 녹색 베레모를 쓰고 있는 사람을 찾으면 됩니다."

"알겠습니다. 감사합니다."

"그런데…… 도꾜에는 지금 비바람이 몹시 불고 있습니다. 그쪽은 어떻습니까?"

"이쪽은 날씨가 좋습니다. 가뭄이 오래 계속되고 있습니다."

"25일 전 후해서 태풍이 지나간다는 기상 예보가 있습니다. 한 번 알아보십시오. 태풍이 오면 비행기도 운항을 못하겠지요."

"그야 당연하죠."

"자, 그럼…… 건투를 빌겠습니다."

길모와 그리지아는 동시에 수화기를 내려놓으면서 서로를 쳐다보았다.

"태풍이 온다고?"

그녀는 중얼거리면서 커튼을 젖히고 창 밖을 내다보았다.

조금 전까지 구름 한 점 없던 하늘이 시커먼 구름으로 뒤덮이고 있었고, 정원의 나뭇가지들이 한쪽으로 쏠리고 있었다.

"언제 태풍이 온답니까?"

고수머리가 걱정스러운 얼굴로 물었다.

"25일 전 후해서 태풍이 도꾜를 지나갈 모양이에요. 마티스의 전화예요."

"그렇다면 한국에도 오겠군요?"

"정확한 것은 아직 몰라요."

그녀는 벽에 걸어놓은 세계지도 앞으로 다가섰다. 그리고 길모를 쳐다보지도 않은 채,

"기상대에 전화 걸어봐요."

하고 말했다.

길모는 전화번호부를 뒤적여 중앙기상대의 전화번호를 알아낸 다음 그곳으로 전화를 걸었다. 잠시 후 그는 수화기를 내려놓고 걱정스런 눈길로 그리지아를 바라보았다.

"25일 오후에 태풍이 온답니다. 이번 태풍은 A급 태풍으로 한국을 정면으로 강타할지 스쳐 지나갈지 아직 정확히 모른답니다. 스쳐 지나간다 해도 항공기와 배는 다닐 수 없을 거라고 합니다."

"빌어먹을! 왜 하필 25일이야!"

고수머리가 주먹으로 탁자를 후려치면서 벌떡 몸을 일으켰다.

그리지아는 팔짱을 낀 채 획 돌아섰다. 빨간 티셔츠 위로 젖가슴이 불룩하게 솟았다. 청바지가 찢어질 듯 팽팽했다.

"이건 생각지도 못했던 일이에요. 태풍이라니, 왜 하필 그날 태풍이 오는 거죠?"

그녀는 남자들을 둘러보다가 머리를 흔들었다. 그녀의 입에서 한숨이 흘러나왔다.

난쟁이가 갑자기 다리를 흔들면서 웃기 시작했다. <u>흐흐흐흐</u>. 그

의 웃음 소리는 기분 나쁠 정도로 음산하게 방안을 울렸다.

"웃지 말아요! 뭐가 그렇게 우스워요!"

그리지아가 날카롭게 소리치자 난쟁이는 입을 다물었다.

D데이는 7월 25일이었다. 그런데 하필 그날 A급 태풍이 몰려온다는 것이었다.

"공항에 전화 걸어 봐요. 25일에 비행기 운항이 어떻게 되는지 알아봐요."

지시를 받은 장길모는 김포 국제 공항으로 전화를 걸었다.

"그 날이 돼 봐야 알겠지만, 지금으로서는 모든 노선의 비행기 운항이 중지될 가능성이 크답니다."

전화를 걸고 난 길모가 조심스럽게 보고했다. 일본인이 피스톨을 꺼내놓고 닦기 시작했다.

"비가 오는데요."

회색 눈의 사나이가 말했다.

비바람이 어느 새 정원의 수목들 위로 휘몰아치고 있었다.

"D데이를 연기할 수밖에 없습니다."

고수머리가 억울하다는 듯 말했다.

"왜 이렇게 일이 뒤틀리기만 하지."

그리지아는 분노로 얼굴이 시뻘겋게 달아올라 안절부절못하다가 거실로 나와 화장실로 들어갔다. 지퍼를 내리고 바지와 팬티를 한꺼번에 밑으로 끌어내리자 풍만한 하체가 드러났다. 그녀는 희고 둥근 엉덩이를 변기 위에 올려놓았다.

이윽고 쉬이 하는 소리가 들려왔다.

살인자들

모두가 비바람 치는 창 밖을 내다보고 있었다. 그들의 눈에는 궂은 날씨에 대한 원망이 서려 있었다. 이제 상황은 D데이를 정할 수 없게 되어버리고 말았다. 그것이 그들에게 크나큰 불안 요인이 되고 있었다.

일본인이 창가에서 슬그머니 뒤로 빠졌다. 침대 위에 걸터 앉아 있던 난쟁이가 그를 보고 소리 없이 웃었다. 사쓰마 겐지가 주머니에서 잭나이프를 꺼내는 것을 보면서도 그는 여전히 웃고 있었다. 재미 있다는 표정이었다. 사쓰마가 고개를 끄덕이자 난쟁이가 침대에서 내려섰다. 난쟁이가 가는 줄을 꺼내 드는 것을 보고 일본인은 장길모의 뒤로 다가섰다. 그는 길모의 의견을 받아들여 지금의 은신처에 그대로 남아 있자고 주장한 사람이었다. 그런데 지금 길모의 목숨을 노리고 도둑 고양이처럼 그에게 접근하고 있었다.

그가 길모의 왼쪽 어깨 위에 왼손을 올려놓자 길모가 그를 돌아보았다. 조금 전 그의 입장을 두둔해 준 그 일본인에 대해 길모는 호감을 품고 있었다. 그래서 일본인을 돌아보는 그의 눈에는 호감 어린 미소가 담겨 있었다. 그러나 그것도 잠시였다. 그는 갑자기 입을 크게 벌리면서 턱을 앞으로 내밀었다.

'윽!'

하는 소리에 고수머리와 회색 눈의 사나이가 몸을 돌렸다.

"무슨 짓을 하는 거야?"

고수머리가 고함쳤다. 일본인은 한 발 뒤로 물러났고, 난쟁이는 여전히 소리 없이 웃고 있었다.

길모는 입을 더 크게 벌린 채 일본인을 바라보고 있었다. 그의 두 눈에는 더 이상 일본인에 대한 호감 어린 빛이 돌고 있지 않았다. 부릅떠진 두 눈은 금방이라도 앞으로 튀어나올 것처럼 일본인을 노려보고 있었다. 벌어진 입에서는 거친 숨결이 흘러나오고 있었다. 온 몸에서는 경련이 일고 있었다.

그가 비틀비틀 걸음을 옮기자 난쟁이가 뒤에서 줄로 그의 목을 휘어 감았다. 등에 박힌 칼에 닿지 않으려고 줄을 잡아당겼기 때문에 길모의 몸은 활처럼 뒤로 잔뜩 휘어졌다. 줄이 칼날처럼 살을 파들어가자 목은 금방 검붉은 피로 젖어 들었다.

"무슨 짓이야? 그만두지 못해?"

고수머리가 다시 소리쳤을 때 화장실에 갔던 그리지아가 방안으로 들어섰다.

"목소리가 너무 커요."

그녀는 고수머리에게 주의를 주고 나서 죽어가는 장길모를 쳐다보았다.

길모는 뒤로 끌려가면서 몸부림치고 있었지만 목에 감긴 줄에서 벗어나지는 못하고 있었다. 그리지아는 길모의 애원하는 눈길을 냉담하게 밀어냈다.

고수머리의 얼굴이 분노로 붉게 달아올랐다. 그는 대장이었다. 결정권은 그리지아에게 있지만 작전을 지휘하는 것은 그였다. 그런데 그의 명령도 없이 장길모를 죽이고 있는 것이다. 그가 중지하라고 했는데도 난쟁이는 길모의 목을 더욱 힘주어 죄고 있었다. 고수머리는 권총을 뽑아 들더니 난쟁이를 겨누었다.

"당장 그만둬!"

그러자 그리지아가 말했다.

"그 권총은 치워요. 내가 죽이라고 했어요."

고수머리는 놀란 눈으로 그녀를 쳐다보면서 권총을 밑으로 내렸다.

"언제 그런 지시를 내렸습니까?"

"아까 방에서 나가기 전에 나에게 눈짓으로 지시를 했어요."

하고 일본인이 말했다.

"나한테두요."

난쟁이가 히히 웃으며 맞장구를 쳤다.

길모의 몸부림은 많이 수그러져 있었다. 그를 침대 쪽으로 끌고 간 난쟁이는 침대 위로 올라가 계속해서 그의 목을 죄었다. 난쟁이의 손은 억세 보였고 팔뚝은 무쇠처럼 단단해 보였다. 길모가 마침내 무릎을 꺾으면서 주저앉자 그제서야 난쟁이는 손을 놓고 침대에서 뛰어 내려왔다.

목 둘레에서 흘러내리는 검붉은 핏물이 길모의 옷을 온통 적시고 있었다. 그의 두 눈은 풀려 있었고 입은 여전히 벌려져 있었다. 입에서는 그렁그렁하는 소리가 나고 있었다. 그 소리도 점점 약해지고 있었다. 사람들은 무표정하게 그의 죽어가는 모습을 내려다보고 있었다. 죽음에 익숙한 그들은 아무렇지도 않다는 표정이었다. 방안에는 피비린내가 진동하고 있었지만 아무도 창문을 열려고 하지를 않았다.

"작전이 개시되기도 전에 벌써 두 명이나 죽었어. 그것도 적의 손에 죽은 게 아니라 우리 손에 말이야."

대장이 혼잣말처럼 중얼거렸다.

침대에 기대어 앉아 있던 길모가 갑자기 상체를 일으키는 것 같더니 앞으로 엎어졌다. 그리고 심하게 경련하더니 차츰 움직임이

둔해져 갔다.

일본인이 한쪽 발로 그의 허리를 짚으면서 등에 박힌 잭나이크를 뽑아냈다.

"어쩔 수 없는 일이잖아요. 그를 살려두면 우리가 위험해져요."

"난 그리지아 당신이 그에게 제2의 은신처를 부탁하기에 그를 죽일 것이라고는 생각지도 못했어요."

"그를 안심시키려고 그랬던 거예요."

"나도 그를 안심시키기 위해 그런 말을 했어요."

하고 일본인이 말했다.

"경찰이 여기까지 왔다는 건…… 경찰이 그를 주목하고 있다는 뜻이에요. 우리가 자리를 옮긴다 해도 짱이 경찰에 체포되면 모든 걸 불고 말 거예요. 어차피 그를 살려둘 수는 없었어요. 그가 없음으로써 작전에 지장이 좀 있겠지만 당장 발등에 떨어진 불을 그대로 둘 수는 없잖아요."

그렇게 말하고 나서 그리지아는 마치 죽은 짐승을 보듯 미간을 찌푸리며 한국인을 내려다보았다. 그녀에게는 인간의 죽음 따위에는 눈썹 하나 까딱하지 않는 냉혹함이 있었다.

장길모는 숨이 끊어졌는지 더 이상 움직이지 않았다. 그에게서는 이제 아무런 소리도 나지 않고 있었다. 그는 영원한 침묵 속으로 가라앉아버린 것 같았다.

"저 아래층에 있는 사람들은 어떻게 하지요?"

고수머리가 그리지아에게 물었다. 아래층에 있는 사람들이란 장길모의 부모를 말하는 것이었다.

"없애버려야지요."

하고 일본인이 거리낌 없이 말했다.

"그들은 우리 얼굴을 알고 있어요. 자기 아들이 죽은 걸 알면 경찰에 협조할 겁니다."

고수머리와 그리지아의 시선이 부딪쳤다.

"없애버려요."

그리지아가 차갑게 한 마디 했다.

"지저분하게 죽이지 말아요."

하고 그녀가 덧붙여 말했다.

고수머리는 고개를 끄덕하고 나서 회색 눈을 바라보았다.

"마주르, 내려가봐."

프레드릭 마주르는 침대 밑으로 손을 넣어 무엇인가 꺼냈다. 그 것은 피스톨이었다. 그것은 누런 가죽 집 속에 들어 있었다. 가죽 집 에는 어깨걸이가 달려 있었다. 그는 가죽 집에서 구경 9mm짜리 이 탈리아 제 베레타를 꺼냈다. 그것은 손질이 잘 돼 있어 어둠침침한 곳에서도 번들거렸다. 그는 침대 밑에서 또 무엇인가 꺼냈다. 그것 은 원통형의 조그만 가죽 집이었다. 누런 색의 가죽 집에서 그는 쇠 파이프를 꺼냈다. 그리고 그것을 피스톨 끝에다 돌려 끼우기 시작 했다.

그의 움직임은 아주 조용했다. 그는 무뚝뚝하고 무표정한 사나 이였다. 회색 머리에 회색 눈이 그의 인상을 피가 통하지 않는 석고 처럼 보이게 하고 있었다.

소음 파이프를 끼우고 난 그는 조용히 밖으로 사라졌다. 그들 중 아무도 그를 따라 나서지 않았다. 대장이 회색 눈의 사나이 외에는 그 누구도 지명하지 않았기 때문이다.

마주르는 5분도 못 돼 돌아왔다. 그의 표정에서는 방을 나갔을 때와 다른 변화를 찾을 수가 없었다. 그가 피스톨 끝에서 소음 파이 프를 빼냈을 때 화약 냄새가 났다. 그는 파이프와 피스톨을 아까처 럼 도로 침대 밑에 밀어 넣었다. 그리지아도 고수머리도 그에게 아무 것도 묻지 않았다. 그 역시 아무 말도 하지 않았다.

여 형사 유화시가 집에 들렀다가 다시 H호텔에 나타난 것은 저녁 8시가 조금 지나서였다. 집에 가서 정성들여 화장을 하고 옷을 갈아입은 다음 미장원에 들러 머리를 손질하고 나니 어느 새 시간이 그렇게 되어 있었다. 흰 원피스에 가는 허리를 검은 띠로 졸라맨 그녀의 모습은 우아하면서도 고혹적으로 보였다. 그녀를 한번 본 남자들은 거의가 그대로 지나치지 않고 고개를 돌려 다시 한 번 눈여겨 쳐다보곤 했다.

로비로 들어선 그녀는 프런트 데스크 쪽으로 걸어가 구내 전화로 1825호실을 불렀다. 전화를 걸기 무섭게 신호가 떨어지면서 율무의 목소리가 들려왔다.

조금 후 화시는 스카이라운지에 자리 잡고 있는 고급 레스토랑으로 들어갔다. 율무는 이미 먼저 와 기다리고 있었다.

"정말 너무 아름답습니다."

화시가 자리에 앉자마자 그는 그녀에게 찬탄의 눈길을 보내면서 그녀의 아름다움에 대해 칭찬을 늘어놓기 시작했다.

그의 뜨거운 시선에 그녀는 숨이 막힐 것만 같았다. 멋진 외국인 남자로부터 자신의 미모에 대한 찬사를 듣고 보니 사실 공중에 붕 뜨는 기분이 드는 것을 어찌할 수가 없었다. 상대방이 감시 대상만 아니라면 그녀는 밤새에 무슨 일인가 저지를 것만 같았다. 그곳은 프랑스 식당이었다. 그녀는 율무가 주문해 준 이름도 모르는 식사를 하면서 표나지 않게 그를 관찰하느라고 애를 먹어야 했다.

그 레스토랑의 한쪽 구석에는 미행조의 형사 두 명이 역시 자연스럽게 식사를 하고 있었다. 그들은 자연스럽게 보이게 하기 위해 남녀 한 쌍으로 조를 이루고 있었는데, 남자 쪽이 잘 생긴데 반해 여자 쪽은 개성 미가 없는 아주 평범한 얼굴을 하고 있었다. 그들은 화시와 마주 바라보이는 곳에 자리 잡고 앉아 있었다. 미행조의 여 형사는 세련미를 풍기는 화시와는 달리 아주 촌스러워 보였다. 그래서 그녀에게는 촌닭이라는 별명이 붙어 있었다. 화시는 촌닭이 포크와 나이프를 가지고 서투른 솜씨로 스테이크를 자르느라고 애를 먹고 있는 것을 보고 웃음이 나왔다.

"미스 유, 어느 대학에 다니고 있어요?"

"Y여자 대학에……"

그녀는 서툰 영어로 대답했다.

"몇 학년입니까?"

그녀는 손가락 4개를 펴 보였다. 무슨 공부를 하고 있습니까?"

"한국 역사를 공부하고 있어요."

"졸업 후에는 무얼 할 겁니까?"

"대학원에 진학할 거예요. 그래서 대학교수가 될 거예요."

외국인 남자는 감탄하는 눈으로 그녀를 바라보았다.

"애인은 있나요?"

그가 정색을 하고 물었다. 그녀는 잠시 뜸을 들였다가 볼우물을 지으며 고개를 끄덕였다. 독일인은 아쉬운 표정으로 바라보다가

"그 남자와 결혼할 건가요?"

하고 물었다.

"아직 몰라요. 난 결혼하지 않고 혼자 살고 싶어요."

그녀는 고개를 돌려 창문을 타고 흘러내리는 빗물을 물끄러미 바라보았다.

율무에게는 그녀가 붙잡기 힘든 야생조 처럼 보이는 모양이었다. 그녀는 율무를 단단히 골려 주어야겠다고 생각하고 있었다.

"나이트클럽에 가서 춤추지 않겠습니까?"

그가 정중히 물었다. 춤이라면 자신이 있었다.

"네, 좋아요. 하지만 시간을 정해요. 10시에는 집에 가야 해요."

독일인은 손목시계를 들여다보고 나서 아쉬운 표정을 지었다.

"왜 그렇게 빨리 가야 하나요?"

"우리 부모님께서는 매우 완고하세요. 10시까지 들어 가지 않으면 쫓겨나요. 쫓겨나는 게 문제가 아니라 10시까지 들어가는 건 부모님과 저와의 약속이에요. 난 약속을 깨뜨리는 건 아주 싫어요."

"알겠습니다."

식당을 나온 그들은 10층에 자리잡고 있는 나이트클럽으로 내려갔다.

"너무 아름다워요."

엘리베이터 속에 단 둘이 탔을 때 독일인이 그녀의 귓속에 뜨거운 입김을 불어넣으며 말했다. 그녀가 미소 짓자 그는 한 손을 뻗어 그녀의 가는 허리를 껴안으려고 했다.

화시는 몸을 돌려 옆으로 비켜서면서 매혹적인 미소를 그에게 던졌다.

"안 돼요."

"너무 아름다워서 그랬습니다."

아름다운 꽃은 꺾지 말고 감상하는 게 좋은 게 아니에요? 하고 말하고 싶었지만 그녀는 그것을 영어로 말할 수가 없어 그대로 삼키는 수밖에 없었다.

나이트클럽은 여름 날씨만큼이나 뜨거운 열기로 가득 차 있었다. 그렇게 늦은 시간이 아닌데도 테이블은 거의 빈 곳이 없을 정도로 차 있었다. 웨이터의 안내를 받아 그들은 무대도 잘 보이지 않는 구석 자리로 가서 앉았다.

'디스코 음악이 귀청을 찢을 듯 쾅쾅 울리고 있었고, 거기에 맞춰 많은 사람들이 플로어 위에서 몸을 흔들어대고 있었다. 번개처럼 번쩍이는 사이키 조명 속에 사람들의 팔 다리와 머리통과 몸뚱이가 따로 떨어져 허공에 날아오르는 것 같았다. 무대 위에서는 금발의 남녀 외국인 가수들이 괴성을 질러대고 있었다.

독일인과 화시는 맥주 한 잔씩을 마시고 나서 춤을 추기 위해 플로어로 나갔다.

율무는 눈에 띄게 춤을 잘 췄다. 그러나 거기에 못지 않게 화시도 멋지게 몸을 흔들어댔다. 그들 두 사람의 춤추는 모습은 아주 잘 어울리는 한 쌍으로 금방 남들의 눈에 띄었다. 그들은 테이블로 돌아가지 않고 계속 플로어에 남아 땀이 날 때까지 몸을 흔들어댔다.

세 곡을 추고 나서 자리로 돌아왔을 때 율무가 그녀의 손을 가만히 잡았다. 그의 손은 뜨거웠고 입과 코에서는 뜨거운 숨결이 흘러나오고 있었다. 그가 몹시 흥분하고 있다는 것을 알았지만 그녀는 그의 손을 뿌리치지 않았다.

"한국에 이렇게 멋지고 아름다운 아가씨가 있는 줄 몰랐어요."

그가 그녀의 귀에다 대고 속삭였다. 그녀는 볼우물을 지으면서 그의 허벅지 위에 손을 올려놓았다.

"당신에 대해 이야기해 주세요."

"나 34세…… 아직 결혼하지 않았어요."

그때 음악이 블루스 곡으로 바뀌었다. 독일인은 기다렸다는 듯이 그녀의 손을 잡고 일어섰다.

목발 짚은 사나이

　병호는 별 생각 없이 전화번호부를 뒤적여 K피부과의원을 찾아보았다. 아무리 뒤적여보아도 K피부과 의원이라는 이름을 찾을 수가 없었다. 전화번호부를 치우고 114에 물어보았지만 그런 이름은 나와 있지 않다는 대답이었다. 생긴 지 얼마 안 되는 병원인 모양이라고 생각하면서도 장길모의 집을 방문했던 형사들을 쳐다보았다.

　"K피부과의원이 분명해?"

　그들이 장길모의 집 부근에 잠복해 있을 때 그 집에 들어갔다 나온 앰뷸런스의 옆구리에 적혀 있던 것이 K피부과의원이 틀림없느냐는 물음이었다.

　"네, 틀림없습니다."

　안경을 낀 형사가 대답했다.

　"차 번호를 적어두지 않았나?"

　"깜박 잊고 그만 적어두지 않았습니다."

　형사들은 머쓱한 표정이 되어 병호의 시선을 피했다.

　"그 집 전화번호는 알아왔겠지?"

　"네, 알아왔습니다."

　"지금 그 집에 전화 걸어 봐. 나오면 나를 바꿔 줘."

　안경 낀 형사가 장길모의 집으로 전화를 거는 것을 지켜보면서 병호는 장길모라는 인물이 그 모습을 확연히 드러내지 않고 어쩐지 안개 속에 가려져 있는 것 같은 느낌이 들었다. 그를 맡았던 형사들은 그에 대해서 어느 것 하나도 분명히 알아내지 못한 상태에 있었다. 그의 주소지에 들러 그의 부모까지 만나 보았음에도 불구하고.

"전화를 받지 않는데요."

안경 낀 형사가 수화기를 든 채 병호를 돌아보았다.

"이렇게 비바람 치는데 어디 갔다는 말인가?"

병호는 비바람에 흔들리는 창문을 바라보면서 물었다.

형사들은 초조한 표정이 되어 있었다. 자신들이 너무 겉핥기 식으로 일을 하지 않았나 하는 생각이 드는 모양이었다.

"다시 한 번 그 집에 가보고 올까요?"

멀쑥하게 키만 커 보이는 형사가 병호의 눈치를 살피며 물었다. 거기에는 대답하지 않고 병호는 자기의 생각을 이야기했다.

"결국 이야기를 종합해 보면 장길모라는 인물은 가족들을 먼저 미국으로 이민 보내고 그는 나중에 갔는데, 아내와 이혼하는 바람에 지금은 가족들과 헤어져 혼자 살고 있는 신세란 말이지. 그리고 그는 무역업을 하고 있고, 그 때문인지는 몰라도 뻔질나게 해외 나들이를 하고 있어. 그리고 그는 부모가 있는 집에 주민등록만 해놓았다 뿐이지 통 나타나지 않고 있어. 아버지가 나병 환자이기 때문이라고 하지만 그게 사실이라면 아주 불효 막심한 사람이야. 그의 부모는 장길모에 대해 모르는 게 아니라 되도록 숨기려고 하는 의도가 보이고 있어. 난 만나보지 못했지만 자네들의 이야기를 듣고 보니 그런 느낌이 든단 말이야."

"네, 저희들도 그런 느낌을 받았습니다."

"아무리 아들이 부모 집에 발을 끊었다고 하지만 아들의 회사 이름이나 전화번호마저 모르는 부모가 있을까? 장길모는 외아들이라고 했어. 그렇다면 아무 것도 하지 않고 집에 틀어박혀 살고 있는 그 노인들한테 생활비를 대주는 사람은 그밖에 누가 또 있겠어. 발을 끊었다는 말도, 어디 사는지 모른다는 말도 모두 믿을 수가 없어. 그리고 장길모가 몇 년 전에 미국으로 이민을 갔다면 지금쯤 미국 국적을 취득했을 거란 말이야. 그런데 호텔 숙박 카드에 적힌 내용을 보면 그는 아직 한국 여권을 소지하고 있어."

"아직 미국 국적을 취득하지 못했든 가 아니면 이중 국적을 가지고 있는 게 아닐까요?"

안경을 낀 형사가 말했다. 병호는 끄덕이면서 그에 대한 기록을 다시 들여다보았다. 처음 기록은 법무부 출입국 관리사무소에 등재되어 있는 그의 출입국 관계 기록이었다.

그가 처음 출국한 것은 15년 전인 1972년부터였다. 외무부 여권 과에는 출국 목적이 미국 유학으로 되어 있었다. 그때부터 1978년까지는 출입국이 뜸했는데 그 이듬해부터는 빈번하게 출입국한 것으로 나와 있었다. 출국 목적은 무역 관계였다. 그러다가 미국 이민 비자를 받고 출국한 것이 1982년 3월이었다. 그러나 그 뒤에도 그는 뻔질나게 국내에 드나든 것으로 나타나 있었다. 컴퓨터로 알아본 신원 조회 결과는 전과 하나 없이 깨끗했다.

"금년에도 그는 매월 한 번 꼴로 드나들었어. 그가 경영하고 있다는 그 무역 회사를 찾아보는 게 좋겠어. 경찰에 그의 신원진술서가 비치되어 있을 거야. 여권을 발급받을 때 제출한 서류 말이야. 거기에 보면 그의 회사 이름이 나와 있을지도 몰라. 무역 관계로 출국한 것이 1979년부터니까 그 때를 중심으로 서류를 찾아봐."

외무부 여권 과에 가서 서류를 찾아내기에는 너무 늦은 시간이었다. 그래서 병호는 손쉽게 빨리 신원진술서를 찾을 수 있는 방법을 말한 것이다.

안경을 낀 형사와 키 큰 형사가 밖으로 급히 사라지자 병호는 다시 장길모의 집으로 전화를 걸어보았다. 그러나 전화를 받지 않기는 마찬가지였다.

"이상하군."

그는 의심스러운 듯 고개를 갸우뚱하면서 수화기를 내려놓고 담배에 불을 붙였다.

"저건 너무 심한데……"

두꺼비가 입술을 깨물며 중얼거렸다. 그는 촌닭과 함께 앉아 있었다. 그가 남자 형사와 교대한 것은 조금 전이었다.

"어머, 어쩌면 저럴 수가 있어요. 아무리 업무상 필요하다고 하지만 정말 저건 너무해요."

촌닭의 덤덤한 얼굴에 그렇게 뚜렷한 표정이 나타나기는 처음이었다. 그녀의 얼굴은 잔뜩 붉어져 있었고 플로어를 바라보고 있는 조그만 두 눈은 호기심으로 반짝이고 있었다.

그도 그럴 것이 플로어 위에서는 유화시가 독일인 권터 율무와 함께 블루스 곡에 맞춰 춤을 추고 있었는데, 그들 두 사람은 일정한 간격을 유지해야 하는 규칙 같은 것은 아예 무시한 채 남의 눈을 의식하지도 않고 몸을 밀착시킨 상태에서 애욕 어린 연기를 보여주고 있었다. 화시는 남자의 목을 끌어안고 있었고 외국인은 그녀의 허리를 부둥켜 안은 채 돌아가고 있었다.

플로어 위에는 그들 외에 몇 쌍이 더 있었지만 그렇게 진한 연기를 보여주고 있는 쌍은 그들뿐이었기 때문에 사람들의 시선은 온통 그들한테 쏠려 있었다. 흥분한 사람들이 불어대는 휘파람 소리가 여기저기서 터져 나오고 있었다. 그러나 그들은 주위의 시선 같은 것에는 아랑곳하지 않은 채 더욱 몸을 밀착시키면서 플로어 위를 돌아가고 있었다.

"세상에 저럴 수가 있어요? 진해도 저렇게 진할 수가 있어요?"

촌닭이 흥분해서 말했지만 흥분하기는 왕 형사도 마찬가지였다. 그는 끓어오르는 질투심으로 몸 둘 바를 몰라 하고 있었다.

"저러다가 오늘 밤 사고 나겠어. 저 아가씨 깜박 잊은 모양이야. 저건 임무 수행이 아니라 완전히 기분 내고 있는 거야."

"가만 있지 말고 가서 말려요."

"어떻게 말리라는 거야."

그는 촌닭에게 눈을 흘긴 다음 맥주를 벌컥벌컥 들이켰다.

오후 7시 45분, 도꾜 발 서울 행 JAL기는 예정보다 15분 늦은 10시경에 김포국제공항에 도착했다.

머리에 녹색 베레모를 쓴 남자는 맨 마지막으로 로딩 브리지를 빠져 나왔다. 그는 목발을 짚고 있었다. 그의 오른쪽 다리는 통나무처럼 깁스가 되어 있었다. 한 걸음씩 떼어놓을 때마다 그는 그 통나무 다리를 무겁게 끌어가곤 했다. 얼굴은 주름살로 쭈글쭈글 했고, 매의 부리처럼 구부러진 코가 인상적이었다. 눈은 노리끼리 했고, 베레모 밑으로 흘러나온 머리칼과 턱 밑의 염소 수염은 온통 잿빛이었다. 어깨까지 꾸부정한 것이 몹시 노쇠한 모습이었다. 걸음을 옮길 때마다 목에 걸고 있는 조그만 가죽 가방이 덜렁거렸다. 체크무늬 바지 위에는 베이지 색의 사파리를 입고 있었다.

노쇠한 모습치고는 깨끗하고 부유해 보이는 인상이었다. 그의 곁에는 젊은 여성이 따르고 있었다. 그녀는 금발에 햇볕에 보기 좋게 그을린 얼굴을 하고 있었다. 얼른 보기에도 건강미가 넘쳐흐르는 아가씨였다. 그녀는 청색 티셔츠와 청바지를 입고 있었고 등에는 조그만 배낭을 하나 지고 있었다.

입국 검사대의 보안관은 맨 마지막에 젊은 아가씨의 부축을 받으며 다가오는 녹색 베레모의 외국인 노인을 따분한 표정으로 바라보았다.

금발의 아가씨가 노인의 목에 걸려 있는 가방 속에서 대신 패스포트를 꺼내 보안관 앞에 내놓았다.

"아가씨 것도 주십시오."

그는 무표정하게 말했다. 금발의 아가씨는 웃으며 패스포트를 꺼내놓았다. 보안관은 두 사람의 패스포트를 기계적으로 들여다보았다. 그들은 스위스 국적의 패스포트를 가지고 있었다.

"두 분 관계는 어떤 사이인가요?"

보안관이 영어로 물었다. 괜한 것을 묻는다고 생각하면서도 질문을 던지고 있었다.

"우리 아빠예요."

금발의 아가씨가 하얀 치열을 내보이며 웃었다.

"무슨 일로 오셨습니까?"

외국인 방문객에게 그렇게 꼬치꼬치 캐묻는 것은 좀처럼 없는 일이었다.

"세계시인대회에 참석 겸 관광차 왔어요. 우리 아빠는 유명한 시인이에요."

그녀가 자랑스러운 듯 말했다. 아버지가 유명한 시인이라는 말에 보안관의 표정이 금방 부드러워졌다. 며칠 후 서울에서 세계시인대회가 개최될 것이라는 것을 그도 들은 바 있었다.

"그런데 다리는 어쩌다가 그렇게 됐습니까?"

그는 많이 걱정해 주는 표정으로 물었다.

"도꾜에서 다쳤어요. 돌아가려고 했는데 아빠가 부득불 한국에 가고 싶다고 해서 모시고 온 거예요. 우리 아빠는 한번 마음먹은 일은 절대 포기하지 않아요."

"아주 훌륭한 아빠를 두셨습니다. 즐거운 여행이 되시기를 바라겠습니다."

그는 두 개의 패스포트에 스탬프를 쾅쾅 찍고 나서 그것들을 그들에게 돌려주었다.

입국 심사대를 빠져 나온 그들은 짐을 찾는 곳으로 내려갔다. 원형의 컨베이어 위에서는 많은 짐들이 원을 그리며 돌아가고 있었고 그 주위에는 짐을 찾으려는 사람들이 늘어서서 자기 짐이 돌아오기를 기다리고 있었다.

녹색 베레모를 눌러쓴 노인이 파이프에 담배를 재고 있는 동안 금발에 푸른 눈을 가진 아가씨는 컨베어 위에서 두 사람의 짐을 찾아가지고 카트 위에 싣고 있었다. 두 사람의 짐은 커다란 트렁크 하나와 헝겊으로 만든 조그만 가방이 전부였다. 그녀는 카트를 밀고 세관 검사대 쪽으로 이동했다. 그녀 뒤를 녹색 베레모가 파이프를 입에 문 채 힘겹게 따라갔다.

세관원은 그들의 짐을 대충 훑어본 다음 통과시켰다. 마침내 그들은 검사대를 빠져나와 대합실로 나갔다.

출구 앞 대합실에는 많은 사람들이 몰려 서 있었다. 마중 나온 사람들이었다.

대합실 밖에는 비바람이 몰아치고 있었다. 많은 사람들이 비를 피해 테라스 쪽에 몰려 서서 택시를 기다리고 있었다. 금발의 아가씨가 먼저 밖으로 나갔다. 그 뒤를 녹색 베레모가 따라 나왔는데 그때 그 앞을 흑발을 날리는 여인이 막았다.

"닥터 마티스!"

그녀는 낮으나 힘차게 노인을 불렀다.

"오, 그리지아!"

그들은 팔을 벌려 얼싸안았는데 그 바람에 노인은 하마터면 넘어질 뻔했다. 베레모가 금발의 여인을 그리지아에게 소개하자 그리지아는 금발 여인의 뺨에 가볍게 입을 맞추었다. 그리지아는 회색의 바바리 코트를 입고 있었고 검은 테의 동그란 안경을 끼고 있었다.

"짱이 나온다고 하지 않았나요?"

"그는 나올 수 없게 됐어요."

그들은 검은 색의 승용차 쪽으로 걸어갔다. 운전석에서 머리를 짧게 기른 젊은 남자가 뛰어나와 카트 위의 짐들을 트렁크에 실었다. 그는 아무하고도 인사를 나누지도, 눈을 마주치지도 않았다. 무뚝뚝하게 자기가 할 일을 하고 나서는 사람들이 모두 차에 타자 차를 출발시켰다.

마티스와 그리지아는 뒤 좌석에, 그리고 금발의 아가씨는 앞 좌석에 앉아 있었다.

공항을 벗어나자 사쓰마 겐지는 음악을 틀었다. 질 좋은 음향이 침묵에 싸인 차내의 분위기를 부드럽게 어루만지기 시작했다. 차창을 어지럽게 때리는 빗방울이 차 안에 앉아 있는 사람들에게 묘한 쾌감을 안겨주고 있었다. 렌터카는 다른 차들의 흐름 속에 섞여 천천히 김포 가도를 달려갔다.

"저 아가씨는 누구예요?"

그리지아가 베레모의 귀에다 입을 대고 작은 소리로 물었다. 그것은 아랍 말이었다.

"내가 고용한 아가씨요. 나같이 몸이 불편한 사람이 혼자서 해외여행을 한다는 것은 무리이지. 저 아가씨가 나를 많이 도와줬어요. 내 딸 행세를 하면서……"

"그럴듯하군요."

"모든 것이 부드럽게 통과됐지."

베레모는 불 꺼진 파이프를 뻑뻑 소리 나게 빨았다.

"저 아가씨는 뭣 하러 한국에 왔나요?"

"무작정 배낭 여행 중인가 봐요. 아시아에 특히 관심이 많다고 했어요."

"당신의 부탁을 잘 들어주던가요?"

마티스는 끄덕이면서 주머니에서 지갑을 꺼냈다.

"모든 게 돈의 힘이지요. 이것으로 안 되는 일은 없으니까요. 마리안느!"

정신 없이 차창 밖을 내다보고 있던 금발 아가씨가 고개를 뒤로 돌려 노인의 얼굴을 쳐다보았다. 그녀의 얼굴에는 미소가 물결치고 있었다.

"수고 많았어요. 자, 약속대로 이걸 받아요. 보너스 백 달러를 합쳐 4백 달러야."

"어머나, 고마워요. 정말 고맙습니다."

백 달러짜리 미화 넉 장을 받아 들면서 그녀는 고마워 어쩔 줄을 몰라 했다.

"어디서 내려줄까?"

"전 시내 아무데서나 내려도 상관 없어요."

그녀는 아르바이트를 하면서 여행 중이기 때문에 4백 달러의 수입은 매우 유용한데다 사용할 수 있을 것이라고 덧붙여 말했다.

유혹의 밤

여 형사 유화시는 독일인 남자와 몇 번째 플로어에 나갔는지 기억할 수 없었다. 테이블에 앉아 있을 시간이 없을 정도로 플로어에 나갔다는 것만 기억하고 있었다. 디스코를 추고 나서 이어서 탱고를, 그리고 다시 그의 품에 안겨 블루스를 추면서 그녀는 이제 그만 추어야겠다고 생각했다. 그에게 10시에는 집에 돌아가야 한다고 말했었는데 지금 시간은 10시 30분이 지나고 있었다. 그는 집요하게 그녀에게 눌어붙고 있었다. 마치 오늘밤에 그녀를 정복하고 말겠다는 듯이. 그가 그렇게 집요하게 눌어붙는 데는 그녀의 책임도 컸다.

그녀의 행동이 그가 몸살이 나게끔 자극적이었던 것이다. 그가 허리를 끌어안으면 그녀는 기다렸다는 듯이 그의 품으로 파고들었고, 그가 격정을 이기지 못해 뜨거운 입김을 내뿜으면 그녀 역시 쌔근거리며 더 이상 참을 수 없다는 표정으로 그를 쳐다보곤 했다.

사람들의 시선이 미치지 않는 벽 쪽으로 돌아설 때마다 독일 남자는 허리를 두르고 있던 손을 내려 그녀의 탄력 있는 엉덩이를 만져대곤 했다. 남자의 다리 사이에서 뜨거운 것이 안타깝게 꿈틀거리면서 그녀의 허벅지를 자극해 오는 것을 그녀는 뚜렷이 느낄 수가 있었지만 그것을 피하려고 하지 않고 오히려 거기에 자극적으로 응했다.

두 사람의 육체는 얇은 여름 옷을 사이에 두고 안타깝게 부딪치며 몸부림쳤다.

"나와 함께 내 방에 가서 한잔 합시다."

"안 돼요. 그럴 수 없어요."

그들은 같은 대화를 무의미하게 되풀이하고 있었다. 남자는 여자의 열망하는 눈빛과 몸부림을 충분히 감지하고 있었고, 그래서 호텔 방에 가자고 되풀이해서 말하고 있었지만 여자는 따라갈 듯하면서도 선뜻 응하려 들지 않고 있었다.

"방에 갈 수는 있어요. 하지만 그것만은 안 돼요. 우리는 오늘 만났잖아요."

"좋아요. 그건 나도 참을 수 있어요. 나를 믿고 갑시다."

"믿어도 되나요?"

"나를 믿어요."

"나는 당신이 독일 신사라고 생각해요."

음악이 끝났다. 그리고 다시 디스코 곡이 터져 나왔다.

화시는 율무를 따라 나이트클럽을 나왔다. 그들은 엘리베이터를 타고 18층으로 올라갔다.

1825호실 앞에 섰을 때 화시는 퍼뜩 정신이 들었다. 그녀는 취기에서 깨어났다. 많이 취한 것은 아니었지만 약간의 술과 육체적인 자극, 퇴폐적인 분위기, 그리고 드릴이 뒤섞여 그녀의 의식을 몽롱하게 만들고 있었던 것이다. 그러나 일단 호텔 방문 앞에 서자 그때까지의 기분은 눈 녹듯이 사라져버리고 대신 공포감이 그녀 앞을 가로막는 것이었다. 지금이라도 늦지 않다. 돌아설 시간은 충분히 있다 하고 그녀는 생각했다.

그러나 그녀는 거의 자신의 의사와는 상관 없이 안으로 밀려들어갔다. 독일인이 문을 연 다음 뒤에서 그녀의 허리를 끌어안고 그녀를 안으로 밀어 넣었던 것이다.

불이 들어왔고, 방안의 모습이 한 눈에 들어왔다. 흐트러져 있는 침대가 그녀의 눈을 자극했다.

방에 들어온 율무는 즉시 그녀에게 돌진했다. 그와 미친 듯 키스하는 사이 그녀의 옷은 재빨리 벗겨져나갔다. 그녀는 자신의 신분과 자신이 해야 할 일을 생각하고 있었지만 그것으로 자신을 통제할 수는 없었다. 폭풍처럼 몰아치는 쾌락의 열기를 물리치기에는 그녀는 너무 나약했다.

"안 돼요! 안 돼요!"

힘없이 저항하는 그녀를 외국인은 침대 위에 쓰러뜨렸다. 그는 짐승처럼 저돌적으로 그녀를 파고들었다. 그녀는 그가 그녀의 말 따위에는 귀도 기울이지 않는 것을 알고는 비로소 자신이 어리석었음을 깨달았다. 동시에 그녀의 온몸에서 힘이 빠지는 것을 느꼈다. 그는 엄청난 힘을 가지고 있었다. 그리고 그의 몸은 온통 근육질로 덮여 있었다. 그는 오랫동안 굶주려왔던 것 같았다.

그녀는 있는 힘을 다해 그의 가슴을 밀었다. 그러나 소용없는 짓이었다. 그녀는 얼른 그의 표정을 살폈다. 그리고 섬뜩한 공포를 느꼈다. 그 얼굴은 지금까지 보아왔던 온화하고 부드럽던 얼굴이 아니었다. 처음 보는 무서운 얼굴이 잔인한 미소를 띤 채 그녀를 정복하기 위해 위에서 그녀를 내려다보고 있었다. 그녀는 얼른 고개를 돌려버렸다. 불덩이 같은 것이 기를 쓰고 그녀의 몸 속으로 진입해 들어오려 하고 있었다. 그녀는 다급해졌다. 임무 수행을 위해 그에게 몸을 열어주어야 하느냐 마느냐 하는 문제를 생각해 볼 겨를이 없었다. 처음부터 그에게서 신사다운 태도를 기대했던 것은 아니었다. 그렇다고 최악의 경우에 대비하여 각오하고 있었던 것도 아니었다. 거의 무모할 정도로 모험심에 들떠 그에게 접근했다고 볼 수 있었다. 그러나 지금 그런 것 저런 것을 따지고 있을 겨를이 없었다. 그녀는 생각해 볼 겨를이 없는 것이 안타까웠다.

위험에 처했을 때 상대방의 급소를 때리는 방법을 그녀는 알고 있었다. 그것은 경찰에 들어와 배운 것이었다. 그러나 지금 그 방법을 사용하기가 주저스러웠다. 그런 솜씨를 발휘하다가는 의심을 살지도 모른다. 그렇다고 소리를 질러 도움을 청하고 싶은 생각은 조금치도 없었다. 밖에는 지원조의 형사들이 대기하고 있을 것이기 때문에 소리를 지르면 위기를 모면할 수는 있을 것이다. 그러나 그렇게 되면 여기까지 온 보람이 없어지고 만다. 그렇게 되면 율무는 놀라서 도망쳐버리고 말 것이다.

그녀는 더 이상 다리를 버티고 있을 힘이 없었다. 다리에서 힘이 빠지는 순간 두 다리가 크게 벌려졌다.

그녀는 숫처녀는 아니었다. 몸과 마음을 바쳐 열렬히 사랑한 남자가 서너 명 있었기 때문에 남자에 대해서는 어느 정도 알고 있다고 자부하는 터였다. 그러나 지금 그녀는 난생 처음 남자에게, 그것도 외국인에게 겁탈 당하는 것 같은 기분이 들었다.

막 정사가 시작될 순간 차임 벨 소리가 들려왔다. 독일 남자는 멈칫하면서 뒤로 물러섰고, 화시는 얼른 상체를 일으켰다. 그녀는 시트로 몸을 가리면서 율무를 쳐다보았다. 율무는 벌거벗은 채 문 쪽으로 다가갔다. 그는 꽤 당황하는 기색이었다.

"누구십니까?"

그가 영어로 조심스럽게 물었다. 밖에서 남자 목소리의 짧은 응답이 왔는데 무슨 말인지 알아들을 수가 없었다.

율무는 되돌아와 바지만 급히 껴입고 나서 다시 출입구 쪽으로 걸어가 문을 열었다.

깡마른 중년 남자가 안으로 들어서다 말고 멈칫하고 섰다.

일본인 오노 다모쓰였다.

"어머나!"

화시는 소스라치게 놀라면서 시트로 몸을 감쌌다. 오노의 입가에 야릇한 미소가 번졌다. 그는 번득이는 눈으로 두 사람을 번갈아 쳐다보았다.

"어디 갔나 했더니 여기서 재미를 보고 계셨군."

그가 일본말로 중얼거렸다. 일본어를 열심히 공부하고 있는 덕분에 화시는 그 말을 알아들을 수 있었다.

율무는 당황한 표정으로 그를 맞아들이면서 얼굴에 비굴한 웃음을 띠웠다.

오노는 흰 티셔츠와 흰 바지를 입고 있었다. 깡마른 얼굴은 햇볕에 검게 그을려 있었다. 그의 눈은 매섭게 빛나고 있었고, 눈썹이 거의 없었다.

"내가 방해했나?"

그 말에 독일인은 멋적게 웃으며 끄덕였다. 그는 맛있는 사탕을 입 속에 넣었다가 미처 한번 빨아보지도 못한 채 도로 뱉어낸 것 같은, 몹시 아쉽고 억울해 하는 것 같은 표정을 짓고 있었다.

"미인이군. 한국 아가씨인가?"

"그래. 대학생이야."

그들은 마치 물건을 앞에 놓고 이야기하는 것 같았다.

"어디서 본 것 같아."

"풀장에서 봤을 거야. 거기서 알았으니까."

"맞아. 그래. 거기서 봤어. 솜씨가 좋군. 여기까지 데려오다니 말이야."

그들은 함께 화시를 쳐다보았다. 그녀는 시트로 몸을 가리긴 했지만 어깨와 허벅지는 그대로 드러나 있었다.

"멋진 아가씨야."

오노가 눈을 반짝이며 말했다. 화시는 그에게 매혹적인 미소를 던졌다. 그것은 남자의 마음을 사로잡기에 충분한 미소였다.

"옷 입을 테니까 보지 말아요."

그러나 그들은 그녀로부터 시선을 돌리려고 하지 않았다.

한참 후 오노가 웃으며 손가락으로 브래지어를 들어 한 바퀴 돌리더니 그것을 화시에게 던졌다. 화시는 상체를 가리고 있던 시트를 내리고 돌아앉아 브래지어로 풍만한 젖가슴을 감쌌다. 오노가 이번에는 팬티를 손가락으로 걸어서 들어올렸다. 그것은 빨간 색의 팬티였다. 오노는 그것을 코에 대고 킁킁거리더니 두 눈을 스르르 감는다. 이윽고 눈을 뜨고 화시를 쳐다보다가 웃으며 그것을 그녀에게 던졌다.

화시가 팬티를 입고 났을 때 두 사람은 창가에 서서 귓속말을 주고받고 있었다. 아주 작은 소리로 속삭이듯 말하고 있었기 때문에 그녀한테는 그들의 말소리가 잘 들리지 않았다.

"작전 중에는 여자와 관계하는 것이 금지돼 있지 않아?"

"알고 있어. 하지만 참을 수가 없었어. 너무 매력적이야. 난 하루라도 여자가 없으면 몸살이 나. 그런데 벌써 열흘 넘게 여자 손목 한 번 잡지 못했어."

율무가 불만 어린 목소리로 말했다.

화시는 옷을 들고 욕실로 뛰어들어갔다.

"저 계집애는 믿을만한가?"

"우연히 알게 된 여자야. 안심해도 돼."

"하지만 조심할 필요는 있을 거야."

율무는 끄덕이며 무엇인가 생각하는 표정이다가

"Y여대에서 한국 역사를 전공하고 있다고 했어."

하고 말했다.

"몇 학년?"

"4학년이라고 했어."

"알아볼 수 있을 거야."

오노는 테이블에 놓여 있는 화시의 핸드백을 집어 들더니 그 속을 뒤지기 시작했다. 이윽고 그는 주민등록증을 꺼내 들었다.

"학생증은 없고 이것뿐이야. 이건 대한민국 사람이면 누구나 가지고 있는 거야. 1960년 생이니까 지금 26세야. 대학 4학년치고는 나이가 너무 많아. 내가 알고 있는 한국 여대생도 4학년인데 그 애는 22세야."

"늦게 들어갈 수도 있잖아."

"그렇게만 보지 말고 조심하란 말이야. 그러지 말고 빨리 내쫓아 버려."

"그럴 수 없어. 겨우 여기까지 데리고 들어왔는데 그럴 수 없어. 저렇게 매력적인 애를 사귀기가 어디 쉬운 줄 알아."

"그렇긴 해. 그리지아가 알면 가만있지 않을 거야."

율무는 심각한 표정으로 일본인을 쳐다보다가

"알아도 할 수 없지 뭐. 작전에 지장이 없게만 하면 되잖아."

하고 말했다. 그는 여전히 불만스런 표정이었다.

"그 여자는 너무 융통성이 없어. 너무 딱딱거려. 도대체 여자가 이런 작전의 책임을 맡는다는 것부터가 잘못이야."

일본인은 독일인의 투덜거리는 모습을 지켜보고 있다가 그의 옆구리를 쿡 찔렀다.

"목소리가 너무 커."

"저 아가씨는 영어를 약간 더듬거릴 정도야."

"그리지아는 실력자야. 지금 와서 불만을 털어놓는다고 해서 일이 달라지는 건 아니야. 이미 작전은 진행 중이야. 시계를 돌려놓을 수는 없어."

"그 여자의 장기는 잔인성이야. 그거 빼놓으면 그 여자는 아무 것도 없어."

"조금 전에 박사가 도착했어. 무사히 도착한 모양이야. 그걸 조립해야 하기 때문에 빨리 오라는 거야."

"제기랄!"

"작전이 연기될지도 몰라."

"왜?"

독일인은 눈을 크게 뜨고 일본인을 쳐다보았다. 오노는 빗물이 흘러내리는 창을 손바닥으로 쓰다듬었다.

"이것 때문이야. 그 날 하필 태풍이 여기를 지나간다는 거야. 아직 확실하지는 않지만 그럴 가능성이 높다나 봐. 그렇게 되면 비행기 운항이 중지되거든."

"빌어먹을!"

율무는 주먹으로 창을 두드렸다. 두꺼운 대형 창문에서 쿵 하는 소리가 났다.

"도대체 왜 일이 이렇게 틀어지기만 하는 거지? 이래가지고 어떻게 하겠다는 거지? 우린 돌아가야 하지 않아?"

일본인이 머리를 흔들었다.

"안 돼. 그리지아는 포기할 수 없다고 했어. 기다렸다가 기어코 해치우고 말겠다는 거야."

"누굴 죽이려고? 모두 죽는 꼴을 보고 싶다는 거야?"

독일인의 얼굴이 분노로 일그러졌다. 그는 씩씩거리다가 냉장고 쪽으로 걸어가 맥주병을 들고 와서는 병째로 그것을 입 속에 틀어넣고 꿀컥꿀컥 마시기 시작했다. 한 병을 단숨에 마시고 나서 거

칠게 숨을 몰아 쉰 다음

"난 개죽음 당하고 싶지 않아!"

하고 큰 소리로 말했다.

일본인이 욕실 쪽을 흘끔 살폈다. 욕실 문이 조금 열려 있었다. 그는 그쪽으로 다가가 문을 밀고 욕실 안을 들여다보았다.

"어머!"

욕조 속에 앉아 콧노래를 흥얼거리고 있던 그녀가 그를 보고 놀란 표정을 지었다. 그러나 그녀는 이내 미소를 지으며 그에게 유혹의 눈길을 보내왔다. 그녀는 벌거벗은 채 따뜻한 물 속에 앉아 있었다. 목과 어깨, 그리고 젖가슴은 페인트를 칠한 듯 흰 비누 거품으로 부풀어 있었다. 그것은 너무도 도발적인 모습이었다.

"난 싫단 말이야!"

독일인의 목소리가 욕실 안에까지 또렷이 들려왔다.

"왜 그래요?"

그녀가 눈을 크게 뜨고 물었다. 일본인은 웃으며 고개를 흔들었다. 그러더니

"실례하겠소."

하면서 변기 앞으로 다가섰다. 그녀가 어리둥절해 하는 사이 그는 바지에서 발기한 것을 꺼내 오줌을 누기 시작했다.

"어머, 저럴 수가……"

그녀는 놀란 표정이면서도 남자가 소변을 끝낼 때까지 시선을 돌리지 않았다.

죽음의 집

장길모의 신원 진술서는 어렵지 않게 찾을 수가 있었다. 병호는 형사들이 가지고 온 장길모의 신원 진술서를 들여다보았다. 거기에는 장길모의 컬러 사진도 붙어 있었다. 그 얼굴은 불쾌감을 주는 얼굴이었다. 그 신원 진술서는 1979년 4월에 작성된 것이었다. 가족 관계 란에는 그의 처와 두 명의 자식들 이름이 적혀 있었다. 직업란에는 무역이라고 적혀 있었고, 회사 이름은 오리엔탈 익스프레스 사였다. 거기에는 물론 회사의 주소와 전화번호도 명기되어 있었다. 병호는 수화기를 집어 들고 다이얼을 돌렸다. 한참 신호가 간 뒤 졸음에 겨운 남자 목소리가 들려왔다.

"실례합니다. 거기 오리엔탈 익스프레스 사입니까?"

"아니에요."

이쪽에서 뭐라고 말 할 사이도 없이 전화는 끊어졌다. 병호는 다시 전화를 걸어보았다. 똑같은 목소리가 들려왔다. 그리고 병호가 똑같은 질문을 되풀이 하자 신경질적으로 응답해왔다.

"아니라는데 왜 자꾸 전화 거는 거예요? 전화번호를 똑똑히 알고 거세요."

"전화가 바뀐 지가 얼마나 됐습니까?"

전화는 이미 끊어져 있었다. 병호는 수화기를 내려놓고 한숨을 내쉬었다.

그때 왕 형사가 상기된 표정으로 들어섰다.

"유 형사가 그 독일 남자와 1825호실에 들어갔습니다. 들어간 지 30분이 지났는 데도 나오지 않고 있습니다. 어떻게 할까요?"

"그대로 내버려둬. 자기가 잘 알아서 하겠지 뭐."

"위험하지 않을까요?"

거기에는 대답하지 않고 병호는 일어섰다.

신원 진술서에 기재되어 있는 오리엔탈 익스프레스 사의 주소는 을지로 3가에 있었다. 그러나 막상 주소지를 찾아가보니 그곳에는 보험회사 빌딩이 자리 잡고 있었다. 그 빌딩의 경비원에게 물어보니 그 빌딩 안에는 그런 회사가 없다고 했다. 그 빌딩은 지은 지 4년밖에 안 된 건물이었다.

"포기해야겠는데……"

비를 피해 처마 밑에 서서 중얼거리던 병호는 형사들을 돌아보았다.

"할 수 없어. 지금 장길모의 집으로 가보지."

세 사람은 콜롬보 차 속으로 뛰어들었다.

병호가 직접 차를 운전했다. 앞을 분간할 수 없을 정도로 비바람이 차창을 후려치고 있었지만 그는 노련하게 그 낡아빠진 차를 운전해 나갔다.

"오리엔탈 익스프레스는 유령회사인가? 아니면 다른 곳에 사무실이 있나?"

병호가 운전하면서 혼잣말처럼 중얼거리자 안경 낀 형사가

"전화번호부를 뒤져봐도 그런 회사는 없었습니다. 내일 무역 관계 업무를 관장하는 기관에 한번 알아보겠습니다."

하고 대답했다.

"세무서에도 알아봐요. 세금 납부 실적이 있으면 컴퓨터에 나올

거야."

트럭이 물을 튀기며 달려가는 바람에 콜롬보 차는 더러운 흙탕물을 흠뻑 뒤집어썼다.

"망할 자식……"

병호는 트럭을 향해 중얼거리고 나서 차를 왼쪽으로 꺾었다.

J동의 그 집은 어둠 속에 잠겨 있었다. 키가 큰 형사가 담벽에 달라붙어 집안을 살펴보았는데, 집안에서는 불빛 하나 새어 나오지 않고 있었다. 초인종을 한참 눌러댔지만 응답도 없었다.

"노인들이 이렇게 깊이 잠들 리가 없어. 집이 비어 있든가, 아니면……"

그가 말 끝을 흐리자 키 큰 형사가 힘겹게 담을 넘어 안으로 들어갔다. 잠시 후 쪽문이 열렸고 병호는 안경 낀 형사와 함께 집안으로 들어갔다.

비바람이 마당에 들어찬 울창한 정원수들을 마구 휘저어놓고 있었다. 정원수들 사이에 사람들이 숨어 있는 것만 같아 그들은 바짝 긴장했다.

그들의 옷은 금방 비에 흠뻑 젖어버렸다. 그들은 조심스럽게 현관 앞으로 접근했다.

현관문은 잠겨 있었다. 병호가 현관 앞에 서 있는 동안 키 큰 형사와 안경 낀 형사가 양쪽으로 갈라서서 집 주위를 돌아갔다.

안경 낀 문 형사는 유난히 덜컹대는 창문을 밀어보았다. 창문이 미끄러지듯 열리면서 커튼이 바람에 펄럭거렸다.

그가 거기서 기다리고 있자 키 큰 조 형사가 돌아왔다. 그들은 서로 먼저 안으로 들어가겠다고 우기다가 결국 문 형사가 창틀에 달라붙었다. 조 형사가 그의 엉덩이를 받쳐주자 그는 어렵지 않게 높은 창틀 위로 몸을 끌어올린 다음 어둠 속으로 사라졌다. 키 큰 형사는 현관 쪽으로 돌아가 병호에게 곧 현관문이 열릴 것이라고 일러 주었다.

문 형사는 어둠 속에 한참 동안 서 있었다. 어둠에 눈이 익기를 기다렸지만 앞을 분간할 수 없을 정도로 캄캄하기는 마찬가지였다. 그는 집안에서 나는 인기척을 포착해 보려고 귀를 세웠지만 제 세상을 만난 듯 누비고 다니는 쥐새끼들 소리밖에는 아무 소리도 들을 수가 없었다.

집안에는 소름 끼치는 정적이 감돌고 있었다. 어둠과 정적에 갇힌 그는 숨쉬기조차 불편했다. 더듬이처럼 손을 앞으로 내저으면서 걸음을 옮기다가 그는 아예 바닥에 엎드렸다. 그리고 현관 쪽으로 기어가기 시작했다. 조심스럽게 기어가던 그 앞에 무엇인가 걸리는 것이 있었다. 처음 느낀 것은 물컹한 감촉이었다. 그는 멈칫했다가 다시 손을 뻗어 주의 깊게 그것을 만져보았다. 그리고 그것이 사람의 얼굴임을 알고는 소스라치게 놀라 뒤로 물러났다. 누군가가 바닥에 누워 자고 있는 것 같았다.

그는 무기를 가지고 오지 않은 것을 후회했다. 그런데 잠든 사람 치고는 숨소리 하나 들리지 않는 것 같았다. 손 끝에 와 닿는 감촉도 섬뜩할이만큼 차가웠다. 그는 망설이다가 주머니에서 1회용 라이터를 꺼내 켜 보았다. 그리고 누워 있는 사람의 얼굴을 본 순간 그의 입에서는 절로 '악!' 하는 외침이 터져 나왔다. 그는 불을 끄고 뒤로 물러났다. 그것은 낮에 보았던 그 참혹하게 일그러진 얼굴이었다. 그리고 죽은 사람의 얼굴이었다. 이마 부분이 피로 얼룩져 있었다. 소름 끼치는 정적의 정체를 비로소 알 수 있을 것 같았다.

문 형사는 멀리 돌아 현관 쪽으로 허둥지둥 기어갔다. 제발 그와 같은 시체를 두 번 다시 만나지 않기를 바라면서. 너무 놀랐기 때문에 그는 가슴이 아려왔다. 사람이 얼마나 나약한 존재인가를 느꼈을 때 마침내 현관에 이르렀다. 먼저 벽을 더듬어 스위치를 찾았다. 그것이 쉽게 찾아지지가 않았다. 생각을 바꾸어 현관문의 손잡이를 잡아 비틀었다. 밖에서 기다리고 있던 두 사람이 안으로 들어오자 그는 비로소 안도의 한숨을 내쉬면서 바닥에 주저 앉았다.

"죽은 시체를 봤습니다."

병호는 스위치를 찾아 불을 켰다. 거실에 불이 들어오자 맨 먼저 바닥에 쓰러져 있는 시체가 눈에 들어왔다.

"장길모의 아버지입니다. 나병환자입니다."

문 형사는 그렇게 속삭이고 나서 자기 오른손을 들여다보았다. 그 손으로 죽은 사람의 얼굴을 만졌으니 어쩌면 병균에 전염됐을지도 모른다는 공포가 그의 얼굴에 나타났다.

세 사람은 시체가 누워 있는 쪽으로 다가가 보았다. 시체는 엎어져 있는데 얼굴을 모로 돌리고 있었기 때문에 그 모습을 알아볼 수가 있었다. 그 얼굴은 나병환자 특유의 일그러진 모습을 하고 있었다. 관자놀이에 총을 맞은 듯한 구멍이 나 있었고, 거기서 흘러나온 피가 이마와 얼굴 한쪽에 엉겨 붙어 있었다. 회색의 카펫에는 핏자국이 있었고, 그것은 안방까지 이어져 있었다.

그 방문은 조금 열려 있었다. 노인은 거기서 기어 나와 거실에서 숨진 듯했다. 병호는 그쪽으로 가보았다. 조 형사가 방안의 불을 켰다. 방바닥에 옆으로 쓰러져 있는 노파의 모습이 보였다. 방안에는 피비린내가 남아 있었다.

"장길모의 모친입니다. 이층에 올라가 보겠습니다."

문 형사와 조 형사가 이층으로 뛰어올라가는 소리가 요란스럽게 집안을 울렸다. 노파 역시 관자놀이에 구멍이 나 있었다. 범인은 관자놀이에다 권총을 갖다 대고 발사한 것 같았다. 저항력이 없는 노인들을 그렇게 간단히 죽인 것을 보면 범인은 아주 무자비한 자인 것 같았다. 하얗게 센 머리가 피에 엉겨 붙어 있는 것을 보고 병호는 그 안쓰럽고 비참한 모습에 분노가 치밀었다.

"반장님! 빨리 올라와 보십시오!"

이층에서 그를 부르는 소리가 들려왔다. 그는 서두르지 않고 이층으로 올라갔다. 이층에는 불이 밝혀져 있었다. 병호는 그들이 부르는 한쪽 방으로 들어갔다.

"장길모 같습니다."

문 형사가 흥분해서 말했다.

장길모의 주검은 차마 눈뜨고 볼 수 없을 정도로 아주 끔찍했다. 목은 무참하게 반쯤 잘려나가 있었고, 온몸은 온통 피를 뒤집어쓰고 있었다.

"노엘 화이트를 죽인 놈의 솜씨입니다. 줄로 목을 감아 조인 겁니다."

조 형사가 질린 표정으로 말했다. 그는 시체를 뒤집었다. 등에는 깊은 상처가 하나 나 있었다.

"여긴 칼에 찔린 상처입니다. 칼은 뽑아서 가져갔는지 보이지 않습니다."

병호는 입을 굳게 다문 채 냉정한 눈으로 방안을 살펴보았다.

"우리가 여길 떠나고 나서 얼마 후 살인 사건이 발생한 것 같습니다."

하고 안경 낀 형사가 말했다.

"왜 죽였을까?"

조 형사가 물었다.

"그야 장길모가 경찰의 주목을 받게 되니까 먼저 선수를 친 거지. 입을 영원히 다물게 하기 위해서 말이야."

"노인들까지 죽인 걸 보면 무자비한 놈들이야."

"노인들이 그들의 얼굴을 알고 있으니까 죽였겠지. 그들은 자기들의 비밀이나 얼굴을 알고 있는 사람은 인정사정 없이 제거하고 있어. 실수도 용서하지 않아."

병호는 방안에 남아 있는 피비린내를 없애기 위해 창문을 활짝 열었다. 문을 열기 무섭게 비바람이 몰려들어왔다. 그는 도로 문을 닫았다.

"전화를 걸어."

그는 무뚝뚝하게 말하고 나서 담배에 불을 붙였다.

문 형사가 본부에 전화 거는 것을 듣고 있다가 그는 침대 쪽으로 다가갔다.

침대 위에는 시트가 어지럽게 흐트러져 있었다. 그것을 걷어내고 나서 침대 위를 찬찬히 살피다가 그는 이윽고 무었인가 집어 들었다. 그것은 검은 머리카락이었는데 길이가 30센티 정도는 되는 것 같았다.

"이건 여자 머리카락 같은데……"

그는 또 하나의 머리카락을 집어 들었다.

그것 역시 길어 보였다. 윤기가 흐르고 있는 것이 젊은 여자의 것인 듯했다.

"일당 중에 여자가 끼어 있는 것 같아."

"그렇다면 여기에 적어도 네 명 이상이 있었다는 말이 되겠는데요. 줄로 목을 조인 놈, 칼로 등을 찌른 놈, 권총으로 노인들을 살해한 놈, 그리고 여자까지 말입니다."

문 형사의 말이었다.

"그 이상일 수도 있고 그 이하일 수도 있어. 하지만 우리는 그 이상으로 보고 수사를 해야겠지."

그렇게 말하면서 병호는 머리카락 한 개를 또 집어 들었다. 그것은 잿빛의 머리카락이었다. 짧은 것이 남자 머리카락 같았다.

"여기에도 하나 있습니다."

조 형사가 소파 등받이에서 검은 머리카락 한 개를 집어들었다.

"이건 곱슬머리인데요. 남자 머리카락 같습니다."

방안 곳곳에서 머리카락들이 발견된 것을 보면 범인 일당은 그 곳에서 꽤 상당한 시간 동안 머물렀던 것 같았다. 방안은 한 번도 청소가 되지 않은 듯 지저분하기 짝이 없었다.

지난 7월 20일 노엘 화이트를 살해한 후 일당이 이곳으로 은신처를 옮겼다면 그들은 여기서 사흘 동안을 보낸 셈이라고 병호는 그 나름대로 생각했다. 그 동안 여기서 뭉그적거리고 있었다면 머리카락뿐만 아니라 여러 가지를 남겼을 가능성이 많았다.

그것을 말해주는 듯 탁자 위 재떨이 속에는 담배꽁초가 수북이 쌓여 있었다. 그들은 그것을 치울 수 있었을 터인데도 그대로 두고 간 것을 보면 그런 것에 별로 신경을 쓰고 있지 않은 것 같기도 했다. 하긴 담배꽁초에 묻어 있는 타액이나 머리카락, 그리고 지문 같은 것들을 확보한다 해도 범인 일당이 모두 외국인들일 경우 그들에 대한 자료가 국내에는 하나도 없으니 그것은 별로 효용가치가 없을지도 모른다고 병호는 생각했다.

"여긴 놈들의 제1의 은신처였던 것 같아. 놈들은 여기가 위태로워지자 다른 곳으로, 그러니까 제2의 은신처로 옮겨갔어. 우린 그 은신처를 찾아내야 해."

병호는 두 번째의 담배에 불을 붙인 다음 다시 말을 이었다.

"장길모는 그들에게 은신처를 제공했는데 결국 살해당했어. 장길모도 현재로서는 같은 일당이었다고 보는 게 옳겠지. 일당이 외국인들이라면 현지인을 포섭해서 이용할 필요가 있었겠지. 그것이 그들에게 큰 도움이 될 테니까 말이야."

"그들에게 은신처를 제공해 준 현지인이 죽었으니 그들은 곤란을 겪겠군요."

"그럴지도 모르지. 하지만 그들에게 제2의 은신처를 제공해 준 현지인이 또 있을지도 몰라."

장길모는 뻔질나게 외국에 나다녔다. 그렇다면 외국에서 테러 조직과 손을 잡았을 가능성이 크다. 어떻게 해서, 그리고 왜 그들과 손을 잡았는지는 아직 알 수 없다.

"날이 새면 즉시 장길모에 대해 상세히 알아봐. 그가 한국에서 자랐다면 틀림없이 친구들이 있을 거야. 출신 학교를 찾아가 보는 게 쉽겠지."

그의 신원 진술서에는 고등학교와 대학교의 출신 학교명이 적혀 있었다.

병호는 침대에 걸터앉아 방바닥에 엎어져 있는 시체를 내려다보았다. 범인들이 잔인 무도한 자들이라는 것은 이제 더 이상 지적할 사항이 못 된다. 주목할 것은 그들의 과단성이다. 그들은 자신들의 계획을 추진하는데 있어 방해가 되는 것들은 가차없이 제거하면서 목표를 향해 거침없이 접근해 가고 있다. 바로 그 점이 무서운 것이다. 그들이 정해 놓은 D데이는 언제일까? 그리고 그들이 노리는 비행기는 어떤 것일까?

"공개 수사를 하면 어떨까요?"

문 형사가 병호의 눈치를 살피며 물었다. 병호는 머리를 흔들었다. 그리고 갑자기 일어나 창문을 홱 열어젖혔다.

"태풍이 오면 비행기가 뜰 수 있을까?"

MAC-10

통나무처럼 깁스가 되어 있는 다리를 난쟁이가 망치로 두드리자 그것은 금방 산산조각이 나고 말았다. 매부리코를 가진 노쇠한 사내는 고통스러운지 얼굴을 찡그리며 살살 때리라고 말했다. 부서지고 금이 간 깁스 조각을 걷어내자 비닐봉지에 싸인 쇠붙이가 나왔다. 그것은 여러 개의 부속품들 같았다. 그 무거운 것들을 깁스로 다리에 붙여 서울까지 운반해온 매부리코의 사나이를 모두가 대견스러운 듯 쳐다보았다. 매부리코는 자유로워진 다리를 구부렸다 폈다 하면서 주물러댔다.

"어떻게나 무거운지 혼났어. 다리가 떨어져나가는 것 같았어. 나리따 공항에서는 체크당하는 줄 알았지."

그렇게 말하고 나서 매부리코는 구석에 세워놓은 목발을 들어 아랫부분에 붙어 있는 테이프를 떼어냈다. 다른 쪽 목발에서도 테이프를 떼어낸 다음 아래쪽을 쥐고 돌리자 그것이 빠져 나왔다. 목발의 속은 비어 있었다. 그것을 세우자 안에서 쇠파이프가 굴러 떨어졌다. 그것과 함께 톱밥에 섞여 총탄들이 와르르 쏟아져 나왔다. 다른 쪽 목발도 분리되었고, 그 안에서는 더 많은 총탄들이 쏟아져 나왔다. 마지막으로 그는 목발에서 손잡이 부분을 떼어냈다. 거기에 감겨 있는 붕대를 풀어내자 흰 테이프에 감긴 네모진 길쭉한 상자 같은 것이 나왔다. 테이프를 떼어내자 그것은 비로소 제 모습을 드러냈다. 그것은 놀랍게도 탄창이었다. 다른 쪽 목발의 손잡이도 탄창이었기 때문에 탄창은 모두 해서 두 개나 되었다.

권터 율무는 그 매력적인 한국 아가씨를 생각하면서 탁자 위에 신문지를 깔고 그 위에 부속품들을 하나씩 올려놓았다.

그는 몸살을 앓고 있었다. 그 한국인 여대생을 정복하기 직전에 놓아주어야 했기 때문에 그만 몸살이 난 것이다. 그처럼 피를 마르게 하고 가슴을 태우는 일도 없을 것 같았다. 다른 장소에서 다른 때 같았으면 그녀를 때려눕혀서라도 강간해 버리고 말았을 것이다. 그는 지금까지 여자들을 그런 식으로 해치운 적이 여러 번 있었다. 아니, 거의가 그런 식이었다고 해도 과언이 아니었다. 여자와 오랜 시간을 끌면서 데이트하고 사랑을 속삭인다는 것은 그의 취미에 맞지 않았다. 그가 하고 있는 일이 또한 앞을 예측할 수 없을 정도로 변화무쌍하기 때문에 여자와의 사랑놀음에 시간을 끌 여유가 그에게는 없었다. 그래서 만나자마자 여자를 해치울 수밖에 없었고, 그러자니 자연 강제력을 사용해야만 했던 것이다.

그러나 그는 그 한국 여대생한테만은 강제력을 사용할 수가 없었다. 중요한 이유는 현재 작전 중인데다 장소 또한 너무도 위험한 지역이기 때문이었다. 만일 그녀가 고함이라도 쳐서 한국 경찰에 체크 당하면 작전 수행에 지장을 초래하고 대원들의 안전이 위태로워질지도 모른다. 겁탈에 성공한다 해도 당한 그녀가 뒤에 말썽을 부리면 문제가 커질지도 모른다. 그런 저런 생각들이 그의 충동을 억제했고, 그래서 그는 지금 몸살을 앓고 있는 것이다.

제일 좋은 방법은 그녀를 잔뜩 흥분시켜 그녀로 하여금 자진해서 몸을 열게 하는 것이다. 그녀의 반응으로 보아 그 가능성은 충분히 있었다. 막판에 몰렸을 때 그녀는 흥분한 나머지 자신을 억제하지 못한 채 거의 몸을 열어놓고 있었고, 그는 안으로 밀어 넣기만 하면 되게끔 되어 있었다. 그런데 그 순간 뜻밖에도 오노가 찾아왔던 것이다. 그자가 그렇게 저주스러운 적이 지금까지 없었다. 죽이고 싶도록 그가 미웠다.

"망할 자식······"

그는 중얼거리면서 부속품들을 하나씩 맞추어 갔다.

오노는 그곳에 오지 않았다. 그곳에 모두 모인다는 것은 만일의 경우 모두 몰살당할지도 모르기 때문에 특별한 일이 없는 한 분산해서 숨어 있기로 되어 있었다.

그는 한숨을 내쉬면서 쇠파이프를 끼웠다. 그것은 짧은 총신이었다. 옆에서 회색 눈의 사나이가 탄창에다 총알을 끼워 넣고 있었다. 부속들이 하나하나 조립되면서 드러난 모습은 기관단총이었다. 그는 마지막으로 총알이 채워진 탄창을 받아 몸통의 아랫부분에다 철컥 하고 끼워 넣었다.

그는 총기류를 분해하고 조립하는데 뛰어난 솜씨와 기술을 가지고 있었다. 뿐만 아니라 그것을 마음대로 고치는 재주도 가지고 있었다.

갑자기 그는 MAC-10을 집어 들더니 그리지아의 가슴을 겨누었다.

그리지아는 속에 아무 것도 입지 않은 채 속살이 비치는 흰 와이셔츠만을 입고 있었다. 그것도 앞 단추를 풀어놓은 채 와이셔츠 자락을 앞으로 해서 배 위에다 묶어놓고 있었기 때문에 풍만한 가슴의 선과 배꼽이 그대로 드러나 있었다.

모두가 놀란 눈으로 율무를 쳐다보았다. 그리지아의 눈빛이 공포로 더욱 거매졌다. 그녀의 젖가슴이 터질 듯이 부풀어 올랐다. 그녀는 놀란 탓인지 미처 입을 열 생각도 못한 채 그를 쳐다보기만 했다. 그녀는 눈 하나 까딱하지 않은 채 상대방을 쏘아보았다.

"무슨 짓이야?"

고수머리의 사나이가 빠른 어조로 근엄하게 말했다. 율무는 씨익 웃으면서 총구를 내렸다.

"이건 우지보다 성능이 우수하고 값도 쌉니다."

그는 전문가답게 말했다. 우지는 이스라엘 제로 기관단총의 대명사로 불리고 있었다.

"이건 MAC-10인데 보다시피 총신이 이렇게 짧은 것이 특징이지만 성능은 아주 우수합니다. 미국의 마피아들이 최근 즐겨 사용하는 것인데, 콜트45 피스톨보다 약간 크고 무게는 3.6킬로그램밖에 안 나가요. 한번 들어봐요."

그는 그것을 그리지아에게 던졌다. 그녀가 재빨리 받지 않았더라면 그것은 그녀의 젖가슴에 가서 부딪칠 뻔했다. 그녀는 그것을 움켜쥐면서 그를 노려보았다. 그녀의 뺨은 모욕감으로 빨갛게 달아올라 있었다. 율무는 그런 것에 개의치 않고 이야기를 계속했다.

"이건 반자동으로 나온 걸 자동으로 고친 겁니다. 자동으로 쉽게 고칠 수가 있기 때문에 인기가 좋아요. 자동으로 바꾸면 분당 1천2백 발을 쏘아붙일 수가 있어요. 그리고 여기다 소음기를 달면 옆방에서 나는 재봉틀 소리 정도밖에 소리가 나지 않아요. 참고로 말씀드리면 미국에서는 자동 권총을 구입하려면 지방 및 연방당국에 등록해야 하고 지문을 찍고 2백 달러의 세금을 물어야 해요. 거기에 비하면 반자동은 그런 까다로운 조건이 없어 구입하기가 용이해요. 그런 허점이 있기 때문에 갱들은 일단 반자동인 MAC-10을 구입한 다음 자동으로 바꾸지요."

말을 마치고 나서 그는 그리지아를 지그시 바라보았다.

가슴을 풀어헤친 모습으로 기관단총을 들고 있는 그녀의 모습은 묘한 매력을 발산하고 있었다.

"멋진데요. 무기를 팔려고 포즈를 취한 모델 같은데요."

그의 빈정거리는 말에 그리지아는 들고 있던 총을 탁자 위에 내려놓았다.

"다시 한 번 나를 놀리면 그때는 가만두지 않을 거예요."

거기에는 대꾸도 하지 않고 독일인은 다시 기관단총을 집어 들었다.

"매력적인 여자처럼 마음에 쏙 드는 총입니다. 이거 하나만 있으면 비행기 하나쯤 납치하는 건 문제가 아니에요. 수백 명을 꼼짝 못하게 묶어놓을 수가 있어요. 이것이 얼마나 매력이 있는가 보여줄 때가 있겠지."

"얼마 남지 않았어요."

그리지아가 말했다. 그녀는 담배를 꺼내 입에 물었다. 난쟁이가 재빨리 성냥불을 그어서 붙여주었다. 난쟁이는 아이처럼 성냥불을 보고 즐거워했다.

"태풍이 오면 비행기가 뜨지 않아요. 당연히 우리 작전도 취소되어야 마땅하지 않을까요?"

율무가 정색을 하고 말했다.

"취소되지는 않아요. 태풍이 잘 때까지 기다렸다가 하는 거예요. 취소되는 게 아니라 잠시 연기하는 것뿐이에요."

율무는 머리를 흔들었다.

"처음부터 모든 게 잘못 돌아가고 있어요. 제대로 되어가는 게 하나도 없어요. 경찰이 이미 우리 정체를 알아내고 뒤쫓고 있는지도 몰라요. 이런 판에 태풍이 지나기를 기다렸다가 작전을 개시하자는 건 말도 안 됩니다. 태풍이 언제 끝날지도 모르고, 만일 태풍에 발이 묶이면 우리는 그야말로 오도가도 못 하고 독 안에 든 쥐가 되고 맙니다. 그 문제는 재검토 되어야 합니다. 독단적으로 결정할 문제가 아니라고 생각합니다. 잘못하다가는 우리 모두가 이곳에서 살아나가지 못할지도 모릅니다."

그리지아의 표정이 굳어졌다.

"이미 결정된 일이에요. 기다렸다가 하는 거예요. 그 문제를 놓고 왈가왈부하지 말아요."

"모두 같은 생각이라면 나도 따르겠습니다. 하지만 나는 모두 같은 생각이라고 보지는 않습니다."

"난 여러분들에게 일일이 물어보고 결정한 게 아니에요. 내 독단적으로 결정한 거예요. 왜냐하면 최종 결정권은 나한테 있기 때문이에요. 내 결정은 곧 명령이에요. 나는 명령을 내린 거예요."

방안에 무거운 긴장이 감돌았다. 긴장감과 함께 침묵이 한동안 계속되었다. 그것을 율무의 코웃음이 깼다.

"흥, 명령이라고요? 그런 걸 당신 혼자서 마음대로 결정할 수 있는 건가요?"

"물론이에요."

"도대체 당신이 작전에 대해서 얼마나 알고 있나요? 작전이 성공할지 실패할지를 알 수 있는 안목이 도대체 있습니까?"

그리지아는 벌떡 몸을 일으켰다. 그리고 사정없이 율무의 뺨을 후려쳤다. 율무가 멍하니 그녀를 올려다보자 그녀는 다시 한 번 그의 뺨을 갈겼다. 율무가 그대로 꼼짝 않고 앉아 있는 것이 그녀의 화를 더욱 돋우었다. 그녀는 계속해서 그의 뺨을 철썩철썩 갈겼다.

아무도 그녀의 행동을 말리려 하지 않았고, 율무는 얼마든지 때려보라는 듯 목석처럼 앉아 있었다.

그리지아는 손이 아파 더 이상 때릴 수가 없었다. 몸을 격렬하게 흔들었기 때문에 한쪽 젖가슴이 옷 밖으로 완전히 노출되었다. 그녀는 두 손을 내려뜨리고 거칠게 숨을 몰아 쉬다가 한 손을 그의 머리 위에 올려놓았다.

"난 포기하지 않을 거예요. 나 혼자서라도 해내고 말 거예요. 명령이에요. 내 명령을 거역하면 난 당신을 처단할 수밖에 없어요. 결정을 해요. 지금 당장……"

율무는 그녀를 올려다보다가 차츰 눈을 밑으로 내려 그녀의 젖가슴에 시선을 고정시켰다. 그의 두 손이 위로 올라갔다. 그리지아가 발로 탁자를 밀어냈다. 두 사람은 서로 가까이 접근했다. 남자는 두 팔을 벌려 그녀의 허리를 끌어안았다. 그리고 입으로 그녀의 한쪽 젖가슴을 빨기 시작했다. 그것은 그녀의 명령에 따르겠다는 무언의 표시였다. 그런 의식 아닌 의식은 그들 사이에 가끔 있어온 터였다.

그리지아는 두 손으로 남자의 머리를 감싸 안고 신음을 토했다. 그녀의 허리가 뒤틀리고 머리가 흔들렸다. 두 사람은 거기에 그들 외에 아무도 없는 것처럼 행동하고 있었다. 그들의 움직임을 쳐다보고 있는 사람들의 표정은 의외로 진지했다.

시간은 7월 24일로 접어들고 있었다. 천둥소리와 함께 창문을 흔드는 비바람 소리는 더욱 요란스러워지고 있었고, 가끔씩 창문이 번갯불에 밝아졌다가 도로 어둠 속에 잠기곤 했다.

그들은 어느 아파트에 은거해 있었다. 제1의 은신처가 위험해지자 장길모와 그의 부모를 해치우고 제2의 은신처로 은밀하게 옮겨온 것이었다.

그 아파트는 꽤 넓었고, 바로 한강 가에 자리 잡고 있었기 때문에 강이 한눈에 내려다보였다.

그 아파트의 명목상 주인은 술집에 호스티스로 나가는 어느 아가씨였다. 하지만 실제 주인은 사쓰마 겐지라고 할 수 있었다. 사쓰마 겐지는 몇 달 전 요정에서 그녀를 알게 되어 현지처로 삼은 뒤 그녀에게 아파트를 구해 주었던 것이다. 하수라(河秀羅)라는 이름을 가진 그녀는 요정에 나가고 있기 때문에 새벽녘에야 집에 돌아오곤 했고, 아예 들어오지 않을 때도 있었다.

물론 사쓰마가 한국에 오면 요정에 나가지 않고 얌전히 집에서 그의 시중을 드는 것이지만, 지금 그녀는 사쓰마가 한국에 와 있는 것을 모르고 있었던 것이다.

아파트 내부는 호화롭게 꾸며져 있었다. 모두가 사쓰마의 돈으로 꾸민 것이었다. 그는 그녀에게 많은 돈을 투자해 놓고 있었다. 그것은 이런 때에 대비한 것이었다.

그런 줄도 모르고 그녀는 사쓰마가 그녀를 몹시 사랑하는 줄로 착각하고 있었다. 착각할수록 사쓰마로서는 유리할 수밖에 없었다. 그녀는 얼굴은 예쁘지만 백치 같은 데가 있었다. 그 점이 또한 사쓰마의 마음에 들었다.

1시가 조금 지났을 때 문이 열리는 소리가 들렸다.

이윽고 수라의 모습이 현관에 나타났다. 날씨가 궂어 요정에 손님이 없었기 때문에 일찍 돌아오는 길이었다.

아무도 없는 줄 알고 집안에 들어선 그녀는 소파에 앉아 있는 사쓰마를 보고 깜짝 놀랐다.

서울 7월 24일 아침.

날이 새자 비바람은 더욱 거센 기세로 지상의 모든 것들을 휩쓸어 버릴 듯이 불어대고 있었다.

태풍이 한반도의 중부권을 강타하기로 된 날은 하루 뒤인 7월 25일이다. 오 형사는 수화기를 통해 들려오는 기상대 직원의 목소리에 귀를 기울였다.

"……지금 제주도에 상륙했습니다. 동북 방향으로 진행하고 있는데 오후에는 남해안을 강타할 것으로 보입니다. 중부권은 내일 오전에 지나갈 것으로 보이는데 그때까지는 태풍의 위력이 많이 약화되지 않을까 생각됩니다만 어느 정도로 떨어질 것인지는 현재로서는 자세히 알 수가 없습니다."

"태풍이 약화되면 비행기는 뜰 수 있을까요?"

"그건 우리 분야가 아니기 때문에 잘 모르겠습니다만…… 비행기가 뜰 수 있을 정도로 그렇게 갑자기 약화되지는 않을 겁니다."

"감사합니다."

병호는 수화기를 내려놓고 꺼칠해진 턱을 어루만졌다.

새장 속의 새가 갑자기 맑은 소리로 울기 시작했다. 그것은 호루라기 소리 같기도 하고 맑은 물방울이 빠른 속도로 떨어지는 청아한 소리 같기도 한, 그러나 결코 흉내 낼 수 없는 그런 소리였다. 병호의 귀에는 문조의 울음 소리가 더 없이 구슬프고 외롭게 들렸다. 암놈과 함께 있을 때는 울음 소리가 맑고 밝은 느낌이었다. 그러나 암놈이 죽고 난 지금 수놈의 울음 소리는 전혀 그전과 같지 않았다. 짝을 지어주어야겠다고 생각하면서도 그는 아직까지 그렇게 해주지를 못하고 있었다. 그 동안 집에 들를 시간이 없었고, 바쁘게 돌아가다보니 그만 새에 대해서 깜박 잊고 말았던 것이다.

"미안하다. 다음에 집에 올 때는 잊지 않고 꼭 귀여운 암놈을 사오마. 넌 아주 예쁘고 귀여운 아내를 갖게 될 거다."

그는 소파에 비스듬히 누워 마치 앞에 있는 사람에게 하는 것처럼 중얼거렸다.

조금 후 그는 김포 공항 국제선으로 전화를 걸었다.

"현재 공항에는 국제선 의 이착륙이 금지되어 있습니다."

안내 전화를 맡고 있는 여직원이 사무적으로 말했다.

"내일은 어떻습니까?"

"이런 날씨가 계속된다면 내일이 되어봐야 알겠지만 날씨에 큰 변화가 없는 한 비행기 운항은 불가능할 겁니다."

제발 비행기가 뜰 수 없을 정도로 오랫동안 태풍이 불어 닥치면 좋겠다고 그는 생각했다. 그렇게 되면 비행기 납치 사건 같은 것이 발생할 리 없기 때문이다. 범인들은 납치 기도를 포기하고 물러갈 것이다. 그들이 물러가겠다면 굳이 붙잡을 필요는 없다. 가겠다면 얼마든지 보내주어야 한다. 전화벨이 울렸다. 그는 손을 뻗었다.

"보스가 찾고 있습니다."

왕 형사의 목소리가 귀를 때렸다. 그의 목소리는 너무 크다. 병호는 미간을 찌푸렸다.

"전화를 기다리고 있습니다."

"알았어. 현재 출국 상황은 어때?"

수배자 중 출국한 자가 있는지 물어본 것이다.

"아직 아무도 없습니다."

비행기가 뜨지 못하니 출국하려 해도 할 수 없을 것이라고 병호는 생각했다.

그는 소파에 비스듬히 누운 채 형사 수첩을 들여다보며 수배자들을 하나하나 점검해 보았다. 그 수배자들은 수배 범위를 최소한으로 좁혀 현재 경찰이 집중적으로 쫓고 있는 인물들이었다. 모두 7명이었는데 장길모가 죽는 바람에 6명으로 줄어들었다.

* 토머스 러트=미국인. 제1의 용의자. 노엘 화이트가 피살된 H 호텔 2049호실에 투숙했던 자로 사건 발생과 동시 행방을 감추었음. 미국 측 통보에 따르면 그의 인적 사항은 모두 허위로 드러남. FBI의 통보를 기다리고 있는 중.

* 사쓰마 겐지=일본인. 일본 적군파 대원으로 일본 경찰에 의해 수배 중인 자임. 본명 아모우 시로야마. 잔인무도하기로 정평이 나

있는 자임. 일본 측 수사진을 통해 사진 확보. 노엘 화이트가 피살된 하루 뒤인 7월 21일에 H호텔에서 종적을 감춤.

　* 프레드릭 마주르=영국인. 위조 여권 소지자로 판명됨. 7월 21일에 H호텔에서 종적을 감춤.

　* 권터 율무=독일인. 무역업자. 소지 여권에 이상이 없는 것으로 판명된 자임. 7월 14일, 피살된 노엘 화이트와 같은 비행기 편으로 입국하여 7월 18일부터 현재까지 H호텔에 투숙중. 뚜렷이 하는 일이 없으며, 계속 관찰 중.

　* 오노 다모쓰=일본인. 르포라이터. 노엘 화이트와 같은 비행기 편으로 입국. 신원 조회 결과 일본 측으로부터 이상이 없는 자로 통보함, 현재 하는 일 없이 H호텔에 투숙 중이며, 계속 관찰중.

　* 오다 기미=일본 여자. 패션 디자이너. 노엘 화이트와 함께 입국. 7월 17일 H호텔에 투숙했다가 21일에 행방을 감춤. 일본 측으로부터 이상이 없는 자로 통보되어옴.

　병호는 마지막 이름에 한참 동안 시선을 고정시켰다. 그녀는 여섯 명 가운데 가장 그 윤곽을 드러내지 않고 있는 인물이었다. 러트, 사쓰마, 마주르 등은 일차적으로 모두 위조 여권을 지닌 범법자들로 밝혀졌다. 그리고 율무와 오노는 현재 H호텔에 투숙해 있고 경찰의 감시를 받고 있기 때문에 언제라도 체포가 가능하다. 그런데 오다 기미는 그 어느 쪽에도 들어 있지 않다. 신원 조회 결과는 정상으로 나타났고, 직업이 패션 디자이너라는 것도 밝혀졌다. 겉으로 보기에는 아무 이상이 없는 인물이다. 그런데 21일 이후 그녀는 행방이 묘연했다. 출국한 흔적도 없다. 국내에 있는 것이 틀림없는데 수배 망에 걸려들지 않고 있다. 행방을 감추고 있는 것일까. 아니면 그녀는 그렇지 않은데 경찰이 단지 그의 소재를 파악하지 못하고 있는 것에 지나지 않는 것일까.

병호는 H호텔에 있는 일본 수사관에게 전화를 걸었다.

"그렇지 않아도 연락을 드리려던 참이었습니다."

마스오 부장이 병호의 전화를 받자마자 말했다. 병호는 긴장해서 그 다음 말을 기다렸다.

"오다 기미 양에 대해 새로운 정보가 들어왔기에 말씀 드리려고 했습니다. 본국에서 오다 양에 대해 정밀 조사를 편 끝에 오다 양이 일본적군파와 관계가 있음이 밝혀졌습니다."

"지금 곧 가겠습니다."

40분 후 병호는 일본 측 수사관들이 묵고 있는 209호실 문을 두드렸다.

마스오 부장은 그에게 오다 기미에 대한 메모 내용을 들여다보면서 말을 꺼냈다.

"오다 양의 사진과 자료는 이 호텔 통신실로 보내달라고 했습니다. 팩시밀리로 보내달라고 했으니까 조금 후에 받아보실 수 있을 겁니다. 오다 양은 일본 적군과 직접적으로 관계가 있는 인물은 아닙니다. 그 관계로 해서 경찰에 체포된 적도 없고 수배 리스트에 오른 적도 없습니다. 전과도 없는 깨끗한 여자입니다. 그러나 조사 결과 적군파 간부였던 하세카와 우이치(長谷川宇一)라는 인물의 애인이었음이 밝혀졌습니다. 하세카와는 1980년 5월에 체포되어 현재 복역 중인데 일기에 사쓰마 겐지의 뒤를 따르겠다고 적어놓을 정도로 사쓰마를 흠모하고 있는 인물입니다. 은행 현금 차량을 탈취하다가 두 사람이나 죽이고 현재 종신형을 받고 복역 중인데, 체포될 당시 오다 양과 열렬한 관계였음이 밝혀졌습니다."

"뿐만 아니라 교도소로 하세카와를 방문하고 있습니다."

곁에 있던 일본인 형사가 덧붙여 말했다. 병호는 두 눈을 끔벅이

다가

"오다 양이 패션 디자이너라는 거 사실입니까?"

하고 물었다.

"네, 그건 사실입니다. 별로 유명하지는 않지만 그 세계에서는 꽤 인정을 받고 있는 모양입니다."

"오다 양은 21일 이 호텔에서 나간 후 행방이 밝혀지지 않고 있습니다. 아직까지 출국도 하지 않았습니다."

"사쓰마를 만나고 있을 가능성이 큽니다."

마스오가 단정적으로 말했다. 그는 덧붙여 말했다.

"교도소에 있는 하세카와와 사쓰마 사이를 연결해 주는 연락책으로 암약하고 있을지도 모릅니다."

그때 전화벨이 울렸다. 그것은 통신실에서 걸려온 전화였다.

"오다 양의 자료가 도착됐답니다."

전화를 받은 형사가 밖으로 뛰어나갔다.

"오노 다모쓰에 대해서는 새로운 정보가 없습니까?"

"특별히 이상한 건 없습니다."

"그는 르포 라이터라고 했는데…… 그 사람이 쓴 르포 중 유명한 것으로는 뭐가 있습니까?"

병호의 물음에 마스오 부장은 당황한 표정을 지었다.

"그 사람은 그렇게 유명한 르포 라이터가 아닙니다. 별로 기억에 남는 글을 읽은 기억이 안 나는데요."

"베트콩과의 1백 일이라는 르포가 있습니다. 월남전 때 월남에 직접 가서 베트공 소굴에서 그들과 함께 1백 일 동안 생활하면서 보고 느낀 것, 그들의 철학 같은 것을 깊이 있게 다룬 것인데 그 한 편으로 그는 유명해졌습니다. 베트콩 입장에서 쓴 것이라 그쪽에 동정적이고 사상적으로도 좌파 색깔이 진한 글입니다."

독서 보다는 먹는데 더 취미가 있을 것 같아 보이는 뚱뚱한 형사의 말이었다. 좌파라는 말이 병호의 귀를 후비고 들어왔다. 그것은 아주 중요한 말이었다. 그가 그런 글을 썼다면 그대로 간과할 수 없는 인물이라는 생각이 들었다. 그와 함께 유화시의 행동이 어쩌면 무의미한 것이 아닐지도 모른다는 생각도 들었다.

통신실에 내려갔던 일인 형사가 도꾜로부터 팩시밀리를 통해 들어온 오다 기미의 자료를 가지고 돌아왔다. 거기에는 오다의 사진도 있었다.

길쭉한 얼굴에 머리를 길게 기른 여자의 상반신을 병호는 들여다보았다. 적군파 대원을 애인으로 두고 있는 여자치고는 부드럽고 온화해 보였다. 조금 마른 인상에 눈이 가늘어 보였다. 아름답다고 볼 수 없는 평범한 얼굴이었다. 그녀는 28세였다.

"제가 말씀 드린 내용 그대로입니다."

자료를 훑어보고 난 마스오가 병호에게 건네주면서 말했다.

그 자료는 일어로만 작성되어 있었다. 일어에 정통하지 못한 그는 그것을 조금 읽어보다가 그만두었다. 그것을 보고 마스오 부장이 영어로 그것을 고쳐서 읽어주었다.

"감사합니다. 오노 다모쓰에 대한 자료를 좀 더 얻을 수 없을까요? 베트콩에 대해서 쓴 그 르포도 읽어보고 싶습니다만……"

"그 르포를 구해드리겠습니다."

뚱뚱한 일본인 형사가 말했다.

"오노를 주목할 필요가 있겠습니까?"

마스오가 물었다. 병호는 난처한 듯 그를 쳐다보았다.

"글쎄요. 그는 지금 이 호텔에서 어슬렁거리고 있는데…… 그냥 넘긴다는 것이 어쩐지 마음이 놓이지 않는군요"

"알겠습니다. 오노에 대해 더 좀 조사해서 자료를 구해드리겠습니다."

병호는 마스오에게 오노 다모쓰를 현재 한국 경찰이 관찰 중이라는 말은 하지 않았다.

그 방을 나와 임시 수사본부로 사용하고 있는 2015호실로 들어가자 왕 형사가 안절부절 못하고 있다가 그를 보고

"보스한테서 또 반장님 찾는 전화가 왔었습니다. 굉장히 화를 냈습니다. 아직 연락 안 하셨습니까?"

병호는 고개를 끄덕이면서 오다 기미의 자료를 내주었다.

"이걸 번역시켜. 일본에서 팩시밀리로 온 건데…… 오다 기미가 적군파와 관계가 있는 것 같아."

"그래요?"

두꺼비는 놀란 표정으로 자료를 들여다보았다. 그러나 그는 일어에 대해서는 아무 것도 아는 게 없었다.

"오노 다모쓰에 대해서도 주목할 필요가 있을 것 같아."

병호는 오다 기미와 오노 다모쓰에 대한 새로운 정보를 왕 형사에게 이야기해 주었다.

"유 형사에게 주의를 줘야겠군요."

그의 이야기를 듣고 난 왕 형사가 걱정스런 얼굴로 말했다.

"유 형사는 지금 어디 있지?"

"집에 있을 겁니다."

"내가 좀 보잔다고 해. 이 호텔에서는 안 돼."

왕 형사가 유화시에게 전화를 거는 동안 병호는 보스와 통화했다. 수사본부에는 두 대의 호텔 전화 외에 수사용으로 긴급히 가설된 전화가 세 대나 더 있었다.

보스는 상당히 화가 나 있었다. 그는 빨리 연락이 되지 않은 것과 보고를 제때에 하지 않은 점 등을 들먹이며 병호를 몰아세웠다.

"세 사람이나 살해됐는데 아직까지 보고하지 않다니 어떻게 된 거야? 그런 사건이 발생하면 즉각 보고해야 될 거 아니야?"

"너무 바빠서 그만……"

"그게 말이 되는 소리야?"

쇠약한 목소리가 떨리고 있었다.

"앞으로는 잊지 않고……"

"어떻게 된 게 해결은 되지 않고 확대일로야. 그 인터내셔널 킬러들의 소행이 분명한가?"

"네, 그런 것 같습니다만……"

"빨리, 빨리 그자들을 체포해! 얼굴을 들고 다닐 수가 없어. 체면이 말이 아니야. 그 정도로 지원해 주면 효과가 있어야 하잖아."

"네, 그렇지 않아도……"

"놈들을 빨리 일망타진해. 그런데 놈들은 왜 한국인을 세 명이나 죽였지? 그 이유가 뭐야?"

"아직 모르겠습니다. 그 이유를 알아보고 있는 중입니다."

"사람은 자기에게 주어진 찬스를 살릴 줄 알아야 해. 그걸 살리느냐 못 살리느냐에 따라 인생의 성패가 달려있는 거야."

"네, 그렇죠."

"찬스를 살리란 말이야. 진가를 발휘할 수 있는 좋은 찬스니까 말이야."

보스와 통화를 끝내고 나자 다시 전화벨이 울렸다.

"미국 대사관에서 왔습니다."

병호는 넘겨주는 수화기를 긴장한 표정으로 귀에 갖다 댔다.

용 기

미대사관에서 걸려온 전화 내용은 노스웨스트 편으로 미국 FBI 요원 두 명과 노엘 화이트의 유족이 한국에 오고 있는 중이라는 것이었다. 도착 시간은 오후 3시경이 될 것이라고 했다. 노엘 화이트의 유족이 오는 것을 보면 그에 대한 신원이 밝혀진 것 같았다. 유족은 화이트의 시신을 가져가기 위해 오는 것이 틀림없을 것이라고 병호는 생각했다.

"토머스 러트가 투숙했던 호텔을 찾았답니다!"

왕 형사의 말에 병호는 생각에서 깨어났다.

"어느 호텔이래?"

"A호텔이랍니다!"

그것은 러트가 H호텔에 투숙하기 전에 투숙했던 호텔을 말하는 것이었다. 그가 한국에 들어온 것은 7월 13일이었고, H호텔에 투숙한 것은 닷새 뒤인 7월 18일이었다. 그러니까 7월 13일부터 17일까지 어디에 있었는가 하는 것을 놓고 지금까지 수사 요원들이 수사를 해왔던 것인데 마침내 그것이 밝혀진 것 같았다.

"A호텔이 어디 있지?"

"인천에 있습니다."

"그러니까 그걸 알아내는데 이렇게 오래 걸렸군."

그 동안 수사 요원들은 서울의 웬만한 숙박업소는 거의 모두 뒤져보았는데 지금까지 수배 인물들의 흔적을 하나도 찾을 수 없었던 것이다.

"왕 형사가 인천에 좀 다녀오지."

"알겠습니다."

"자세히 알아봐. 러트 외에 일당이 함께 묵었을지도 모르니까 자세히 알아봐."

왕 형사가 급히 밖으로 사라지고 난 뒤 조금 있자 유화시한테서 전화가 걸려왔다.

"뭐 하고 있어?"

"목욕 막 끝낸 참이에요."

남자라면 묘한 감정을 느끼게 하는 정감 있는 목소리로 그녀가 말했다.

"지금 '바람과 함께 사라지다' 로 좀 나와줘."

"머리 말리려면 한 시간쯤 걸릴 텐데요."

"12시 정각까지 나와."

"알았어요."

그녀가 과연 그 독일 남자한테 몸을 허락했을까 하고 그는 생각했다. 그것은 그녀만이 알고 있는 비밀일 것이다. 다른 사람들은 그것을 알려고 해서는 안 된다. 그것은 유화시의 자존심을 건드리는 일이다.

11시에 장길모에 대해 조사를 나갔던 문 형사로부터 전화가 걸려왔다.

"장길모는 K대 영문과를 졸업했습니다. 다행히 그와 친하게 지냈던 동창생을 한 사람 만나볼 수가 있었습니다. 그 사람 말이 장길모는 아주 평범한 학생이었답니다. 성적도 중간 정도였고 성격도 원만했답니다. 대학을 졸업하고 3년간 군복무까지 마친 뒤 1972년에 미국으로 유학을 갔답니다. 그 뒤로는 그를 만날 기회가 거의 없었답니다. 기록에 남을만한 행동 같은 것을 한 흔적은 찾을 수가 없었습니다. 그의 부친은 광산으로 큰 돈을 벌었다가 망한 모양입니다. 원래가 할아버지 대에 큰 부자였다고 합니다. 오리엔탈 익스프레스사는 1979년 3월에 설립됐다가 85년 9월에 문을 닫은 것으로 관계 기관에 기록되어 있습니다. 회사 이름만 등록되어 있었지 별로 실적 같은 것은 없었습니다. 잡화를 수출하고 외국 상품도 수입하는 소규모 오퍼상이었던 것 같습니다."

12시가 조금 지나 병호는 카페 '바람과 함께 사라지다'의 문을 밀고 안으로 들어섰다. 여 주인 계화가 잔잔한 미소를 보이면서 그를 맞이했다.

실내는 손님 하나 없이 텅 비어 있었다.

"날씨가 이렇게 궂은 데 오셨어요?"

계화가 반가움을 감추며 말했다.

"여기서 약속을 했어요."

그는 스탠드에 다가앉아 스카치를 한 잔 주문했다.

"요즘 무척 바쁘신가 보죠?"

그녀가 조심스럽게 그의 얼굴을 들여다보며 물었다.

그는 고개를 끄덕였다.

"좀 바빠요."

"누구와 만나기로 하셨어요?"

"유 순경하고……"

화시에 대해서는 그녀도 어느 정도 알고 있었다. 화시는 그 카페에 두 번인가 다녀간 적이 있었다. 두 번 다 병호를 만나러 왔는데 그녀에 대한 느낌은 정열적이고 아름답다는 것이었다.

"그 아가씨…… 참 예쁘던데요."

계화가 병호의 반응을 떠보려는 듯 말했지만 그는 거기에 대해 아무 대꾸도 하지 않았다.

"경찰 같지가 않아요. 화장이 짙고 옷차림도 화려하고……"

그때 문이 열리고 유화시가 들어섰다. 그녀는 하얀 비옷을 입고 있었다. 비옷을 벗어 들더니 스탠드 쪽으로 다가오면서

"바람에 날려가는 줄 알고 혼났어요."

하고 맑은 목소리로 말했다.

귀에 매달려 있는 고리 모양의 큰 귀걸이가 그녀가 머리를 움직일 때마다 흔들렸다. 그녀는 매니큐어를 칠한 손으로 담배를 집어 들더니 거기에다 거침없이 불을 붙인 다음 그것을 빨았다.

"커피 한 잔 주세요."

그녀가 거침없이 말하자 계화는 잠자코 커피를 만들기 위해 안쪽으로 갔다. 그녀는 유화시 앞에 주눅이 든 것 같은 모습이었다.

"어젯밤 별일 없었나요?"

병호가 조심스럽게 묻자 화시는 입가에 야릇한 미소를 띠웠다.

"별일 없을 리가 있겠어요."

당연하다는 듯 하는 말에 병호는 어리둥절했다.

"별일이 있었단 말이야?"

"네, 있었어요."

그녀의 시원스런 대답에 그는 더 이상 구체적으로 물어볼 수가 없었다. 그녀는 구체적으로 물으면 구체적으로 대답해 줄 그런 아가씨였다.

"하지만 너무 걱정하지 마세요. 제가 잘 알아서 할 테니까요."

그녀가 아주 자신만만하게 말하는 바람에 그는 좀 마음이 놓였다. 그녀가 충격을 받아 그 때문에 무슨 문제라도 생기면 어쩌나 싶

었는데 그녀의 표정이나 태도에서는 전혀 그런 것을 찾을 수가 없었다. 그녀는 그전과 조금도 다름이 없어 보였다.

계화가 커피를 가져왔다.

"이 커피 저쪽으로 좀 옮겨주세요. 우리 저쪽으로 옮겨요."

화시가 그렇게 말하고 일어서자 계화의 안색이 변했다. 그녀는 모욕을 당한 것 같은 기색이었지만 병호와 시선이 마주치자 금방 표정을 부드럽게 하면서 커피 잔을 들고 화시를 따라갔다. 병호도 스탠드에서 물러나 자리를 옮겨갔다.

"저 여자 밥맛 없어요."

계화가 커피 잔을 놓고 돌아가자 화시가 병호에게 말했다.

"난 밥맛 있어 보이는데……"

병호는 빙그레 웃으며 말했다.

"반장님이 저 여자 좋아하시는 거 다 알고 있어요. 저 여자도 반장님 좋아한다는 거 알고 있어요. 하지만 난 저런 타입 싫어요. 밥맛 없어요."

주저 없이 말하는 바람에 병호는 난처한 생각이 들었다. 그러나 내색은 하지 않고 미소만 지었다.

"이쪽에서 그런 생각을 하고 있다면 저쪽에서도 똑같은 생각을 하고 있다는 걸 알아야 해."

"흥, 아무려면 어때요."

"어젯밤 있었던 일이나 이야기해 봐요."

화시는 커피를 마시고 나서

"반장님이 마시는 거 저도 한 잔 시켜줘요."

하고 말했다.

병호는 계화에게 스카치 한 잔을 더 주문했다.

"어젯밤은 악몽이었어요. 죽는 줄 알았어요."

"그렇지 않아도 걱정했었어. 하지만 어쩔 수가 있어야지."

"피할 수가 없었어요. 그렇게 하지 않고는 뭔가 알아낼 수가 없었어요. 그 사람…… 좀처럼 정체를 드러내지 않아요. 아직도 감을 못 잡겠어요."

"어젯밤 뭔가 알아내지 못했나?"

"알아냈으면 제가 벌써 반장님한테 연락을 드렸을 거예요."

계화가 술을 가져왔다. 그녀가 술잔을 내려놓고 갈 때까지 기다렸다가 화시는 다시 입을 열었다.

"도움을 청하고 싶었지만 그렇게 되면 모든 게 수포로 돌아갈 것 같아 그럴 수가 없었어요. 혼자 견뎌내자니 죽을 것만 같았어요. 하지만 이를 악물고 참아냈어요. 결과는 독일인과 더욱 가까워졌다는 것하고 오노하고도 인사를 나누었다는 것 정도지만……"

"오노 다모쓰 말인가?"

그녀는 고개를 끄덕이고 나서 술잔을 입으로 가져갔다.

"어떻게 알았어?"

"아주 자연스럽게 알게 됐어요. 독일인하고 한참 엎치락뒤치락하고 있는데 그자가 나타났어요. 두 사람이 서로 아는 사이라는 것이 밝혀졌어요."

"오노가 놀라지 않았어?"

"몹시 놀라는 것 같았어요."

"그들이 의심하지 않았을까?"

"의심을 하는 것 같기도 하고 그렇지 않은 것 같기도 했어요. 확실히 모르겠어요. 하지만 저를 그대로 둔 걸 보면 별로 의심하지 않았나 봐요. 의심했다면 저를 내버려뒀겠어요?"

"그들은 우리가 생각하는 것처럼 위험 인물이 아닐지도 모르지. 그러니까 화시를 해치지 않았는지도 모르지."

"뭔가 이상한 느낌이 드는 사람들이었어요. 그게 뭔지는 정확히 알 수 없지만 불쾌한 사람들이었어요."

"한 가지 새로운 정보를 알려주지. 도움이 될지 모르지만…… 오노 다모쓰는 르포 라이터로서 '베트콩과 1백 일'이라는 르포를 썼는데…… 월남전 때 그곳에 직접 가서 베트콩 소굴에서 지낸 이야기를 그쪽에 동정적으로 쓴 내용이라는 거야. 좌파 색채가 농후한 르포로, 발표 당시 상당한 반향을 불러일으킨 모양이야. 그 한 편으로 그는 르포 라이터로 자리를 잡게 된 모양이야. 마스오한테 오노에 대한 정보를 좀 더 자세히 알려달라고 했어."

"그렇다면 오노는 공산주의자인가요?"

화시가 얼굴이 굳어지면서 물었다.

"그건 모르겠어. 공산주의자가 아니더라도 그쪽에 많이 기울어져 있는 인물로 보는 게 좋을 거야."

화시는 어깨를 움츠렸다.

"말씀 듣고 보니까 좀 겁나는데요."

"조심하는 게 좋을 거야."

"그만두라는 말씀은 안 하시는군요."

"보다 적극적으로 접근해 보라고 권하고 싶어. 뭔가 알아낼 때까지 말이야. 그게 내 솔직한 욕심이야."

화시는 원망스러운 듯 그를 쳐다보고 있다가 술을 입 속으로 흘려 넣었다.

"제가 어떻게 되는 건 상관하시지 않는군요. 반장님은 너무 잔인하고 일밖에 모르셔요."

"미안해. 여자한테 위험한 일을 시켜서는 안 된다는 거 알고 있어. 하지만 지금 상황으로서는 어쩔 수 없잖아. 화시 만한 적임자가 없어. 다른 사람을 접근시킨다는 건 쉬운 일이 아니고 시간도 많이 걸려. 우리한테는 지금 시간이 별로 없어. 다행히 태풍이 오고 있다는 것이 우리에게 큰 도움이 되고 있어. 태풍이 우리에게 시간을 벌어주고 있는 거야. 그렇지 않다면 벌써 무슨 일인가 터졌을지도 모르지.”

화시는 새 담배에 불을 댕겼다.

“해보는 데까지 해보겠어요. 그런데 문제가 있어요.”

“뭐가 문제야.”

“그 독일인이 제 몸을 요구하고 있어요. 너무 집요하게 요구하고 있어서 저는 도저히 피할 수가 없을 정도예요. 어젯밤에는 가까스로 피했지만 두 번째에는 피할 수가 없을 거예요. 그럴 경우 어떻게 해야죠?”

병호는 거기에 대해 뭐라고 대답할 수가 없었다. 그렇다면 어젯밤에는 무사히 넘겼다는 말인가. 그는 곤혹스런 표정으로 그녀를 바라보았다.

“오노 다모쓰도 저를 쳐다보는 눈이 심상치가 않았어요. 그들의 요구를 들어주면 그들의 정체를 알아내는데 한 발짝 더 가까이 접근할 수 있게 되겠죠. 하지만 그렇게 되면 전 뭐가 되는 거죠?”

병호는 대답할 말이 없었다. 그래서는 안 된다. 몸까지 제공해서는 안 된다. 부하에게 그렇게 말해야 한다는 것을 그는 알고 있었다. 그러나 그는 그렇게 말할 수가 없었다. 그렇다고 그 반대로 말할 수는 더욱 없었다.

“그렇다고 제가 보상받는 것도 아니잖아요.”

“그래. 화시한테는 아무 보상도 돌아가지 않아.”

그녀는 그를 깊은 눈길로 응시하다가 위스키 잔에 남은 술을 깨끗이 비웠다.

“꼭 보상을 바라고 하는 건 아니에요.”

"알고 있어."

그때 계화가 병호를 불렀다. 그녀는 수화기를 들고 있었다.

왕 형사한테서 온 전화였다. 수사본부에서 만나기로 하고 전화를 끊었다.

"본부로 가봐야겠어."

테이블로 돌아와 앉지도 않고 말하자 화시도 따라 일어섰다. 계화의 따가운 시선을 뒤로 느끼면서 병호는 카페를 나왔다. 그가 콜롬보 차에 오르자 화시도 운전석 옆자리에 올라탔다.

비바람이 앞을 분간할 수 없을 정도로 차창을 후려치고 있었다. 병호는 조심스럽게 차도로 차를 몰아나갔다.

"그런데 이상하게도 저는 자꾸만 용기가 솟아나요. 여기서 물러나고 싶지가 않아요. 시간이 갈수록 도전해 보고 싶은 욕구가 자꾸만 일어요."

병호는 건널목 앞에서 차를 세웠다.

"저는 지금까지 살아오면서 제 능력을 시험해 본 적이 한 번도 없었어요."

"그만두는 게 좋겠어. 상대방이 몸까지 요구할 줄은 몰랐어. 그 정도라면 그만두는 게 좋겠어. 다른 방법을 강구해 보든가 아니면 포기하겠어."

윈도브러시가 차창에 쏟아지는 빗물을 쉴새 없이 쓸어내는 것을 지켜보면서 그가 말했다.

여대생 순이

인천에 있는 A호텔에 다녀온 왕 형사는 꽤 흥분해 있었다.

그럴 만도 한 것이 가져온 정보라는 것이 매우 귀중한 것들이었기 때문이다.

"토머스 러트는 A호텔에 지난 7월 13일부터 17일까지 투숙한 것이 틀림없습니다. 숙박부에 다행히 그 사실이 기록되어 있었습니다. 그런데 놀라운 것은 죽은 노엘 화이트의 기록도 거기에 있다는 점입니다."

"그래애?"

병호의 입에서 담배가 굴러 떨어졌다. 왕 형사가 얼른 그것을 집어서 재떨이에 비벼 껐다.

"네, 그렇습니다. 그뿐이 아닙니다. 프레드릭 마주르와 오다 기미도 A호텔에 투숙했던 기록이 있습니다."

오병호는 두 눈을 끔벅거리며 두꺼비를 쳐다보다가

"귄터 율무는?"

하고 물었다.

"그 사람의 기록은 없습니다. 노엘 화이트는 입국하던 날인 7월 14일부터 계속해서 A호텔에 투숙했습니다. 그러다가 살해당한 날인 7월 20일 오전에 체크아웃하고 호텔을 떠난 것으로 되어 있습니다. 토머스 러트의 인상착의는 몽타주와 거의 동일합니다. 몽타주를 보였더니 호텔 직원들은 금방 알아봤습니다.”

“프레드릭 마주르와 오다 기미는 얼마 동안 A호텔에 있었지?”

“입국한 날부터 H호텔로 옮기기 전까지 있었습니다.”

“4명 모두 독방을 썼나?”

“네, 각자 독방을 쓴 것으로 되어 있습니다.”

인천에 있는 A호텔은 그렇게 알려진 호텔이 아니다. 경치 좋은 곳에 자리 잡고 있기는 하지만 특급 수준은 못 되고 2류 정도 되는 낡은 호텔이다. 더구나 외국인들이 투숙하는 경우는 아주 드문 것으로 밝혀졌다.

그런 곳에 피살자와 수배 중인 외국인들이 투숙했다는 것은 무엇을 의미하는 것인가? 그것은 그들이 비록 독방을 쓰면서 서로 모른 체하고 지냈다 해도 공범 관계임을 말해주는 아주 중요한 증거라고 할 수 있다. 그들이 독방을 쓴 것은 만약 어떤 문제가 생기더라도 공범이 다치지 않게 하고 혼자 모든 책임을 뒤집어쓰려는 배려에서 그렇게 한 게 아닐까.

“토머스 러트, 프레드릭 마주르, 오다 기미, 그리고 사쓰미 겐지가 공범 관계라는 것은 분명해진 것 같군.”

“네, 확인된 셈입니다.”

“오다 기미라는 여자가 추가된 것은 정말 뜻밖이야.”

“이제 그들이 어디로 숨어 버렸는지 그걸 빨리 알아내야만 합니다.”

“태풍이 끝나기 전에 알아내야 할 텐데……”

병호는 창문을 후려치는 비바람을 걱정스런 눈으로 쳐다보면서 중얼거렸다.

“도대체 어디에 숨어 있을까요?”

“그들이 인천의 A호텔에 투숙했다는 기록을 찾아내는데도 이렇게 오래 걸렸어. 이런 식으로 수사하다가는 코앞에 두고도 못 찾을지 몰라."

"호텔 측에서 적극적으로 협조해 주지 않습니다."

"자기들 일이 아닌데 그 사람들이 적극적으로 협조해 줄 리 있겠어. 결국 경찰이 직접 나서서 숙박업소를 뒤질 수밖에 없는데 정식 수사 요원이 아닌 이상 일선 경찰서 순경들도 그렇게 열을 내서 찾아 다닐 리가 없단 말이야. 전국 경찰에 보다 강력한 수사 협조 지시를 내려달라고 부탁해야겠어. 그들이 서울을 떠나 인천까지 와서 묵은 걸로 봐서는 서울 아닌 다른 지방 도시에도 숨어 있을 가능성이 없지 않아 있으니까 말이야."

"일당은 모두 4명일까요?"

"4명이라고 단정할 수는 없어. 내가 보기에는 놈들이 더 있을 것 같아."

전화벨이 울리더니 전화를 받은 수사관이 수화기를 병호에게 넘겼다. 그것은 오노 다모쓰를 미행하고 있는 수사관이 걸어온 전화였다.

"오노가 어떤 젊은 여자하고 만나고 있습니다. 여대생 같은 아가씨인데 지금 아래층 라운지에서 만나고 있습니다."

"그 아가씨를 미행해."

"알겠습니다."

병호는 왕 형사와 다른 수사관 한 명을 아래층으로 내려 보냈다.

오노 다모쓰와 여대생처럼 보이는 아가씨는 인공 폭포가 보이는 창가에 마주보고 앉아 있었다.

일본인 오노 다모쓰와 상대하고 있는 아가씨는 앳되게 생긴 얼굴에 가무잡잡한 피부를 가지고 있었다. 몸집이 자그마하고 귀엽게 생긴 아가씨였다.

오노가 알고 있는 그녀의 신상이라는 것은 그녀의 이름이 이순이라는 것, 그리고 S여대 가정학과에 다니고 있다는 것 정도였다. 덧붙일 것이 있다면 섹스에 민감한 반응을 보일 줄 안다는 것, 그리고 돈을 좋아한다는 것 등이었다.

그가 그녀를 알게 된 것은 두 달 전이었다. 호텔 엘리베이터 속에서 알게 되었는데, 그때 엘리베이터 속에는 마침 그들 두 사람만 타고 있었고, 그가 그녀에게 말을 걸자 기다렸다는 듯이 응해왔던 것이다. 그날 밤 그는 어렵지 않게 그 한국 여대생을 손에 넣을 수 있었고, 한 달 전 한국에 왔을 때에도 그녀와 만나 관계를 가졌었다. 이번에도 그는 한국에 오자마자 그녀부터 찾았는데 그녀는 관계를 가질수록 마음에 드는 상대였다. 그녀는 어디서 배웠는지 일본말을 더듬거리며 약간 할 줄 알았기 때문에 그들의 대화는 주로 그녀의 서툰 일본말로 이루어졌다. 사흘 전 그녀는 학교 친구들과 함께 어느섬으로 놀러 가기로 했다면서 돌아와 연락 주겠다고 하고 그와 헤어졌었다.

"재미있었나?"

그녀를 보자 강한 욕망을 느끼면서 오노가 물었다.

"네, 아주 재미있었어요."

순이는 하얀 치열을 드러내면서 미소를 지었다. 그녀의 탄력 있는 조그만 몸뚱이를 생각하자 그는 얼른 그녀를 데리고 방으로 들어가고 싶었다. 율무의 여자보다는 못 하지만 이만하면 싫증나지 않고 데리고 놀만한 상대라고 그는 생각했다. 기회가 주어지면 여자들을 서로 바꾸어 상대해 보는 것도 괜찮을 것이라고 생각하면서 그는 호주머니에서 종이조각 하나를 꺼내 그녀에게 보여주었다. 거기에는 영어로 이렇게 쓰여 있었다.

"유화시 Y여대 사학과 4학년."

"이게 뭐예요?"

"내 친구 애인인데 부탁 받았어. 정말 Y여대에 재학 중인지 알아봐줘. 나보고 알아봐 달라고 했어."

"우리 학교라면 몰라도 남의 학교에 다니는 학생인데 좀 곤란하잖아요."

그녀는 난처한 듯 고개를 갸우뚱했다.

"그러지 말고 꼭 알아봐 줘. 알아보려면 알아볼 수 있잖아."

"왜 그런 걸 알려고 하는 거죠?"

그녀가 주스 잔을 흔들며 그를 힐끗 쳐다보았다.

"그 아가씨하고 살림을 차릴려나봐. 그러려면 확실한 걸 알아야 할 거 아니야."

"그 아가씨는 참 좋겠다."

그녀는 비에 젖은 점퍼를 벗었다. 노란 티셔츠 안에서 젖가슴이 흔들리는 것이 보였다.

"뭐가 좋다는 거야?"

"살림까지 차려주니까 얼마나 좋겠어요."

"그게 그렇게 좋은가. 내가 살림 차려줄까?"

순이는 웃으며 머리를 흔들다가 슬그머니 말했다.

"난 조그만 아파트나 하나 있었으면 좋겠어요. 지금 친구하고 자취하고 있는데 혼자 지내고 싶어요."

"그 정도라면 내가 하나 마련해줄 수 있어."

"정말이세요?"

그녀는 기뻐서 어쩔 줄 몰라 하며 물었다.

"정말이고 말고."

오노는 점잖게 끄덕였다.

"고마워요!"

그녀는 탁자 위로 손을 뻗어 오노의 손을 꼭 잡았다.

"그거 알아봐 줘. 급히 필요해."

"알았어요. 내일까지 알아봐드리겠어요."

라운지를 나온 그들은 엘리베이터를 타고 15층으로 올라갔다.

15층을 지키던 객실 담당 종업원이 그들이 방안으로 사라지고 난 뒤 곧바로 수사본부로 전화를 걸었다.

"방금 1528호실로 들어갔습니다."

1528호실에서 순이가 일본 남자의 미칠듯한 욕구를 열심히 받아들이고 있을 때,

수사본부에서는 병호가 미국에서 온 손님들을 맞아들이고 있었다.

그들은 모두 남자들이었다. 두 명은 FBI요원들이었고 다른 한 명은 피살된 노엘 화이트의 유족이었다. 미국 측 수사관들은 아주 대조적인 모습을 하고 있었다. 한 명은 키가 큰 거한이었고 다른 한 명은 작달막한 모습을 하고 있었다. 노엘 화이트의 유족이라는 사람은 마른 얼굴에 머리칼이 거의 빠진 노인이었다. 그는 돋보기 안경 너머로 병호를 흘끔흘끔 쳐다보았다.

"노엘 화이트의 부친입니다."

거한인 마크가 노인을 병호에게 소개했다. 노인은 병호와 악수를 나누면서

"내 아들은 어디 있습니까?"

하고 떨리는 목소리로 물었다.

"곧 안내해 드리겠습니다.

병호는 미국 측 수사관들을 옆방으로 데리고 들어가 사건 발생 경위를 이야기해 주었다. 그러나 하이재킹 가능성에 대해서는 한마디도 언급하지 않았다."

"노엘 화이트의 진짜 이름은 빌 시모네입니다. 그의 사진을 보내주었기 때문에 우리는 어렵지 않게 빌 시모네의 신원을 알아낼 수 있었습니다."

작달막한 수사관인 대니가 말했다. 그는 슈트케이스 속에서 미국에서 타이핑해 가지고 온 자료를 꺼내 그것을 들여다보며 이야기를 계속했다.

"그의 실제 나이는 서른두 살입니다. 그는 팔레스타인 테러 조직인 검은 9월단과 손을 잡고 있는 것으로 알려져 있으며, 미국 내에서 83년 9월 유대인 방어 연맹의 실력자 한 명을 납치해서 살해한 혐의로 수배를 받고 있는 중이었습니다. 그는 미국 내에 거주하고 있는 아랍인들, 특히 중동 출신 유학생들과 손을 잡고 조직의 테러 활동을 도왔는데, 85년 3월 유대인 은행가 한 명을 대로상에서 살해한 뒤 외국으로 빠져나간 것으로 알려졌습니다. 그 뒤로는 소식이 끊겼습니다."

병호는 노엘 화이트의 위조 여권을 꺼내 보였다.

"이 여권을 이용해서 그는 14개월 동안 세계 각지를 돌아다녔더군요. 뉴욕을 출발한 것이 85년 4월 15일이었습니다. 그리고 마지막으로 한국에 입국한 것이 지난 7월 14일이었습니다."

작달막한 사나이는 위조 여권을 꼼꼼히 들여다보고 나서 심각한 표정으로 고개를 끄덕였다.

"토머스 러트에 대해서는 아는 바가 없습니까?"

"몽타주만 가지고는 알아내기가 어려웠습니다. 계속 조사 중입니다만 아직까지는 아무 것도 알아내지 못했습니다."

"우리가 조사한 바로는 빌 시모네와 러트는 같은 조직의 사람들 같았습니다. 화이트, 그러니까 시모네는 7월 14일에 입국했고 러트는 하루 전인 13일에 입국했습니다. 그리고 그들은 지방 도시인 인천까지 가서 같은 호텔에 투숙했습니다. 물론 방은 각자 따로 썼지만 말입니다. 러트는 17일까지 그 호텔에 머물다가 18일에 서울로 와서 이 호텔 2049호실에 투숙했습니다. 시모네는 그 호텔에 계속 머물다가 20일 오전에 체크아웃하고 그 호텔을 나왔습니다. 그리고 그 날 저녁 서울의 H호텔에 있는 러트의 방에서 살해당했습니다. 그 방에서 추락했는데 이미 그때는 등에 두 발을 맞은 상태였고 목에도 깊은 상처가 나 있었습니다."

"그럼 왜 러트가 그를 살해했을까요?"

"시모네가 중요한 실수를 한 것 같습니다."

병호는 노엘 화이트의 유품을 가져오게 했다.

"이 가방이 시모네의 것입니다."

그는 탁자 위에 가방 안에 들어 있는 것들을 쏟아놓았다.

"그의 유품은 그가 죽기 전에 우연히 제 손에 들어오게 됐었지요. 그가 이 가방을 택시에 두고 내린 것을 택시 운전사가 들고 와 신고했는데 그 속에 이런 게 들어 있었습니다."

그는 체코 제 세열수류탄을 찍은 사진을 미국인에게 보였다.

"실물은 다른 곳에 보관하고 있습니다."

미국인들은 심각한 표정으로 서로를 쳐다보았다.

"이런 걸 잃어 버렸다면 책임을 면하기가 어려웠겠군요. 그가 왜 살해당했는지 이해할 만 합니다."

하고 마크가 말했다.

"혹시 놈들의 함정이 아닐까 하고 생각했지만 그런 것 같지는 않습니다."

"시모네를 그런 식으로 해치운 걸 보면 러트 혼자만이 아닌 다른 공범들이 있겠군요?"

대니가 궁금한 표정으로 물었다.

"네, 일당이 있는 것 같습니다. 적어도 4명 이상의 일당으로 추정됩니다."

"그들이 한국에서 무엇을 노리고 있는 것 같은데 그 점에 대해서 알아 봤나요?"

마크가 거만한 말투로 물었다.

"지금 수사 중입니다."

병호는 가볍게 응수하고 나서 대니를 돌아보았다.

대니는 시모네의 유품을 하나하나 점검해 보더니 잭나이프를 집어 들고 한참 동안 들여다보았다.

"골든 라이언……"

중얼거리고 난 그는 거기에 있는 글자들을 수첩에 옮겨 적고 나서 가지고 온 소형 카메라로 나이프를 여러 장 찍었다.

"우선 시체를 확인해야겠습니다."

그가 일어서면서 말했다. 병호는 형사 두 명에게 그들을 안내하라고 지시했다.

그때 로비를 지키던 왕 형사가 병호에게 전화를 걸어왔다.

"오노 방에 들어갔던 아가씨가 방금 아래층으로 내려왔습니다. 혼자입니다. 어떻게 할까요?"

"우리가 그 아가씨를 포섭하는 게 어떨까?"

"한 번 해보겠습니다."

가짜 여대생

호텔을 나온 순이는 주차장 쪽으로 급히 뛰어갔다. 가까운 거리인데도 비바람에 금방 옷이 젖어버렸다. 빨간 색의 소형 승용차 안으로 뛰어든 그녀는 가쁜 숨을 몰아 쉬고 나서 엔진 키를 돌렸다. 그 차는 석 달 전에 큰 마음 먹고 산 것이었다. 물론 일시불로 산 게 아니라 36개월 할부로 구입한 것이었다. 그녀가 운전 면허증을 딴 것은 1년 전이었다. 운전 경력이 짧아 시내에 차를 몰고 나오는 것이 쉬운 일이 아니지만, 외모와는 달리 의외로 대담한 면이 있어 차를 구입하던 날부터 시내로 나와 몰고 다녔다.

이윽고 주차장을 빠져 나온 그녀는 차도로 조심스럽게 차를 진입시켰다.

비바람 때문에 도로의 차들은 속력을 내지 못하고 느리게 움직이고 있었다.

그녀는 조금 전에 끝난 성의 유희를 음미하면서 서울 종로 쪽으로 차를 몰아갔다. 온몸을 불살랐던 쾌락의 뒤끝이 아직도 감미로운 여운으로 몸 속에 남아 있었다.

오늘은 아주 큰 벌이를 했다고 그녀는 생각했다. 그 바보 같은 일본인한테서 아파트를 하나 사주겠다는 약속을 받아냈으니, 벌이치고는 아주 큰 벌이가 아닐 수 없다. 앞으로 남은 일은 그 약속을 지키게 하는 것이다. 그러려면 그자에게 서비스를 잘해 주어야겠지.

그녀는 오노 다모쓰가 침대 위에서 벌이는 테크닉에 아주 만족하고 있었다. 그는 힘도 좋고 경험도 풍부한 사람이었다. 임도 따고 뽕도 딸 수 있다니 얼마나 근사한 일인가. 오노 역시 그녀에게 미치고 있다는 것을 그녀는 잘 알고 있었다.

그녀는 이름을 비롯해서 모든 것이 가짜였다. S여대에 다닌다는 것도 물론 거짓말이었다. 일정한 직업도 없지만 굳이 하는 일을 들먹인다면 호텔 주위를 맴돌며 외국인들을 낚는 콜걸이라고 할 수 있었다. 어떤 조직에 묶여 조직적으로 외국인들을 낚는 게 아니라 혼자 아니면 친구들과 어울려 그런 짓을 하는 것이어서 전문적인 콜걸이라고 할 수는 없었다. 임도 따고 뽕도 딴다는 식으로, 같은 값이면 섹스를 즐기면서 돈도 벌자는 생각에서 그 길로 들어섰던 것인데, 생각보다는 훨씬 반응이 좋아 그녀는 점점 전문적인 콜걸이 되어가고 있었다. 겉으로 보기에는 앳되고 귀엽게 생겨 전혀 그런 여자 같지가 않았고, 그래서 외국인들이 잘 걸려드는 것 같았다. 오노도 말하자면 그래서 걸려든 외국인이었다.

재작년 대학 입시에 실패한 그녀는 1년 재수 끝에 다시 입학시험을 치렀으나 또 다시 낙방하는 바람에 대학에 진학하는 것을 포기하고, 얹혀살고 있던 언니 집에서도 나오고 말았다.

시골 고향 집에서는 과부인 그녀의 어머니가 동생들을 데리고 어렵게 농사를 지으며 살아가고 있었다. 언니 집을 나온 그녀는 친구가 얻어놓은 자취방에 얹혀 지내게 되었는데, 그 친구는 그녀보다 이미 한발 앞서 호텔 쪽에 진출하여 외국인 사냥으로 시간을 보내고 있었다. 그래서 순이도 그 친구를 따라 한두 번 호텔에 따라나갔다가 마침내 손쉽게 돈을 벌 수 있는 방법을 터득하게 되었던 것이다.

종로를 벗어난 그녀는 B호텔 쪽으로 방향을 잡았다. 거기에 가면 그곳을 무대로 시간을 보내고 있는 촉새를 만날 수 있을 것 같았다. 촉새는 함께 동거하고 있는 친구의 별명이었다. 그녀는 촉새를 만나 한바탕 재잘거리고 싶었다.

20분쯤 지나 B호텔에 도착한 그녀는 커피숍으로 가보았다. 그러나 촉새는 보이지 않았다. 아마 외국인 하나 낚아서 지금쯤 호텔 방에서 자지러지게 놀고 있을 거라고 생각하면서 그녀는 담배 한 대를 꼬나 물고 거기에 성냥불을 붙였다.

커피까지 마시고 나서 세 번째 담배에 불을 붙였을 때에는 시간이 30분쯤 지나 지루한 느낌이 들기 시작했다. 슬슬 일어서 볼까 하고 생각하고 있는데 웬 남자가

"실례합니다."

하면서 맞은편 자리에 털썩 주저앉는다. 목이 짧고 두꺼비처럼 생긴 30대의 남자였다. 미소를 지으면서 이쪽을 바라보는 모습이 징그러워 그녀는 미간을 찌푸렸다.

그녀한테는 남자들이 많이 따른다. 그러나 그녀는 지금까지 수작을 부리며 달라붙는 남자들 가운데 변변하게 생긴 남자를 한 번도 본 적이 없었다. 그래서 수작을 부리는 남자라면 거들떠보지도 않았다. 지금 눈앞에 앉아 능글맞게 웃고 있는 남자만 해도 꿈에 볼까 두려운 얼굴이었다. 그녀는 이맛살을 찌푸리면서 두꺼비같이 생긴 남자를 노려보았다.

"실례합니다. 시간을 좀 낼 수 없을까요?"

열이면 열 모두 다 똑같다. 남자들이란 모두 똑같다.

"약속이 있어서 안 돼요."

그녀는 차갑게 내뱉었다. 이래 보여도 나는 한국인들은 상대하지 않아요. 외국인만 상대한다고요. 난 국제적으로 논단 말이에요.

"바람맞은 것 같은데…… 아닌가요?"

정말 능글맞은 놈팡이다. 그녀는 코웃음을 치면서 입을 삐죽 내

밀었다.

"왜 그러시는 거예요?"

"시간을 좀 내달라는 겁니다."

"시간 없어요."

그녀는 앞에 디밀어진 것을 들여다보았다.

"경찰입니다."

하고 두꺼비가 은근한 목소리로 말했다. 그녀의 얼굴에서 서서히 핏기가 가시기 시작했다.

머리칼이 거의 빠진 미국 노인은 시신을 살펴보고 나서 무겁게 고개를 끄덕였다.

"내 아들이 틀림없소."

그는 중얼거리면서 뺨 위로 흐르는 눈물을 손등으로 닦아냈다. 그러나 소리 내어 울지는 않았다.

FBI요원 마크가 두툼한 손으로 노인의 어깨를 두드리며 그를 위로했다.

"자, 나갑시다."

"그놈은 태어나서부터 나를 괴롭혔소. 벌써 죽었어야 하는 놈인데 지금까지 죽지 않고 나를 괴롭혔소. 그놈이 죽었다고 해서 내가 슬퍼하는 건 아니오. 도대체 부모와 자식 사이라는 게 뭔데 내가 이렇게 괴로움을 당해야 하는지…… 그 놈은 내 자식이 아니오. 내 자식이 아니란 말이오. 어쩌다가 그런 놈이……"

노인은 입술을 깨물며 몸을 떨다가 급기야 울음을 터뜨렸다.

두꺼비 왕 형사는 순이가 내놓은 학생증을 유심히 들여다보았다. 위조 신분증을 식별해 내는 데 뛰어난 안목을 지닌 그는 그것이

가짜라는 것을 금방 알아낼 수가 있었다. 그것은 다른 사람의 학생 증에다 사진만 바꿔치기한 다음 비닐 케이스로 압축한 것이었다.

"아가씨, 정말 S여대생인가?"

"네, 정말이에요."

그녀는 빙글빙글 웃고 있는 두꺼비처럼 생긴 형사를 두려운 눈으로 쳐다보았다.

"거짓말하지 마. 이건 가짜야. 지금 나하고 S여대에 가서 확인해 볼까?"

그 말에 그녀는 그만 기가 죽어 고개를 떨어뜨렸다.

"거짓말하면 안 돼. 거짓말하면 어떻게 된다는 거 알지? 이것만 가지고도 구속 감이야. 몸까지 팔고 다닌 것을 합치면 몇 년은 감옥에서 썩어야 할 걸."

"용서해 주세요. 다시는 안 그러겠어요. 용서해 주세요."

그녀는 울먹이면서 빌기 시작했다.

두꺼비는 난처한 듯 입맛을 다시다가 이윽고 못 이기는 체 입을 열었다.

"조건이 있어. 내 부탁을 들어주면 모든 걸 덮어줄 수 있어. 그렇지 않으면 덮어줄 수 없어."

"무슨 일인데요."

그녀는 긴장해서 그를 바라보았다.

"오노 다모쓰를 계속 만나요. 그리고 그에 관한 것을 빠짐없이 나한테 보고해 줘요. 그의 정체를 알아낼 수 있으면 더욱 좋지만 그것까지 바라지는 않겠어."

"왜, 왜 그래야 하나요?"

"그건 알 필요 없어. 그 사람이 현재 감시를 받고 있다는 것만 알아줘요. 그래서 아가씨한테 부탁하는 거요. 해줄 수 있겠지?"

두꺼비 형사는 더 이상 웃고 있지 않았다. 그녀는 가만히 고개를 끄덕였다.

"네, 할 수 있어요."

"아가씨 본명이 뭐지?"

"이동자예요."

"음, 좋아."

그는 그녀에게 자동차 면허증을 좀 보자고 말했다. 그녀는 머뭇 거리다가 그것을 내놓았는데 거기에는 그녀의 이름이 이동자로 나와 있었다. 자동차 면허증만은 가짜로 만들 수가 없었던 모양이다. 그는 거기에 기재되어 있는 인적 사항을 모두 수첩에 옮겨 적고 나서 다시 그녀를 바라보았다.

"또 하나 부탁할 게 있어요."

"뭔데요?"

"오노한테 유화시가 Y여대 학생이 틀림없다고 보고해요."

"그 여자가 누군데요?"

"그건 알 필요 없어요. 동자는 시키는 대로 하기만 하면 돼요."

그의 강압적인 말에 고개를 끄덕이면서 입술을 깨물었다.

전화벨이 울렸다. 젊은 형사가 그것을 받더니 병호에게 황급히 수화기를 넘겨주었다.

"다이아몬드 사건입니다!"

병호는 뜻밖이라는 표정으로 전화를 넘겨받았다.

"다이아몬드 주범이 현재 경찰과 대치 중에 있습니다! 명동 입구 지하도입니다!"

그것은 그와 함께 다이아몬드 살인 사건을 수사했던 형사의 목소리였다.

"조심해야 할 거야! 자극시키지 말고 어떻게든 설득시키는 쪽으로 나가란 말이야!"

"지금 좀 나와주실 수 없겠습니까? 그 여자를 설득시키려면 아무래도 반장님이 계셔야 할 것 같습니다."

"난 지금 바쁜데…… 알았어. 나가지. 그 여자 건드리지 말고 지키고만 있어!"

전화를 끊고 난 병호는 급히 점퍼를 들고 밖으로 뛰쳐나갔다.

다이아몬드 살인 사건은 그가 지금의 사건을 맡기 전에 전력을 기울여 쫓던 사건이었다. 그 사건의 주범은 여자였는데 그녀는 청산가리와 수류탄을 몸에 지니고 다닌다고 했다.

H호텔에서 명동 입구까지는 가까운 거리였다.

그가 현장에 도착했을 때 명동 입구 지하도는 경찰에 의해 봉쇄되어 있었다.

그는 사람들을 밀치고 지하도로 내려갔다. 지하도에는 이미 많은 구경꾼들이 몰려서 있었고, 경찰은 그들을 한쪽으로 몰아붙이느라고 애를 먹고 있었다.

전투복 차림의 경찰관들이 총을 든 채 지하도의 양 켠을 차단하고 있었는데, 그들 사이의 거리는 수십 미터 정도는 될 것 같았다. 그 거리는 텅 빈 공간을 이루고 있었는데, 그 한 가운데서 웬 여자가 미친 듯 울부짖고 있었다.

경찰관들은 그 여자가 수류탄을 터뜨릴까 봐 더 이상 접근하는 것을 삼가고 있었다.

병호에게 전화를 걸었던 형사가 다가와 그를 지휘자에게 안내했다. 그는 관할 구역의 서장이었다.

"해칠 우려가 있으면 사살할 수밖에 없어요. 상부에서도 허락을 내렸어요."

뚱뚱한 서장이 말했다. 병호는 손을 들어 그를 제지했다.

"사살하면 안 됩니다. 제가 한번 설득시켜 보겠습니다."

병호는 포위망을 뚫고 공간으로 들어섰다.

찬물을 끼얹은 듯 조용한 가운데 여자의 미친 듯 울부짖는 소리만이 지하도의 벽을 울리고 있었다.

그녀의 이름은 황무자(黃茂子)였다. 병호는 그녀를 향해 멈추지 않고 뚜벅뚜벅 걸어갔다. 이윽고 그녀의 울부짖는 소리가 뚝 멎었다. 그녀는 무서운 눈으로 병호를 노려보더니 수류탄을 들고 있는 손을 높이 쳐들며 소리쳤다.

"오지 마! 오지 말란 말이야! 가까이 오면 수류탄을 던질 거야!"

병호는 멈춰 서서 그녀를 바라보았다.

그녀와의 거리는 10미터 정도 될 것 같았다. 그는 그녀를 좀 더 자세히 관찰하기 위해 서너 걸음 더 앞으로 접근했다.

"오지 말란 말이야! 던질 거야!"

그녀는 정말 던질 듯이 몸을 부르르 떨었다. 산발한 머리가 깡마른 얼굴을 덮고 있었고, 머리칼 사이로는 두 개의 큰 눈이 무섭게 빛나고 있었다. 연분홍색 블라우스는 찢어져 있었고, 그 사이로 흰 속살이 비치고 있었다. 밑에는 청바지 차림이었고 발은 아무 것도 신지 않은 맨발이었다. 30대 초반의 여인이었다.

불행한 여인

황무자에 대해 경찰이 조사한 바에 따르면 그녀는 대학까지 나온 인텔리로 두 번 결혼한 적이 있는 몸이었다.

그녀는 부모도 모르고 자란 고아였다. 고아원에서 자란 그녀는 너무 영리했기 때문에 대학까지 졸업할 수가 있었던 것이다.

결혼하기 전까지만 해도 그녀는 온순하고 내성적인 여자였었다. 성장 과정에서 무의식적으로 내재되어 왔던 피해 의식과 공격적인 성격은 그때까지만 해도 겉으로 드러나지 않고 안에 깊숙이 침잠해 있었던 것 같았다. 그런데 결혼하고 나서 겪어야 했던 불행한 일들로 해서 그런 것들이 마침내 겉으로 드러나면서 난폭한 성격으로 변한 모양이다. 이것은 어디까지나 경찰이 조사한 자료를 통해 추정한 것이지만 사실에서 벗어난 추정은 아닌 것 같았다.

그녀의 첫 번째 결혼 상대자는 대학 시절 연애하던 남자였다. 그 남자는 어느 대기업의 신입사원이었는데 그녀와 결혼한 지 2개월 만에 자동차 사고로 죽고 말았다. 결혼하기 전 그녀는 사주를 본 적이 있었는데, 사주를 본 사람이 하는 말이 절대 결혼하지 말고 혼자 살아야 한다고 했다. 그 이유를 묻자 그녀는 남자를 잡아먹을 상이라는 것이었다. 다시 말해 그녀와 결혼하는 남자는 모두 죽을 것이라는 것이었다. 그녀는 코웃음치고 그 말을 잊어버렸는데 첫 번째 남편이 결혼 2개월 만에 비명에 죽자 비로소 그때 그 점쟁이의 말을 되새겨보지 않을 수 없었다.

첫 번째 남편이 죽은 지 2년쯤 지나 그녀는 연하의 가난한 대학생과 두 번째로 결혼했다. 그녀보다 다섯 살이나 아래인 대학생이었다. 그때 그녀는 친구와 함께 조그만 카페를 경영하고 있었는데 그 대학생은 휴학 중 그 카페에서 아르바이트를 하면서 그녀를 누나라고 부르다가 어느 날 밤 술에 취해 그녀에게 사랑을 고백하게 되었고, 그것이 문제가 되어 갈등을 겪다가 결국 그들은 합쳐지게 되었던 것이다. 그 남자 대학생 역시 고아 출신이었고, 그 사실을 알고 처음에는 동정으로 시작되었던 것이 나중에는 사랑으로 변하게 되었던 것이다.

그런데 결혼하고 나서 알게 된 일인데 그 대학생은 폐결핵 중증 환자였다. 결혼하고 한 달쯤 지나 그가 피를 토하며 쓰러지자 그녀는 그를 병원에 입원시켰다. 고아 출신의 청년이 폐결핵을 앓는 것은 그녀의 입장에서는 얼마든지 이해될 수 있는 일이었다. 병원에서는 그에 대해 치료 불가능이라는 진단 결과를 내놓았지만 그녀는 온 정성을 다해 그를 간호했다. 친구와 함께 경영하던 카페는 그렇지 않아도 장사가 안 되었는데, 친구가 투자 분을 빼내가는 바람에 그녀는 돈 한 푼 건지지 못하고 문을 닫고 말았다.

그녀의 남편에 대한 병 간호는 눈물겨울 정도였다. 그녀는 가지고 있는 것을 모두 내다 팔고 아파트 전세금까지 빼내 치료비를 댔지만 남편의 병세는 더욱 절망적으로 되어갔다. 더 이상 치료비를 댈 수 없자 그녀는 임신 7개월의 몸으로, 부유하게 살고 있는 대학 동창생의 집에서 값비싼 패물을 훔쳤다가 붙들려 절도범으로 구속되고 말았다.

그녀는 교도소 안에서 아기를 낳았는데 아들이었다. 교도소 안에서 아기를 기를 수 없었기 때문에 아이는 그녀가 출감할 때까지 양육 기관에 맡겨졌다. 그녀는 교도소에 갇혀 있던 6개월 동안을 거의 미친 듯이 지냈다. 남편과 자식 생각 때문에 견딜 수가 없었던 것이다. 그녀가 남편의 죽음을 통보 받은 것은 출소하기 한 달 전쯤이었다. 그러고 나서 1주일쯤 지나 이번에는 아기가 죽었다는 연락을 받았다. 그녀는 거의 미친 상태에서 교도소를 나왔다. 그때부터 세상을 보는 그녀의 눈과 생활 태도는 완전히 달라졌다.

그녀는 자진해서 교도소 생활 중에 알게 되었던 여자를 찾아 나섰다. 그녀는 과거의 친구들과 어울렸다. 그 여자들이란 이미 범죄의 세계에 깊이 발을 들여놓았거나 그런 세계에서 활약하고 있는 남자들과 관계하고 있는 여자들이었다. 그녀는 마약과 절도로 두 번 더 교도소에 드나들었고, 그 세계에서 두각을 나타내게 되었다. 그녀는 남자들까지 거느린 한 조직의 보스가 되었다. 그녀는 지적이면서도 냉혹하고 과격한 인물로 알려져 있었다.

"가까이 오지 마! 저리 가! 물러가란 말이야!"

그녀가 다시 악을 썼다. 병호는 한 걸음 더 앞으로 다가섰다.

그녀도 한 걸음 더 물러섰다.

"목숨을 함부로 버리지 마! 황무자, 당신은 현명한 여자야! 그걸 던져서 죄도 없는 사람들을 죽이겠다구? 그런 짓은 하지 않겠지. 정말 던지고 싶으면 나한테만 던져, 나한테만 말이야."

병호는 옆 걸음으로 움직이면서 말했다.

"흥, 오병호! 잘 만났다! 그렇지 않아도 네놈을 만나고 싶었어. 죽고 싶단 말이지? 영웅이 되고 싶단 말이지?"

그녀는 수류탄을 들고 있는 오른손을 쳐들었다. 금방 던질 것 같은 기세였지만, 날아오지는 않았다. 병호는 오랫동안 그녀를 추적했기 때문에 그녀도 병호에 대해서는 잘 알고 있었다.

"오해하지 마. 난 영웅이 되기 위해 여기 온 게 아니야. 당신을 살리기 위해 온 거야. 당신은 성격 파탄자야. 자신을 학대하고 남까지 학대해야 만족을 얻는 정신병자야. 당신은 이 세상을 파괴하고 모든 사람들을 죽이고 싶겠지. 그렇지만 그게 얼마나 부질없고 어리석은 생각이라는 걸 당신 자신이 누구보다도 잘 알고 있을 거야, 당신은 자신을 기만하고 있어. 당신은 위선자야."

병호가 두 서너 걸음 더 다가서자 그녀는 다시 뒤로 물러섰다.

"개새끼! 난 너희를 믿지 않아! 너희들은 쓰레기야! 쓰레기!"

그녀는 두 손을 쳐들고 몸을 떨면서 악을 썼다. 벽 때문에 더 이상 물러설 수 없게 되자 그녀는 벽을 의지하면서 옆으로 이동했다.

"오지 마! 오면 죽어버릴 거야!"

그녀는 조그만 약병을 들고 있었다. 약병 뚜껑은 열려 있었다. 병호는 멈춰 섰다. 그는 땀으로 젖어 있었다. 손을 흔들었다. 그의 얼굴은 그녀를 이해하려는 고통으로 일그러져 있었다.

"무자! 제발 그러지 말아요? 자기 목숨을 자기 마음대로 할 수 있다고 생각하지 말아요!"

"왜 내 맘대로 못해? 난 얼마든지 나 자신을 죽일 수 있어!"

"그렇지가 않아. 모든 생명은 소중한 거야. 자기 마음대로 끊을 수 있는 게 아니야. 난 당신의 불행했던 과거를 잘 알고 있어요."

"그럴듯한 말로 날 꾀려고 하지 마. 차라리 날 쏴 죽여! 난 붙잡혀서 죽고 싶지 않으니까 날 쏴 죽여!"

그는 그녀가 수류탄을 던질 수 없을 것이라고 생각했다. 그녀의 두 눈 속에는 증오의 빛이 서려 있는 것 같지 않았다. 그녀의 눈 속에 안타까움이 서려 있는 것 같이 생각되었다. 그는 뚜벅뚜벅 걸어갔다. 죽을 각오를 하고 걸어간 것은 아니었다. 그녀가 수류탄을 던질 수 없을 것이라는 확신이 섰기 때문이었다. 그가 염려한 것은 그녀가 청산가리를 먹지 않을까 하는 점이었다.

그녀는 더 이상 그를 피하지 않았다. 온몸을 떨어대면서 그에게 가까이 오지 말라고 소리치다가 마침내 그가 그녀 앞에 바싹 다가서자 두 손을 내리면서 울음을 터뜨렸다.

"당신은 죽을 팔자가 아니야. 그거 이리 내요."

그녀의 손에서 수류탄과 약병이 떨어졌다. 순간 그는 그녀를 껴안고 몇 바퀴 몸을 굴렸다. 그는 그녀의 몸을 위에서 덮쳐 누른 채 한참 동안 움직이지 않고 있었다. 그러나 폭발 소리는 들리지 않았다. 그녀의 입에서 야릇한 웃음 소리가 흘러나왔을 때에야 그는 비로소 몸을 일으켰다. 수많은 발자국 소리가 몰려오고 있었다. 황무자의 웃음 소리는 더욱 커지고 있었다. 그는 수류탄이 떨어져 있는 곳으로 조심스럽게 다가가 그것을 집어 들어 보았다. 안전핀이 뽑혀져 있는데도 그것은 폭발하지 않고 있었다. 뇌관이 장치되어 있는 수류탄의 윗부분 구멍은 나무로 막혀 있었고 그 위에 손잡이가 걸려 있었다. 나무 부분은 수류탄 색깔과 똑같이 색칠이 되어 있었기 때문에 가까이서 들여다보기 전에는 식별하기 어려웠다. 그는 나무 뚜껑을 잡아 뽑아보았다. 그것은 쉽게 빠졌고, 화약이 들어 있어야 할 속에는 만 원짜리 지폐가 한 장 들어 있었다.

그녀는 소리 내어 웃고 있었다. 그녀의 손목에는 수갑이 채워져 있었고, 그녀를 향해 쉴새 없이 플래시가 터지고 있었다.

다이아몬드 살인 사건은 병호의 소관이 아니었기 때문에 그는 그 사건을 담당한 수사관들이 그녀를 심문하는 것을 곁에서 지켜보는 수밖에 없었다. 그녀를 체포했을 때 수사관들은 물론 기자들까지도 그에게 그 수류탄이 가짜라는 것을 알고 접근한 게 아니었느냐고 물었다. 그가 전혀 몰랐다고 했지만 그들은 그 말을 믿으려 들지 않았다. 그는 굳이 그것을 강조하고 싶지 않았기 때문에 그저 웃기만 했다.

황무자는 모든 것을 체념한 듯 얌전히 앉아 있었는데 수사관의 질문에는 처음부터 침묵으로 일관했다. 병호는 한 시간쯤 지켜보다가 그곳을 나와 수사본부로 돌아왔다. 돌아오자마자 보스한테서 전화가 걸려왔다. 쇠약한 목소리가 다이아몬드 살인 사건에 대해 이야기하는 것을 그는 잠자코 들었다.

"그건 정말 멋진 결말이었어. 난 정말 오랜만에 기자들한테 자랑스럽게 말할 수가 있었어. 그건 용기만 가지고는 할 수 없는 일이라고 말이야. 거기에는 용기 플러스 알파가 있어야 한다고 말했어. 그 여자를 굴복시킬 수 있다는 남자로서의 어떤 확신, 바로 그것이 있었기 때문에 가능했다고 말했어. 이건 농담인데 말이야…… 반장은 여자를 보는 눈이 뛰어나. 그렇지 않나?"

"글쎄요."

그는 난처해서 얼른 수화기를 놓아버리고 싶었다. 웃음 소리가 들려오더니 보스의 목소리가 은근해졌다.

"그런데 말이야…… 그 여자가 말썽을 부리는 모양이야. 지금까지 한 마디도 입을 열지 않고 있다는 거야."

"그러다가 열겠죠."

"아니야. 오 반장 아니면 누구하고도 이야기하지 않겠다는 거야. 오 반장한테는 여자를 끄는 매력이라도 있는 모양이지?"

병호는 얼굴이 화끈 달아올랐다.

"그럴 리가 있습니까. 저한테 침을 뱉고 싶어서 그럴 겁니다."

"아니야. 분명히 오 반장을 지목했다는 거야. 오 반장하고만 이야기하고 싶다고 말이야. 좀 도와주어야겠어."

"저는 지금 바쁩니다. 정신을 차릴 수 없을 정도로……"

"알고 있어. 뭐 언제는 바쁘지 않았나. 그 여자한테 매달려 있으라는 게 아니야. 말문만 열어놓으라는 거야. 아무리 바빠도 서로 협조해야 할 것은 협조해야……"

"알겠습니다."

보스와 길게 이야기 해야 소용 없다는 것을 그는 잘 알고 있었다. 그의 말은 명령이었다. 그는 명령을 수행하기 위해 일어섰다. 밖은 운전하기가 어려울 정도로 비바람이 휘몰아치고 있었다. 그는 황무자가 구속되어 있는 곳으로 차를 몰고 갔다.

그녀가 갇혀 있는 취조실은 숨 막힐 정도로 무더웠다. 그가 안으로 들어갔을 때 그녀는 세 명의 수사관을 상대하고 앉아 있었다. 그녀의 연분홍색 블라우스는 땀에 젖어 있었고 얼굴에서도 땀방울이 흘러내리고 있었다. 병호는 위층에 있는 통풍이 잘 되는 방으로 그녀를 데리고 갔다. 그녀의 손목에 걸려 있는 수갑도 풀어주고 나서 가지고 온 캔 맥주를 내놓았다.

"시원하니까 마셔봐요."

그녀는 기다렸다는 듯이 마개를 따내고 맥주를 벌컥벌컥 들이켰다. 병호도 맥주를 입으로 가져갔다.

"당신이 맥주를 마시고 싶어할 거라고 생각했지."

그녀는 그를 쏘아보더니 고개를 끄덕였다.

"목이 말라 혼났어요."

"물을 달라고 하면 될 텐데……"

"그 사람들이 주는 건 마시고 싶지 않았어요."

여자의 마음

아직 어두워질 시간이 아닌데도 하늘은 캄캄해지고 있었다. 비는 폭우로 변하고 있었다. 세찬 바람에 창문이 금방이라도 떨어져 나갈 듯 덜컹거리고 있었다. 번갯불에 어두운 하늘이 순간적으로 갈라지는 것처럼 보이곤 했다. 천둥소리에 낡은 건물이 무너질 듯 흔들렸다.

병호는 걱정스런 눈으로 창 밖을 바라보다가 여인 쪽으로 시선을 돌렸다. 책상 위에는 맥주 캔이 여러 개 놓여 있었다. 거의가 빈 것들이었다. 그녀가 계속 목이 탄다고 하면서 맥주를 사달라고 했기 때문에 맥주 캔이 자꾸만 늘어나게 된 것이었다.

병 맥주를 사는 게 싸게 먹힌다는 것을 알고 있었지만 혹시 그녀가 병을 깨서 자해 행위라도 할까 봐 캔 맥주만 사 오게 했다.

병호는 그녀와 똑같이 맥주를 마셨다. 그들은 경쟁이나 하듯 서로를 살피면서 맥주를 마셔댔기 때문에 어지간히 취해 있었다.

병호가 피의자를 심문하면서 그렇게 술을 마시기는 처음이었다. 별로 묻지도 않고 마주 앉아 술만 마셔대자 참다 못해 그녀 쪽에서 먼저 말을 걸어왔다.

"뭘 알고 싶으세요?"

"별로 알고 싶은 것도 없어."

그는 입 속으로 땅콩을 던져 넣었다.

"거짓말 말아요!"

그녀가 사납게 그를 노려보면서 소리쳤다.

"정말이야."

그는 별로 동요하는 빛도 없이 말했다.

"여기에 앉아 있으라는 명령을 받았거든. 난 싫은데 말이야. 그리고 난 다른 일 때문에 바빠요. 당신이 나를 부르지 않았다면 난 여기에 오지 않았을 거요. 솔직히 말해 난 두 번 다시 이런 식으로 당신을 만나고 싶지 않았어요."

수년 전 그는 그녀를 체포한 적이 있었다. 치기배 조직을 검거했을 때 그녀가 걸려들었던 것이다. 그것이 그녀와의 첫 대면이었다. 그리고 나서 2년쯤 지나 그는 다른 수사관들에 체포되어 온 그녀를 다시 보게 되었다. 눈이 마주치자 그녀는 그를 똑바로 쳐다보았다. 먼저 시선을 돌린 것은 병호 쪽이었다.

"여전하시군요, 오 형사님."

하고 그녀가 조롱기 어린 목소리로 말했다.

"차라리 남자로 태어날 것이지."

하고 중얼거리면서 그는 고개를 돌려버렸다. 그리고 나서 이번에 세 번째 만난 것이다.

"나도 당신을 만나고 싶지 않았어요. 우리가 두 번째로 만났을 때 당신이 한 말을 난 결코 잊을 수가 없었어요. 당신은 잊었을지 모르지만 난 그럴 수가 없었어요."

"차라리 남자로 태어날 것이지 한 말 말인가?"

"잊지 않으셨군요. 그 말이 그렇게 모욕적으로 들릴 수가 없었어요. 그 상처를 언젠가 되돌려주리라 마음먹고 있었어요."

술기운 때문인지 그녀의 두 눈이 붉게 충혈되어 있었다. 그녀는 성냥불을 드윽 켜더니 보라는 듯이 담배에 불을 붙였다. 병호는 조용히 그녀를 응시했다.

"효과가 있었나 보군. 그때 그런 말을 한 건 당신을 보는 순간 너무 화가 나기도 했었고, 그래서 모욕을 주려고 그랬던 거지. 모욕을 느꼈었다니 다행이군."

그녀는 캔을 책상 위에 탁 놓고 발딱 일어섰다. 격한 감정으로 해서 호흡이 거칠어지고 몸까지 떨리고 있었다. 깡마른 얼굴에 남아 있는 것은 이글거리는 두 눈 뿐인 것 같았다. 그녀는 그를 노려보다가 돌아서서 바지에 두 손을 찌르고 창가로 다가갔다.

그는 불안한 눈으로 그녀의 뒷모습을 쳐다보았지만 그녀에게 다가가지는 않았다. 그녀가 마음만 먹으면 충분히 밖으로 뛰어내릴 수 있을 것이다. 3층이기 때문에 아래로 뛰어내려 도망친다는 것은 무리다. 그러나 자살을 기도한다면 충분히 가능성이 있는 방법이 될 것이라고 그는 생각했다. 닫아두었던 창문을 그녀가 드르륵 열었다. 그리고 상체를 기울여 아래를 내다본다.

그녀는 살인 강도범으로 체포되었다. 더구나 전과가 있는 만큼 이번에 교도소에 들어가면 살아서 나오기는 어려울 것이다. 그녀 자신이 누구보다도 잘 알고 있을 것이다. 그럴 바에는 차라리 자살해 버리는 게 낫지 않을까. 그는 움직이지 않고 그대로 앉아서 그녀의 뒷모습을 바라보고 있다가 조용히 그곳을 나왔다.

화장실에 다녀오니 그녀는 여전히 창가에 그대로 서 있었다. 그녀의 머리와 얼굴은 빗물에 흠뻑 젖어 있었다.

"당신은 이상한 사람이에요."

그녀가 갑자기 몸을 돌려 말했다. 그는 그녀 쪽으로 가만히 다가갔다.

"제가 여기서 뛰어내리기를 바랐죠?"

그는 잠자코 머리를 흔들었다.

"그럼 왜 그대로 내버려뒀죠?"

"당신이 뛰어내리지 않을 것이라고 생각했기 때문이야."

그는 손을 뻗어 그녀의 얼굴을 반쯤 덮고 있는 젖은 머리칼을 한쪽으로 쓸어주었다. 그녀는 멈칫했다가 가만히 있었다.

"정말 아무 것도 알고 싶지 않으세요?"

"한 가지 알고 싶은 게 있어."

그는 창문을 닫았다. 그러고 나서 그녀의 두 눈을 들여다보듯이 하고 물었다.

"정말로 그 노파를 죽였나?"

"그런 노파는 죽어도 싸요."

"죄와 벌에 나오는 라스코르니코프 같은 말을 하는군."

"그래요. 그런 할망구는 죽어도 싸요. 하지만 난……"

그녀가 머뭇거렸다.

"하지만 뭐지?"

"난 그 할망구를 죽이지 않았어요. 제 말을 믿어도 좋고 안 믿어도 좋아요."

"난 사실을 알고 싶어."

병호는 그녀의 한쪽 어깨 위에 손을 올려놓으려고 했다. 그녀가 그의 손을 뿌리쳤다.

"손대지 말아요."

그녀의 목소리는 아까처럼 거세지가 않았다.

"살인범이 자기가 사람을 죽였다고 처음부터 자백하지는 않겠지. 죽이지 않았다고 말하는 살인범의 심정을 나는 충분히 이해할 수 있어요."

"그런 뜻이 아니에요. 난 정말 죽이지 않았어요."

"그럼 누가 죽였지?"

"몰라요."

"모르다니? 당신이 모르면 누가 알지?"

실내는 어느새 어둠에 잠기고 있었다. 바깥에서 흘러 들어오는 희미한 빛에 그녀의 옆모습이 뚜렷이 부각되고 있었다. 얼굴이 마른 탓인지 옆모습이 보기에 좋았다.

"아무도 믿지 않을 거예요. 하지만 그건 사실이에요. 우리가 그 집에 들어갔을 때 노파는 이미 죽어 있었어요. 넥타이로 목이 졸린 채 죽어 있었어요. 그리고 금고문도 열려 있었고 보석함도 비어 있었어요. 다이아몬드는 물론 보이지 않았어요. 노파는 죽은 지 얼마 안 된 것 같았어요. 결국 우리가 죄를 덮어쓰게 된 거죠."

병호는 한동안 말없이 그녀를 쳐다보기만 했다. 그녀의 말을 과연 어디까지 믿어야 할지 그는 알 수가 없었다. 한참 후에 그는 이렇게 말했다.

"재판에서 그런 말이 통할 수 있을 것 같아?"

"통하지 않겠죠. 하지만 사실이 그런걸요."

그녀는 홱 몸을 돌려 그를 쏘아보았다.

"제가 오 형사님을 부른 건…… 오 형사님만은 제 말을 믿어줄 것이라고 생각했기 때문이었어요. 제 말을 못 믿으시겠어요?"

"글쎄……"

그녀가 팔짱을 끼었다. 그녀는 책상 쪽으로 걸어갔다가 다시 창가로 돌아와 섰다.

"나는 함정에 빠진 거예요. 우리가 그 집에 갈 거라는 걸 누군가 알고 먼저 선수를 친 거예요. 그리고 우리한테 죄를 뒤집어씌운 거예요. 우리 사이에 배신자가 있었던 게 틀림없어요."

병호가 손뼉을 쳤다.

"그러고 보니까 이상한 점이 있었어. 노파가 살해되고 내가 수사를 시작했을 때 나한테 어떤 여자가 전화를 걸어왔었지. 이름을 밝히지 않고 전화를 걸어왔는데…… 노파를 죽인 사람이 황무자 일당일 거라는 거였어. 그건 아주 귀중한 정보였기 때문에…… 그래서 당신을 추적하게 된 거지. 그리고 그 집 가정부한테 당신 사진을 보였더니 금방 당신을 알아보고 당신이 범인이라고 증언했어. 당신은 틀림없는 살인범으로 확인된 거야. 당신, 그 가정부의 증언을 뒤엎을 수 있는 증거를 가지고 있어요?"

"없어요. 그 가정부는 외출했다 들어오다가 우리와 마주쳤던 거예요. 우리는 할 수 없이 그 가정부를 묶어놓고 나왔어요. 그러니 우리를 범인으로 볼 수밖에 없었겠죠."

"진범이 잡히지 않는 한 당신은 죽을 때까지 감옥에서 썩든가 아니면 사형을 당하겠군."

"그럴 수는 없어요! 절대 그럴 수는 없어요!"

그녀는 갑자기 흥분해서 머리를 흔들었다.

"내 손으로 진범을 잡고 말 거예요!"

"어떻게? 당신은 이제 꼼짝할 수 없게 됐는데."

"난 억울해요. 그 동안 난 진범을 찾아다녔어요. 그런데 경찰이 항상 그걸 방해했어요. 나를 이렇게 붙잡아놓고 진범을 못 잡게 하고 있어요."

"당신이 진범이니까."

"난 아니에요! 아니란 말이에요!"

마치 사나운 짐승이 이빨을 드러내고 으르렁거리는 것 같았다.

병호는 두 손으로 그녀의 양 어깨를 꽉 움켜잡았다. 그녀는 몸부림치면서 그의 손에서 빠져나가려고 했지만 그는 그녀를 놓아주지 않았다. 그녀의 몸에서 힘이 서서히 빠지는 것 같더니 마침내 그녀가 비틀거리면서 병호의 품에 몸을 내맡겼다. 그와 함께 그녀는 울음을 터뜨렸다.

그는 그녀를 안은 채 비통한 울음 소리에 귀를 기울였다.

그녀의 울음 속에는 깊은 한이 맺혀 있는 듯했다. 그녀의 몸의 떨림이 고스란히 그의 몸 속으로 전해져 오고 있었다. 그는 그녀가 실컷 울게 내버려 두었다. 그리고 그녀가 울음을 그칠 때쯤 해서

"진범이 따로 있다면…… 내가 그 진범을 찾아보지."
하고 말했다.

그의 말을 듣고 난 그녀는 눈물을 거두고 호소하는 듯한 눈길로 그를 바라보았다.

"하지만 당장은 안 돼. 난 지금 몹시 바쁘거든. 나는 아주 큰 사건에 매달려 있어요. 어쩌면 대참사가 일어날지도 모르는 사건이지. 자, 이리 와서 앉아요."

그는 그녀의 손을 잡고 책상 쪽으로 데리고 가서 그녀를 의자에 앉혔다.

그녀는 놀라울 정도로 순한 모습으로 돌아가 있었다. 다소곳이 앉아서 그의 처분만을 기다리고 있었다.

"진범이 잡히면 당신은 가택침입죄에 해당하는 가벼운 처벌만 받겠지."

"고마워요."

그녀가 나직이 말했다.

실내는 서로 상대방의 표정을 겨우 읽을 수 있을 정도로 어두워져 있었다.

병호는 벽에 붙어 있는 스위치를 올렸지만 불이 들어오지 않았다. 교환에게 어떻게 된 일이냐고 묻자 태풍 때문에 정전이라고 했다. 조금 있자 사환 아이가 양초를 들고 왔다. 양초에 불을 붙인 다음 그 것을 책상 위에 고정시켜 놓자 연분홍색의 찢어진 상의에 가려진 그녀의 모습이 환상적으로 보였다.

"당신······ 수류탄에 대해 좀 알고 있나?"

"네, 이야기를 많이 들어서 알고 있어요. 하지만 한 번도 사용해 본 적은 없어요."

"수류탄 껍질은 어디서 났지?"

"얻은 거예요."

"누구한테?"

"우리 조직원 중에 넙치라는 청년이 있는데 그 애한테서 얻은 거예요. 그애 말이 산에서 녹슨 것을 주웠대요. 그걸 하도 만지고 기름으로 닦고 해서 반질반질해졌어요."

"처음부터 빈 껍데기였나?"

"아니었나 봐요. 안에 들어 있는 것을 빼내 버리고 그렇게 만든 거라고 했어요. 전 거기다가 지폐나 동전 같은 것을 넣고 다녔어요. 그애한테서 수류탄 다루는 법을 배웠어요. 그애는 군대에 있을 때 그걸 배웠다고 했어요."

병호는 어이없는 표정으로 그녀를 바라보다가 미소를 지었다.

"그런 줄도 모르고 당신을 수류탄을 들고 다니는 무시무시한 여자로 알고 있었지."

밤 열 차

같은 날 밤 11시 15분 전, 서울역.

한 대의 콜택시가 광장에 면한 택시 정류장에 빗물을 튀기며 굴러와 멎자 유난히 키가 작아 보이는 외국인 남자가 먼저 차에서 뛰어내리면서 우산을 펴 들었다. 그리고 뒷좌석의 문을 열자 흑발의 미녀가 밖으로 내려섰다. 난쟁이는 그녀가 비를 맞지 않게 발돋움하면서 그녀의 머리 위로 우산을 가져갔다. 이윽고 그들은 새마을호 대합실 쪽으로 걸어갔다.

광장 위로는 비바람이 휘몰아치고 있었다. 우산이 뒤집어지자 그들은 나란히 걷는 것을 포기하고 뛰어가기 시작했다.

대합실 안은 혼잡스러웠다. 대합실 안으로 들어선 그들은 비에 젖은 머리와 얼굴을 손수건으로 닦았다. 사람들의 시선이 미모의 외국 여인에게 쏠렸다. 사람들은 흥미 있다는 듯 그녀와 난쟁이를 번갈아 쳐다보았다. 아름다운 미녀가 난쟁이와 함께 여행한다는 것이 아무래도 신기해 보인다는 그런 표정들이었다. 그러나 그 외국인들은 사람들의 시선 따위에는 아랑곳하지 않고 서로 웃으며 상대방의 얼굴을 닦아주기까지 하는 다정함을 보여주고 있었다.

간편하고 검소한 차림인 것으로 보아 관광을 목적으로 한국에 온 여행자들 같았다. 여인은 색이 바랜 청바지 위에 노란색의 티셔츠를 입고 있었다. 티셔츠는 비에 젖어 몸에 찰싹 달라붙어 있었다. 브래지어를 착용하지 않았는지 부푼 젖가슴이 그대로 드러나 보였고 젖꼭지가 유난히 자극적인 모습으로 도드라져 있었다. 사람들의 시선은 주로 그녀의 젖가슴 위로 쏠리고 있었다. 그것은 무료하게 차 시간을 기다리고 있는 사람들에게 신선한 자극을 안겨주기에 충분한 모습이었던 것이다. 난쟁이는 푸른색의 사파리를 입고 있었다. 그의 머리는 붉은 색이었고 두 눈은 노리끼리했다. 그는 동그란 눈을 가지고 있었는데 그 두 눈은 계속 장난기 어린 미소를 담고 있었다. 그와 미녀는 여행 가방 하나씩을 어깨에 걸치고 있었다. 여인의 목에는 일제 니콘 카메라가 걸려 있었다.

개찰구를 통해 사람들이 빠져나가고 있었다. 개찰구 위에는 경부선을 표시하는 노란 불빛이 들어와 있었다. 미녀가 난쟁이의 팔짱을 끼면서 개찰구 쪽을 가리켰다. 그들은 이미 승차권을 구입해 둔 것 같았다.

개찰구를 통과한 그들은 계단을 내려가 플랫폼에 서 있는 경부선 하행 새마을 열차에 올랐다.

열차는 정각 23시에 출발했다.

그 어울리지 않는 한 쌍의 외국인들은 별실 안에 앉아 있었다. 별실에는 조그만 탁자를 사이에 두고 양쪽에 소파가 놓여져 있었다. 복도에 면한 출입문을 닫고 커튼을 치자 그런대로 두 사람만의 아늑한 분위기가 이루어지는 듯했다. 그러나 외국의 훌륭한 시설에 접해온 미녀는 별실의 초라함에 미간을 찌푸려 보였다.

난쟁이는 차창에 부딪쳐 흘러내리는 빗물을 히죽히죽 웃으며 바라보고 있었다. 그리지아는 섬세하게 생긴 손가락 사이에 담배를 끼우고 나서

"가랄……"

하고 불렀다.

가랄은 재빨리 라이터를 꺼내 그녀의 담배에다 불을 붙였다.

"아, 답답해. 꼭 감옥에 갇혀 있는 것 같아."

그리지아가 천장을 향해 담배 연기를 내뿜으며 중얼거렸다. 그녀의 말은 아랍 말이었다. 상체를 뒤로 젖힌 채 편한 자세로 앉아 있었기 때문에 젖가슴이 마치 고무풍선처럼 부풀어 올라 있었다. 그녀의 가슴은 처지지 않고 앞으로 탄력 있게 솟아 있었다.

가랄이 가방을 열더니 그 안에서 캔맥주 두 개를 꺼냈다.

"금주라는 거 잊었어요?"

그리지아가 정색을 하고 물었다. 난쟁이는 히죽 웃었다.

"여긴 괜찮아요. 보는 사람도 없고…… 위험하지도 않고……"

그 역시 아랍 말로 말했다.

"그래도 안 돼!"

가랄이 캔을 도로 가방 속에 넣자 그녀가 다시 말했다.

"하지만 이번만 특별히 봐주겠어요. 많이 마시지 말아요."

"목이 말라서요."

난쟁이는 캔 하나를 그녀에게 내밀었다. 그녀는 머뭇거리다가 입으로 가져갔다. 난쟁이도 맥주를 마시기 시작했다.

그리지아는 창문에 흘러내리는 빗물을 원망스러운 듯이 바라보면서 맥주를 마셨다.

"언제 시작할 겁니까?"

가랄이 물었다.

"내일이 고비예요. 내일 오후에는 일정을 잡을 수 있어요."

그녀는 창 쪽으로 시선을 향한 채 말했다.

"빨리 서둘러야 합니다. 무슨 일이 일어날지 몰라요."

난쟁이의 얼굴에서 미소가 사라져 있었다. 미녀는 맥주를 꼴깍삼켰다.

"가랄, 솔직히 말해줘요. 누가 제일 많이 동요하고 있는지……"

난쟁이는 머리를 흔들었다.

"그런 사람 없어요."

"누군가가 계획 자체를 포기시키려고 하는 것 같아요. 만일 그런 일이 일어난다면 가랄 당신이 일을 처리해 줘요."

난쟁이의 얼굴에 미소가 떠올랐다. 그는 머리를 흔들었다.

"그럴 리 없습니다. 계획이 연기되다 보니까 모두가 신경이 너무 날카로워진 모양이에요. 그런 걱정은 하지 말아요."

"가랄, 난 여자예요. 여자로서의 느낌은 유별난 거예요. 모두가 나를 여자라고 깔보고 있는 것 같아요. 내가 해낼 수 있을 것이라고 믿는 것 같지 않아요. 쳐다보는 눈들이 모두가 불안했어요."

가랄은 그녀 곁으로 다가와 앉았다. 앉은 키가 그녀보다 작았으므로 그는 그녀의 어깨 대신 허리를 껴안았다.

"그리지아, 너무 신경과민이에요. 그런데 당신은 한 가지 실수를 저지른 게 있어요."

"뭔데?"

"로렌스를 죽이지 말았어야 했어요."

노엘 화이트의 죽음을 두고 하는 말이었다.

"무슨 말을 하는 거예요? 당신도 로렌스한테 손을 대놓고 무슨 소릴 하는 거예요?"

"난 당신의 명령대로 했어요. 당신이 명령했기 때문에 놈을 죽인 거예요. 내가 언제 당신의 명령을 거역한 적이 있나요?"

"그건 그래요."

그녀는 남은 맥주를 마저 들었다. 그리고 말을 이었다.

"로렌스는 죽일 수밖에 없었어요. 너무 큰 실수를 저질렀기 때문에 살려둘 수가 없었어요."

"네, 나도 그 점은 인정합니다. 하지만 시기가 안 좋았어요. 장소도 안 좋았고요."

"난 모두에게 내가 어떠한 사람인가를 보여주고 싶었어요. 그뿐만 아니라 벌칙이 어떻게 집행되는가도 보여주고 싶었어요."

"알고 있습니다. 로렌스를 죽인 것은 너무 성급했습니다. 한 사람을 죽이니까 다른 사람들까지 연쇄적으로 죽이게 됩니다. 그 때문에 우리는 현재 너무 많은 증거를 남기게 됐습니다."

난쟁이의 목소리는 그의 몸뚱이에 비해 영 어울리지 않게 들렸다. 그것은 걸걸하고 쉰 듯한 목소리였다. 그는 그리지아의 심복이었다. 그리지아보다 나이가 많았지만 그녀를 그림자처럼 따르며 그녀를 위해서라면 목숨이라도 내놓을 그런 인물이었다.

"증거를 많이 남겼다고? 무슨 증거를 남겼다는 거지?"

그리지아의 검은 눈이 더욱 검어지는 것 같았다.

"눈에 보이지 않는 증거도 됩니다. 한국 경찰의 시선을 끌었다는 점이 문제입니다. 그들의 수사가 어느 정도 진척되었는지는 알 수 없지만 무시할 상대는 아닐 것이라고 생각합니다."

그리지아는 뚫어질 듯이 난쟁이를 쳐다보았다. 그가 그런 말을 한 것은 처음이었다. 그는 자기 의견을 말할 줄 모르는 사람으로 알려져 있었다. 히죽히죽 웃기만 하고 시키는 대로 하기만 하는 기계적인 인물이라고 알고들 있었다. 그런데 그렇지가 않았다. 그리지아는 놀란 눈으로 그를 쳐다보다가 다시 담배를 집어 들었다. 가랄이 재빨리 라이터 불을 켰다.

"나도 한국 경찰이 엉터리라고 생각지는 않아요. 그렇지만 우리 정체를 알아냈다고는 생각지 않아요. 우리를 추적한다 해도 그때는 이미 우리는 한국에 있지 않을 거예요. 나는 한국 경찰의 수사력이 그렇게 기민할 것이라고는 생각지 않아요. 그들은 겨우 후진국 수준을 벗어난 정도 아니에요?"

난쟁이는 노리끼리한 두 눈을 깜박거렸다.

"나는 그렇게 간단하게 보고 싶지 않습니다. 우수한 수사관이 있다면 그는 얼마든지 우리를 추적할 겁니다. 죽은 로렌스의 신원을 알아내려고 할 겁니다. 이미 알아냈을지도 모르죠. 그들은 토머스 러트를 추적하고 있을 겁니다. 로렌스가 그의 호텔 방에서 살해됐으니까 러트가 제1의 용의자임은 당연합니다."

"그야 그렇지. 하지만 러트는 안전한 곳에 숨어 있어요."

"안전한 곳은 없습니다. 왜냐하면 여기는 한국이기 때문입니다. 그리고 러트 외에 H호텔에 투숙했던 동지들도 수사 선상에 올라 있을 가능성이 큽니다. 한국 경찰은 틀림없이 투숙객을 상대로 수사를 벌이고 있을 테니까요. 호텔에서 살인 사건이 일어났는데 투숙객들을 조사하지 않는다는 건 오히려 이상한 일이고 그건 직무 유기에 해당하는 일이 아니겠어요? 사쓰마 겐지, 프레드릭 마주르, 오다 기미, 그리고 오노와 율무…… 러트까지 포함해서 모두 여섯 명이 수사 선상에 올라 있을 가능성이 있습니다."

"하지만 오노와 율무는 여태까지 그 호텔에 있는데 아직까지 아무 일도 일어나지 않았어요."

"감시를 하고 있는지도 모르죠."

"그럴까?"

그리지아는 중얼거리면서 허공에 시선을 던졌다. 그녀의 안색이 어느 새 창백해져 있었다. 그녀는 이내 머리를 흔들었다.

"아니야. 그럴 리가 없어요. 율무가 제2의 은신처에 나타났는데도 아무 일이 일어나지 않았어요. 경찰이 그를 미행했다면 그가 제2의 은신처에 나타났을 때 우리는 한국 경찰에 일망타진됐어야 했어요. 그런데 아무 일도 일어나지 않았어요."

"오노와 율무에 대해서는 혐의점이 없다고 판단했는지도 모르죠. 하지만 나머지 사람들은 모두 숨어버렸기 때문에 경찰이 계속 추적하고 있을 겁니다. 숨어버렸기 때문에 혐의점은 계속 남아 있는 것이고, 그러니까 추적할 가능성이 있습니다."

"우리는?"

그녀가 숨을 죽이고 물었다.

"우리는 그 호텔에 이름을 남기지 않았으니까 아직까지는 위험하지 않을 겁니다. 대장과 닥터도 마찬가지입니다."

침묵이 흘렀다. 난쟁이의 머리가 그리지아의 젖가슴에 와 닿았다. 난쟁이는 머리로 그것을 건드리다가 이윽고 입으로 티셔츠 안에 도드라져 있는 젖꼭지를 물었다.

"아!"

그리지아는 신음하면서 천천히 티셔츠를 뒤집어 뽑았다.

그녀는 작전 중 남자 대원들이 모르는 여자와 관계하는 것을 금지하고 있었다. 그 대신 욕망을 주체하지 못하는 대원에게는 그녀 자신의 몸을 제공하고 있었다. 그녀 자신은 물론 대원들도 그것을 조금도 이상하게 생각하지 않고 있었다. 그것은 안전하게 즐길 수 있는 방법이기 때문이었다.

난쟁이는 그녀의 두 다리 사이에 무릎을 꿇고 앉아 두 손으로 젖가슴을 쥐었지만 가슴이 워낙 풍만해서 두 손에 다 들어오지가 않았다. 그는 검은 빛을 띠고 있는 굵은 젖꼭지 하나를 입 속에 빨아들였다. 그리고 한 손으로 나머지 젖꼭지를 만지작거리면서 다른 한 손으로 그녀의 바지 지퍼를 내렸다.

해바라기 작전

그리지아가 소파 위로 몸을 눕혔다. 가랄은 몸을 일으켜 차창을 커튼으로 가렸다. 번갯불이 잠깐 실내를 비쳤을 때 그리지아가 드러누운 채 바지를 벗고 있는 모습이 보였다. 난쟁이도 급히 옷을 벗었다.

중간에 놓여 있는 볼품 없는 조그만 탁자가 거추장스러웠기 때문에 그는 그것을 한쪽 구석으로 밀어붙였다. 차의 흔들림이 유난히 심했다. 그것이 오히려 묘한 기분을 안겨주고 있었다. 그는 여자 쪽으로 움직이다가 넘어졌다. 일어나면서 킬킬거리고 웃자 그리지아가

"가랄."

하고 불렀다. 그래도 웃음을 그치지 않자

"웃지 말아요!"

하고 역정을 냈다.

난쟁이는 아주 정성스럽고 섬세하게 그녀를 애무했다.

그리지아는 금방 달아올라 신음 소리를 내기 시작했다. 그녀는 지금까지 상대해온 동지들 가운데 난쟁이가 제일 마음에 들었다. 그는 그녀를 완벽하게 만족시켜 줄 수 있는 남자였다. 키가 작은 왜소한 체구의 남자였기 때문에 어린애와 관계하는 것 같을 것이라는 생각은 잘못이었다.

그는 마치 어떤 예술 행위에 임하는 것처럼 성실하고 정교하게

그녀의 몸을 애무했고, 유연한 몸놀림과 놀라울 정도로 크고 강한 무기로 그녀를 완전히 압도해 버렸던 것이다. 그때의 그는 난쟁이가 아닌 거인이었다.

그는 무엇인가를 탐색하듯 어둠 속에서 눈을 반짝이며 그녀의 몸을 헤쳐 나갔다. 그리지아는 자신의 몸뚱이가 완전히 해체되어 조각난 그것들이 제각기 기쁨에 넘쳐 팔딱이는 것을 느꼈다.

그 해체된 것들이 다시 모여 조립되는 것을 그는 허락하지 않았다. 열차의 흔들림 위에서 끊임없이 흔들리고 있는 그녀의 몸뚱이를 그는 규칙적으로 힘차게 밀어붙였고, 그때마다 그녀는 굉장히 큰 소리로 울부짖는 듯했다.

가랄은 희열의 시간을 끌기 위해 속도를 늦추면서 그녀에게 말을 걸었다.

"그들이 은신처에서 나와 활동을 시작하면 검문에 걸릴지도 몰라요. 만일 이미 지명 수배가 되어 있다면 어떤 비행기도 탈 수 없을 거예요."

그는 두 손으로 그녀의 탐스러운 엉덩이를 쓰다듬어주며 말했다. 그리지아는 아직 흥분 상태에 있었기 때문에 꿈꾸는 듯한 표정으로 난쟁이를 올려다보기만 했다.

"그들이 지명 수배됐다면 모두 패스포트를 바꾸지 않으면 안 돼요. 다른 패스포트를 가지고 있나요?"

그리지아가 머리를 흔들었다. 헝클어진 머리칼이 그녀의 얼굴을 덮었다. 가랄은 그녀의 머리칼을 한쪽으로 쓸어주었다.

"그렇다면 빨리 준비시켜요."

"너무 늦어요."

그녀가 두 다리로 그의 허리를 조이면서 작은 소리로 말했다. 그녀의 두 눈은 강한 욕구로 빛나고 있었다.

"시작 하기 전에 모두 체포될지 몰라요. 연기를 해서라도……"

"그럴 수 없어요. 태풍은 25일을 고비로 26일쯤에는 가라앉을 거예요. 따라서 작전 개시는 26일 아니면 27일이 될 거예요. 패스포트를 밖에서 새로 만들어오려면 최소한 1주일 정도는 걸려요. 그리고 그것이 있다 해도 사용하기 어려울 거예요."

"그건 왜 그러죠?"

그의 손이 그녀의 긴 목을 더듬었다. 그는 순간적으로 그것을 누르고 싶은 충동을 느꼈다. 희고 갸름한 아름다운 목이기 때문에 갑자기 그런 충동을 느낀 것 같았다. 그녀의 두 손이 올라와 그의 손을 가만히 잡았다.

"입국 사실이 없는 패스포트를 사용할 수는 없잖아요. 출국할 때 패스포트를 제시하면 검사 요원은 거기에 적혀 있는 내용만 보지 않고 틀림없이 컴퓨터를 두드려 볼 거예요. 그러면 그 사람이 언제 입국했는지 확실히 알 수 있어요. 인적 사항은 물론 수배 인물인지 여부도 알 수 있어요. 만일 컴퓨터에 이름이 나오지 않으면 그 사람은 불법 입국자가 되고 그가 지닌 패스포트도 가짜라는 것이 밝혀져요."

"그럼 모두 자수해야 되겠군요."

하면서 그는 힘을 가하면서 그녀의 몸 속으로 깊이 들어갔다. 순간 그녀의 입이 벌어지면서 거기서 '아!' 하는 신음 소리가 흘러나왔다. 그녀는 그가 빠져나가지 못하게 두 다리로 그의 허리를 단단히 휘어 감으며 물었다.

"어떡하면 좋지?"

"우리는 시기를 놓쳤어요. 반면 태풍 때문에 한국 경찰은 시간을 벌었어요. 우리는 이제 포기할 수도 없게 됐어요. 계획을 포기한다고 해도 한국을 무사히 빠져나간다는 보장은 없으니까. 그럴 바에는 오히려 비행기를 탈취해서 빠져나가는 게 낫지."

그는 다시 천천히 상하운동을 시작했다.

"아, 목이 타요! 맥주 있어요?"

그녀가 갑자기 그의 허리에 걸쳤던 다리를 풀면서 말했다. 환희가 어둠 속으로 침몰하기 시작했다.

난쟁이는 일어나 창가에 탁자를 끌어다 놓고 맞은편 소파에 앉은 다음 캔맥주 두 개를 새로 꺼내놓았다. 그녀가 일어나 앉자 그는 마개를 따내고 캔을 그녀에게 내밀었다. 그녀가 창가의 커튼을 거칠게 걷어치웠다. 불이 환하게 밝혀진 어느 작은 역사가 마치 스크린처럼 지나쳐갔다.

그리지아는 단숨에 캔 하나를 마셨다. 그녀의 입가에서 흘러내린 맥주 거품이 목을 타고 내리다가 가슴을 적셨다. 가랄은 희미한 빛 속에 드러난 그녀의 난잡한 모습을 흥미 있는 눈으로 바라보았다. 그리지아는 빈 캔으로 탁자를 두드렸다.

"만일 대원 모두가 지명 수배 됐다면 비행기를 탈취할 수도 없게 됐잖아요!"

그녀는 성이 나서 말했다. 난쟁이는 상체를 앞으로 기울였다. 그리고 맥주 거품이 묻은 그녀의 젖가슴을 만지작거렸다.

"먼저 해야 할 일이 있어요. 그건…… 도대체 현재 수사가 어느 정도 진척되었는지를 알아보는 일입니다. 우리가 어느 정도 위험에 처해 있는지를 알아낼 수만 있다면 우리는 거기에 맞는 적절한 대책을 세울 수가 있을 겁니다."

"그걸 어떻게 알아내지? 한국 경찰에는 우리 끄나풀이 없단 말이에요."

"미끼를 던지는 거죠."

"미끼를 던지다니?"

"적당한 동지를 한 명 선정해서 은신처에서 내보내는 겁니다. 마음대로 돌아다니게 내버려 두면 어떤 반응이 있을 겁니다."

"그가 체포되면?"

"작전을 수정하지 않으면 안 됩니다."

"어떻게?"

그리지아는 뚫어지게 그를 쏘아보았다.

난쟁이는 자기가 생각한 바를 침착하게 이야기했다.

그의 계획은 놀랍고 기발한 것이었다. 그리고 대담무쌍한 것이기도 했다. 굳은 표정으로 이야기를 듣고 난 그리지아는 무겁게 고개를 저었다.

"그건 너무 위험한 일이에요. 만일 실패하면 난 자결할 수밖에 없어요."

"모든 대원들이 고스란히 앉아서 체포될 수는 없잖아요. 가장 쓸모가 적은 한 사람만 우선 실험적으로 희생시켜보는 거예요. 그 희생을 다른 사람들한테까지 확대시키느냐 하는 건 그때 가서 결정해도 늦지 않아요."

그녀는 깊은 눈길로 난쟁이를 들여다보았다.

"가랄, 어쩌면 당신이 그런 아이디어를 생각해 낼 수 있었지? 정말 놀라와요."

붉은 머리 사나이는 어깨를 으쓱하면서 히죽 웃었다.

"그런 생각이야 누구나 할 수 있는 거 아닙니까. 문제는 그걸 실천에 옮길 수 있느냐 하는 거죠."

"성공할 수 있을까?"

"난 성공할 수 있다고 봐요. 우선 시험해 보는 거예요. 가장 쓸모가 적은 한 명을 밖에 내놓고 반응을 떠보는 거예요."

"가장 쓸모가 적은 사람은 누구일까?"

"일본 아가씨……"

"오다 기미 말이에요?"

"그 여자가 적당해요. H호텔에 투숙한 적도 있고, 지금 부산에 숨어 있고, 가장 쓸모가 적은 인물이니까요. 그 아가씨를 서울에 풀어놔 봐요. 그리고 만일 체포된다면 경찰 수사가 매우 치밀하게 가까이서 벌어지고 있다는 증거지요."

그녀는 한동안 깊은 생각에 잠긴 표정을 짓고 있다가 이윽고 고개를 끄덕이면서 난쟁이를 쳐다보았다.

"대장과 상의를 해봐야겠어요. 나 혼자 결정할 수 있는 일이 아니니까."

"대장은 찬성할 겁니다. 두 사람이 알아서 결정하세요. 다른 동지들의 의견까지 물어볼 필요는 없어요. 명령을 내리세요."

그리지아는 난쟁이를 뚫어지게 바라보다가 일어서서 그쪽으로 다가가 선 채로 그의 머리를 끌어안았다.

7월25일 새벽, 부산.

밤 열차는 낮 열차보다 주행시간이 더 길어진다. 경부선의 경우 종착역까지 한 시간 이상 연착되는 게 보통이다.

부산역 광장의 탑시계가 새벽 4시 35분을 가리키고 있었다.

부산에도 비는 내리고 있었다. 바람도 불고 있었는데 서울보다 더 거세게 불어대고 있었다.

"우산이 필요 없겠어요."

출구를 빠져 나온 그리지아가 말했다. 이윽고 그녀는 비를 맞으며 역사 앞의 비탈길을 뛰어내려갔다. 그 뒤를 난쟁이가 뒤뚱거리며 따라갔다.

택시 정류장에는 차를 기다리는 사람들이 길게 줄을 서 있었다.

그들은 빗속에 줄을 서는 대신 비어 있는 공중전화 부스 안으로 들어가 비바람을 피했다.

그리지아는 어딘가에다 전화를 걸었다. 벨이 울리는 소리가 무섭게 신호가 떨어지면서 여자 목소리가 들려왔다. 두 사람은 영어로 이야기했다.

"난 베니스의 비둘기…… 거기는?"

"해바라기 10호…… 도착했나요?"

"지금 부산역 앞에 있어요."

"택시를 타고 S동 H비치 아파트 205동 1208호로 오세요."

오다 기미는 세 번 되풀이해서 말했고, 그리지아는 그녀가 말해주는 것을 볼펜으로 손바닥에다 급히 적었다.

전화를 끊고 나서 그리지아는 서울의 제2의 은신처로 전화를 걸었다. 대장 하인리히 분케는 쉬어빠진 목소리로 전화를 받았다.

"별일 없었나요?"

"우리는 무사히 도착했어요. 그런데 해바라기는 수정이 불가피할 것 같아요."

"어떻게 말인가요?"

목소리가 팽팽히 긴장하는 것 같았다. 그리지아도 긴장했다.

"그렇다고 해바라기를 포기하자는 말은 아니에요. 우리는 지금 한국 경찰의 수사력을 과소평가하고 있는지도 몰라요."

그녀가 말하는 해바라기란 이번 작전의 이름이었다.

"문제가 생겼나요?"

분케는 아직 그녀가 무슨 말을 하려고 하는 지를 모르고 있었다. 곁에 서 있는 난쟁이가 전화통 안에다 계속 동전을 집어 넣어주고 있었다.

그리지아는 문제점을 이야기하기 시작했다. 그녀는 상대방이 납득할 수 있게 아주 열심히 이야기해 주었다.

"문제는 오다 기미를 설득하는 일이에요. 그보다 먼저 사쓰마 겐지를 설득시키는 게 중요할 거예요. 그가 반대하면 오다도 설득시킬 수 없을 거니까요. 사쓰마가 전화를 걸어주면 오다는 쉽게 승복할 거예요."

"알겠습니다. 나한테 생각할 여유를 주십시오. 8시에 결과를 알려주겠습니다."

"내가 전화하겠어요."

분케는 어떤 문제에 부닥치면 아주 간단명료하게 자기 의견을 말하는 사람이었다. 이러쿵 저러쿵 말하지 않고 딱 한 마디로 결정을 내리는 인물이었다.

택시 정류장의 줄은 많이 줄어 있었다.

택시 운전사는 그리지아의 더듬거리는 말을 알아듣고 S동 쪽으로 차를 몰았다.

H비치 아파트는 바닷가에 있는 규모가 꽤 큰 단지였다. 205동 앞에서 차를 내린 그들 앞으로 젊은 여인이 한 명 다가왔다.

경비원은 젊은 일본 여인이 택시에서 내린 사람들과 포옹하는 것을 신기한 듯 바라보았다. 비바람이 치는 것도 상관하지 않고 그들은 포옹을 나눈 다음 건물 안으로 사라졌다.

엘리베이터 안의 불빛에 드러난 오다 기미는 마르고 연약한 모습이었다. 감색 스커트 위에 흰 블라우스를 입고 있는 그녀는 깨끗하고 부드러운 인상을 지니고 있었다.

일본 아가씨

그리지아는 저렇게 연약하고 온화해 보이는 아가씨가 어떻게 이런 일에 끼어들게 되었을까 하고 생각했다. 아무리 살펴보아도 그녀한테는 테러리스트로서의 잔혹함이나 과단성, 용기 같은 것은 털끝만큼도 보이지 않았다. 그것은 그녀를 볼 때마다 느끼는 점이었다. 그녀는 정말 여성다운 여성이었다.

아파트 안으로 들어가자 안방에서 한 사내가 나타났다. 그의 왼손에는 피스톨이 들려 있었다. 들어온 사람들의 면면을 살펴보고 나서 그는 피스톨을 내리고 방문자들과 악수를 나누었다.

"답답해 죽겠어요. 이게 뭡니까?"

그는 그리지아에게 불평을 늘어놓았다.

"러트, 다 마찬가지예요. 모든 게 날씨 때문이에요."

그들은 소파에 둘러앉았다. 일본인 아가씨가 차를 가지러 주방 쪽으로 사라졌다.

"수염을 깎으니까 몰라보겠어."

난쟁이가 히죽 웃으며 말했다.

"수염을 깎으니까 힘을 못 쓰겠어."

토머스 러트는 길쭉한 턱을 쓰다듬었다. 검은 테의 안경 너머로 푸른 눈이 빛나고 있었다. 머리는 검은 색이었다.

"재미 많이 봤어?"

주방 쪽을 턱으로 가리키며 난쟁이가 물었다.

그리지아가 눈을 흘겼다. 러트는 머리를 흔들었다.

"잘 알면서 왜 그래? 난 여자는 싫어. 손끝 하나 건드리지 않았어. 그리고 저 여자는 지조가 있는 여자야. 아무한테나 벌려주는 여자가 아니야."

그들이 그런 이야기를 하고 있을 때 기미가 커피를 가져왔다.

"대접할 게 없어서 죄송해요."

그녀는 마치 주부처럼 말했다. 커피를 마시는 모습도 아주 얌전해 보였다.

"할 이야기가 있어요. 아주 중요한 이야기예요."

커피를 한 모금 마시고 나서 그리지아가 자신 없는 투로 말했다. 그녀는 아무래도 믿을 수가 없다는 표정으로 일본 아가씨를 쳐다보았다. 러트가 그들에게 자리를 피해주려고 일어서자 그리지아가 손을 들어 제지했다.

"러트, 그대로 앉아 있어요. 당신한테도 해당이 될 테니까."

러트는 도로 자리에 앉았다.

그리지아는 찻잔을 내려놓고 나서 담배를 피워 물었다.

"아주 중요한 문제가 생겼어요. 아직 확실한 건 아니지만 확인할 필요가 있을 것 같아요. 그것을 확인하기 전에는 작전을 개시할 수가 없어요."

그녀는 열차에서 난쟁이와 나누었던 이야기를 그들에게, 특히 일본 아가씨에게 집중적으로 해주었다. 그녀가 이야기를 끝냈을 때 일본 아가씨와 푸른 눈의 사나이의 얼굴은 납처럼 굳어 있었다.

무거운 침묵이 흐른 뒤 입을 연 것은 러트였다.

"만일 기미 양이 체포되면 그 뒷수습은 어떻게 할 겁니까? 기미 양한테만 희생을 강요할 수는 없지 않습니까?"

"우리는 누구한테도 희생을 강요하지는 않아요. 이건 희생이 아니에요."

그리지아는 차갑게 내뱉었다. 그러자 기미가 한 마디 했다.

"전 괜찮아요. 희생 같은 건 두렵지 않아요. 하지만 그 전에 사쓰마 선생님의 말씀을 듣고 싶어요."

그녀는 사쓰마 겐지를 선생님이라 부르고 있었다.

"사쓰마의 동의를 얻도록 해주겠어요."

그리지아는 끄덕이고 나서 잔에 남아 있는 커피를 마저 마셨다.

"만일 기미 양이 경찰에 체포된다면 다른 사람들도 위험하지 않을까요?"

러트가 굳은 표정을 풀지 않고 물었다.

"물론이에요. 기미 양은 사실 가장 위험 부담이 적은 인물이에요. 그런 인물이 체포된다면 한국 경찰의 수사가 어느 정도까지 진행됐는가를 알 수가 있을 거예요."

"그럼 다른 사람들은 어떻게 하죠? 비행기에 타기도 전에 체포될 텐데……?"

"모두가 체포되는 거지 뭐."

난쟁이가 장난스럽게 말했다. 러트가 난쟁이를 성난 눈으로 노려보았다.

"농담할 때가 아니야!"

"농담이 아니야."

하고 가랄은 여전히 히죽거렸다.

"그의 말이 맞아요. 모두가 체포되는 거예요."

그리지아가 가랄의 말에 동조하고 나섰다. 러트의 눈이 휘둥그래졌다.

"그럼 어떻게 되는 겁니까?"

"수배 대상인 사람들은 모두 자진해서 한국 경찰에 체포되는 거예요. 하지만 수사권 밖에 있는 사람들은 그대로 남아서 계획대로 작전을 개시하는 거예요."

"수배 대상 인물과 수사권 밖에 있는 사람들을 어떻게 우리가 알 수 있나요?"

"확실하게는 알 수 없지만 어느 정도 짐작은 할 수 있어요. 지명수배된 제1의 용의자는 러트 당신이에요."

러트는 창백한 표정으로 끄덕였다.

"그건 각오하고 있어요. 내 방에서 화이트가 살해됐으니까요."

"당신이 무사히 빠져나가기 위해서도 이번 작전은 꼭 성공해야 해요."

"다른 패스포트를 마련하면 될 거 아닙니까?"

"그것도 생각해 봤지. 하지만 쓸데없는 짓이야."

난쟁이가 거기에 대해 설명했다. 그의 말이 끝나자 그리지아가 다시 입을 열었다.

"한국 수사진을 함정에 빠뜨리기 위해 그러는 거예요. 그들이 수배 대상에 올릴 수 있는 인물들을 선정해 보았는데…… 당신 외에 사쓰마 겐지, 마주르, 율무, 오노, 그리고 기미 양 등 6명이에요. 여섯 사람은 H호텔에 흔적을 남겼어요. 한국 경찰은 틀림없이 그 흔적을 가지고 조사에 임했을 거예요. 율무와 오노는 아직까지 H호텔에 버티고 있지만 나머지 4명은 모두 행방을 감추었어요. 행방을 감추었기 때문에 경찰이 더욱 의심하고 찾고 있을 가능성이 많아요. 다른 사람들, 그러니까 나를 포함해서 대장과 가랄, 닥터는 H호텔에 흔적을 남기지 않았기 때문에 아직 한국 경찰의 수사권 밖에 있을 가능성이 많아요. 수사권 밖에 있으면 행동하는데 불편하지 않아요."

거기까지 말한 그리지아는 반응을 살피듯 기미와 러트를 번갈아 바라보았다. 그들은 그녀의 말에 수긍이 가는지 잠자코 앉아 있었다.

"만일 여섯 사람이 체포되면 작전은 네 사람만으로 개시할 수밖에 없어요. 좀 어렵겠지만 성공할 수 있을 거예요."

"작전은 성공한다 치고…… 그러면 체포된 우리는 어떻게 되는 겁니까? 우리를 버리고 도망가겠다는 겁니까?"

러트가 억눌린 목소리로 물었다. 그것은 사실 가장 중요한 점이라고 할 수 있었다. 그리지아는 웃으며 머리를 흔들었다.

"버리다니요. 천만에! 여섯 사람이 체포되면 경찰은 일당을 모두 체포한 걸로 알고 지금까지의 경계를 풀 거예요. 여기서 주의할 게 있어요. 여러분들은 일당이 모두 체포된 것처럼 행동하지 않으면 안 돼요. 경찰이 승리감에 도취해 있을 때 우리 네 사람은 작전을 개시할 거예요. 일단 비행기를 손에 넣으면 인질을 사이에 놓고 한국 경찰과 흥정을 벌일 거예요. 먼저 체포된 6명을 석방하라고 말이에요. 그런 흥정은 지금까지의 흥정으로 보아 우리 쪽에 승산이 있다는 건 당신도 잘 알 거예요."

"경찰이 우리를 석방하면 우리를 비행기에 함께 태우고 떠나겠다 이 말입니까?"

"그래요. 그 방법밖에 없어요."

"그럴듯한 방법이군요."

러트는 고개를 끄덕이면서 비로소 안도의 표정을 지었다. 그러나 일말의 불안한 그림자가 그의 얼굴에 어른거리는 것을 모두 지울 수는 없었다.

기미는 다소곳이 의자에 앉아 있었다. 그녀의 표정에는 불안한 그림자 같은 것은 나타나 있지 않았다. 그녀는 러트보다 훨씬 침착해 보였다.

"문제는 한국 경찰이 함정에 빠져주느냐 하는 거군요."

러트가 불안하게 눈을 굴리며 말했다.

"그건 여러분이 얼마나 연기를 잘해 주느냐에 달렸어요. 특히 기미 양의 역할이 중요해요."

모두가 기미를 쳐다보았다. 그녀는 손끝 하나 떨지 않고 침착하게 찻잔을 집어들어 입으로 가져갔다.

"먼저 기미 양은 여기서 빠져나가 서울로 가세요. 서울에서 체포돼야 우리한테 안전하니까요. 서울로 올라가서 이름있는 일류 호텔과 삼류 호텔 두 곳에 투숙하세요. 숙박 카드에 이름을 올려놓고 반응을 기다리는 거예요. 굳이 일부러 체포될 필요는 없어요. 기미 양은 서울에 도착하는 대로 매시 정각에 은신처로 전화를 걸어줘요. 오늘 밤 자정까지 계속 전화를 걸어줘요. 만일 두 시간이 지나도록 전화가 없으면 이쪽에서 호텔로 전화를 걸겠어요. 전화를 받지 않으면 체포된 걸로 알겠어요. 호텔 방에서 체포된 상태에서 전화를 받게 되면 이쪽에서 남자가 필요하지 않으세요 하고 묻겠어요. 그러면 아니오 라고 대답해 줘요."

"자정이 지나면?"

기미가 그리지아에게 조용한 눈길을 던졌다.

"자정이 지나서 아무 일이 없으면 그때 가서 새로 지시를 내리겠어요. 체포되면 기미 양은 심한 고통을 겪게 될지도 몰라요. 한국 경찰은 지금 매우 초조해 있을 거예요. 하이재킹을 눈치 챘다면 기미 양을 무섭게 다그칠 거예요. 차라리 점잖게 대하는 것보다 그렇게 해주는 게 우리한테는 유리해요. 고통을 주지도 않는데 자진해서 자백하면 그들이 함정이라고 생각하게 될 테니까."

"자백의 범위는 어느 정도로 할까요?"

기미가 조용한 어조로 물었다.

"경찰이 하이재킹을 눈치 채지 못한 것 같으면 굳이 그걸 말해줄 필요는 없어요. 마침 오는 28일에 세계금융가회의가 서울에서 열릴 계획이니까 그 회의를 습격하기 위해서 왔다고 말해요. 세계 거물급 은행장들이 거의 참석하니까 습격 대상으로는 아주 적절해요. 그리고 제2 은신처를 알려줘요. 거기에 숨어 있는 다섯 명이 자연스럽게 체포될 수 있게 말이에요."

"만일 자백할 상황이 아니라면 어떡하지요?"

"기미 양이 체포되고 나면 우리는 다섯 시간 동안 기다려 줄 거예요. 그때까지 경찰이 은신처에 나타나지 않으면 동지들은 은신처를 나와 경찰 수사망에 자신들을 노출시킬 거예요. 그렇게 해서라도 체포되게 할 거예요."

그때 전화벨이 울렸다. 기미 양이 전화를 받았다. 그녀는 영어로 몇 마디 주고받고 나서 수화기를 그리지아에게 넘겼다.

전화를 걸어온 사람은 대장이었다.

"8시까지 기다릴 필요가 없어서 전화를 걸었습니다. 빨리 서두르지 않으면 안 될 것 같습니다."

분케의 목소리는 더욱 쉬어 있었다. 그것은 그가 흥분해 있음을 뜻하는 것이었다.

"모두 이해가 됐나요?"

"네, 그렇게밖에 할 수 없다는데 모두 동의했습니다. 그쪽은 어떻습니까?"

"거의 마무리되어가는 중이에요. 그런데 기미 양이 사쓰마의 의견을 듣고 싶다고 해요. 사쓰마를 바꿔줘요."

잠시 후 사쓰마 겐지가 나오자 그리지아는 그와 몇 마디 나눈 다음 수화기를 기미에게 넘겼다.

기미는 거의 자기 의견을 말하지 않았다. 상대방의 말을 듣고만

있다가

"네네, 알겠습니다."

하고 말한 다음 전화를 끊었다.

"뭐라고 해요? 이제 됐어요?"

그리지아가 기미의 어깨를 뒤에서 짚으며 물었다.

"네, 선생님은 잘하지 않으면 안 된다고 말씀하셨어요."

"그런데 문제가 있어요."

러트가 갑자기 벌떡 몸을 일으키며 큰 소리로 말했다.

"뭐가 문제라는 거야?"

난쟁이가 혀로 입술을 핥으며 거칠게 물었다. 러트는 기미를 힐 끗 쳐다보고 나서

"기미 양은 지금 임신 중이에요."

하고 말했다.

그 한마디 말에 방안은 찬 물을 끼얹은 듯 조용해졌다.

그리지아는 앞으로 돌아가 한쪽 무릎을 구부리며 앉았다. 그리 고 기미의 손 위에 자신의 손을 가만히 올려놓았다.

여자들끼리만이 통할 수 있는 따뜻한 감정이 두 사람의 손을 통 해 흘렀다.

"기미 양, 정말인가요?"

일본 아가씨는 창백한 얼굴로 그리지아를 내려다보다가 고개를 끄덕였다. 그러고 나서 갑자기 높은 목소리로 말했다.

"하지만 난 할 수 있어요!"

함 정

날이 새자 오다 기미는 즉시 행동에 착수했다.

조용히 아파트를 빠져나가는 그녀의 뒷모습을 지켜보다가 그리지아는 혼잣말처럼 중얼거렸다.

"겉모습하고는 아주 달라…… 보통 아가씨가 아니야…… 저렇게 침착할 수가 없어……"

아파트를 빠져 나오자마자 마침 빈 택시가 굴러와 멎었다. 기미는 택시를 타고 부산역으로 향했다.

길가의 가로수 가지들이 비바람에 활처럼 휘어지고 있었다. 길가에는 간판이며 유리 조각 같은 것들이 나뒹굴고 있었다.

그녀는 짙은 녹색의 점퍼를 위에 걸치고 베이지색 바지를 입고 있었다. 무릎 위에는 조그만 여행 가방을 얌전히 올려놓고 있었다.

차창 밖으로 물끄러미 바라보고 있는 그녀는 도무지 큰 일을 앞에 둔 테러리스트 같지가 않았다. 약간 슬픈 듯이 보이는 얼굴은 몹시 창백했지만 남들과 비교될 수 있는 특이한 점이라고는 어디에도 보이지 않았다.

그녀는 사쓰마 겐지의 아이를 배고 있었다. 임신 4개월이었다. 그와의 첫 관계에서 아이를 밴 것이었다. 그때 그들은 서울에서 만났다. 그녀가 임신한 것을 사쓰마는 아직 모르고 있었다. 그녀는 그것을 그에게 알리고 싶지 않았다. 그녀의 임신이 러트에게 발각된 것은 전혀 우연히 그렇게 된 것이었다.

"그의 요구에 절대 복종해. 그는 용감한 전사니까 그에게 봉사하는 것을 영광으로 알아야 해. 서울 가거든 그를 정성껏 섬기라구. 난 개의치 않을 테니까 정성을 다해 그를 섬겨요. 그의 요구를 거절해서는 안 돼."

하세카와는 그녀를 서울로 보내면서 이렇게 말했었다. 그녀는 애인의 말에 따랐다. 그래서 사쓰마가 그녀의 몸을 요구했을 때 그녀는 스스럼없이 자신을 바칠 수가 있었던 것이다. 그 결과가 임신 4개월로 나타난 것이었다. 그녀는 그 사실을 애인에게도 이야기하지 않았다.

그녀는 뱃속의 아이를 어떻게 해야 할 것이라는 생각 같은 것은 아직 구체적으로 해본 적도 없었다. 단지 아기를 하나 낳고 싶다는 욕구만이 막연히 가슴 한쪽에 자리를 하고 있을 뿐이었다. 그러나 아기를 낳아서는 안 된다는 것을 누구보다도 그녀 자신이 더 잘 알고 있었다.

그녀는 이제 애인보다도 사쓰마를 더 사랑하고 있었다. 그는 그녀가 만난 남자들 가운데서 가장 강렬한 것을 지니고 있는 남자였고, 죽도록 사랑해보고 싶은 테러리스트였던 것이다.

그러나 상대방은 그렇지가 않았다. 그는 사랑이라는 것을 혐오한다고 했고, 그리고 혁명가에게 있어서 사랑은 금기 사항이라고도 말했었다. 그런 그에게 당신의 아이를 가졌다고 어떻게 말한단 말인가? 그녀로 말하면 혁명보다도 사랑에 더 비중을 두고 있다고 할 수 있었다. 그녀는 철두철미한 테러리스트라고 할 수 없었고, 그보다도 테러리스트의 동반자라는 표현이 옳았다.

부산역에 도착한 그녀는 8시에 출발하는 서울 행 새마을 열차에 올랐다. 이른 아침인데다 태풍 때문에 새마을 열차는 텅 비다시피 출발했다.

열차는 예정보다 10분 늦은 12시 20분에 서울역 플랫폼으로 들어섰다.

역 광장에는 무섭도록 비바람이 휘몰아치고 있었다. 우산으로 비바람을 막는다는 것은 불가능했기 때문에 그녀는 역 광장을 가로질러 지하도 쪽으로 뛰어갔다. 그 동안 한국에 수 차례 와서 지리를 익혀두었기 때문에 그녀는 서울 아가씨들처럼 능숙하게 지하철을 이용할 줄 알고 있었다.

지하철을 타기 전에 그녀는 제2의 은신처로 먼저 전화를 걸어 자신의 도착을 알렸다.

"해바라기 10호, 무사히 도착했음을 알려드립니다."

"예정대로 이행하시오."

그것은 2호 하인리히 분케의 무뚝뚝한 목소리였다.

을지로 입구에서 지하철을 내린 그녀는 최고급 호텔인 K호텔 안으로 들어갔다.

이윽고 그녀는 숙박 카드에 자신의 이름과 인적 사항을 기재한 다음 숙박료를 지불하고 열쇠를 받아 들었다.

방 번호는 1918호였다.

잠시 후 그녀는 19층으로 올라가서 1918호실 안으로 들어갔다. 커튼을 젖히고 한동안 창 밖을 바라보고 있다가 전화통이 있는 곳으로 다가갔다.

"해바라기 10호, K호텔 1918호실에 투숙했습니다."

"수고했어요. 계속하시오."

상대는 K호텔 전화번호를 물어보고 나서 전화를 끊었다.

그녀는 짐을 호텔방에 두고 밖으로 나왔다. 자정까지는 아직도 시간이 많이 남아 있었기 때문에 그녀는 서두르지 않고 천천히 움직였다.

호텔 앞에서 콜택시를 탄 그녀가 3류 호텔로 안내해 달라고 하자 운전사는 그녀를 강남 쪽에 데려다 주었다. 택시에서 내린 그녀는 B호텔로 들어가 체크인 했다. 잠시 후 그녀는 은신처로 전화를 걸었다.

"해바라기 10호, B호텔 505호실에 투숙했습니다."

그녀는 B호텔의 전화번호를 불러주었다.

"됐어요. 이제부터 기다려야 해요. 두 시간마다 호텔을 바꿔요. 그리고 매시 정각에 이쪽으로 전화하는 것을 잊지 말아요."

"네, 알겠습니다."

그녀는 사쓰마의 목소리를 듣고 싶었지만 전화를 바꿔달라고 하지는 않았다.

전화를 끊고 난 그녀는 옷을 벗고 욕실로 들어갔다.

그녀의 몸은 너무 말라 있었다. 그녀는 거울에 비친 자신의 깡마른 몸을 한참 동안 바라보고 있다가 오른손으로 하복부를 가만히 쓰다듬기 시작했다. 배는 아직 눈에 띌 정도로 부르지는 않았다. 아들일까? 딸일까? 사쓰마를 닮은 아들이라면 좋겠다고 그녀는 생각했다.

한국 경찰에 체포되어 고통을 받게 되면 임신했다는 사실을 알려줄까? 임신 사실을 알려주면 육체적인 고통은 면할 수 있을지 모른다. 아이한테는 위험이 가해지지 않을 것이다. 그러나 그렇게 되면 자백할 기회를 잃게 된다. 고통을 받아볼까? 그녀는 결정을 내릴 수가 없었다.

K호텔의 프런트 데스크에는 여러 명의 남녀 직원들이 바쁘게 움직이고 있었다. 아침나절과 12시를 전후한 시간에 프런트 데스크에는 제일 많이 사람들이 몰린다.

3시경에야 프런트 데스크는 좀 한산해졌다.

여직원은 문득 생각이 미쳐 데스크 안쪽에 붙어 있는 지명 수배자 명단을 들여다보았다. 그것은 경찰이 나누어준 것이었다. 그 명단 속에 있는 자가 호텔에 투숙하면 경찰에 즉각 연락해 달라는 부탁을 받았지만, 바쁘게 움직이다 보면 으레 그것을 잊어먹기 일쑤였다.

지명 수배자 명단은 두 종류로 나누어져 있었다. 한쪽은 내국인 명단이었고 다른 한쪽은 외국인 명단이었다. 내국인 지명 수배자는 수십 명이나 되었고, 외국인 지명 수배자는 15명이었다. 그 중에는 1년이 지난 이름도 들어 있었다.

12시부터 3시 사이에 투숙한 사람들 가운데 내국인은 18명이었고 외국인은 29명이었다.

새로운 투숙객이 있을 때마다 즉시 지명 수배자 명단과 대조해 보도록 경찰로부터 지시를 받았지만 프런트 데스크 직원들은 그 지시를 제대로 지키지 않고 있었다. 그런 지시는 1년 3백65일 내내 계속되고 있었고, 그래서 그들은 형식적으로 처리하는 버릇이 있었던 것이다.

여느 때 같았으면 지명 수배자 명단을 들여다보지도 않았을 것이다. 그러나 며칠 전부터 경찰이 뻔질나게 드나들고 있었고 전화도 자주 걸어왔다. 그것은 새로 추가된 외국인 지명 수배자들에 대한 문의였다. 수사관들이 눈에 불을 켜고 찾고 있는 것으로 보아 이번 경우는 시각을 다투는 일인 것 같았다. 그러니 협조하지 않을 수 없었다.

지명수배자 명단은 눈여겨보지 않아도 머리 속에 남아 있었다. 수없이 들여다보았기 때문에 이름들을 일일이 외고 있을 정도는 아니라 해도 그것들은 대충 머릿속에 그려져 있었다.

외국인 투숙객들의 숙박 카드를 들여다보던 여직원의 눈이 갑자기 한 곳에 머물렀다.

그것은 일본인 투숙객의 카드였는데 이름란에는 '多田紀美'라고 적혀 있었다. 그리고 그 옆의 영어 이름란에는 'Oda Kimi'라고 씌어 있었다. 그 이름을 본 기억이 있었다. 그녀는 재빨리 수배자 명단을 들여다보았다. 마침내 그 이름이 보였다. 그것은 맨 끝에 있었다. 여자였다.

"오다 기미……"

그녀의 가슴은 서서히 뜨거워지기 시작했다. 그녀는 프런트 데스크 책임자를 불렀고, 그는 즉시 경찰로 전화를 걸었다.

수사본부에서는 오병호가 직접 전화를 받았다.

"혼자 투숙했나요?"

"네, 혼자 투숙했습니다."

"지금 방에 있습니까?"

"부재중입니다."

"몇 시에 투숙했습니까?"

"12시 50분경에 투숙했습니다."

"알겠습니다. 감사합니다. 우리가 갈 때까지 그 방을 찾아간다거나 전화를 한다거나 하는 짓은 삼가 주십시오. 이상하게 생각하지 않게 가만히 내버려 두십시오."

"네, 알겠습니다."

병호는 수화기를 내려놓고 일어섰다.

"오다 기미가 나타났다!"

그의 목소리는 아주 맑았다. 수사관들이 일제히 그의 얼굴을 쳐다보았다.

"일본 팀을 불러."

형사 한 명이 구내 전화로 일본 수사관들이 묵고 있는 방을 불렀다. 조금 있자 마스오 부장과 그의 부하 한 명이 수사본부로 급히 달려왔다.

"오다 기미가 나타났습니다. K호텔에 투숙했는데 지금 외출 중입니다. 함께 가보시겠습니까?"

마스오 부장의 얼굴이 붉어졌다.

"물론 가보겠습니다. 그런데 지금 당장 오다 기미를 체포하실 겁니까?"

"글쎄, 좀 기다렸다가 다른 자들이 나타나면 함께 체포했으면 좋겠는데…… 아무튼 일단 그쪽 놈들의 상황을 살펴보고 결정해야겠습니다."

병호는 왕 형사에게 20명을 출동시키라고 지시했다. 왕 형사는 밖에 나가 있는 수사관들에게 즉시 연락을 취했다.

K호텔은 H호텔로부터 차로 5분 거리에 있었다.

호텔에 도착한 병호는 먼저 오다 기미의 숙박 카드부터 들여다보았다. 그런 다음 마스오 부장이 기미의 사진을 보이자 프런트 직원은 고개를 끄덕였다.

오다 기미는 그때까지 외출 중이었다.

한국 형사들과 일본 형사들은 호텔 내에 있는 커피숍, 식당, 스카이라운지, 카페 등을 돌아다니며 오다 기미를 찾아 나섰다. 그녀가 보이지 않자 수사관 몇 명은 로비를 지켰다. 병호는 1918호실 옆방인 1917호실과 그 건넌방인 1942호실에도 부하들을 배치시켜 놓았다.

준비가 끝나자 호텔 측의 양해 하에 마스터키로 1918호실 문을 따고 안으로 들어가보았다.

방안에는 검정 가죽으로 된 여행 가방 하나만이 탁자 위에 달랑 놓여 있을 뿐이었다. 방안은 깨끗이 정돈된 상태였다. 방안에 들어서자마자 곧장 되짚어 나간 것 같았다.

그는 조심스럽게 가방을 열어보았다. 먼저 눈에 띈 것은 일본판 소설책이었다. 제목은 'W의 비극', 화장품과 팬티, 스타킹, 스립, 검정색 스카트, 푸른색의 블라우스 등이 가지런히 들어 있었다. 그밖에 패션관계 잡지, 스케치북, 여행안내서 따위가 맨 밑에 들어 있었다. 왕 형사가 눈에 불을 켜고 뒤져보았지만 이상한 것은 발견되지 않았다.

"처음대로 잘 넣어둬."

병호가 그렇게 말했을 때 차임벨 소리가 요란스럽게 들려왔다. 문을 열자 밖에서 그의 부하가 다급하게 말했다.

"오다 기미가 지금 막 도착했답니다! 빨리 나오십시오!"

"빨리! 그 여자가 올라온다!"

병호는 왕 형사를 재촉했다.

왕 형사는 가방을 제자리에 놓고 먼저 방을 빠져나갔다.

병호가 1918호실을 나와 건넌방으로 막 몸을 숨기자 모퉁이로 오다 기미의 모습이 나타났다.

그녀는 비에 흠뻑 젖어 있었다.

태 풍

마스오 부장은 1942호실 방문 안쪽에 붙어서 렌즈 구멍을 통해 건너편 방을 노려보았다.

이윽고 비에 흠뻑 젖은 젊은 여자의 모습이 시야에 들어오더니 1918호실 앞에서 걸음을 멈춘다. 그녀는 열쇠로 방문을 따고 안으로 사라졌다.

"오다 기미가 틀림없습니다!"

마스오 부장이 돌아서서 흥분한 어조로 말했다.

"다행이군요."

병호는 끄덕이고 나서 부하들에게 문에서 눈을 떼지 말라고 지시했다.

전화벨이 울렸다. 문 형사가 전화를 받았다.

"반장님 전화입니다."

그것은 1917호실로 들어간 왕 형사가 걸어온 것이었다. 병호는 수화기를 귀에 갖다 댔다.

"오다 기미가 강남에 있는 B호텔에도 나타났답니다!"

두꺼비는 꽤 흥분해 있었다.

"뭐야? 그게 무슨 말이야? 오다 기미가 두 명이란 말이야?"

"그게 아니고…… 1시 40분경에 그 여자가 B호텔에 나타나 체크인 했답니다. 방 번호는 505호실입니다. 그리고 3시 조금 지나 외출했답니다. 그러니까 그 여자는 B호텔을 나와 곧장 이곳 K호텔로 온 것 같습니다.”

“그럼 두 군데다 방을 정했다는 건가?”

“그런 것 같습니다.”

“왜? 이유가 뭐야?”

“미리 방을 확보해둔 게 아닐까요? 만일을 위해서. 아니면 필요해서 그랬겠지요.”

“몇 사람 데리고 빨리 가봐!”

병호는 전화를 끊으면서 고개를 갸우뚱했다.

숙소가 필요해서 다른 호텔에 방을 또 하나 구해 놓았다면 왜 그렇게 멀리 떨어진 곳에다 얻었을까? 이런 의문은 풀리지 않은 채 의문으로 남았다.

“그 여자가 나옵니다.”

렌즈 구멍을 통해 밖을 내다보던 형사가 말했다. 병호는 얼른 시계를 보았다. 4시 5분 전이었다.

“그 여자가 로비로 내려왔습니다.”

아래층에서 구내 전화를 통해 보고가 올라왔다. 조금 후에 다시 전화가 걸려왔다.

“공중전화를 걸고 있습니다.”

병호의 손목시계가 4시 정각을 가리키고 있었다.

“아직까지 아무 이상 없어요. 너무나 조용한 것이 오히려 이상할 정도예요.”

“그대로 계속하시오. 반드시 공중전화를 이용하도록 하시오.”

“알겠습니다.”

일본 여인은 수화기를 내려놓고 나서 창 밖을 바라보았다.

밖에는 무섭게 비바람이 몰아치고 있었지만 두꺼운 유리로 막혀 있는 호텔 안은 바람 한 점 없이 조용하기만 했다.

태풍은 한 시간 전보다 더욱 세찬 모습을 보여주고 있었다. 그녀가 보기에 서울은 지금 태풍의 중심권에 들어가 있는 것 같았다. 지금이 고비일 것이라고 그녀는 생각했다. 그렇게 많이 굴러다니던 차량들도 거의 보이지 않았고, 텅 빈 차도 위로는 온갖 잡동사니들만이 날아다니고 있었다. 사람들의 모습도 보이지 않았다. 사람도 날려버릴 만큼 태풍은 위력이 있어 보였다.

한국인으로 보이는 남자 몇 명이 차를 타고 나가려다가 태풍 때문에 나가던 것을 포기하고 차에서 내리는 것이 보였다. 젊은 남자들이었는데 그 중 한 명의 점퍼 자락이 바람에 날리면서 허리에 차고 있는 권총이 살짝 드러나 보였다. 그녀는 그 남자의 인상이 꼭 두꺼비 같다고 생각했다.

로비로 들어선 두꺼비는 급히 프런트 쪽으로 걸어가더니 구내 전화기 앞에 다가서서 어디론가 전화를 걸었다.

"태풍 때문에 도저히 나갈 수가 없습니다."

왕 형사의 보고에 병호는 창밖을 내다보았다.

"굉장하군."

"굉장합니다."

"그럼 바람이 잘 때까지 기다렸다가 가도록 해."

"그 아가씨 지금 커피숍 쪽으로 이동하고 있습니다. 누구와 만나기로 한 것 같습니다."

"잘 감시해. 나도 내려가 보겠어."

병호가 아래층 커피숍으로 들어섰을 때 두꺼비는 다른 형사 한 명과 마주 앉아 커피를 마시고 있었다.

병호는 조금 떨어진 곳에 앉아 두꺼비를 쳐다보았다. 두꺼비가 창 쪽을 가리켰다.

일본 아가씨는 창가에 앉아 있었다. 앉아 있는 모습이 한 폭의 그림 같다고 그는 생각했다. 그녀는 머리를 뒤로 묶고 있었다. 옆모습이 참 멋지다고 생각했다. 미동도 하지 않고 창밖을 바라보고 있다. 비바람 치는 광경을 구경하고 있는 것 같다. 한참 동안 넋 나간 모습으로 바깥을 쳐다보고 있다. 창밖의 나무들이 미친 듯 떨어대고 있다. 어떤 나뭇가지들은 꺾어지기도 하고, 뿌리째 뽑혀 나뒹구는 것들도 보인다. 누구를 기다리고 있는 모습이 아니다. 그녀가 책을 집어 든다. 'W의 비극'일 것이라고 병호는 생각한다.

그녀의 독서하는 모습은 너무나 안정되고 평화로워 보인다. 저럴 수가 있을까? 우리가 잘못 짚은 게 아닐까? 누군가 다가오는 인기척에 그는 고개를 돌렸다. 학자같이 생긴 도꾜 경시청의 마스오 부장이 가만히 의자에 앉는다.

"독서에 열중하고 있군요."

"독서하는 모습이 매우 평화로워 보입니다. 테러 하고는 전혀 상관없는 모습입니다."

그들은 함께 커피를 마셨다.

"거의 완벽에 가까운 위장입니다."
하고 마스오 부장이 말했다.

"난 잘못 판단한 게 아닌가 하고 생각했습니다."

"그렇지는 않을 겁니다. 저건 위장입니다. 아니면 저 여자는 너무 침착한 여자인지도 모릅니다. 죽음을 앞두고도 책을 읽는 사람이 있으니까요."

30분이 지나고 있었다. 그녀에게 접근하는 사람은 아무도 없었다. 그녀가 커피 한 잔을 또 시키는 것이 보였다.

"커피만 마시고 있는데요."
하고 마스오가 말했다.

오 경감은 초조해졌다. 언제까지 그녀를 지키고 있어야 할지 판단이 내려지지 않았다. 그로서는 1초가 귀중한 시간이었다. 문득 함정이 아닐까 하는 생각이 들기도 했다. 여기에다 수사의 초점을 집중시켜 놓고 경찰이 한눈을 팔고 있는 사이 다른 곳에서 일을 벌인다 — 그것은 충분히 있을 수 있는 일이다.

그는 다시 창 밖으로 시선을 던졌다. 태풍이 불어 닥치고 있는데 테러리스트들이 다른 곳에서 일을 꾸민다는 게 과연 가능할까? 현재 비행기는 뜨지 못하고 있다. 언제 뜰 수 있는지조차 알 수 없다. 함정은 아닐 것이다.

"어떻게 하시겠습니까?"

하고 마스오 부장이 물었다.

"글쎄요."

"기다릴 것 없이 지금 체포해 버리죠."

병호는 망설여졌다. 법적으로 따지면 오다 기미는 위법 사실이 없다. 그녀를 체포한다는 것 자체가 불법이다. 그러나 지금 그런 것을 따지고 있을 계제가 아니다. 임의동행 식으로 끌고 가는 거다. 그러나 병호는 머리를 천천히 흔들었다.

"좀 더 기다려 보죠. 뭔가 잡힐 때까지…… 누구를 기다리고 있는 것 같지는 않지만 뭔가를 기다리고 있는 것 같으니까요."

오다 기미는 4시 50분에 자리에서 일어났다.

커피숍을 나와 로비 쪽으로 걸어가다 말고 코너에 있는 책방 앞에서 걸음을 멈추었다. 주로 외국 원서들을 팔고 있는 조그마한 가게였다. 오다 기미는 쇼윈도에 비치는 오가는 사람들의 모습에 그녀는 주의를 기울였다.

분명 그녀가 주목한 두 남자의 모습이 커피숍을 나와 그녀의 뒤로 지나쳐가는 것이 보였다. 두꺼비 인상을 한 남자와 그와 함께 커피를 마시던 또 한 명의 사내였다.

그녀는 몸을 돌려 천천히 로비를 가로질러 갔다.

두 남자는 흩어져 있었다. 두꺼비는 여행사 앞을 기웃거리고 있었고 또 한 명의 남자는 웬 젊은 여자와 이야기하고 있었다.

5시 정각. 오다 기미는 공중전화 수화기를 들었다.

"해바라기 10호……"

"예루살렘……"

"2호를 부탁해요."

잠시 후 분케의 목소리가 들려왔다.

"해바라기 2호……"

"아직 아무 이상 없어요. 그런데 제 주위에 이상한 사람들이 어른거리고 있어요."

"경찰인가?"

"그런 것 같아요. 완전히 포위된 것 같아요."

"계속 견뎌봐요."

수화기를 놓고 돌아선 그녀는 온몸에 식은땀이 흐르는 것을 느꼈다.

"매시 정각에 어디론가 전화를 걸고 있습니다."

병호가 시계를 들여다보고 나서 마스오 부장에게 말했다.

"일당에게…… 사쓰마 겐지에게 걸고 있을 겁니다."

"그 전화를 잡을 수가 있으면 좋겠는데 저 여자는 공중전화만 이용하고 있어요."

"지하로 내려갑니다."

일본 아가씨가 에스컬레이터를 타고 지하 상가로 막 내려가고 있었다.

지하로 내려간 그녀는 쇼핑 상가 쪽으로 빠졌다.

쇼핑 상가는 고급 대리석 타일로 바닥이 입혀져 있었고, 휘황한

네온으로 장식된 쇼윈도로 이국적인 분위기를 이루고 있었다.

그녀는 이곳저곳을 기웃거리면서 느릿느릿 걸어갔다. 많은 사람들이 상가를 오가고 있었다.

그녀는 현란한 물줄기가 뿜어져나오고 있는 분수 앞에서 걸음을 멈추었다. 분수 주위를 천천히 돌다가 분수 가에 놓여 있는 등나무 의자에 앉았다. 그리고 빨간 모자를 쓴 여자 종업원에게 아이스크림을 하나 주문했다.

아이스크림을 먹으면서 보니 두꺼비 같은 사내가 안경을 낀 중년 남자와 맞은편 가게에 앉아 있는 것이 보였다. 안경 낀 중년 남자는 처음 보는 사람이었다. 호텔 로비에서 보았던 남녀 한 쌍은 구두 가게 앞에 서성거리고 있었다.

그녀는 먹고 있던 아이스크림을 갑자기 버리고 몸을 일으켰다. 그리고 호텔 쪽으로 급히 걸어갔다.

"이거 완전히 놀림을 당하고 있는 기분인데……"

1942호실로 돌아온 병호는 화가 난 투로 중얼거렸다.

"아무 하는 일없이 호텔에서 어슬렁거리고 있는 것이 아무래도 이상합니다."

왕 형사가 선 채로 안절부절 못하면서 말했다.

"뭔가 기다리고 있어."

"태풍이 지나가기를 기다리는 게 아닐까요?"

"그 여자가 나왔습니다!"

렌즈 구멍을 지키고 있던 형사가 말했다. 병호는 시계를 보았다. 6시 5분 전이었다.

"공중전화를 걸러 갈 거야."

그의 말은 맞았다.

6시가 막 지나자 로비를 지키던 형사로부터 보고가 올라왔다.

"지금 막 전화를 걸고 나서 밖으로 나갔습니다."

"차가 다니나?"

"한두 대씩 다니기 시작하고 있습니다. 바람이 조금씩 자고 있습니다."

"미행해!"

병호는 전화를 끊고 왕 형사를 돌아보았다.

"빨리 내려가 봐!"

오다 기미는 콜택시를 탔다.

"강남…… B호텔……"

그녀는 운전사에게 서툰 한국 말로 말했다.

"B호텔! 오우케이!"

중년의 운전사는 싱글거리면서 차를 출발시켰다.

아직도 태풍의 기세는 꺾이지 않고 있었다. 그러나 더 이상 기다릴 수 없었는지 차들이 하나 둘씩 차도에 나타나고 있었다.

그녀는 의자에 상체를 기댄 채 눈을 지그시 감았다. 그들이 뒤따라올 것이라고 생각하니 뒤가 섬뜩해서 견딜 수가 없었다. 그러나 그녀는 호텔에 도착할 때까지 눈을 뜨지 않았다.

체 포

B호텔에 도착한 해바라기 10호는 프런트에서 열쇠를 받아 들고 곧장 505호실로 올라갔다.

그 호텔은 강가에 자리 잡고 있었다. 창가로 다가선 그녀는 질펀하게 흐르고 있는 흙탕물을 한동안 물끄러미 바라보았다. 강물은 무서운 기세로 흐르고 있었는데 그것은 마치 세상의 온갖 더러운 것들을 한꺼번에 휩쓸어가고 있는 것처럼 보였다.

그녀는 한 손을 내려 다시 가만히 아랫배를 만져보았다. 그 안에 들어 있는 생명이 자꾸만 마음에 걸리고 있었다. 그것을 될수록 잊으려고 노력했지만 도무지 그렇게 되지가 않는다. 사쓰마 선생님한테 알려야 하느냐, 아니면 숨겨야 하느냐 하는 문제가 다시 그녀를 괴롭히기 시작했다. 지금은 이 사실을 그분에게 알릴 때가 아니다. 작전이 계획한대로 성공적으로 끝난 뒤에 기회를 봐서 이야기해도 늦지는 않을 것이다. 만일 작전이 실패로 돌아가면? 그녀는 깊은 한숨을 내쉬면서 시계를 들여다보았다. 7시 10분 전이었다. 전화를 걸어야 할 시간이 되었다. 이 호텔은 지금쯤 포위되어 있을까?

이윽고 그녀는 방을 나와 아래층으로 내려갔다.

B호텔은 조그만 호텔이었기 때문에 좁은 로비에는 사람들이 별로 많지 않았고, 그래서 호텔 안은 비교적 조용한 편이었다. 로비 한쪽 구석에 공중전화가 한 대 설치되어 있었다. 아까 K호텔에서 보았던 젊은 여자와 남자가 로비에 앉아 있는 것이 보였다. 그들은 연인

들처럼 웃고 있었다.

두꺼비처럼 생긴 사람이 공중전화통에 달라붙어 있었다.

그녀는 그 뒤에 가만히 다가섰다. 그녀는 그가 지껄이고 있는 한 국말을 하나도 알아들을 수가 없었다.

"아, 실례……"

뒤에 사람이 기다리고 있는 줄 몰랐다는 듯 그는 자기가 너무 오래 전화통에 매달려 있었음을 사과하면서 뒤로 물러났다. 그녀는 전화통 앞으로 다가서면서 곁눈질로 뒤를 흘끗 쳐다보았다. 두꺼비는 가지 않고 동전을 딸랑거리면서 그녀 뒤에 서 있었다. 그녀는 수화기를 집으려다 말고 그에게 걸 데가 있으면 마저 전화를 걸라고 손짓을 해 보였다.

"아, 아닙니다. 어서 거십시오. 난 천천히 걸어도 됩니다. 통화가 길기 때문에 먼저 거십시오."

"아니에요. 먼저 거세요."

그녀는 일본말로 말했다. 그는 무슨 말인지 모르겠다는 표정을 지었다. 그녀가 영어로 바꾸어 말하자 그래도 모르겠다는 듯 머리와 손을 흔들어 보였다. 그는 아주 고집스러워 보였다. 그녀는 하는 수 없다는 듯 수화기를 집어 들고 구멍 안에 동전을 집어넣은 다음 다이얼을 눌렀다. 통화 중임을 알리는 신호음이 들려왔다. 그녀는 전화를 양보하기 위해 수화기를 내려놓고 돌아섰다. 그때 두꺼비처럼 생긴 사내도 막 몸을 돌리고 있었다.

두꺼비처럼 생긴 사내는 로비를 가로질러 커피숍 쪽으로 사라졌다. 그녀는 프런트 데스크 뒤쪽 벽에 걸려 있는 시계를 보았다. 7시 3분. 다시 동전을 집어넣고 다이얼을 눌렀다. 전화벨이 울리는 신호음이 들려왔다. 신호가 떨어지자 그녀는 영어로 자신의 암호를 댔다. 상대방도 암호를 말했다.

"B호텔에 와 있어요. 아직 아무 일 없어요."

"그들은?"

"확실해요. 여기까지 따라왔어요."

"실수 없도록 잘 해요. 모든 게 10호한테 달려 있으니까."

"알겠습니다."

그녀는 수화기를 내려놓고 돌아섰다.

그녀가 전화를 걸고 있는 동안 왕 형사는 오병호가 기다리고 있는 호텔 방안으로 뛰어들어갔다.

"전화번호를 알아냈습니다!"

두꺼비는 잔뜩 흥분해 있었다.

"어떻게 알아냈지?"

"그녀가 전화번호를 누르는 것을 뒤에서 지켜봤습니다."

그는 조금 전 머리 속에 외어둔 전화번호를 수첩에다 재빨리 적어 넣었다.

그는 슬쩍 지나치는 숫자 같은 것을 외는데 있어 천부적인 재능을 가지고 있었다.

"빨리 주소를 알아봐!"

병호도 흥분해서 말했다.

두꺼비가 알아낸 전화번호는 585-479×번이었다. 그는 해당 전화국에 전화를 걸어 그 전화번호의 주소를 알아보았다. 경찰이 주소를 알려달라고 요구했기 때문에 전화국에서는 그 요청을 신속하게 알려주었다.

"강남구 S동 135번지 Y아파트 5동 909호입니다."

두꺼비는 전화국 직원이 불러주는 주소를 적은 다음 전화를 끊었다.

"본부에 전화를 걸어."

병호의 지시에 두꺼비는 수사본부에 전화를 걸었다. 수사본부가 나오자 병호는 수화기를 받아 들고 즉시 출동 명령을 내렸다.

"강남구 S동 135번지 Y아파트 5동 909호를 완전히 포위하고 별명이 있을 때까지 기다려! 눈치 채지 않게 포위해! 관할서에 전화를 걸어 지원을 부탁해!"

그곳이 범인들의 은신처라고 단정지을 만한 증거는 아직 없었다. 그러나 그럴 가능성은 충분히 있었다. 두꺼비가 암기한 전화번호가 맞는 한.

해바라기 10호는 방안에서 'W의 비극'을 읽고 있었다. 그녀는 창가에 앉아 있었다. 책의 내용이 도무지 머릿속에 들어오지 않는다. 아무리 정신을 집중하고 읽으려고 해도 생각은 자꾸만 엉뚱한 곳으로 흘러간다.

이제 더 이상 그들의 존재를 확인할 필요는 없다고 그녀는 생각했다. 그들이 경찰임은 이제 분명한 사실로 밝혀졌다. 두꺼비같이 생긴 그 남자의 연기는 아주 그럴 듯하다. 그런데 그들은 그녀에게 쉽게 달려들지 않고 있다. 그들은 뭔가를 기다리고 있음이 틀림없다. 그것이 무엇인가는 충분히 짐작이 가고도 남는다.

그녀는 책을 내려놓고 귀를 기울인다. 차임벨 소리가 금방이라도 들릴 것만 같다. 그러나 그런 소리는 들려오지 않았다. 7시 36분. 바람은 많이 자고 있었다.

"완전히 포위했습니다."

Y아파트로 달려간 왕 형사가 오 형사에게 전화를 걸어온 것은 7시 45분경이었다.

"주인이 누군지 알아봤어?"

"네, 알아봤습니다. 하수라라는 아가씨가 주인으로 되어 있는데 이웃집 사람들의 말로는 술집에 나가는 아가씨 같다고 합니다. 가끔 일본인 남자가 들락거리는 것 말고는 다른 외국인들의 출입은 보지 못했답니다."

"그 일본인 남자는 요즘도 들락거렸나?"

"네, 어젯밤에도 본 사람이 있습니다. 여기서는 하수라라는 아가씨가 그 일본인의 현지처일 가능성이 많다고 합니다."

"지금 집안에는 사람이 있나?"

"모르겠습니다. 아직 확인해 보지 않았습니다. 안에서 사람이 나오면 어떻게 할까요?"

"무조건 체포해. 개별적으로 체포해서 힘을 분산시킬 필요가 있어."

"알겠습니다. 집안에는 언제쯤 들어갈까요?"

"기다려. 내가 갈 때까지."

7시 55분.

해바라기 10호는 B호텔 505호실을 나왔다. 전화를 건 다음 K호텔로 갈 생각이었다.

그녀는 아래층 로비로 내려갔다. 로비에 있는 공중전화에는 여자가 한 명 붙어 있었다.

해바라기 10호는 건물 밖으로 나갔다. 밖에도 공중전화가 설치되어 있는 것을 그녀는 알고 있었다. 공중전화는 부스 안에 놓여져 있었다. 그녀는 안으로 들어가 은신처로 전화를 걸었다. 이쪽의 암호를 먼저 말하자

"예루살렘……"

상대방은 조용한 목소리로 대꾸했다. 그것은 사쓰마 겐지의 목소리였다.

"아, 선생님……"

"어때요?"

전혀 감정이라고는 느껴지지 않는 목소리로 물었다.

"별일 없어요. 그렇지 않아도 통화하고 싶었어요."

"잘할 수 있겠지?"

"네, 문제 없어요."

"그들은 지금도 있나?"

"그런 것 같아요. 그들이 행동을 개시할 것 같아요."

"정신을 차리고 잘 해야 해. K호텔로 가봐."

"일이 끝나면 우리 어디로 여행……"

전화는 이미 끊어져 있었다. 그녀는 멍한 표정으로 서 있다가 부스에서 나와 주차해 있는 택시에 올랐다.

태풍은 이제 완전히 지나간 것 같았다. 비는 더 이상 내리지 않고 있었고 바람도 약하게 불고 있었다.

병호는 그 사실에 주목했다. 태풍이 지나가고 비행기가 뜬다는 것은 그것이 납치될 가능성이 있다는 것을 뜻한다. 서두르지 않으면 안 된다. 언제까지 미행만 하고 있을 수는 없다. 그것은 시간 낭비일지도 모른다. 지금까지 많은 시간을 낭비했다고 생각하는 순간 그는 자리를 차고 일어섰다. 그때 전화벨이 울렸다. 그는 수화기를 집어들었다.

"그 여자가 택시를 타고 출발했습니다."

"체포해! 더 이상 꾸물거릴 시간이 없다!"

방에서 나온 그는 엘리베이터도 타지 않고 계단을 뛰어내려갔다. 그리고 대기한 차 속으로 뛰어들었다.

이미 두 대의 차가 10호가 탄 택시를 미행하고 있었다. 병호가 탄 차는 그들을 따라잡기 위해 전속력으로 질주했다.

맨 앞에서 미행하던 차는 무전 연락을 받고 속력을 내어 택시 옆으로 접근했다. 라이트를 깜박이면서 택시 옆을 지나친 미행 차는 갑자기 오른쪽 차선으로 들어서면서 속력을 줄였다. 중년의 택시 운전사는 화를 내면서 클랙슨을 울려댔다. 그는 왼쪽 차선으로 들어가려고 했지만 그쪽은 다른 차에 막혀 있었다. 그 차에 앉아 있는 남자가 운전사에게 큰 소리로 말했다.

"차를 길 옆에다 대시오! 빨리!"

앞차가 정지해 있었기 때문에 택시는 더 이상 앞으로 나아갈 수가 없었다.

"빌어먹을!"

그는 욕설을 퍼부으면서 택시를 차도 한쪽으로 몰아붙였다. 그런데 놀라운 일이 벌어졌다. 그때까지 얌전히 앉아 있던 여자 승객이 택시가 멈춰 서기가 무섭게 밖으로 뛰쳐나가더니 미친 듯 도망치지 않는가! 그런데 더 놀라운 일이 벌어졌다. 승용차에서 뛰쳐나온 남자들이 그녀를 뒤쫓기 시작한 것이다. 그녀가 얼마 가지 못해 잡히는 것을 보고 그때까지 얼빠진 모습으로 서 있던 운전사는 한 사내를 붙들고 항의조로 물었다.

"도대체 뭡니까?"

"경찰이오."

퉁명스럽게 내뱉는 말에 운전사는 비로소 무슨 일이 일어났는지 짐작이 갔다.

두 명의 우악스럽게 생긴 남자들이 그녀의 팔을 양쪽에서 움켜잡고 끌고 오더니 승용차 속으로 짐짝처럼 밀어 넣었다.

차에 탄 사람들이 그것을 구경하느라고 모두 차를 세워놓는 바람에 차도는 수라장을 이루고 있었다. 그 속에 끼여 병호도 차 속에 앉아 오다 기미가 강제로 차에 실리는 것을 마치 구경꾼처럼 지켜보고 있었다.

수사본부에 도착한 병호가 오다 기미에게 일본말로 처음 던진 질문은 이런 것이었다.

"당신의 동지들이 숨어 있는 은신처는 어디에 있습니까?"

그렇게 점잖은 물음에 물론 대답이 제대로 돌아올 리 없었다.

"무슨 말씀을 하시는 거예요? 난 일본사람이에요. 무슨 이유로 나를 체포한 거예요?"

그녀는 오히려 사납게 되물었다.

병호는 오다 기미가 지켜보고 있는 앞에서 왕 형사에게 전화를 걸었다.

"이쪽은 끝났어. 빨리 그쪽을 해결해. 은신처에 있는 자들을 모두 체포해!"

비어 있는 아파트

Y아파트 5동 건물은 경찰병력에 의해 완전히 포위되어 있었다. 경찰은 쥐새끼 한 마리 빠져나갈 수 없게끔 그곳을 완벽하게 포위하고 있었다. 그들은 실탄을 장전한 총으로 단단히 무장하고 있었다. 범인들이 총격을 가해올지 모르기 때문에 언제라도 발사할 수 있는 준비를 갖추고 있었던 것이다.

8시가 지난 시각이었기 때문에 날이 어둑어둑해지고 있었다. 구경꾼들은 모두 집안에 들어가 창문을 통해 밖을 내다보고 있었다. 총격전이 벌어질지도 모르기 때문에 경찰이 미리 모두 대피시켜 놓았던 것이다.

5동에는 따로 그곳만을 지키는 경비원이 없었다. Y아파트 단지 입구와 후문 쪽에만 형식적으로 경비원이 있을 뿐이었다. 처음 단지가 생겼을 때는 동마다 경비원이 있었는데 주민들이 관리비를 절약하기 위해 각 동의 경비원들을 없애버렸던 것이다. 그 결과 경비는 절약할 수 있게 되었지만 각 가구의 동태를 관찰할 수 있는 체계가 와해되고 말았다.

한 예로 각 동에 경비원이 있었다면 경찰은 5동 909호실에 대해 사전에 좀더 자세한 것을 알아낼 수가 있었을 것이다. 그러나 경비원이 없었기 때문에 지금 집 안에 사람이 있는지 없는지조차 알 수가 없었다.

909호는 910호와 마주보고 있었다. 그러니까 서로 이웃간이라고 할 수 있었다. 두 집 사이에 엘리베이터 문이 있었고 계단이 있었다.

왕 형사는 909호에 들어가기 전에 910호를 방문했다. 젊은 부인이 그를 맞는데 그녀는 909호에 대해 거의 모르고 있었다. 그녀가 알고 있는 것은 서너 달 전에 어떤 아가씨가 그곳에 이사 왔다는 것, 그리고 일본인으로 보이는 남자가 가끔씩 찾아와 며칠씩 묵다가 간다는 것, 그 아가씨는 오후에만 외출하는 것이 아무래도 술집에 나가는 것 같다는 정도였다.

"혹시 다른 외국인들은 보지 못했나요?"

"보지 못했어요."

"지금 그 아가씨가 집에 있을까요?"

"글쎄요. 그건 잘 모르겠는데요.

서로 왕래가 있었다면 자연스럽게 알아볼 수 있는 일이었지만 그 동안 서로 눈인사도 나눈 적이 없었기 때문에 그녀를 통해 909호의 동태를 알아본다는 것은 너무 부자연스러운 일이었다.

"그 일본인을 마지막 본 게 언제였나요?"

"어제 오후에도 봤어요. 부엌에서 일을 하다가 우연히 밖을 내다봤는데, 그 아가씨하고 일본 남자가 차에서 내려 집으로 들어왔어요. 그 뒤로는 보지 못했어요."

왕 형사는 여러 장의 사진을 꺼내 그녀에게 보였다. 그것은 사쓰마 겐지의 여러 모습을 찍은 것이었다. 그의 여러 가지 변장한 모습을 찍은 것이었기 때문에 그 사진에 나타난 모습들은 서로 달라 보였다. 그 사진들을 들여다보던 910호의 주인은 그 가운데서 머리를 짧게 자르고 콧수염을 기른 얼굴 사진을 가리켰다.

"바로 이 사람이에요! 이 사람이 가끔씩 909호에 드나드는 일본 사람이에요!"

910호를 나온 왕 형사는 909호 앞으로 다가서서 철문에 귀를 대고 집안에서 나는 소리를 들어보려고 했다. 그러나 안에서는 아무 소리도 들리지 않고 있었다.

그는 마침내 초인종을 눌렀다. 처음에는 조심스럽게, 나중에는 거칠게 눌러댔다. 그러나 안에서는 아무 반응이 없었다. 이럴 경우를 대비해서 열쇠 전문가를 대기시켜 놓고 있었다. 왕 형사는 문 손잡이를 비틀어보다가 열쇠 전문가에게 자리를 양보했다.

열쇠 전문가는 5분도 못 돼 자물쇠를 열었다. 경찰관들은 일제히 문을 향해 총구를 겨누었다. 왕 형사도 권총을 빼 들었다. 그는 재빨리 문을 열어 젖히면서 벽에 몸을 가렸다.

어둠이 입을 벌리고 있었다. 집안의 어둠 속에서는 아무런 기척도 없었다. 왕 형사는 한참 동안 숨을 죽인 채 기다리고 있다가 벽에서 가만히 몸을 드러냈다. 그리고 현관으로 조심스럽게 들어섰다. 벽을 더듬어 전등불을 켰다. 비어 있는 집이라는 느낌이 피부에 와 닿았다.

집안은 호화롭게 꾸며져 있었다. 그러나 모든 것들이 제멋대로 흐트러져 있었다.

두꺼비가 앞장서서 안으로 들어가자 그제서야 다른 수사관들도 안심하고 뒤따라 들어왔다.

이윽고 그들은 집안의 전등불들을 모두 켜놓고 집안을 뒤지기 시작했다. 아파트는 비어 있었다.

그런데 거기에는 여러 사람들이 기거하고 있었음을 말해주는 여러 가지 증거들이 남아 있었다. 탁자 위에는 양주병과 술잔들이 어지럽게 널려 있었고 재떨이 속에는 담배꽁초가 수북이 들어 있었다. 담배꽁초들을 검사해보니 하나같이 양담배였다. 술잔은 모두 네 개였다. 네 사람이 있었다는 증거였다. 안방에 더블 침대가 하나 놓여 있었는데 흐트러진 침대 위에는 베개 두 개가 아무렇게나 뒹굴어 있었다. 그 아파트는 방이 세 개 있었다. 제일 작은 방에는 잡동사니들이 들어 있었다. 또 하나의 방에는 요 두 개가 펼쳐져 있었고, 그 위에도 베개 두 개가 놓여 있었다. 네 개의 베개는 네 개의 술잔이 말해주듯 그곳에 네 사람이 있었음을 말해주는 것이었다. 일당은 모두 네 명이라고 두꺼비는 생각했다.

그때 고함치는 소리가 들려왔다. 그것은 제일 작은 방에서 터져 나온 소리였다. 왕 형사는 그쪽으로 달려가보았다.

"여길 보십시오!"

형사 한 명이 벽에 붙어 있는 옷장을 가리키며 흥분해서 말했다. 옷장 문은 열려 있었다. 두꺼비는 옷장 안을 들여다보다가 주춤해서 뒤로 물러섰다. 벌거벗은 여자가 한 명 옷장 벽에 고개를 꺾은 채 앉아 있었는데 자세히 보니 여자의 목에는 넥타이가 칭칭 동여매어져 있었다.

"옷에 덮여 있어서 처음에는 뭐가 있는지 몰랐습니다. 옷을 드러내니까……"

강력계에 배치된 지 얼마 안 되는 젊은 형사가 흥분한 나머지 제대로 말을 잊지 못하고 있었다.

형사들은 시체를 옷장에서 드러내 방바닥에 눕혔다. 반듯이 눕혀놓고 싶었지만 시체가 경직되어 있어 새우처럼 웅크린 자세대로 놔둘 수밖에 없었다.

죽은 그녀가 아파트 주인인 하수라일지도 모른다는 생각이 들었지만 일단 확인할 필요가 있었다. 그래서 이웃집 여인에게 시체를 확인해 달라고 부탁하자 그녀는 넌더리를 치면서 한사코 그 청을 거절했다. 하긴 부녀자에게 죽은 사람의 시체를 보인다는 것은 쉬운 일이 아니었다.

그런데 마침 귀가한 그녀의 남편이 사정을 알고 자기가 시체를 한번 보겠다고 자청하고 나섰다. 그도 909호 아가씨의 얼굴을 그동안 몇 번 보았기 때문에 그녀의 얼굴을 알아볼 수 있다고 했다. 마침 반장을 맡고 있는 뚱뚱한 중년 부인도 함께 시체를 확인해 보겠다고 나서주었다.

경찰의 안내를 받아 909호로 들어와 시체를 살핀 그들은 피살자가 909호 아가씨가 틀림없다고 증언했다. 그들의 증언이 아니더라도 마침 그녀의 주민등록증이 발견되었기 때문에 그녀의 신원은 어렵지 않게 확인될 수가 있었다. 주민등록증에 적힌 그녀의 본명은 하수라가 아닌 하춘자였다.

오병호는 직접 오다 기미를 심문하고 있다가 왕 형사로부터 걸려온 전화를 받았다.

"모두 체포했나?"

"한발 늦었습니다. 빈 집이었습니다. 일당은 네 명인 것 같습니다. 탁자 위에 술잔이 네 개 놓여 있었고 베개도 네 개 있었습니다. 그런데 옷장 속에서 하수라의 시체가 발견됐습니다."

"뭐라고?"

"발가벗은 상태에서 넥타이로 목이 졸려 있었습니다. 질식사인 것 같습니다."

"죽은 지 오래 됐나?"

"그렇게 오래된 것 같지는 않고 하루쯤 된 것 같습니다. 어제까지만 해도 그녀를 본 사람이 있습니다."

병호는 한숨을 길게 내쉬었다.

"거기서 사라진 놈들은 세 명이겠지. 집 주인인 하수라가 죽었으니까 말이야."

"하수라의 주민등록증에는 본명이 하춘자로 나와 있습니다. 그런데 놈들은 왜 여자를 죽였을까요?"

"이용가치가 없으니까 죽였겠지. 자신들의 안전을 위해서…… 나쁜 놈들 같으니!"

"그 여자에 대해서 좀 더 알아봐야겠습니다. 어느 술집에 나갔는지 그 술집을 찾아내야겠습니다."

"그런 데까지 손을 쓸 여유가 없어. 태풍은 완전히 잤어. 급하단 말이야. 그런 건 다른 사람한테 맡겨."

"알겠습니다. 오다 기미는 입을 열었습니까?"

병호는 거기에 대답하지 않고 전화를 끊었다. 일본 아가씨는 꿈꾸는 듯한 눈으로 병호를 바라보고 있었다.

"왜 한국에까지 와서 말썽을 부리는 거지? 말썽을 부리고 싶으면 일본에서 할 것이지 왜 여기까지 와서 그러는 거지? 패션 관계 일로 한국에 왔다는 건 위장에 불과해. 우리는 모든 걸 알고 온 거야. 그러니까 쓸데 없이 고집 부리지 말고 서로를 위해 시간을 절약하는 방향으로 나가자구."

일본에서 온 마스오 부장이 이렇게 말했지만 그녀는 들은 체도 하지 않고 있었다.

"한국 경찰은 거칠어. 여긴 일본이 아니야. 나한테 모든 걸 털어놓으면 내가 중간에서 잘 이야기해 주겠어."

"그렇다면 나를 지금 당장 내보내주라고 요구하세요. 나는 지금 아무 범법 행위를 하지도 않았는데 부당하게 체포되어 갇혀 있어요. 같은 일본 국민으로서 나를 좀 도와주세요."

"사쓰마 겐지가 숨어 있는 곳을 대주면 석방을 건의할 수도 있어. 그렇지 않으면 여기서 나갈 수 없을 거야."

"이 나라에는 법도 없나요?"

"누구에게나 공정하게 적용되는 법이 있지요."

하고 병호가 말했다.

그녀를 바라보는 오병호의 큰 두 눈은 슬픈 빛을 띠고 있었다. 오다 기미는 이 한국인은 왜 나를 슬픈 눈으로 쳐다보는 것일까 하고 생각했다.

"당신이 매시 정각에 전화를 걸었던 그 은신처에서 조금 전에 시체가 발견됐어요. 젊은 여자 시체가 말이오. 한국 아가씨였어요. 그 아가씨는 사쓰마 겐지와 동거 생활을 한 여자였어요. 발가벗기운 채 넥타이로 목 졸려 죽었어요. 집안에는 시체만 있었어요. 모두 이미 도망치고 없었어요. 당신들은 동거 생활하던 여자까지 죽일 정도로 그렇게 잔인합니까?"

오다 기미는 점점 창백해지기 시작했다.

"나쁜 놈들……"

옆에서 마스오 부장이 분노에 차서 중얼거렸다.

"당신들은 지금까지 다섯 명을 죽였어요. 앞으로 몇 명을 더 죽일지 모르지만 내 생각에는 더 많은 사람들을 죽일 거라고 생각해요. 당신들이 계획하고 있는 작전이 개시되면 더 많은 사람들을 죽일 게 틀림없어요."

"무슨 말씀을 하시는지 모르겠군요."

병호가 영어로 말했기 때문에 그녀도 영어로 대꾸했다. 그녀를 바라보는 병호의 두 눈이 더욱 슬픈 빛을 띠었다.

"오다 기미씨, 제발 부탁입니다. 빨리 사실대로 말해 주십시오. 많은 사람들이 희생되기 전에 말입니다. 시각을 다투는 일이라는 걸 당신이 누구보다도 더 잘 알 겁니다."

"난 아무 것도 몰라요. 뭔가 오해하시는 거 아닌가요?"

"오해가 아닙니다. 우리는 그 동안 당신들 동지들에 대해 충분히 조사를 했고…… 면밀히 검토한 결과 당신이 속해 있는 조직이 비행기를 납치하기 위해 한국에 잠입해 온 것을 알아냈습니다. 우리가 파악하고 있는 당신의 동지들은 하나같이 비행기 납치의 전문가들이었습니다. 그렇지 않은가요?"

"정말 한국 경찰관들은 상상력이 풍부하군요. 만화 같은 이야기를 꾸며내어 그것을 사실로 잘도 꿰어 맞추니 말이에요."

"시간이 없습니다. 우리는 말싸움하는데 시간을 낭비하지는 않을 겁니다. 당신이 순순히 입을 열지 않으면 비상수단을 강구할 수밖에 없습니다. 우리는 여자한테 고통을 가하고 싶지는 않습니다. 하지만 많은 사람들의 목숨을 구하기 위해서는 그 방법도 고려해보지 않을 수가 없습니다. 유감이지만 하는 수 없습니다."

"당신들은 야만인이군요."

"우리가 야만인이라면 당신들은 살인자들입니다."

"난 아무 것도 몰라요. 죄 없는 외국인을 이렇게 불법 감금해 놓고 그것도 모자라 고문까지 가한다면 우리 일본 정부가 가만 있지 않을 거예요."

"일본 정부는 이렇게 가만 있습니다."

병호는 일본인 수사관들을 손으로 가리키며 말했다. 마스오를 비롯한 수사관들은 동감이라는 듯 고개를 끄덕였다.

움직이는 그림자들

해바라기 10호로부터 본부로 걸려오기로 되어 있는 전화는 20시에 걸려온 것을 마지막으로 더 이상 걸려오지 않고 있었다. 매시 정각에 걸려오기로 되어 있는 그것은 21시에도, 그리고 한 시간이 지난 22시에도 걸려오지 않았다. 두 시간이 지나도 전화연락이 없으면 이쪽에서 그 호텔로 전화를 걸기로 약속이 되어 있었다.

고수머리의 대장은 전화통을 바라보았다. 그 전화는 Y아파트 5동 909호와 연결이 되어 있었다.

그들은 지금 같은 아파트 단지 안에 숨어 있었다. 그곳은 제3의 장소였다. 5동 909호로부터 3백 미터 떨어져 있는 그곳은 15동 816호였다. 3백 미터 거리 이내에서는 양쪽에서 하나의 전화를 서로 연결해서 사용할 수 있게 되어 있었다. 따로 전화를 설치하지 않고 하수라의 집 전화에다 연결해서 사용하기로 한 것은 시간이 없는데다 경찰의 접근을 조금이라도 지체시켰다가 그쪽으로 유인하기 위해서였다.

"이미 909호에는 경찰이 와 있는지도 몰라요. 그 전화를 사용하면 경찰이 당장 이곳으로 달려올걸요."

일본인이 말했다.

"일단 공중전화로 해바라기 1호와 통화하고 나서 이 전화를 사용해야겠군."

하인리히 분케의 말에 모두가 굳게 입을 다문 채 그의 움직임을 주시하기만 했다. 모두가 걱정스런 표정들을 짓고 있었고, 하나같이 신경이 날카로워져 있다는 것을 그는 잘 알고 있었다.

고수머리 사나이는 조용히 밖으로 빠져 나왔다.

Y아파트 단지에는 다행히 적지 않은 수의 외국인들이 살고 있었다. 그래서 검정색 운동모를 눌러쓴 그는 주목의 대상이 될 수가 없었다. 더구나 밤늦은 시간이었기 때문에 다니는 사람들도 많지가 않았다. 비도 바람도 그쳐 있었다. 구름이 걷히면서 그 사이로 별들이 나타나고 있었다. 공중전화는 가까운 곳에 있었다. 그는 비어 있는 부스 안으로 들어갔다.

전화를 걸어야 할 데는 네 군데나 되었다. 그는 먼저 K호텔로 전화를 걸었다. 그리고 교환이 나오자 영어로 1918호실을 바꿔달라고 말했다. 한참 동안 신호가 가는데도 1918호실은 아무 반응이 없었다.

"1918호실, 전화 받지 않습니다."

교환 아가씨가 영어로 말했다.

고수머리 사나이는 전화를 끊은 다음 이번에는 B호텔로 전화를 걸었다. 그러나 B호텔 505호실 역시 전화를 받지 않기는 마찬가지였다. 그가 세 번째로 전화를 건 곳은 Y아파트 5동 909호와 15동 816호였다. 585-479×번에 전화를 걸면 양쪽에 설치되어 있는 전화기의 벨이 동시에 울리게 되어 있었다.

예상했던 대로 신호는 떨어지지가 않았다. 만일 5동 909호에 경찰이 잠복해 있다 해도 전화를 받을 리가 없다고 그는 생각했다. 그는 마지막으로 부산의 은신처로 전화를 걸었다. 부산 S동 H비치 아파트로 건 전화는 금방 신호가 떨어졌다.

"해바라기 2호……"

"베니스의 비둘기……"

그리지아의 목소리가 들려왔다.

"예상했던 대로 10호한테서 전화가 걸려오지 않고 있어요. 8시에 마지막으로 걸려오고 그 다음부터는 아무 연락이 없어요. 양쪽 호텔에서도 전화를 받지 않아요."

"지금 이건 공중전화인가요?"

"네, 그래요."

"제2의 은신처는 상태가 어때요?"

"어떻게 됐는지 알 수 없어요. 10호가 자백을 했다면 이미 경찰이 점령하고 있을 겁니다."

"그쪽은 날씨가 어때요?"

"태풍은 완전히 가라앉았어요. 날씨도 걷히고 있어요."

그는 백 원짜리 동전을 집어넣었다.

"오늘밤부터 국제선 비행기의 운항이 재개되고 있어요. 탑승관계를 공항에 알아봤는데 지금 예약이 밀려서 우리는 내일 오후에나 타게 될 것 같아요. 자세한 탑승스케줄은 내일 아침에 알려주기로 했어요. 아무튼 내일 오후에 출발하는 걸로 알고 계획을 짜야 할 거예요."

"김포에서 탑승할 겁니까?"

"아니에요. 여기 김해 공항에서 탈 거예요. 그러니까 대장은 빨리 부산으로 내려와야 해요. 경찰에 체포되기 전에 빨리 그곳을 빠져 나와 이쪽으로 와요. 밤 열차를 이용하는 수밖에 없어요."

"알겠습니다. 다른 대원들은 계획대로 한국 경찰에 잡히게 할 건가요?"

"물론 그렇게 해야 해요. 12시 정각에 이쪽에서 러트가 그쪽으로 전화를 걸 테니까 받으라고 해요. 경찰을 유인하는 전화니까 잘 알아서 통화 시간을 끌도록 해봐요."

제3의 은신처로 돌아온 분케는 대원들에게 통화 내용을 이야기하고 몇 가지 지시를 내린 다음 급히 그곳을 빠져 나왔다.

그가 택시 편으로 서울역에 도착한 시간은 밤 11시 25분경이었다. 잠시 후 그는 11시 40분에 출발하는 부산 행 무궁화 호 침대 칸 속으로 몸을 숨겼다.

그 시간에 가짜 여대생 순이는 오노 다모쓰의 품에 안겨 있었다. 오노는 깡마른 몸을 지니고 있었지만 운동으로 단련이 됐는지 온몸이 근육질로 덮여 있었고 힘이 좋아 그와 성관계를 가지고 난 뒤에는 순이는 언제나 녹초가 되어 한동안 몽롱한 상태 속에서 누워 있지 않으면 안 되었다. 지금도 그녀는 그와 같은 상태 속에서 남자의 품에 안겨 있었다.

오노라는 남자는 결코 한 번에 만족하지 않았다. 그의 근육은 다시 꿈틀거리고 있었고, 그것은 그녀의 손안에서 다시 단단하게 일어서 있었다. 이윽고 그가 몸을 돌려 그녀의 배 위로 올라오려는 것을 그녀가 막았다.

"아이, 좀 쉬게 내버려둬요."

"오늘밤이 마지막일지도 몰라. 그러니까……"

순이는 그의 가슴을 힘껏 밀어냈다.

"그게 무슨 말이에요?"

"난 내일 떠날 거야."

"왜 갑자기 떠나시는 거예요?"

어둠 속에서 그녀의 두 눈이 빛나고 있었다.

"갑자기 일이 생겨서 그래. 하지만 곧 다시 올 거야."

그녀는 손을 뻗어 스탠드의 불을 켠 다음 상체를 비스듬히 일으켰다. 그녀의 얼굴은 땀에 젖어 있었다. 몽실몽실하게 솟아오른 젖가슴 사이에도 땀이 흐르고 있었다. 그녀는 담배를 입에 물고 불을 켰다.

"아파트는 어떻게 되는 거죠?"

그녀는 따지듯이 물었다.

"아, 그건 지금 당장은 어렵지. 아파트를 사려면 돈이 있어야 하는데 일단 일본으로 돌아갔다가 돈을 가져와야지. 곧 돌아올 테니까 그때까지 기다려."

그도 상체를 일으켰다. 가슴에는 시커먼 털이 나 있었다.

"그걸 어떻게 믿어요?"

그녀가 잔뜩 볼멘 소리로 말했다.

"나를 의심하나?"

"모르겠어요."

"난 한번 한 약속을 절대 지키는 사람이야. 여자한테 거짓말은 하지 않아."

매섭게 생긴 두 눈 끝에 미소가 감돌고 있었다.

"언제 오실 거예요?"

"한 달 내로 오겠어. 그때 아주 멋진 아파트를 구해줄게."

"기다리겠어요."

그녀는 미소를 지으며 남자의 품속으로 파고들었다. 이번에는 그녀가 남자의 몸 위로 올라갔다.

"내일 도꾜로 가시는 거예요?"

"음......"

"몇 시 비행기로 가세요?"

"예약이 밀려서 몇 시 비행기가 될지 아직 알 수 없어. 아마 저녁 때쯤 떠나게 될 거야."

"비행기 시간을 알려줘요. 공항에 나가서 떠나시는 거 보고 싶어요."

"그럴 필요 없어."

"싫어요!"

그녀가 그의 몸 위에서 앙탈하자 일본인은 마지못해 내일 시간을 알려주겠다고 약속했다.

거의 같은 시간.

귄터 율무 앞에는 두 여인이 앉아 있었다.

플로어 위에서는 젖꼭지와 국부만을 아슬아슬하게 가린 금발의 외국 여인이 음악에 맞춰 온몸을 흔들어대고 있었다.

율무와 두 연인은 지금 이태원에 있는 외국인 전용 클럽에 앉아 있었다.

"제 친구예요. 미스 황이라고 해요."

유화시가 옆에 앉아 있는 여인을 율무에게 소개했다. 황이라고 소개받은 여인은 웃으며 자연스럽게 손을 내밀었다. 율무는 그 손을 잡아 흔들다가 손등에 가만히 입술을 갖다 댔다. 그가 손등에서 입을 떼고 얼굴을 쳐들었을 때 그의 푸른 두 눈은 어느 새 뜨겁게 타오르고 있었다.

황이라는 여인은 도발적인 차림을 하고 있었다. 위에는 어깨가 모두 드러나고 가슴이 깊게 팬 검정색의 셔츠만을 입고 있었고 아랫도리는 초 미니의 회색 스커트로 가려져 있었다. 브래지어를 착용하지 않았는지 셔츠 위로는 굵은 젖꼭지가 그대로 불거져 있었고 스커트는 하체의 풍만한 볼륨을 감당하지 못해 금방이라도 찢어질 듯 팽팽했다. 전체적으로 몸을 가리고 있는 것들이 아슬아슬한 느낌을 주고 있었고, 옷을 벗어버리지 못해 안타까워하고 있는 것 같았다. 얼굴의 화장도 진했고, 남자를 쳐다보는 눈도 요염해 보였다.

그녀는 다이아몬드 살인 사건의 주범인 황무자였다. 그녀가 그곳에 여 형사와 함께 나란히 앉아 있다는 것은 정말 놀라운 일이었다. 그녀의 돌연한 변신을 목격한 사람이 있다면 분명 놀랐을 것이고 의아하게 생각했을 것이다.

경찰에 체포되었을 때 그녀의 모습과 지금의 도발적인 모습과는 도저히 같은 사람이라고 보기 어려울 정도로 너무나 달라 보였다. 체포되었을 때의 그녀의 모습은 너무나도 강파르고 사나웠으며 적개심에 불타고 있었다. 그러나 지금은 남성으로 하여금 흥분을 느끼게 하기에 충분한, 애욕에 굶주린 나머지 오로지 섹스만을 추구하는 도발적이고 매력적인 여인으로 변해 있었다.

그녀가 담배를 피워 물면서 오른쪽 다리를 쳐들어 왼쪽 다리 위에 척 걸쳐놓자 그녀의 허연 허벅지는 물론 엉덩이께가 훤히 드러났다. 두 허벅지 사이로 빨간색의 팬티 조각이 아슬아슬하게 보이고 있었다.

독일 남자는 참을 수 없다는 듯 그녀를 쏘아보다가 한숨을 내쉬었다. 그것을 보고 유화시는 앞으로 전개될 사태에 흥분을 느끼지 않을 수 없었다.

이번 일에 황무자를 투입시킨 것은 전적으로 오병호의 아이디어였다. 오병호는 그녀가 수류탄을 다룰 줄 안다는 점, 그리고 그녀의 담대함을 높이 사 그녀를 전격적으로 투입시켰던 것이다. 거기에는 유화시에게 다가오는 위험을 조금이라도 줄여보려는 배려도 숨어 있었다. 그렇다고는 하지만 강도 살인범으로 체포된 그녀를 체포 하루 만에 풀어내 다른 사건에 투입시켜 이용한다는 것은 그렇게 간단하고 쉬운 일이 아니었다. 그녀가 강도 살인 혐의를 확실히 벗었다면 몰라도 아직 그렇지가 못한 상태였다. 다이아몬드 살인 사건 전담반은 병호의 이야기를 듣고는 펄쩍 뛰었었다.

그것은 도저히 생각할 수도 없는 일 일뿐 아니라 만일 비밀리에 그런 짓을 했다가 들통이라도 나고 그녀가 도망이라도 쳐버리면 그 책임을 누가 지겠느냐는 것이 그들이 제일 우려한 점이었다. 그것은 엄연히 범법 행위였다.

생각 끝에 병호는 보스를 찾아갔다. 그리고 황무자가 진범이 아니라는 것, 그것을 입증할 수 있는 증거가 아직 없지만 조만간 그것을 책임지고 확보할 것이라는 것, 이번 사건에 그녀를 아주 중요하게 이용할 수 있을 것이라는 점, 그리고 만일 그로 인해 부작용이 일어나면 거기에 대한 책임은 전적으로 자신이 질 것이라는 것 등을 간곡히 이야기했다. 그의 이야기를 듣고 보스는 의외로 순순히 그의 요구를 들어주었다. 그때 처음으로 병호는 보스를 달리 보게 되었다.

유화시는 독일 남자의 관심이 황에게 쏠리고 있음을 간파하고 조금은 질투 비슷한 감정을 느꼈다. 그러나 이것은 어디까지나 업무라고 생각하자 그런 느낌은 금방 사라지고 말았다.

이상한 관계

시간은 이미 7월 26일로 접어들고 있었다. 손목시계의 바늘이 새벽 1시 15분을 가리키고 있었다.

유화시는 플로어 위에서 서로 달라붙어 떨어질 줄 모르고 있는 두 사람을 질투의 감정을 품고 바라보고 있었다. 이것은 업무다. 저 외국인은 비행기를 납치하려는 테러리스트들과 한패일지도 모른다. 황무자는 그들 조직에 침투하기 위해 저러고 있는 거다. 그녀는 고역을 참고 있는 거다. 이렇게 생각은 하면서도 화시는 자신도 모르게 질투의 감정이 꿈틀거리는 것을 끝내 지워버릴 수가 없었다. 그것은 여자의 본능일지도 몰랐다.

병호가 넌지시 작전에 참가해 줄 것을 요청해 왔을 때 황무자는 놀랍게도 적극적으로 나와 주었다. 그녀는 그런 일이라면 자기야말로 적임자라고 하면서 발 벗고 나서 주었던 것이다. 그래서 일은 의외로 순조롭게 풀렸던 것이다. 만일 그녀가 미온적인 태도를 취했거나 조금이라도 싫은 기색을 보였다면 병호는 그녀를 굳이 이번 작전에 투입하지 않았을 것이다.

한편 화시의 입장에서는 자기의 영역을 침범 당하고 자기의 능력을 무시당한 것 같아 기분이 별로 좋지 않았다. 병호의 말은 위험을 조금이라도 덜어주려고 그런 것이라고 했지만 아무튼 그녀는 서운한 마음을 떨쳐버릴 수 없었다. 거기다 황무자는 율무의 마음을 완전히 사로잡아 그녀가 보는 앞에서 농도 짙은 연기를 거침없이 해내고 있어 그녀로 하여금 질투까지 느끼게 하고 있다.

율무 쪽에서는 새로 등장한 도발적인 여인에게 정신이 팔릴만 도 했다. 그는 굶주릴 대로 굶주려 있었다. 그의 굶주린 정욕을 더욱 뜨겁게 달아오르게 만든 사람은 다름 아닌 유화시였다. 그녀는 번 번이 그를 거의 참을 수 없는 지경에까지 달아오르게 만들어 놓고 끝에 가서는 교묘하게 몸을 빼내는 것이어서 그때마다 그는 거의 미쳐버릴 지경이었고 바짝바짝 피가 마르곤 했다. 그녀가 교묘하게 몸을 빼내면서 하는 말은 아주 그럴듯했다. 남녀가 오랫동안 애정 을 유지하려면 가능한 한 육체관계를 갖지 말아야 하며, 한국 여성 들은 결혼하기 전에는 결코 몸을 허락하지 않는다. 나는 당신한테 몸을 허락하고 싶다. 하지만 지금은 안 된다. 그녀는 결혼하기 전에 는 몸을 허락할 수 없다는 것을 강조함으로써 간접적으로 그와 결 혼할 뜻이 있음을 암시했다.

율무는 당장 그녀를 정복하기는 어렵다고 결론을 내렸다. 그래 서 결혼하자고 말했다. 그러자 그녀는 웃으면서 만난 지 불과 며칠 도 되지 않았는데 어떻게 그럴 수가 있느냐고 점잖게 그의 프로포 즈를 거절했다. 그는 발끈해서 말하기를 사랑을 느끼는 것은 순간 적이기 때문에 만난 지 하루 만에도 결혼할 수 있는 일이라고 했다. 그는 단둘이 교회에 가서 목사 앞에 서서 결혼 서약을 하고 선물만 주고받으면 결혼식이 끝나는 줄로 알고 있었다. 그는 서양식의 간 단한 결혼식을 생각하고 그런 말을 했던 것이다.

하지만 그의 결혼 제의는 진심에서 우러난 것은 결코 아니었다. 그것은 오로지 화시를 정복하기 위한 수단에 지나지 않았다. 결혼 식을 올리고 나서 그녀를 정복한 다음에는 한국을 떠나버릴 생각이 었던 것이다. 그가 한곳에 정착해서 가정을 꾸릴만한 입장이라면 그녀를 아내로 맞이할만도 했다. 그녀는 그만큼 멋지고 매력적인 여인이었던 것이다. 그러나 그는 가정을 가질 입장이 아니었던 것이다.

화시는 그의 프로포즈를 점잖게 거절하면서도 결혼 가능성을 전적으로 배제하지는 않았다. 프로포즈를 받아들이기 전에 그가 사는 모습을 보고 싶고, 그의 부모님들도 만나보고 싶고, 그렇게 함으로써 그를 좀 더 깊이 이해하고 싶다는 말을 부연했다. 그 말은 곧 그와 함께 그의 나라에 가보고 싶다는 뜻이기도 했다. 그녀는 덧붙여 말하기를 거기에 드는 모든 비용은 그에게 부담시키지 않고 자기가 해결하겠노라고 했다. 그와 함께 독일에 가고 싶다는 말에 그는 처음에는 펄쩍 뛰었으나 나중에는 생각이 달라져 슬그머니 후퇴했다.

그가 그녀의 말에 마음이 움직인 것은 유화시를 차라리 한국으로부터 데리고 나가는 것이 그녀를 자신의 것으로 만드는데 쉬울지도 모른다고 생각했기 때문이었다. 그를 따라 나서겠다는 것은 그에게 어느 정도 마음이 있다는 것이고, 일단 한국만 빠져나가면 강제로라도 그녀를 정복할 수 있을 것이라고 그는 생각했던 것이다. 한국 밖으로 데리고 나가 실컷 데리고 논 다음 차버리면 된다. 그렇지 않으면 그녀를 조직의 소모품으로 이용할 수도 있을 것이다. 이렇게 생각한 그는 그녀에게 생각할 시간을 달라고 요구했다. 그리고 그 문제는 일단 유보해둔 상태에서 느닷없이 그녀로부터 그녀의 친구를 소개받았던 것이다.

새로 소개받은 그녀의 친구는 몸짓이나 표정부터가 화시와는 전혀 달랐다. 그녀는 도발적이고 유혹적이었으며 당장에라도 그와 육체를 불태울 것 같은 그런 움직임을 보이고 있었다. 그녀를 본 순간 율무는 자신이 어떻게 처신해야 할지 알 수 없게 되었다. 여체에 굶주린 그는 당장 눈앞에 굴러들어온 낯선 여성을 외면할 수가 없었다. 그러기에는 그는 도덕주의자도 아니었고, 오히려 화시가 보는 앞에서 황무자를 넘봄으로써 야릇한 기분까지 느끼고 있었다. 화시를 당장 차지하지 못할 바에야 황이라도 건드려야겠다고 그는 어느 새 생각하고 있었다. 그것은 화시한테 당하기만 한데 대한 분풀이 일 수도 있었다. 그녀가 보는 앞에서 그녀를 묵살한 채 새 여인과 놀아남으로써 그녀의 질투심을 부채질해 보는 것도 괜찮을 것이라는 것이 그의 생각이었다. 그 결과가 어떻게 나타날지는 그 자신도 알 수 없었다. 그러나 그것은 한번 시도해 볼만한 일일 것 같았다.

화시를 겨냥한 목적도 있었지만 그녀의 친구 역시 외면할 수 없는 매력을 지니고 있었다. 화시가 신선한 매력을 지닌 아가씨라면 그녀의 친구는 완숙한 매력, 이를테면 잠자리에서 활활 타오르는 용광로 같은 열정을 지닌 매력을 보여주고 있었다. 한국에 와서 그가 가장 분명히 발견한 것이 있다면 그것은 한국 여성들이 서구 여성들과는 전혀 다른 분위기의 매력을 지니고 있다는 점이었다. 그는 한국을 떠나기 전에 그 매력의 한 부분이나마 맛보고 싶었다.

"언제 떠나세요?"

황무자가 안타까운 나머지 뜨거운 한숨을 내쉬면서 영어로 물었다. 그녀의 영어회화 실력은 제법 상당한 수준이었다.

남보기가 민망할 정도로 밀착된 그들의 육체는 이제 더 이상 참을 수 없는 지경에까지 와 있었고 서로를 바라보는 눈들은 뜨겁게 타오르고 있었다.

"내일…… 아니, 이제 26일이니까 오늘 저녁때쯤 떠나요."

"그렇게 빨리?"

그녀의 젖무덤이 부풀어 올랐다. 그는 그녀의 허리를 더욱 바싹 죄었다. 그녀의 하체가 밀려왔다. 그도 하체를 그녀 쪽으로 밀었다. 감미로운 음악이 그들을 비단결처럼 감싸 흐르고 있었다.

"가야 해. 중요한 일이 있어서……"

"사랑해요."

그녀가 참을 수 없다는 듯 말했다. 그녀의 붉은 입술이 그의 눈 밑에서 떨고 있었다.

"사랑해. 정말 사랑해."

만나자마자 사랑한다는 말을 거침없이 주고받는 그들의 말을 누가 옆에서 들었다면 어이가 없어 웃고 말았을 것이다. 그러나 그들은 그것이 비록 위선이라 해도 매우 진지한 표정들이었다.

"여기서 나가요. 다른 데 가서 키스해 줘요."

"내 방으로 갈까?"

"네, 좋아요."

"저 친구는 어떡하지? 떼어버릴 수 없을까?"

황무자에게 반한 그가 골치 아픈 존재라는 듯이 화시 쪽을 턱으로 가리키며 말했다.

"내가 한번 이야기해 볼게요."

땀에 젖은 모습으로 자리로 돌아온 그들은 우선 맥주부터 벌컥벌컥 들이켰다.

"오늘 저녁때 떠날 예정이래요. 정확한 시간은 아직 물어보지 못했어요."

황이 화시의 귀에다 대고 속삭였다. 속마음과는 달리 입가에 미소를 띠고 있던 화시의 표정이 굳어졌다. 그러나 그녀는 이내 다시 미소를 띠었다.

"이 남자가 나를 사랑한대요. 그래서 자기 호텔 방으로 가기로 했어요."

화시의 안색이 창백해졌다. 모든 것이 너무 빨리 일어나고 있다고 그녀는 생각했다.

"그러다가 당하면 어떻게 할려구요?"

"나도 그런 정도는 각오하고 있어요. 난 그런 거 아무렇지도 않게 생각해요. 그 정도 각오하지 않고는 우리는 아무 것도 알아내지 못할 거예요."

화시는 그녀의 말에 놀라고 감동했다.

"정말 용감하군요."

"경찰이 나한테 기대하는 것도 그런 것 아니겠어요? 나는 창녀와 같은 여자니까요."

"아니에요! 그건 아니에요! 오해하지 말아요! 그분의 뜻은 그게 아니에요!"

화시의 완강한 부인에 그녀는 코웃음 쳤다.

"오병호씨가 물론 노골적으로 그런 말을 한 것은 아니죠. 하지만 그분의 눈은 그것을 말하고 있었어요. 그런 말은 집어치워요. 지금 와서 그런 말을 하는 건 아무 의미도 없어요."

"알겠어요. 이 외국인 매력적이라고 생각지 않으세요?"

"그런 느낌은 들어요. 단 악마가 아닐 때 말이에요. 아직 확인해 보지는 않았지만……"

"조심하세요."

"내 걱정은 하지 말아요. 난 노련하니까요."

율무는 두 여인이 한국말로 속삭이는 모습을 잔뜩 호기심 어린 눈으로 쳐다보고 있었다.

"이 남자와 난 지금 호텔 방으로 갈 거니까 우리 여기서 헤어지기로 해요."

"안 돼요. 그건 안 돼요."

무자는 의아한 눈으로 화시를 쳐다보았다.

"어떡 하겠다는 거예요? 만일 방해할 생각이라면 난 여기서 당장 그만둘 거예요."

"방해할 생각은 없어요. 다만 함께 있고 싶어서 그래요."

"이 사람하고 발가벗고 사랑 게임을 할 텐데 그 자리에 함께 있고 싶다는 건 아니겠죠?"

"아뇨. 함께 있고 싶어요."

화시는 분명한 어조로 말했다.

"그럼 그룹 섹스를 하자는 거예요?"

화시는 얼굴이 붉어졌다.

"분위기에 따라서는 그럴 수도 있겠죠. 하지만 제 생각은 그건 아니에요."

"그럼 뭐지? 섹스까지 감시하겠다는 건가?"

황무자의 입이 거칠어지고 있었다. 그녀는 낯간지러운 말을 거침없이 내뱉고 있었다.

"아니에요. 그건 아니에요. 아무래도 함께 있는 게 좋을 것 같아서 그래요. 저는 상관하지 말고 마음대로 행동하세요."

이번에는 무자가 기가 막히다는 표정을 지었다. 그녀는 담배를 몇 모금 빨고 나서 이렇게 말했다.

"남자는 오히려 재미있어 할 거예요. 하지만 난 여자예요. 아무리 내가 막돼먹은 여자라고 하지만 여자 경찰관이 보는 앞에서 어떻게 그 짓을 하겠어요. 명령이라고 하면 할 수 없지만 짐승이 아닌 다음에야 어떻게 그런 짓을 할 수 있어요."

두 여인의 시선이 뜨겁게 부딪쳤다. 화시는 탁자 밑으로 손을 뻗어 그녀의 손을 꼬옥 잡았다. 무자도 화시의 손을 힘주어 잡았다.

"죄송해요. 제가 말을 잘못했어요. 그럼 전 빠질 테니까 두 분이 가보세요."

그러자 무자가 거세게 머리를 흔들었다. 그녀는 갑자기 생각을 바꾼 듯했다.

"함께 가요. 당신 말이 맞아요. 함께 가는 게 좋겠어요."

"안 돼요. 싫어요."

화시가 다시 무자의 손을 잡았다. 그러나 그녀는 이미 결심이 선 듯했다.

"나를 생각해 줄 필요는 없어요. 난 당신한테 모든 것을 보여주고 싶어요. 내가 경찰을 위해 얼마나 열심히 일했는가를 모두 보여주고 싶어요. 아까는 내가 내 분수를 모르고 그런 말을 했어요. 나는 진정한 의미에서 이미 여자가 아니에요. 치마만 둘렀다 뿐이지……"

"왜 그렇게 자학적인 말씀을 하세요? 그러지 말아요."

"자학적이라니, 천만에 말씀…… 자, 우리 함께 가기로 해요. 이 친구가 이상하게 생각할지도 모르니까 이제 그만 입씨름하고 일어서기로 해요."

황무자가 율무에게 그들의 사랑 게임을 화시가 직접 보고 싶어 한다고 말하자 율무는 두 눈을 휘둥그렇게 떴다가 이내 환호성을 질렀다.

"그거 정말 멋진 일이겠는데!"

수상한 전화

가짜 여대생 이순이는 숨을 죽인 채 귀를 기울였다. 오노 다모쓰의 숨소리가 고르게 들려오고 있었다. 밤 늦게까지 그녀를 못살게 굴더니 마침내 깊이 곯아 떨어진 모양이라고 그녀는 생각했다. 그래도 그녀는 마음을 놓을 수가 없어 30분쯤 더 기다렸다가 가만히 침대 밖으로 빠져 나왔다.

사이드 테이블 위에 놓여 있는 스탠드의 갓은 희미한 붉은 색조를 띠고 있었다. 그녀는 벌거벗은 채로 가만히 서서 일본 남자를 바라보다가 서둘러 옷을 입었다. 전화기는 침대 곁에 놓여 있는 사이드 테이블 위에 놓여 있었다. 그녀는 그쪽으로 접근할 듯 하다가 생각을 고쳐먹었다.

아무래도 위험할 것 같았다. 경찰은 정보를 알려올 때 눈치채지 않게 조심하지 않으면 목숨이 위태로워질지도 모른다고 몇 번이나 주의를 주었었다.

그녀는 마침내 방 열쇠를 집어 들고 가만히 밖으로 빠져나왔다.

자정이 지난 시간이었기 때문에 복도는 조용했다. 엘리베이터 안으로 들어갔을 때 그녀는 비로소 진땀이 흐르는 것을 느꼈다. 그녀는 경찰의 지시대로 착실히 움직이고 있는 자신을 발견하고는 적이 놀랐지만 그렇다고 약속을 어길 생각은 조금도 없었다.

엘리베이터가 아래층 로비에 도착해 문이 열렸을 때 그 앞에는 금발의 한 외국인과 한국인으로 보이는 두 명의 젊은 여인들이 서 있었다. 외국인은 꽤 취한 듯이 보였고 한 여인을 끌어안고 있었다. 순이가 엘리베이터 밖으로 나오자 그들이 대신 엘리베이터 안으로 들어갔고, 순이의 뒤에서 문이 소리 없이 닫혔다.

로비는 한산해 보였다. 그녀는 여유 있게 공중전화기 쪽으로 다가갈 수가 있었다.

"오병호 반장님 아니면 왕 형사님 좀 부탁해요. 아주 중요한 일이에요. 귀뚜라미한테서 전화가 왔다고 전해 주세요."

신호가 떨어졌을 때 그녀는 재빠른 어조로 자신 있게 말할 수가 있었다. 귀뚜라미는 경찰이 지어준 그녀의 암호였다.

"오병호입니다."

부드러운 목소리가 들려왔다. 그녀는 그 남자의 목소리가 무척 포근하게 느껴진다고 생각했다. 오병호라는 사람은 어쩐지 호감이 가는 사람이었다. 돌아가신 아버지처럼.

"안녕하세요? 귀뚜라미예요."

"아, 귀뚜라미······"

"시간이 없어서 간단히 말씀 드리겠어요. 그 일본 사람 말이 오늘 저녁때쯤 떠날 거라고 했어요. 그리고 한 달쯤 후에 돌아올 거라고 했어요. 그런데 한 달 후쯤 돌아온다는 것은 거짓말 같아요."

"몇 시 무슨 비행기로 떠나지? 어디로 떠난다고 했지?"

"도꾜로 갈 거라고 했어요. 몇 시 무슨 비행기로 떠날지는 아직 모른다고 했어요. 예약이 밀려서 아직 확실한 건 알 수 없다고 했어요. 나중에 시간을 알려주겠다고 했어요."

"고마워요. 수고 많았어요. 그런데 몇 시에 무슨 비행기로 떠나는지 그걸 좀 알아봐요. 그걸 꼭 알아내지 않으면 안 되니까."

"네, 알았어요. 알아볼 수 있는 데까지 알아보겠지만 확실히 장담할 수는 없어요. 이 전화도 그 사람 잠든 사이에 겨우 빠져 나와 거는 거예요."

그렇게 말해놓고 그녀는 얼굴을 붉혔다.

"수고 많았어요. 아주 조심해서 행동하지 않으면 안 돼요. 위험하니까 주의하지 않으면 안 돼요."

귀뚜라미는 염려하지 말라고 말한 다음 전화를 끊었다.

순이로부터 들어온 정보를 놓고 병호는 한동안 생각에 잠겨 있었다. 순이가 제공한 그 정보를 토대로 어떤 결정을 내린다는 것은 아직 무리였다. 우선 아직까지 오노 다모쓰한테서 어떤 혐의점도 발견하지 못하고 있다는 것이 그를 주저하게 만드는 주요한 원인이 되고 있었다.

그 점은 귄터 율무에 대해서도 마찬가지였다. 율무를 맡고 있는 유화시와 황무자로부터는 아직 아무 연락도 오지 않고 있었다. 그쪽에서 정보가 들어오면 양쪽의 정보를 분석 검토해서 어떤 확실한 결정을 내릴 수도 있을 것 같았다.

"한국에 취항하고 있는 항공사는 모두 몇 개지?"

"국적기인 대한항공까지 합치면 현재 17개 항공사가 취항하고 있습니다."

왕 형사가 재빨리 대답했다. 그는 만물박사로 통하고 있었다. 그만큼 다방면에 걸쳐 놀라울 정도로 아는 것이 많았다. 그는 재빨리 병호 앞에 자료를 갖다 놓았다. 그것은 각 항공사의 이름과 항로, 출발 및 도착시간, 운임 등이 기록된 자료였다. 병호는 그것들을 하나하나 들여다보았다.

1. KAL (대한항공)
2. JAL (일본항공)
3. NWA (노스웨스트항공)

4. PAN AM (팬암항공)

5. FTL (플라잉타이거)

6. CAL (중화항공)

7. CPA (캐세이패시픽항공)

8. SIA (싱가포르항공)

9. THAI (태국항공)

10. MAS (말레이지아항공)

11. KAC (쿠웨이트항공)

12. SVA (사우디아라비아항공)

13. KLM (네덜란드항공)

14. LH (루프트한자항공)

15. SR (스위스항공)

16. AF (프랑스항공)

17. UA (유나이티드에어라인)

태풍이 한국을 지나갔기 때문에 각 항공사는 운항을 재개하고 있었다.

범인들이 만일 태풍 때문에 그 동안 발이 묶여 있었다면 운항이 재개되자마자 한국을 빠져나가려고 서두를 것이 틀림없을 것이라고 병호는 생각했다. 놈들은 17개 항공사 중에서 어느 항공사의 비행기를 노리고 있을까? 그리고 그것은 몇 시에 출발하는 비행기일까? 그는 몸을 일으켜 실내를 왔다 갔다 하다가 왕 형사를 쳐다보고 지시를 내렸다.

"운항이 재개된 전 항공사의 예약 상황을 하나도 빼놓지 말고 체크해 봐. 그리고 예약자들 가운데서 수배자 이름을 찾아봐."

"오노와 율무의 것도 찾아봐야죠?"

"그야 물론이지."

병호는 시계를 보았다. 새벽 2시가 지나고 있었다. 그는 옆방으로 건너갔다.

오다 기미는 그때까지 한국 형사들에게 시달리고 있었다. 병호는 그녀를 재울 수가 없었다. 그녀를 재워도 좋을 만큼 상황이 유리하게 돌아가고 있지 않았기 때문이다. 잠을 안 재우는 것 외에 소리를 지른다든가 위협적인 말을 한다든가 하는 정도로 그녀의 입을 열게 하려고 형사들은 무진 애를 쓰고 있었지만 그녀는 생긴 것과는 달리 시간이 흐를수록 강인한 의지력으로 자신을 버텨내고 있었다. 남자 같았으면 벌써 손찌검이라도 해서 입을 열게 했을 것이지만 그녀는 연약한 여자인 데다 놀랍게도 임신 중이었다.

그녀가 임신 중이라는 것을 알게 된 것은 의사의 진찰을 통해서였다. 피의자를 신문하기 전에 혹시 발생할지도 모를 사고에 대비해서 혈압을 잰다든가 하는 등 기본적인 항목에 대해 건강진단을 하는 것은 필수적인 일이었다. 더구나 그녀의 안색이 유난히 창백한 데다 음식 냄새에 입덧을 하는 것 같아 급히 진찰을 해본 결과 임신 4개월이라는 진단이 나왔던 것이다. 그러니 그녀의 입을 열기 위해 그녀에게 가혹 행위를 한다는 것은 생각할 수도 없었던 것이다.

그녀를 신문하는 데는 한국 팀보다도 일본 팀이 더 적극적이었다. 마스오 부장은 잠 한숨 자지 않고 충혈된 눈으로 그녀를 노려보면서 그녀를 위협하기도 하고 회유하기도 해보았지만 그녀는 끄떡도 하지 않았다.

병호는 팔짱을 낀 채 그녀를 내려다보았다. 도대체 무엇이 연약하게 생긴 젊은 아가씨를 피 한 방울 흐르지 않는 로봇처럼 만들었을까? 그녀의 신념은 무엇일까? 그는 두 손으로 책상을 짚고 그녀를 뚫어지게 들여다보았다.

"앞으로 태어날 아기를 생각해 봐요. 그 아기가 행복하게 자라기 위해서는 당신이 정상적인 생활을 해야 해요. 아가씨한테는 그 아기를 행복하게 키워야 할 의무가 있어요. 그 아기를 불행하게 만드는 것은 큰 죄악이에요. 그 어떤 사상이나 가치도 뱃속의 아기보다는 더 중요하지 않아요. 엄마라면 아기를 위해 자신을 희생할 수 있어야 해요. 아가씨는 지금 아기한테 죄를 짓고 있어요. 동서양을 막론하고 아기는 모두 보석처럼 빛나는 존재이지요. 그 투명하게 반짝이는 눈동자를 보십시오. 과연 어떤 보석이 그처럼 영롱하게 빛나겠어요."

그의 시선이 너무 뜨거웠던지 그녀가 슬그머니 시선을 피했다. 그녀의 표정에 순간적으로 혼란이 스쳐가는 것을 병호는 놓치지 않고 보았다. 그러나 그녀는 이내 다시 굳은 표정으로 돌아갔다. 그리고 어떠한 질문에도 입을 열지 않았다.

제3의 은신처에 남아 있는 사나이들은 경찰에 체포될 준비가 되어 있었다. 그곳에는 현재 두 사람이 남아 있었다.

약속대로 러트는 7월 26일이 되기 전인 25일 자정에 첫 번째 전화를 걸어왔다. 그 전화는 제2의 은신처와 같은 회선이었기 때문에 전화를 걸면 양쪽에서 동시에 전화벨이 울리도록 되어 있었다. 러트가 전화를 걸어온 것은 경찰을 제3의 은신처로 유인하기 위해서였다.

그러나 러트와 통화를 끝내고 나서 한 시간이 지났어도 아무런 일이 일어나지 않고 있었다. 그들은 경찰이 제2의 은신처에서 전화를 도청하여 그들이 숨어 있는 제3의 은신처의 위치를 알아냈을 것으로 보고 체포될 준비를 하고 있었는데 아무리 기다려도 방문자는 나타나지 않았다. 경찰의 방문이 있으면 다른 곳에 대기하고 있는 마티스 박사에게 연락, 그는 즉각 부산에 있는 토머스 러트에게 상황을 보고하도록 약속되어 있었던 것이다.

마티스 박사는 Y아파트 단지가 마주 보이는 길 건너편 호텔에 투숙해 있었다. 그는 아파트 단지 쪽으로 향해 있는 창문을 활짝 열어 놓고 있었다. 만일 경찰이 제3의 은신처에 나타나면 세 발의 총성이 울리도록 되어 있었다. 그러나 아무리 기다려도 총소리는 들리지 않고 있었다.

시계는 7월 26일 1시 5분을 가리키고 있었다. 그는 하는 수 없이 부산에 대기하고 있는 베니스의 비둘기에게 전화를 걸었다.

"아무 일도 일어나지 않고 있습니다. 5호의 전화를 다시 한 번 요청합니다. 이번에는 30분 간격으로 걸어주십시오."

"알았어요."

제2의 은신처인 Y아파트 5동 909호에는 4명의 형사가 대기하고 있었다. 그들은 25일 자정에 걸려왔던 전화를 받지 않고 그대로 넘겼다. 오반장이 받지 말라고 지시를 내렸기 때문이었다.

그 전화는 세 번 울리다가 도중에 끊어졌었다. 보통 전화를 받지 않으면 한참 동안 울리다가 도중에 끊어지게 마련인데 그 전화는 겨우 세 번 울리다가 끊어졌던 것이다.

왜 그랬을까? 형사들은 손이 근질근질해서 견딜 수가 없었다. 그래서 다음에 전화가 걸려오면 받아보는 게 어떻겠느냐고 본부에 있는 병호에게 물어보았다. 병호는 펄쩍 뛰면서 절대 안 된다고 다시 엄명을 내렸다.

두 번째로 전화벨이 울린 것은 1시 15분경이었다. 이번에는 다섯 번 울리다가 벨 소리가 멎었다. 그리고 다시는 울리지 않았다.

"다섯 번 울리다가 전화벨이 끊어졌습니다."

형사는 본부에 보고했다. 병호는 계속 전화 오는 것을 지키라고

만 말했다. 형사들은 투덜거렸다. 그곳에 죽치고 있어봐야 아무 일도 일어날 것 같지 않은데 오 반장은 전화도 받지 말고 자리만 지키고 있으라고 한다. 젊은 형사들이 몸이 근질근질해서 투덜거리는 것도 무리는 아니었다.

세 번째 전화벨이 울린 것은 1시 45분경이었다. 그때에도 다섯 번 울리다가 끊어졌다. 전화가 끊어진 지 2분쯤 지나 성미 급한 형사 한 명이 무슨 생각이 났는지 수화기를 집어 들었다. 그런데 놀랍게도 영어로 대화하는 말소리가 뚜렷이 들려오고 있었다. 그가 어리둥절해 있는 사이 전화는 끊어졌다. 그는 수화기를 내려놓고 놀란 눈으로 동료들을 쳐다보았다.

"이 전화 아무래도 이상해."

그는 영어에 대해서는 한 마디도 알아듣지 못하고 있었다.

"뭐가 이상하다는 거야?"

"누가 이 전화를 다른 데서 받는 것 같아. 영어로 이야기하는 소리를 들었는데 너무도 뚜렷이 들렸어. 이 전화 혹시 브로치 되어 있는 거 아니야?"

"그럴 리가 있어? 아마 혼선이겠지."

나이 든 형사가 몸을 일으키면서 말했다.

자 백

　전화에 이상이 있다고 보고받은 병호는 생각 끝에 자신이 직접 그곳에 가보기로 했다. 그곳에 있는 형사들 중에는 영어를 알아들을 수 있는 사람이 아무도 없었다.

　"내가 그리로 갈 테니까 기다려. 벨이 울리더라도 내가 갈 때까지 받지 말고 기다려."

　두꺼비와 함께 밖으로 나가려다 말고 그는 오다 기미를 바라보았다. 시선이 마주치자 그녀는 당황한 표정을 지었다.

　"당신이 전화를 걸던 곳에는 아무도 없었어요. 아무도 없는데 당신이 왜 정각마다 전화를 걸었지요? 혹시 그 전화 다른 곳에서도 받을 수 있게 장치해 놓은 게 아닌가요? 전화벨이 울린 뒤 조금 있다가 우리 수사관이 수화기를 들었더니 영어로 대화하는 소리가 뚜렷이 들려왔대요. 혼선으로 들리는 수도 있지만 혼선치고는 너무도 뚜렷이 들렸대요."

　오다 기미는 시선을 밑으로 떨어뜨린 채 움직이지 않았다.

　"그 전화가 만일 다른 곳에 브로치가 되어 있다면 우리는 제3의 장소를 찾아낼 수가 있어요. 거기에는 분명히 일당이 숨어 있겠지. 그렇지 않은가요?"

　오다 기미가 천천히 얼굴을 쳐들었다. 그녀는 적의에 찬 눈으로 그를 쏘아보았다.

　"당신은 그곳에다 연락을 취하고 싶겠지. 위험하다고 말이오."

병호의 말에 이어 마스오가

"지금이라도 늦지 않으니까 자백해요."

하고 말했다.

그러나 그녀는 머리를 흔들면서 시선을 밑으로 떨어뜨렸다.

병호가 밖으로 나와 막 승용차에 오르려는데 형사 한 명이 뛰어 왔다.

"오다 기미가 입을 열었답니다!"

병호와 왕 형사는 되짚어 올라갔다.

일본 아가씨는 마스오 부장 앞에서 울고 있었다.

"이 아가씨, 아무래도 오 경감님한테만 마음이 있는지 경감님이 있어야만 입을 열겠다고 합니다."

마스오 부장이 볼멘 소리로 말했다.

오다 기미는 병호한테 눈물을 보이고 싶지 않은지 그가 돌아오자 재빨리 눈물을 훔쳤다.

병호는 그녀의 맞은편에 앉으면서 따뜻한 눈길로 그녀를 바라보았다. 여자가 눈물을 보였다는 것은 마음이 흔들렸다는 것을 의미한다. 그녀는 이제 자백을 시작한 것이나 다름없었다.

"무거운 몸으로 이렇게 오래 앉아 있다는 것은 아기한테도 좋지 않습니다. 빨리 끝내도록 합시다."

그녀는 젖은 눈으로 병호를 쳐다보았다.

"담배 한 대 주세요."

그녀가 마침내 입을 열 듯한 표정으로 말했다.

"담배는 안 됩니다. 아기한테 해롭습니다."

병호는 임신한 그녀에게 진심으로 말했다. 순간적으로 감동의 물결이 그녀의 얼굴에 나타났다가 사라졌다. 뒤이어 당황하는 기색이 얼굴에 나타났다. 그녀는 병호의 진심을 어떻게 받아들여야 할지 얼른 판단이 서지지 않는 모양이었다. 아무튼 그녀는 더 이상 담배를 달라고 말하지는 않았다.

"전 어떻게 돼도 상관없어요. 하지만 아기만은 살리고 싶어요. 살려서 아주 훌륭한 사람으로 만들고 싶어요."

모성의 본능이 그녀의 얼굴에 진하게 나타나고 있었다. 그녀는 일본 형사들은 거들떠보지도 않고 있었다.

"아기를 훌륭한 사람으로 만들려면 당신도 살아야지요."

"말씀 드리겠어요. 제가 알고 있는 한 모든 것을……"

"감사합니다."

병호는 녹음기의 버튼을 눌렀다.

"그대신 조건이 있어요."

"말씀하십시오."

그녀는 더 이상 울고 있지 않았다.

"저를 한국으로 망명하게 해주세요. 일본에는 다시 돌아가고 싶지 않아요."

그것은 꽤 충격적인 제의였기 때문에 방안에는 잠시 침묵이 흘렀다. 그 침묵을 깬 사람은 마스오 부장이었다.

"흥, 이젠 자신의 조국까지 버릴 모양이군. 당신은 일본으로 돌아가야 해."

"난 일본이 싫어요! 일본에 돌아갈 바에는 차라리 여기서 죽어 버리겠어요!"

그녀의 태도가 워낙 완강했기 때문에 일본인들은 어안이 벙벙해서 그녀를 쳐다보기만 했다. 마스오 부장이 다시 말하려는 것을 제지하고 병호는 입을 열었다.

"당신은 한국으로 망명하는 게 좋을 것 같고, 망명 심사에 충분히 통과될 수 있는 조건들을 구비하고 있습니다. 한국은 망명자들을 환영하고 있고, 망명자들이 마음 놓고 살 수 있을 만큼 치안 상태가 완벽합니다."

"망명할 경우 저는 처벌받지 않고 살 수 있나요?"

"당신은 일본에서는 어쨌는지 모르지만 한국에서는 아무 범법 행위도 하지 않았습니다. 그리고 이번 경우 그것이 어떤 결과로 나타날지는 아직 아무도 알 수 없지만, 만일 당신이 모든 것을 자백함으로써 수사에 협조해 준다면 나는 당신이 형사 처벌을 받지 않도록 최대한 노력하겠습니다. 아마 당신은 아무 처벌도 받지 않고 안전하게 한국에서 망명 생활을 할 수 있을 겁니다. 그 점은 내가 보장합니다."

"이 아가씨의 망명을 받아줘서는 안 됩니다!"

마스오 부장이 화난 얼굴로 소리치면서 벌떡 몸을 일으켰다. 병호는 마스오를 쏘아보았다.

"망명은 이 아가씨의 자유입니다. 이걸 막을 권한은 아무에게도 없습니다."

양국의 수사관들은 한동안 서로를 노려보았다. 그것은 일종의 쇼라고 할 수 있는 것이었다. 병호는 시계를 들여다본 다음 기미 양을 다시 바라보았다.

"시간이 없으니까 빨리 말씀해 주십시오. 내가 보기에는 오늘이 고비인 것 같군요."

그 말에 오다 기미는 머리를 흔들었다.

"아직 시간 여유가 있으니까 서두를 필요는 없을 거예요."

그녀는 담배에 손을 가져갔다가 얼른 도로 거두었다. 그리고 말을 이었다.

"아까 하신 말씀은 맞아요. 그 전화는 제3의 장소와 연결되어 있어요. 그러니까 제2의 은신처와 제3의 은신처에서 벨이 울리다가 끊어지는 것은 제3의 은신처에서 전화를 받기 때문일 거예요. 제3의 은신처는 마지막 은신처예요. 제2의 장소가 위험해질 경우에 대비해서 그곳을 얻어두었던 거예요."

"그곳은 어딥니까?"

"제2의 은신처와 같은 아파트 단지 내에 있어요 Y아파트 15동 816호예요."

"거기에 지금 일당이 숨어 있다는 말입니까?"

"네, 그래요."

"거기에 몇 명이 있나요?"

"두 사람이 있어요. 한 사람은 일본 남자이고 다른 한 명은 영국 남자예요."

"그들의 이름을 말해봐."

마스오 부장이 퉁명스럽게 말했다.

"이름은 몰라요. 우리는 서로 상대방의 이름을 몰라요. 알려고 해도 안 되고요."

병호는 세 장의 사진과 두 장의 몽타주를 꺼내놓았다. 세 장의 사진은 사쓰마 겐지, 퀸터 율무, 오노 다모쓰 등 세 명의 사진이었다. 몽타주는 아직 사진을 확보하지 못한 사람들의 것으로 토머스 러트와 프레드릭 마주르의 모습을 담고 있었다. 율무와 오노의 사진은 수사관들이 망원렌즈를 사용하여 H호텔에서 돌아다니는 그들을 몰래 찍은 것들이었다. 그 동안 병호는 그 사진들과 몽타주를 기미 양에게 몇 번 보였지만 그녀는 모르는 사람들이라고 잡아떼었다.

"이 사람이에요."

기미는 처음으로 사쓰마 겐지의 사진을 손가락으로 짚어 보였다. 그러자 마스오 부장이 책상을 치면서 소리쳤다.

"사쓰마 겐지의 이름을 모르고 있었단 말이야? 하세카와의 애인이 하세카와가 존경해 마지 않는 사쓰마 겐지라는 이름을 모르고 있었다는 게 말이 돼?"

그러나 기미는 눈썹 하나 까딱하지 않고 침착하게 마스오를 바라보았다.

"이름은 모르고 있었어요. 정말이에요."

"흥, 거짓말 작작해!"

마스오가 코웃음 쳤다.

"믿지 않아도 좋아요. 당신한테 믿어달라고 하지는 않겠어요."

그렇게 말하면서 그녀는 이번에는 몽타주 하나를 가리켰다. 그것은 프레드릭 마주르의 몽타주였다.

"음, 프레드릭 마주르군. 이 사람이 틀림없어요?"

"네, 비슷하게 생겼어요."

"일당은 모두 몇 명이지요?"

"정확한 숫자는 저도 잘 몰라요. 제가 알고 있는 사람은 제3의 장소에 있는 그 두 남자뿐이에요. 저는 그곳에서 그들과 함께 있었으니까요."

"작전 암호명은 뭐죠?"

"해바라기예요."

"해바라기는 무엇을 노리는 작전인가요?"

병호는 그녀의 입에서 비행기 납치라는 말이 나올 것이라고 기대하고 있었는데 정작 흘러나온 말은 전혀 다른 내용이었다.

"내일 모레…… 그러니까 28일에 열리는 세계금융가회의를 노린 작전이에요. 그 회의장을 습격해서 세계 거물급 금융가들을 살해하는 게 목적이에요. 그리고 일부는 인질로 잡아 탈출하기로 했는데 구체적인 작전 계획에 대해서는 잘 몰라요. 저한테는 자세한 걸 알려주지 않았어요."

모두가 경악하는 표정이 되었다. 병호는 자신의 예상이 빗나간 것을 알고 적이 당황했다. 그는 왕 형사를 가까이 오게 하여 귓속말로 지시를 내렸다.

　　"빨리 제3의 장소에 가봐. 완전 포위하고 대기하고 있어."

　　두꺼비가 형사들과 함께 제3의 장소를 찾아 밖으로 사라지고 난 뒤 병호는 혼란해진 머리를 정리하기 위해 한동안 일어서서 실내를 왔다 갔다 했다.

　　세계금융가회의가 7월 28일 서울에서 개최되는 것은 사실이다. 그것도 하필이면 노엘 화이트가 살해당한, 지금 수사본부가 설치되어 있는 H호텔에서 열린다. H호텔 정문 위에는 세계금융가회의가 개최되는 것을 알리는 대형 간판이 걸려 있었고, 만국기도 펄럭이고 있었다. 그 회의를 쑥밭으로 만들기 위해 그들 테러리스트들이 들어왔다는 말인가? 그녀의 말이 맞는다면 그 회의장은 피로 물든 학살의 현장이 될 뻔했다. 이번 회의에는 세계 경제를 주름잡는 거물급 금융가들은 물론 각국의 경제관계 각료들도 대거 참석할 것으로 알려져 있다. 따라서 테러리스트들이 이번 회의를 노린 것은 이상할 것이 하나도 없다. 효과 면에서 볼 때 이번처럼 좋은 기회도 그렇게 많지 않을 것이기 때문이다. 그들은 뮌헨 올림픽 현장에도 침투하여 올림픽 선수들을 사살하지 않았는가!

　　그러나 모든 것이 어쩐지 너무나 쉽게 밝혀진다는 느낌을 그는 떨쳐버릴 수가 없었다. 정말 그들은 세계금융가회의 회의장을 노리고 한국에 들어온 것일까? 이 일본 아가씨는 지금 사실대로 이야기하고 있는 것일까?

　　그는 다시 오다 기미 앞으로 다가서서 율무와 오노의 사진을 가리켰다.

　　"이 사람들을 알고 있나요?"

"모르는 사람들이에요. 본 적도 없어요."

"일당이 몇 명인지도 모르고 얼굴을 알고 있는 사람이라고는 제3의 장소에 있는 두 사람뿐이니 이 사람들이 일당인지 아닌지도 모르겠군요?"

"네, 몰라요. 바로 제 옆에 있어도 모르게 되어 있어요. 마지막 순간까지 모르게 되어 있어요. 우리는 철저히 점 조직으로 움직이고 있어요. 체포되더라도 다른 동지들한테 피해가 가지 않게 하기 위해서 그런 거예요."

"그러니까 뿔뿔이 흩어져서 움직이고 있다 이 말이군요?"

"네, 그래요."

병호는 토머스 러트의 몽타주를 가리켰다.

"이 사람은?"

"모르겠어요."

그녀는 고개를 저었다. 병호는 낭패한 표정으로 그녀를 쏘아보았다.

"이자의 이름은 토머스 러트…… 물론 가짜 이름이지요. 이자는 당신들 조직의 일원을 호텔 방에서 사살하고 도주한 혐의로 현재 수배되어 있는 자입니다. 알고 있습니까?"

"전혀 몰랐어요. 무슨 일이 일어나고 있는지 저는 아무 것도 몰라요. 저는 그저 지시대로 움직이고만 있었으니까요."

병호는 고개를 끄덕였다.

"점 조직으로 되어 있다면 그럴 만도 하겠지요. 하지만……"

제3의 은신처

오다 기미를 앉혀놓고 꼬치꼬치 신문하고 있을 시간이 없었다.

지금 제일 급한 것은 범인 일당을 체포하는 일이었다.

병호는 기미를 신문하는 것을 중단하고 수사본부를 나와 Y아파트로 향했다. 먼저 출발한 왕 형사로부터는 계속 무전 연락이 들어오고 있었다.

"15동 816호를 완전 포위했습니다. 816호에서는 아직 아무 움직임이 없습니다. 어떻게 할까요?"

"기다리고 있어. 제2의 장소에 가서 통화하는 것을 엿들어 보고 나서 행동을 개시하는 게 좋을 것 같아."

Y아파트 5동 909호에 도착하자 그곳에 잠복하고 있던 형사들 중 한 명이 병호에게 다음과 같이 보고했다.

"2시 정각에 다시 전화벨이 울렸습니다. 다섯 번 울리다가 끊어졌습니다."

"들어보았나?"

"네, 역시 영어로 대화하는 소리를 들었습니다. 하지만 무슨 말인지는 알아들을 수가 없었습니다."

손목시계는 2시 26분을 가리키고 있었다. 그리고 2시 30분이 되었을 때 다시 전화벨이 울렸다.

병호는 전화를 지켜보고 있다가 그것이 다섯 번 울린 끝에 멈추는 것을 보고 가만히 수화기를 집어 들었다. 아닌 게 아니라 영어로 대화하는 소리가 놀랍도록 선명히 들려오고 있었다.

"예루살렘……."

그것은 전화를 받은 쪽의 응답이었다.

"해바라기 5호……, 10호 한테서는 아직도 연락이 없나?"

"없다. 체포된 게 분명해."

"체포됐다면 우리도 위험하지 않은가?"

"그 여자는 그렇게 쉽게 불지 않아. 보기보다는 아주 강한 여자야. 연락이 끊긴 지 벌써 여러 시간이 지났는데 지금까지 아무 일도 일어나지 않는 걸 보면 입을 다물고 있는 게 분명해."

"하지만 언제까지 버틸 수 있을까? 더구나 해바라기 10호는 임신 중이잖아."

"그 여자를 과소평가하지 말라니까. 10호는 걱정하지 않아도 돼. 그 여자는 나를 전적으로 믿고 있어. 내가 자기를 구해줄 거라고 믿고 있는 거야. 내가 구해줄 때까지 입을 열지 않을 거야."

"어떻게 구하겠다는 거야?"

전화를 걸어온 사람의 목소리는 몹시 긴장되어 있었다. 반면 전화를 받는 사람의 목소리에는 좀 여유가 있어 보였다. 그리고 그의 영어회화는 매우 딱딱하고 어설프게 들렸다. 그것은 동양인의 목소리 같았다.

"작전에 성공하기만 하면 10호를 구하는 건 문제도 아니야."

"아니, 작전을 그대로 수행하겠다는 건가?"

"물론이지. 10호가 체포됐다고 해서 해바라기를 취소해야 할 이유는 하나도 없어. 우리는 예정대로 28일에 회의 장소를 덮치는 거야. 그리고 인질을 잡고 협상을 벌이는 거야. 인질을 잡으면 10호를 구하는 건 아무 것도 아니야. 인질을 살리려면 10호를 풀어줄 수밖에 없을 테니까 말이야."

"우리 셋이서 어떻게 그 넓은 회의장을 커버하겠다는 거야? 인원이 너무 부족해."

"인원이 부족하다는 건 알고 있어. 하지만 포기할 수는 없어. 본부에서는 그대로 결행하라는 거야. 우리 잘못으로 우리는 대원 세 명을 잃었어. 두 명은 우리 손으로 처치했고 한 명은 체포됐어. 그대로 돌아가면 우리는 책임을 면할 수 없어. 우리한테 어떤 벌이 가해질지는 내가 말하지 않아도 잘 알 거야. 그리고 5호 너는 우리가 해바라기를 포기한다 해도 무사히 여기를 빠져나갈 수 없어. 너는 노엘 화이트의 살해범으로 현재 지명 수배되어 있기 때문에 무사히 한국을 빠져나갈 수 없다는 건 네 자신이 더 잘 알 거야. 네가 한국을 무사히 빠져나가려면 해바라기를 성공적으로 수행하는 수 밖에 없어. 인질을 잡을 수만 있다면 우리는 무사히 한국을 빠져나갈 수 있어. 소기의 성과도 이룰 수 있고 말이야."

5호는 잠시 침묵했다. 동양인의 목소리가 그 침묵을 깼다.

"새로 해바라기를 짜야 하니까 이리로 와줘야겠어."

"난 지금 지명 수배되어 있기 때문에 움직이기가 어려워. 더구나 이 시간에 움직이면 주목을 받기 쉬워."

"그렇다고 우리가 거기까지 갈수는 없잖아. 여기가 그래도 안전하니까 이리로 와줘."

"날이 새면 첫차로 올라가겠어. 지금은 차도 없어. 거기 위치를 알려줘."

"강남구 S동 Y아파트 15동 816호…… 택시를 타고 주소를 알려주면 안내해줄 거야."

"오후 1시까지 도착하지 않든가 아무 연락이 없으면 나한테도 불행한 일이 일어난 줄 알라구."

"알았어. 1시까지 기다렸다가 당신이 오지 않으면 우리는 여기를 떠나겠어.”

“가만! 난 거기에 가지 않겠어!”

“왜 그래?”

“아무래도 거긴 위험해. 10호가 밤새에 자백할지도 모르잖아. 너희들도 위험하니까 빨리 거기를 떠나는 게 좋을 거야. 10호를 너무 믿지 않는 게 좋을 거야. 그 여자는 무쇠가 아니야.”

“그럼 어디서 만나지?”

“난 서울 지리를 잘 몰라.”

“그럼 이렇게 해. 택시를 타고 중앙박물관에 가자고 해. 중앙박물관에 들어가면 대리석으로 된 메인 홀이 있어. 거기서 만나 시간은 12시에서 1시 사이…… 메인 홀이야.”

“좋아. 1시까지 기다렸다가 오지 않으면 가라구. 출발하기 전에 다시 한 번 연락하고 싶지만 그렇게는 안 되겠지?”

“다시 연락하기는 어려울 거야. 우리도 곧 여기를 떠나야 하니까. 혹시 모르니까 출발하기 전에 전화를 걸어봐.”

“알았어.”

전화가 끊어지는 것과 동시에 병호도 수화기를 내려놓았다. 그리고 아파트 창문을 열어놓고 무전기로 왕 형사를 불렀다.

“지금 바로 놈들을 체포해! 주민들 깨어나지 않게 조용히 해치워! 놈들은 곧 거기를 떠난다고 했어. 기다리고 있다가 밖으로 나오면 한 명씩 체포하는 게 좋을 거야. 10분 정도 기다려보다가 안 나오면 들어가 봐. 놈들은 무기를 가지고 있을 테니까 조심해.”

그러나 조용히 그들을 체포하는 것은 어렵게 되고 말았다.

병호로부터 지시를 받은 두꺼비는 15동 816호 문 앞에 대기했다. 엘리베이터는 정지시켜 놓았고, 계단에는 M16을 든 경찰 병력이 포진하고 있었다. 두꺼비는 문 왼쪽에, 그리고 전투복 차림의 특공요원 한 명은 문 오른쪽에 거머리처럼 찰싹 달라붙어 있었다. 두 꺼비는 권총을 빼 들고 있었다. 특공요원이 들고 있는 M16의 총구는 문 쪽으로 향해 있었다. 문은 오른쪽으로 열리게 되어 있었다. 거의 10분 동안 주위는 쥐 죽은 듯 조용했다. 숨막히는 긴장감과 정적이 10분쯤 계속되더니 이윽고 816호의 문에서 달그락거리는 소리가 났다. 왕 형사는 특공요원에게 눈짓을 보냈다. 침침한 불빛 아래 특공요원의 두 눈이 맹수처럼 빛났다.

아주, 조용히, 그리고 조금씩 문이 열렸다. 그리고 누군가가 밖으로 조심스럽게 몸을 드러냈다. 거의 동시에 문 옆에 대기하고 있던 경찰 특공요원은 들고 있는 총으로 상대방의 가슴을 찔렀다. 사쓰마 겐지는 눈을 크게 떴다.

그때 총소리가 고막을 찢을 듯이 주위를 울렸다. 특공요원은 총을 떨어뜨리면서 뒤로 벌렁 나가떨어졌다. 사쓰마 겐지는 어둠 속으로 몸을 숨겼다. 그러나 열린 문을 미처 닫지는 못했다.

왕 형사는 특공요원의 복부에서 분출하고 있는 검붉은 피를 쳐다보았다.

"계획대로 됐어."

안으로 들어온 사쓰마 겐지가 숨을 힐떡이며 말했다.

"한 놈 쏴 버렸어. 문 앞에까지 와서 지키고 있을 줄은 몰랐지."

회색 눈의 사나이는 아무 대꾸 없이 집안의 불을 끈 다음 창문을 열었다. 그리고 마티스 박사가 대기하고 있는 호텔을 향해 권총의 방아쇠를 당겼다.

세 발의 총성이 깊은 정적 속에 잠겨 있던 아파트 단지를 뒤흔들었다. 새벽의 깊은 잠에 빠져 있던 주민들은 놀라서 뛰쳐 일어났다. 특히 15동 주민들의 놀라움은 아주 컸다.

병호가 15동에 도착했을 때 특공요원 한 명이 등에 업혀 막 밖으로 나오고 있었다. 특공요원은 이미 죽었는지 고개를 한쪽으로 떨어뜨리고 있었다.

"어떻게 된 거야?"

"총에 맞았습니다."

병호는 계단을 통해 위로 올라갔다. 그는 아무 무기도 들고 있지 않았다. 그가 7층까지 올라갔을 때 8층으로 통하는 계단에 특공요원들이 엎드려 있는 것이 보였다. 그들은 테러에 대비해서 특별히 훈련된 정예요원들이었다.

"한 놈이 나오다가 쐈습니다!"

왕 형사가 816호 문 옆에 선채로 병호를 향해 말했다.

"아직 한 명도 나오지 않았나?"

"네, 안에 모두 있습니다."

병호는 핸드마이크를 들고 열린 출입구를 향해 영어로 말했다.

"우리는 한국 경찰이다! 너희들은 완전 포위됐다! 도망친다는 것은 불가능하다! 위에도 아래에도 모두 철통같이 지키고 있기 때문에 도망칠래야 도망칠 수가 없다! 도망치려는 자는 사살당할 것이다! 해바라기 10호도 이미 체포됐다! 우리는 너희들이 무엇을 노리고 있는가도 다 알고 있다! 세계은행가 총회는 무사히 치러질 것이다! 5분 내로 자수하라! 무기를 버리고 두 손을 높이 들고 밖으로 한 명씩 나와라! 자수하지 않는 자는 사살될 것이다!"

그의 말이 끝나기가 무섭게 출입구 쪽으로 총알이 비 오듯이 날아왔다. 경찰도 출입구를 향해 총을 발사하기 시작했다.

마티스 박사는 총소리를 들으며 버튼을 눌렀다.

이윽고 신호가 떨어지자 그는

"해바라기 9호……"

하고 속삭였다.

"베니스의 비둘기……"

여자의 목소리는 또렷했다. 그녀는 그 시간에도 자지 않고 기다리고 있었던 모양이다.

"계획대로 됐습니다. 총소리가 들리죠?"

"들려요. 포위됐나 보죠?"

"그런 것 같습니다."

"좀 오래 버텨줬으면 좋겠는데……"

"나는 어떻게 할까요?"

"박사님은 거기에 그대로 계세요. 연락을 드리겠어요."

"기다리겠소."

전화를 걸고 난 그는 창문을 닫고 나서 침대 위에 몸을 눕혔다.

816호 안으로는 계속 최루탄이 날아들고 있었다. 집안은 금방 최루탄 연기로 뒤덮였다. 경찰 특공요원들은 최루탄을 대비해서 가스마스크를 쓰고 있었다.

일본인과 영국인은 최루탄 연기를 피해 방안으로 뛰어들어갔다. 방문을 닫아 걸고 나서 창문을 활짝 열어두었다. 그들은 버틸 수 있는 데까지 버틸 생각이었다. 그것은 두 가지 목적을 위해서였다. 하나는 그들의 행동이 위장이 아니라는 것을 보여주기 위해서였다. 또 다른 목적은 경찰의 관심을 그들에게 묶어둠으로써 다른 대원들이 안전하게 움직일 수 있게 하기 위해서였다.

"아주 질긴 놈들인데요."

왕 형사가 계단 아래 쪽에 서 있는 병호에게 말했다.

"방안으로 들어가 문을 닫아버리면 최루탄도 소용없습니다."

특공대 지휘관이 말했다.

"들어보십시오. 기침 소리도 안 들립니다. 방안으로 들어간 게 틀림없습니다. 우리 요원들을 투입시키겠습니다."

"좀 더 기다려봅시다."

병호는 한 사람이라도 희생되는 것을 원치 않았다. 특공요원들은 자신들의 동료가 한 명 희생됐기 때문에 적개심에 불타고 있었다. 병호가 염려하는 것은 특공요원들이 범인들을 모두 사살해버릴지도 모른다는 점이었다.

"이 아파트에는 방이 모두 두 개 있습니다. 줄을 타고 내려 가서 방안으로 최루탄을 던져 넣으면 어떨까요?"

병호의 제의에 지휘관은 내키지 않는 표정으로 부하들에게 지시를 내렸다.

옥상에 대기하고 있던 특공요원들은 즉시 행동에 들어갔다.

로프를 이용해서 건물벽을 기어 내려가는 것은 그들에게는 아주 손쉬운 일이었다. 언제라도 발사할 수 있게 기관단총을 한쪽 어깨에 걸친 채 두 명의 요원이 건물의 앞과 뒷벽을 타고 아래로 내려가기 시작했다. 그 아파트는 15층 높이였기에 7층 높이를 내려가야만 했다. 앞 쪽 벽으로 먼저 내려간 요원이 안방을 향해 먼저 기관단총을 난사했다. 총소리 때문에 유리창이 깨지는 소리는 들리지도 않았다. 이윽고 그는 정확히 방안으로 최루탄을 던져 넣었다.

광란의 밤

그 시간에 H호텔 1825호실에서는 해괴망측한 일이 벌어지고 있었다. 그것은 제3자가 보는 앞에서의 노골적인 성행위였다.

상상도 못할 일이 눈앞에서 벌어지고 있는 것을 보고 유화시는 처음에는 수치심과 함께 어안이 벙벙했지만 시간이 흐름에 따라 자신도 점점 흥분되어 가면서 그 해괴한 분위기에 휩쓸려 들고 있었다. 그리고 지금은 그런 분위기 속에서 자신을 버티어내는데 격심한 고통을 느끼고 있었다.

나이트클럽에서 나와서 율무의 방으로 따라 들어갈 때까지만 해도 화시는 그들이 그녀가 보는 앞에서 차마 그런 짓은 하지 못할 것이라고 생각했었다. 적어도 그녀가 잠든 뒤에나 그 짓을 할 거라고 생각했었다. 그러나 그녀의 그런 생각은 빗나가고 말았다.

방안에 들어선 그들은 처음에는 술을 마셨다. 나이트클럽에서도 적지 않게 술을 마셨는데 방안에 들어와 또 마시니 취할 수 밖에 없었다. 그래도 화시만은 입장이 달랐기 때문에 조심스럽게 마셨지만 황무자와 율무는 그렇지가 않았다. 그들은 화시가 보는 앞에서 서로 끌어안고 히히덕거리면서 위스키를 마구 마셔댔다. 그러다가 몸을 가누기가 어려울 정도로 취했을 때 율무가 마침내 옷을 벗었다. 그는 여자들이 보는 앞에서 거침없이 옷을 벗으면서

"자, 우리 목욕하러 가지."

하고 말했다. 그때 그는 비로소 탈을 벗고 본색을 드러내기 시작한

것 같았다.

"우리 함께 목욕하고 나서 멋지게 사랑해 보자구. 멋진 사랑이란 어떤 것인지 내가 가르쳐주지. 1대 2로 사랑하면 아주 근사할 거야. 나는 너희들 두 명을 얼마든지 상대할 수 있어. 날이 샐 때까지 밤새도록 말이야. 너희들을 녹아웃 시킬 자신이 있단 말이야. 자, 어때? 이걸 보라구. 근사하게 생기지 않았어?"

팬티까지 벗어버린 그는 여자들이 보는 앞에서 자신의 성기를 흔들어 보였다.

그것은 잔뜩 발기해 있었고, 주체하기 어려울 정도로 엄청나게 커 보였다. 여자들은 입을 딱 벌리고 그것을 쳐다보았다. 이윽고 무자의 눈빛은 마치 먹음직스런 먹이라도 발견한 듯 탐욕스럽게 빛나기 시작했다. 그러나 화시의 두 눈은 더욱 커지기만 했다. 그녀는 놀람과 경악에 가까운 눈으로 그것을 쳐다보면서 거기에서 결코 눈을 떼려고 하지는 않았다.

마침내 무자가 참을 수 없다는 듯 몸에 걸치고 있던 옷들을 한 꺼풀씩 벗기 시작했다.

"안 돼요! 그러면 안 돼요!"

화시가 놀라 소리쳤지만 그녀는 입가에 야릇한 미소를 띤 채 스커트의 후크를 빼내고 지퍼를 거침없이 내린 다음 허리를 뒤틀었다. 회색의 타이트 미니스커드가 발등을 타고 내리자 그녀는 그것을 오른발 끝으로 걸어 올리더니 공중으로 휙 차올렸다. 스커트는 높이 날아올랐다가 화시가 앉아 있는 앞에 떨어졌다.

"안 돼요! 이러지 말아요!"

화시가 금방이라도 울음을 터뜨릴 듯 외쳤지만 무자는 멈추지 않았다.

"네가 뭔데 나한테 이래라 저래라 하는 거야? 위선자 같으니! 침대 위에서는 모두 똑같아! 재지 말고 옷 벗어. 옷 벗기 싫으면 얌전히 앉아서 구경이나 해! 이런 구경이 어디 흔한 줄 알아.”

그녀는 빨간 삼각 팬티만으로 아슬아슬하게 가려진 하체를 흔들어대며 말했다.

화시는 너무 기막힌 나머지 벌어진 입이 다물어지지가 않았다. 정색을 하고 내뱉는 말에 그녀는 심한 모욕감까지 느꼈다.

무자는 셔츠를 머리 위로 뒤집어 뽑았다. 노브라였기 때문에 젖가슴이 고스란히 드러났다. 약간 묵직하게 밑으로 처진 젖가슴이 흔들렸다. 그녀는 셔츠를 바닥에다 패대기 쳤다. 이제 그녀의 몸에는 손바닥만 한 삼각 팬티만이 남아 있었다.

“아, 제발 그것만은……”

화시가 애걸조로 말했지만 무자는 요염하게 웃으며 팬티를 끌어내렸다. 그것은 탐스러운 엉덩이에 잠시 걸려 있다가 밖으로 빠져 나와 그녀의 손 끝에 걸렸다. 그녀는 그것을 돌리다가 율무 쪽으로 홱 던졌다. 율무는 그것을 받아 ‘부라보!’ 하고 외쳤다.

“미쳤어! 모두가 미쳤어!”

화시는 두 주먹을 쥐고 소리질렀다.

율무는 팬티를 코에 대고 쿵쿵거리다가 갑자기 무자에게 달려들었다. 무자는 비명을 지르며 욕실로 뛰어 들어갔다.

율무는 그녀를 따라 욕실로 들어가려다 말고 다시 몸을 돌려 화시에게 달려들었다.

화시는 발딱 일어나 뒷걸음치다가 구석으로 몰렸다. 그녀의 손에는 재떨이가 들려 있었다.

“오지 말아요!”

그녀가 위협했지만 율무는 싱글싱글 웃으며 다가서더니 갑자기 그녀를 끌어안으며 입을 덮쳤다. 그녀의 입술은 순식간에 그의 입

속으로 빨려 들어갔고, 그녀는 숨을 쉴 수가 없어 바둥거렸다. 그는 한 손으로 그녀를 꼼짝 못하게 끌어안은 채 다른 한 손으로 그녀의 몸을 더듬기 시작했다.

가슴을 더듬던 손은 미끄러지듯 밑으로 내려가더니 그녀의 하복부 밑을 집중적으로 애무했다. 화시는 허리를 뒤틀면서 숨이 막혀 몸부림쳤다. 마침내 남자의 손이 옷 속으로 미끄러져 들어가 보드라운 습지대에 닿자 그녀는 더 이상 참지 못하고 재떨이로 남자의 이마를 후려쳤다. 어떻게나 세게 쳤는지 딱 하는 소리가 났다. 율무는 손으로 이마를 누르면서 뒤로 물러섰다. 가까스로 손에서 벗어난 화시는 그를 노려보면서 숨을 몰아 쉬었다.

그가 뭐라고 외쳤다. 그러나 무슨 말인지 알아들을 수가 없었다. 그가 이마에서 손을 떼더니 거울을 들여다보았다. 이마에서는 피가 흐르고 있었다. 그가 뭐라고 중얼거리면서 그녀를 노려보았는데 그것은 처음 보는 무서운 얼굴이었다. 화시는 너무 무서워 뒷걸음질 쳤다. 그가 다시 뭐라고 외쳤는데 아마 욕설 같았다. 욕설과 함께 주먹이 날아왔다.

턱에 격심한 충격을 느낀 화시는 그대로 바닥에 나뒹굴었다. 쓰러진 그녀를 향해 외국인은 발길질을 했다. 옆구리를 심하게 걷어채인 그녀는 신음 소리를 내면서 의식을 잃었다. 율무는 쓰러진 그녀를 내려다보다가 회심의 미소를 지으면서 그녀의 몸 위로 손을 뻗었다.

순간적으로 의식을 잃었던 화시는 자신의 몸뚱이가 남자의 손 끝에서 마음대로 농락당하고 있는 것을 알았지만 꼼짝할 수가 없었다. 그녀는 흐릿한 의식 속에서 손 끝 하나 움직일 수가 없었다. 아무 저항도 받지 않고 화시를 알몸으로 만든 율무는 그녀를 카펫 바닥 위에다 그대로 눕혀놓은 채 그녀의 몸을 덮쳤다.

"아!"

화시의 입이 벌어지면서 신음 소리가 흘러나왔다. 그녀는 고함치면서 몸부림치고 싶었지만 아무 것도 할 수가 없었다. 남자의 그것이 피스톤처럼 맹렬한 기세로 몸 속으로 파고들기 시작했을 때에도 그녀는 식물인간처럼 누워 있었다.

안개가 낀 듯 뿌우옇게 흐려졌던 시야가 밝아졌을 때 그녀의 눈에 처음 보인 것은 거친 숨을 내뿜고 있는 야수의 얼굴이었다. 절정을 향해 치닫고 있는 야수의 이글거리는 두 눈이 그녀의 얼굴을 내려다보고 있었다. 그가 입을 맞추려고 했기 때문에 그녀는 오른쪽으로 얼굴을 돌렸다. 그리고 그의 어깨 너머로 그녀를 내려다보고 있는 또 한 사람의 얼굴을 보았다. 그것은 황무자의 얼굴이었다. 무자는 흥미진진한 눈으로 두 사람의 성행위를 바라보고 있었다.

그것은 사실 두 사람이 서로 협조해서 벌이는 화합이라고 볼 수 없었다. 그것은 죽은 듯이 누워 있는 여자한테 일방적으로 가해지는 가혹 행위일 뿐이었다. 다시 말해 강간이었다.

화시는 무자가 자신이 강간당하는 그 치욕적인 장면을 마치 구경꾼처럼 호기심 어린 눈으로 보고만 있는 것을 도무지 이해할 수가 없었다. 무자의 얼굴에는 잔인한 미소가 나타나 있었다. 분노를 기대했던 화시는 그녀의 잔인한 미소를 보고 그녀가 자신을 적대시하고 있음을 깨달았다.

"더 세게! 힘을 내요!"

무자의 입에서 놀라운 말이 튀어나왔다. 그녀는 율무의 어깨를 두드려주면서 그를 격려했다.

"안 돼요! 비켜! 이 악마!"

화시는 죽을 힘을 다해 두 손으로 율무의 얼굴을 밀어내면서 울음을 터뜨렸다. 그때 율무는 으스러지게 그녀를 부둥켜안으면서 몸을 부르르 떨었다. 동시에 화시는 뜨거운 것이 몸 속으로 깊이 분출해 들어오는 것을 느꼈다.

이윽고 율무가 천천히 몸을 들어올렸는데, 그의 얼굴에는 야욕을 채운 만족감이 노골적으로 드러나 있었다. 반면 화시는 흐느끼면서 그대로 누워 있었다. 그때의 그녀는 경찰관이기 이전에 한 사람의 연약한 아가씨에 지나지 않았다.

율무가 욕실로 들어가자 무자가 화시 곁으로 다가앉아 그녀의 어깨 위에 손을 얹었다.

"이제 우리는 같은 수준이 됐어요. 당신이 나보다 나은 것은 하나도 없어요. 이제부터 우리는 같은 자격으로 게임에 임하는 거예요. 그렇게 생각지 않아요?"

"손대지 말아요!"

화시는 격렬하게 외치면서 그녀의 손을 뿌리쳤다. 그리고 상체를 일으켰다.

"가만두지 않을 거야!"

그러나 무자는 웃기만 했다.

"가만두지 않으면 나를 어떻게 할 거야? 숫처녀도 아니면서 뭘 그래요."

그녀의 말이 떨어지기가 무섭게 화시는 그녀의 뺨을 후려쳤다. 그녀가 그렇게 모욕을 당해보기는 처음이었다. 수치심과 모욕감에 그녀는 몸 둘 바를 몰랐다.

"난 갈 테니까 당신 혼자 알아서 해요!"

"맘대로 해요."

무자는 웃으면서 욕실로 들어갔다.

화시는 더 이상 울지 않았다. 그녀는 주섬주섬 옷을 입으면서 계속 분노에 몸을 떨었다.

그런데 옷을 입고 나서도 그녀는 그곳을 떠나지 않았다. 아니, 떠날 수가 없었다. 어떤 강한 힘이 그녀를 그곳에 붙들어 매놓고 있었던 것이다. 분노와 함께 오기가 서서히 고개를 쳐드는 것을 그녀는 느꼈다. 그대로 물러가면 더욱 모욕감과 수치심만 느낄 것 같았다. 그와 함께 패배감에 사로잡혀 견딜 수 없을 것 같았다.

욕실 쪽에서는 히히덕거리며 장난치는 소리가 들려왔다. 조금 있자 율무가 무자를 안아 들고 욕실에서 나왔다. 그들의 몸에서는 물이 줄줄 흐르고 있었다. 무자는 율무의 목을 꼭 끌어안고 있었다. 화시가 보기에 이제 그것은 결코 놀라운 광경이 아니었다.

율무는 무자를 침대 위에 내던졌다. 침대가 파도처럼 출렁거렸다. 율무는 화시에게 한번 웃어 보이고 나서 침대 위로 올라가 무자 위에 몸을 실었다. 그는 다시 힘을 회복한 것 같았다.

침대 위에서 그들은 화시의 존재를 완전히 묵살한 채, 마치 그녀가 거기에 없고 그들만이 있는 것처럼 행동했다. 무자는 형식적으로 남자를 받아들이고 있는 게 아니었다. 그녀는 아주 적극적으로 그를 받아들이고 있었다. 그녀가 혹시 자신의 임무를 망각한 게 아닐까 하고 생각될 정도였다.

행위에 들어간 지 얼마 지나지 않아 방안은 무자의 환희에 찬 신음 소리로 가득 차기 시작했다. 행위가 격렬해짐에 따라 그녀가 내지르는 소리도 점점 커지고 있었다. 출렁이는 침대와 그 위에서 격렬하게 맞부딪치고 있는 두 사람의 벌거벗은 몸뚱이를 멍하니 바라보고 있는 동안 화시는 비참하게 일그러져 있는 자신의 몸뚱이가 서서히 뜨거워지고 있음을 느꼈다. 그것은 율무에게 일방적으로 당하고 있었을 때의 느낌과는 사뭇 다른 것이었다. 그때에는 말할 수 없는 수치감과 모욕감으로 온몸이 걸레처럼 구겨지는 느낌만이 들었다. 그러나 지금은 그렇지가 않았다. 지금 그녀의 몸 속에서 서서히 뜨겁게 달아오르기 시작한 것은 동물적인 욕망이었다. 그녀는 자신도 모르게 허리를 뒤틀면서 한숨을 내쉬었다.

이제 무자는 울고 있었다. 그 행위를 하면서 여자가 울 수도 있다는 것을 화시는 처음 알았다. 이제 그녀에게는 수치심도 모욕감도 사라지고 있었다. 그녀는 무자가 우리는 이제 같은 수준이 됐다고 한 말이 정말이었음을 깨달았다. 같은 자격으로 게임에 임하자는 무자의 말에 따르고 싶은 충동을 화시는 강하게 느꼈다.

무자가 숨 넘어가는 비명소리를 내면서 몸을 뒤집었다. 그 바람에 그들의 체위가 바뀌었다. 율무는 말처럼 뒤에서 그녀를 공격하기 시작했다.

화시는 갑자기 몸을 돌려 욕실로 뛰어들었다. 그리고 차가운 샤워물을 머리에서부터 뒤집어썼다.

몸이 완전히 식었을 때 그녀가 생각한 것은 인간은 과연 어느 정도까지 동물적일 수가 있을까 하는 것이었다.

체 포

    그들은 수건으로 코와 입을 틀어막았지만 아무 소용이 없었다. 그들은 격렬하게 몸부림치면서 계속 기침을 해댔다. 눈은 마치 바늘로 콕콕 찌르는 것처럼 아팠고, 물 흐르듯 눈물이 흘러내리는 바람에 눈을 뜰 수조차 없었다. 방안은 앞을 분간할 수 없을 정도로 최루탄 연기로 가득 차 있었다. 그런데도 방안으로는 계속 최루탄이 날아들고 있었다.

    "더 이상 안 되겠어! 이 정도에서 자수하는 게 어때?"

    그때 총알이 우박처럼 방안으로 쏟아져 들어왔다. 그들은 총에 맞지 않으려고 구석에 웅크렸다. 창문으로 사람이 뛰어드는 소리가 쿵 하고 났지만 그들은 그대로 웅크리고 있었다.

    "손들어!"

    등 뒤에서 특공대원의 고함 소리가 들려왔다. 뿌연 연기를 뚫고 강렬한 플래시의 불빛이 그들 쪽으로 날아왔다. 완전히 노출된 그들은 당황했다.

    "손들어! 무기를 버려!"

    그들은 그 살기등등한 한국말을 알아들을 수 없었다. 금방이라도 몸뚱이에 총알이 들어와 박힐 것만 같아 그들은 들고 있던 권총을 버렸다. 그리고 두 손을 쳐들었다. 또 한 사람이 창문을 통해 방안으로 뛰어들었고, 이어서 방안에 불이 켜졌다.

    창문으로 빠져나가는 뿌연 최루탄 연기 사이로 시커먼 옷차림의 사나이 두 명이 보였다.

두 명 다 기관단총을 들고 있었고, 얼굴에는 가스마스크를 쓰고 있었기 때문에 흡사 무슨 괴물 같았다. 그들의 몸이 증오와 분노로 떨리고 있는 것이 뚜렷이 보였다. 이쪽에서 조금만 움직여도 기관 단총이 불을 뿜을 것만 같았다. 그들은 기관단총을 발사할 수 있는 구실이 생기기를 기다리고 있는 것 같았다. 그들에게 그런 구실을 주지 않기 위해 테러리스트들은 얼어붙은 자세로 서 있었다. 그들 이 움직이지 않자 특공요원 한 명이 다가왔다. 그는 일본인 앞에 다 가서서 가만히 그를 노려보더니 갑자기 총대로 그의 턱을 후려쳤 다. 사쓰마 겐지가

"억!"

하면서 웅크리자 이번에는 발로 그의 사타구니를 힘껏 걸어찼 다. 일본인은 사타구니를 움켜쥔 채 떼굴떼굴 굴렀다.

영국인은 자기 앞으로 다가서는 특공요원을 노려보면서 경계 태세를 취했다.

"움직이지 마!"

밑으로부터 올려 치는 충격에 프레드릭 마주르는 턱이 으스러 지는 것을 느끼면서 무릎을 꺾었다. 그리고 두 번째 충격에 일본인 처럼 사타구니를 싸 쥐고 방바닥 위를 굴렀다.

방바닥에서 고통스럽게 신음하고 있는 두 명의 외국인들 위로 총탄이 비오듯이 쏟아졌다.

그들은 총소리가 멈출 때까지 두 손으로 머리를 감싸 쥔 채 엎드 려 있었다. 그들에게 동료를 잃은 그 특공요원은 총알이 떨어질 때 까지 기관단총의 방아쇠를 당기고 있었다. 그러나 총알은 아슬아슬 하게 그들을 비켜가고 있었다.

병호는 수갑에 채여 짐승처럼 밖으로 질질 끌려 나오고 있는 두

외국인을 물끄러미 바라보았다. 그는 주위가 너무 시끄럽고 소란스럽다고 생각했다. 그것이 당연한 것인 줄 알면서도 그는 그렇게 소란스러운 것이 싫었다. 체포 작전은 조용히 진행되었어야 했었다. 그러나 그렇게 할 수 없는 상황으로 변해 있었다. 한참 동안 주위를 울린 총소리 때문에 새벽의 깊은 잠에 빠져 있던 아파트 주민들은 모두 놀라 깨어 사건 현장 부근으로 몰려와 있었다. 어느 새 알았는지 신문기자들까지 현장에 몰려와 있었고, 테러리스트들을 향해 쉴 새 없이 카메라 플래시가 터지고 있었다.

범인들이 호송 차량에 오르는 것을 보고 병호도 뒤따라 차에 올랐다. 그들을 임시 수사본부로 사용하고 있는 호텔 방으로 데려가는 것은 문제가 많을 것 같아 병호는 행선지를 바꾸기로 했다. 그곳은 외부에 거의 알려져 있지 않은, 경찰이 특별히 중요한 사건의 용의자를 취조할 때에만 이용하는 장소였는데, 남산으로 올라가는 길목에 위치하고 있었다.

차가 달리는 동안 병호는 외국인 테러리스트들을 줄곧 관찰하고 있었다. 그들은 조금도 위축되거나 하지 않고 당당하고 적의에 찬 표정으로 앉아 있었다. 그들은 죽음 같은 것은 두려워하지도 않을 그런 사나이들 같았다. 체포될 때 얻어맞았는지 그들의 턱은 시퍼렇게 부어 있었다. 병호가 담배를 권하자 회색 눈의 사나이는 머뭇거리지 않고 입으로 그것을 받았지만 일본인은 단호하게 그것을 거절했다.

"당신들 조직 이름이 뭐지?"

병호가 영어로 묻자 일본인의 입가에 냉소가 떠올랐다. 가소롭다는 그런 표정이었다. 병호는 손가락으로 사쓰마 겐지를 가리키며 물었다.

"네가 일본 적군파라는 거 다 알고 있어. 하지만 당신은 뭐지? 합작인가?"

병호는 회색 눈의 사나이를 가리켰다. 영국인은 무표정하게 병호를 마주 바라보았다. 병호가 다시 물었지만 그는 여전히 같은 표정으로 입을 다물고 있었다.

"너희들은 살인자야!"

왕 형사가 분노로 몸을 떨며 고래고래 소리쳤다. 그러나 그들은 고함소리에 끄덕도 하지 않았다. 너희들하고는 상대도 하지 않겠다는 그런 태도였다.

얼마 후 호송 차량은 커브 진 길을 올라가다가 벽돌로 지은 어느 낡은 건물 앞에 멈추어 섰다. 그 건물은 5층짜리 건물로, 앞면이 온통 담쟁이 덩굴로 덮여 있는 것이 가로등 불빛에 보였다. 정문 옆에 있는 셔터가 올라가자 호송 차량은 건물 안으로 들어갔다. 뒤에서 셔터가 닫히자 비로소 사람들은 차에서 모두 내렸다. 계단을 오르내리고 시멘트 바닥을 울리는 구둣발 소리가 어지럽게 들려오고 있었다.

테러리스트들은 건물의 지하실로 끌려 내려갔다. 거기에는 이미 오다 기미도 와 있었다. 그녀는 안으로 들어서는 사내들을 창백한 얼굴로 쳐다보았다. 사쓰마 겐지는 그녀를 잡아먹을 듯이 노려보면서 소리쳤다.

"더러운 년! 우리를 배신하다니!"

"배신한 게 아니에요! 저도 체포됐어요!"

"체포됐으면 혼자 감당할 것이지 왜 우리가 있는 곳을 불었어?! 그게 배신이 아니고 뭐야?! 넌 조직을 배신하고 모든 걸 이놈들한테 불었지?! 그렇지?!"

오다 기미는 머리를 가로 흔들다가 급기야 울음을 터뜨리며 소리쳤다.

"그래요! 모든 걸 불었어요! 우리들 계획을 하나도 숨기지 않고 불었어요! 난 이제 지쳤어요! 이런 짓에 진력이 나요! 난 이런 짓이 싫어요! 난 아기를 갖고 싶어요! 아기가 더 소중해요! 당신들보다 아기가 더 소중해요! 난 한국에 망명하기로 했어요! 당신도 망명하세요! 그리고 아기 아빠가 되세요!"

"미친 년!"

사쓰마는 그녀를 무섭게 노려보면서 욕설을 하고 자리에 털썩 주저앉았다.

지하실은 숨 막힐 듯 무더웠다. 지하 3층에 자리한 취조실은 신문 효과를 높이기 위해 일부러 무덥게 차단되어 있었다. 에어컨은 물론이고 선풍기 하나 놓여 있지 않았다. 그것은 신문을 받는 피의자들이 질식할 것 같은 무더위에서 빨리 벗어나기 위해서라도 얼른 입을 열고 자백하려고 들 것이라는 것을 염두에 두고서 만들어 놓은 분위기였다.

그런데 피의자를 신문하는 수사관도 무더위에 고통을 느끼기는 마찬가지였다. 따라서 고통을 빨리 덜기 위해서도 그는 피의자를 혹독하게 몰아치기 마련이다.

병호가 저고리를 벗어부치고 막 신문을 시작하려는데 보스로부터 전화가 걸려왔다. 병호는 미간을 찌푸리면서 보스의 껄끄러운 목소리에 귀를 기울였다.

"놈들을 일망타진했다고? 수고 많았어. 정말 큰 일을 해냈어. 이건 세계적인 뉴스 감이야. 세계 금융가회의를 습격하려던 국제 테러리스트들을 일망타진했다는 건 확실히 세계적인 뉴스거리야. 이걸로 한국 경찰의 위치는 선진국 수준으로 격상됐어. 조금 있으면 외신 기자들이 몰려들 거야. 인터뷰 준비를 하고 있으라구. 아주 멋지게 말이야. 만일 놈들을 체포하지 못했더라면 어쩔 뻔했어? 생각만 해도 모골이 송연하다구. 특진을 상신할 테니까 마무리를 잘 지어요."

"아직 일은 끝나지 않았습니다. 이제부터 시작입니다."

"그게 무슨 말이야?"

"아직 한 명이 체포되지 않았습니다."

"그거야 시간문제 아니야? 설사 놈을 빨리 체포하지 못한다 해도 제놈이 혼자서 무슨 일을 하겠어. 빨리 마무리나 지어요. 내가 멋진데 가서 한 잔 살 테니까."

"글쎄요. 그렇게 빨리 끝날 것 같지 않은데요."

"우물쭈물할 필요 없다니까. 빨리 끝내버려. 오 반장도 좀 쉬어야 할 거 아니야. 인터뷰 준비나 잘해두라구."

병호는 수화기를 내려놓고 회색 눈의 사나이를 멍하니 바라보고 있다가 생각난 듯 물었다.

"당신이 소속되어 있는 조직의 이름이 뭐지?"

영국인 프레드릭 마주르의 잿빛 눈이 더욱 짙은 색깔로 굳어지는 것 같았다.

병호는 11시 30분경에 중앙박물관에 도착했다. 메인 홀로 들어서자 먼저 와 있던 왕 형사가 다가왔다.

"준비는 끝났습니다."

"아래 위는 물론 밖에도 배치시켜야 해."

"밖에는 25명을 배치시켰습니다."

병호는 대리석으로 되어 있는 1층 홀을 둘러보다가 2층을 올려다보았다. 2층에는 메인 홀을 내려다볼 수 있게 복도가 둥그렇게 나 있었는데 기둥 뒤에 수사요원들이 숨어 있는 것이 보였다.

"희생자가 나지 않아야 할 텐데 걱정이야. 놈이 여기서 수류탄이라도 터뜨리는 날에는 이 학생들을 어떡 하지?"

병호는 메인 홀을 가득 메우고 있는 학생들을 바라보면서 중얼거렸다. 방학 중이었기 때문에 개관한 지 얼마 안 된 박물관에는 아침부터 많은 학생들이 몰려들고 있었다.

"놈이 나타나면 재빨리 기습해서 제압하겠습니다. 얼른 손을 써서 놈이 무기를 꺼내지 못하게 하겠습니다. 유단자를 여섯 명 대기시켜 놨습니다."

병호는 끄덕이고 나서 2층으로 올라갔다.

그는 메인 홀이 잘 내려다보이는 곳에 서 있다가 등을 돌리고 서서 가지고 온 신문을 보기 시작했다.

신문에는 국제 테러리스트들을 체포한 사건이 3면에 걸쳐 대대적으로 보도되어 있었다. 신문은 오랜만에 한국 경찰의 능력을 높이 평가하고 있었고, 세계 금융가총회 관계자들은 하마터면 피로물들 뻔 한 총회를 무사히 치를 수 있게 사전 예방해 준 한국 경찰에 심심한 사의를 표하고 있었다. 신문에는 병호의 사진 대신 보스의 사진이 큼직하게 실려 있었다.

병호는 아직 국내외 기자 누구와도 만나지 않고 있었다. 그는 아직 사건이 끝나지 않았다고 보고 있었다. 그의 육감은 사건이 마무리되었다고 보는 것을 거부하고 있었다.

12시 35분이 되었을 때 워키토키의 신호음이 들려왔다.

"그자가 나타났습니다!"

귀에 꽂고 있는 레시버를 통해 왕 형사의 다급한 목소리가 들려왔다. 병호는 신문을 거두고 몸을 돌렸다.

한 외국인이 메인 홀에 들어서서 주위를 두리번거리고 있는 것이 보였다. 검은 머리에 색안경을 끼고 있었는데 턱수염은 보이지 않았다. 깎아버릴 수도 있다고 생각하면서 병호는

"러트가 틀림없나?"

하고 물었다.

"수염이 없어 그렇지 몽타주하고 비슷합니다."

그 외국인은 콤비 차림에 한 손에 여행 가방을 들고 있었다. 계속 두리번거리며 손목시계를 들여다보는 것이 누구를 기다리고 있는 것이 분명했다.

"체포해!"

병호의 명령이 떨어지자 여기저기서 건장한 사나이들이 그 외국인을 향해 접근했다. 제일 먼저 그에게 돌진한 사람은 왕 형사였다. 그는 비호처럼 돌진하더니 뒤에서 외국인의 허리를 끌어안으며 쓰러트렸다. 앞으로 달려든 태권도 유단자가 구둣발로 외국인의 가슴을 올려 차자 일어서려던 그는 뒤로 쿵 하고 떨어졌다. 그 위로 여러 명이 한꺼번에 덮쳐 들었다. 외국인은 거세게 항거했다. 그러나 그는 무기를 뽑을 수가 없었다. 거친 사나이들은 그에게 그럴 틈을 주지 않고 무자비하게 그를 깔아뭉갰다. 몇 번 더 얻어맞고 두 팔이 뒤로 꺾여 수갑이 채워진 다음에야 그는 저항을 포기했다.

학생들은 메인 홀에서 벌어진 어른들의 싸움을 흥미진진한 눈으로 바라보고 있었다. 그들은 박물관 구경 따위는 젖혀두고 어른들이 차를 타고 사라질 때까지 그 주위를 떠나지 않았다.

로마 행 JAL 450편기

난쟁이는 김해국제공항 일본항공 카운터에서 3장의 항공권을 받아 들면서 씨익하고 웃었다.

"땡큐!"

"안녕히 가세요."

일본항공 여직원은 난쟁이 남자의 웃음이 징그러웠지만 조금도 내색하지 않고 밝게 인사했다. 그녀는 난쟁이의 뒷모습이 국제선 터미널 빌딩 밖으로 사라지자 3장의 항공권을 구입한 사람들의 인적 사항을 컴퓨터에 입력시켰다. 난쟁이 사내의 이름은 하니 가랄. 국적은 미국이었고 나이는 42세였다.

그는 다른 두 사람의 항공권까지 구입했다. 동행을 대신해서 혼자 나온 것 같았다. 동행은 두 명이었고, 그 중 한 명은 여자였다. 남자의 이름은 하인리히 분케. 독일 사람의 이름 같은데 국적은 미국이었다. 나이는 48세. 여자의 이름은 질다 그리지아. 역시 미국 국적을 가지고 있었고, 나이는 36세였다.

그들이 구입한 항공권은 서울발 코펜하겐 행 JAL 450편기 항공권이었다.

그 비행기의 기종은 보잉 747기이고 출발시간은 7월 26일 21시 35분이었다. 카운터를 보고 있는 그 일본항공 여직원은 그 난쟁이 사내에게 국내선 편으로 서울에 올라가 로마 행 JAL기로 갈아타면 된다고 친절히 일러주었다.

오후 2시 조금 지나 부산 S동 H비치아파트 205동 1208호실의 전화벨이 요란스럽게 울렸다. 전화를 기다리고 있던 그리지아는 가만히 수화기를 집어 들었다.

"해바라기 6호……"

남자의 굵은 목소리가 수화기를 울렸다. 그리지아는 지중해 빛깔을 닮은 푸른 눈을 생각하면서 응답했다.

"베니스의 비둘기……"

"어떻게 됐나요?"

"오늘 21시 35분에 출발하는 JAL 450편기로 결정됐어요. 서울발 로마 행이에요. 우리는 코펜하겐까지 끊었어요. 그쪽은 로마까지 끊으세요."

"기종은?"

"보잉 747."

"잘 됐군요."

"그럼 JAL 450편기에서 만나기로 해요. 빨리 항공권을 구해야 할 거예요."

"알겠습니다."

"착오 나지 않게 신중히 행동해야 해요."

그녀가 수화기를 내려놓고 나서 5분쯤 지나자 다시 전화벨이 요란하게 울렸다.

"해바라기 9호……"

그것은 마티스 박사한테서 걸려온 전화였다. 그리지아는 조금 전과 똑같은 내용의 말을 그에게 전해주었다.

"국제테러조직 일망타진."

"한국 경찰 일대 개가."

"피로 물들 뻔한 세계 금융가총회."

병호는 석간 신문을 장식하고 있는 기사 제목들을 무표정하게 바라보았다. 그는 그 센세이셔널한 기사들이 왠지 마음에 들지가 않았다. 과연 그들은 일망타진된 것일까?

체포된 자들을 분리 신문한 결과 그들은 하나같이 오는 28일에 개최될 예정인 세계 금융가회의 총회의장을 습격하는 것이 목적이었다고 털어놓았다. 그리고 그들은 자신들이 속해 있는 조직의 이름이 '검은 6월단'이라고 밝혔다.

"검은 9월단이 아닌가?"

왕 형사가 눈을 부라리며 큰 소리로 물었다. 병호는 잠자코 프레드릭 마주르를 쳐다보았다. 잿빛 눈의 사나이는 눈을 반쯤 감은 채 하품을 했다.

"검은 6월단이야."

"검은 9월단하고는 어떻게 다른가?"

"검은 6월단은 아부니달이 만든 조직이야."

"아부니달이 누구야?"

잿빛 눈의 사나이는 조소 어린 표정으로 왕 형사를 흘겼다. 아부니달이 누군지도 모르느냐는 표정이었다. 그러자 곁에 있던 마스오 부장이 설명했다.

"아부니달은 팔레스타인 테러리스트들 가운데 가장 악명 높은 인물입니다. 닥치는 대로 사람을 죽이기로 유명한데 그 때문에 팔레스타인 지도자들에게 배척을 받고 있는 형편이죠. 아라파트가 이끄는 팔레스타인 해방 기구는 그에게 자금을 유용했고 권력을 남용했다는 이유로 일찍이 궐석재판에서 사형선고를 내렸습니다. 그래서 그는 현재 아라파트의 공적인 셈이지요. 그는 온건파 지도자들을 모두 제거하고 자신이 팔레스타인의 모든 조직을 장악하기를 바라고 있습니다. 그래야만 팔레스타인 해방 투쟁을 효과적으로 전개

할 수 있다는 거죠. 서방 정보기관은 그를 원자탄보다 더 위험한 존재로 보고 있습니다. 그만큼 그는 잔혹하고 위험한 인물입니다."

"그렇다면 아부니달은 왜 이번 작전에 참가하지 않았지? 그는 어디 있는가?"

병호가 테러리스트를 쳐다보며 물었다.

"그는 모든 작전에 참가하지는 않는다."

잿빛 눈의 사나이가 말했다.

체포된 자들은 구체적인 질문에 들어가면 하나같이 입들을 다물었다. 그들은 약속이나 한 듯 구체적인 사항들에 대해서는 일절 대답하려 들지 않았다.

결국 경찰이 알아낸 것은 그들이 세계 금융가 총회의장을 습격하려 했으며 아부니달이 이끄는 '검은 6월단' 소속의 테러리스트들이라는 것 정도였다.

병호는 테러리스트들로부터 압수한 무기들을 점검해 보았다. 권총 두 자루와 수류탄 하나, 그리고 대검이 두 자루였다. 전문가에게 보인 결과 권총은 구경 7.62밀리 소련제 토카레프로 밝혀졌다. 그리고 수류탄은 죽은 노엘 화이트가 택시에 두고 내렸던 것과 같은 체코제였다.

병호는 왕 형사를 따로 불러냈다.

"어떻게 생각해?"

"국제 테러리스트들이라도 별수가 없더군요."

왕 형사는 자신만만한 표정으로 말했다.

"이것으로 끝났다고 생각하나?"

"일당이 모두 체포된 마당에 뭐가 또 있겠습니까?"

병호는 머리를 흔들었다.

"그게 아니야. 우리는 그들의 자백에 전적으로 의지하고 있어.

그들이 누구인지 우리는 지금까지 아무 것도 모르고 있어. 검은 6월 단 소속이고 세계 금융가 총회의장을 습격할 계획이었다는 것도 그들의 자백에 의해 알게 된 거야."

"그야 그렇죠."

"문제는 그들의 자백을 입증할만한 증거를 우리가 하나도 확보하고 있지 않다는 거야."

"그건 그렇습니다. 하지만 일망타진된 마당에 무슨 문제가 있겠습니까?"

"만일 그들의 자백이 거짓말이라면 그들 일당이 모두 체포됐다는 것도 믿을 수가 없어. 난 그들의 자백이 진실이라고 전적으로 믿고 싶지 않아. 그들의 자백을 전적으로 받아들이기에는 증거가 하나도 없어. 뭔가 부족하단 말이야. 그들이 회의장을 노렸다면 적어도 회의장 약도를 그린 메모지 정도는 발견됐어야 해. 그런데 그들의 소지품 가운데서 그런 것은 발견되지 않았어. 그리고 그들은 그 계획에 대해서 상세히 물으면 하나같이 입을 다문단 말이야. 입을 다무는 이유가 거짓말이기 때문에 그럴 수도 있는 게 아닐까? 거짓말이라면 구체적인 계획이 세워져 있을 리가 없고, 그러니 질문에 입을 다물 수밖에 없는 게 아닐까?"

놈들의 자백을 믿고 자신에 차있던 왕 형사의 얼굴에 당혹감이 비쳤다.

"글쎄요. 듣고 보니까 그런 것 같군요."

"그들의 자백이 사실이라면 다행이지만 그렇지 않다면 우리가 함정에 빠질지도 몰라. 이미 함정에 빠진 지도 모르지. 기뻐하기에는 아직 일러."

"유화시와 황무자를 어떻게 할까요? 호텔에서 철수시키는 걸 보류시킬까요?"

"그대로 둬봐."

병호는 노엘 화이트가 죽으면서 마지막으로 남긴 말을 생각했다. '에어……' 라는 말은 아무 의미도 없는 말이었을까?

그는 그렇게 생각하고 싶지가 않았다.

"유 순경은 지난 밤 황무자와 함께 호텔에서 밤을 새우고 지금은 집에 있습니다. 무슨 일이 있었는지는 몰라도 집에 틀어박혀 나오려고 하지를 않습니다."

"황무자는?"

"독일 남자와 함께 H호텔에 머물고 있는 모양입니다. 아직까지 특별한 보고는 없었습니다."

"우리가 너무 지나친 생각을 하고 있는지도 모르지. 아무 연관성도 없는 자들을 놓고 말이야."

"유 순경이 바람을 잡는 바람에 그렇게 된 거 아닙니까?"

두꺼비가 볼멘소리로 말했다. 유화시가 수사를 핑계로 외국 남자와 어울리고 있는 것을 그가 몹시 못마땅해 하고 있다는 것을 병호는 잘 알고 있었다.

"하지만 기다려보는 것도 손해 볼 것은 없지 않아? 유 순경의 말을 들으면 그자들은 이상한 점이 한두 가지가 아니야. 귀뚜라미한테서도 비슷한 보고가 들어오고 있는 걸 보면 말이야. 황무자까지 투입시킨 것은 어느 정도 기대를 걸었기 때문이니까 기다려보기로해. 오늘은 무슨 결정적인 소식이 있을 거야."

거의 같은 시간.

유화시는 자신의 방에 틀어박혀 있었다. 간밤의 일이 악몽처럼 되살아나 그녀를 괴롭히고 있었다. 제정신을 가지고는 도저히 할 수 없는 짓을 어떻게 자신이 할 수 있었는지 그녀는 도무지 이해할 수가 없었다.

술을 마셨던 탓으로 돌리기에는 너무 부끄러웠다. 자신이 행한 짓이 흡사 포르노 영화의 한 장면과 같다고 생각하자 그녀는 얼굴이 화끈거려 견딜 수가 없었다. 강제로 당하는 척하면서 나는 그룹섹스를 즐겼던 게 아닌가.

더러운 것. 그녀는 무릎 위에 얼굴을 푹 파묻었다. 경찰관이 목적을 망각한 채 섹스에 탐닉하다니. 그것도 외국 남자와…… 더구나 셋이서…….

거실 쪽에서 전화벨 소리가 들려왔다. 벨 소리가 그치더니 조금 후 문이 열렸다.

"전화 왔다."

그녀의 어머니가 걱정스런 눈으로 그녀를 쳐다보며 말했다.

"없다고 하세요."

"아주 급한 일이란다. 황 뭐라고 하는 여자가 걸어왔어."

"없다고 하라니까요."

그녀는 신경질적으로 응하고 나서 그녀의 어머니가 돌아서 나가자 갑자기 생각을 고쳐먹고 뛰쳐 일어나 거실로 나갔다.

그녀의 어머니는 아침에 들어온 화시가 식사도 하지 않은 채 방안에 웅크리고 있자 몹시 걱정했었다. 그녀는 딸이 출퇴근 시간도 따로 없이 밖에서 밤을 새고 들어오는 것을 직업이 그러니만큼 이해하려고 애쓰고 있었다. 하지만 화시의 직업이 하필이면 경찰관, 그것도 형사라는 점에 대해서 그녀의 어머니는 항상 못마땅한 감정을 품고 있었다. 자기가 경찰관이 좋아서 다니는 것이니까 할 수 없이 두고 보고 있기는 하지만 그 직업에 대해서 못마땅한 생각이 드는 것은 처음이나 지금이나 마찬가지였다.

화시는 황무자의 목소리를 듣는 순간 수화기를 도로 놓아버리고 싶었지만 꾹 참고 귀를 기울였다.

"간밤에는 정말 실례가 많았어요. 어떻게 하다 보니까 그렇게 된 모양이에요. 내 생각에는 율무가 술에다 약을 타지 않았나 생각되는데…… 이미 지나간 일을 따져서 뭘 하겠어요. 이제부터가 중요한데…… 난 지금 머리가 빠개질 것 같아요."

"급한 일이라는 게 뭐예요? 할 말 없으면 전화 끊겠어요."

화시는 냉정히 대꾸했다.

"아, 전화 끊으면 안 돼요. 단단히 화가 난 모양인데 아가씨, 피차일반 아니에요? 화내지 말고 잠깐 기다려요. 율무가 급하게 할 말이 있대요."

"헬로우……"

율무의 목소리가 징글맞게 들려왔다. 화시는 가슴이 두근거리기 시작했다.

"미스 유, 사랑해요."

그녀는 어이가 없어 멍한 표정으로 듣고만 있었다.

"미스 유, 내 말 듣고 있어요? 미스 유를 사랑하기 때문에 이런 말하는 거예요. 나하고 함께 로마에 가요. 로마에 가서 우리 멋지게 사랑하자구."

화시는 비로소 귀가 번쩍 뜨였다. 그녀는 긴장해서 귀를 기울였다.

"나 로마 행 비행기를 예약했어요. 미스 유가 가겠다면 지금 서두르지 않으면 안 돼요. 갈래요 안 갈래요?"

제2의 가능성

"귀뚜라미한테서 전화 왔습니다."

병호가 의자에 비스듬히 앉은 채 막 눈을 좀 붙이려고 했을 때 왕 형사가 그를 깨웠다.

"저한테 말하라니까 오 반장님한테 직접 말하겠답니다. 아주 깜찍한 아가씨입니다."

그는 불만스러운 표정으로 수화기를 병호에게 넘겨주었다.

"그 일본 남자가 몇 시 비행기로 출발하는 지 알아냈어요!"

귀뚜라미가 숨이 턱에 차서 말했다.

"아, 그래요. 천천히 말해봐요."

"오늘밤 9시 35분 비행기로 떠난다고 했어요."

"어느 나라 비행기로 떠난다고 했어요?"

병호의 목소리는 조금도 흔들림이 없이 차분했다.

"JAL기로 간다고 했어요. JAL이면 일본항공이에요?"

"그래요. 일본항공사의 영어 머리글자예요. 그런데 그 사람 어디로 간다고 했어요?"

"도꾜로 돌아간다고 했어요."

"그 비행기는 어디까지 가는 비행기이지?"

"도꾜까지 가는 비행기이겠죠 뭐."

그녀는 일본항공 비행기의 종착지가 어디인지를 잘 모르는 것 같았다.

"그렇지 않을지도 모르지. 도꾜에 들렀다가 다른 데로 갈지도 몰라요. 아무튼 수고했어요. 고마워요."

"그 사람 갈 때 저도 공항까지 가기로 했어요. 그 사람이 공항에 전송하러 와도 좋다고 했어요."

"그렇다면 가봐요. 그밖에 다른 할 말은 없나요? 그 사람한테서 무슨 이상한 거 발견하지 못했나요?"

"그런 건 발견하지 못했어요."

귀뚜라미와 막 통화를 끝내고 나자 다시 전화벨이 울렸다.

병호가 직접 전화를 받았는데 유화시한테서 걸려온 전화였다.

"오늘 밤 권터 율무가 한국을 떠나는 것은 확실해요. 떠나는 시간과 비행기 편을 알아냈어요."

"말해 봐요."

"출발 시간은 오늘밤 21시 35분이고, 이용할 항공기는 JAL 450 편기예요. 그 비행기는 로마까지 갈 거예요. 율무는 로마까지 갈 거라고 했어요."

"틀림없어?"

"이미 표를 예약해 놨다고 하면서 저보고 함께 가지 않겠느냐고 했어요."

"확인해 보면 알겠지. 조금 전에 귀뚜라미한테서도 연락이 왔는데 오노도 같은 시간에 일본 항공편으로 떠난다고 했어."

"그럼 두 사람이 함께 떠나는군요?"

"시간이 같은 걸 보니까 그런 것 같아."

"저도 그 사람하고 함께 떠나겠다고 했어요."

병호는 그녀가 지금 무슨 말을 하고 있는지 얼른 이해가 되지 않았다. 그래서 멍하니 있는데 그녀가 이어서 말했다.

"그 사람 따라서 로마에 다녀올까 해요."

"지금 무슨 말을 하고 있는 거지?"

"로마에 다녀오겠다고 했어요. 빨리 여권을 내주세요."

병호는 어처구니가 없어 한참 동안 말문이 막힌 상태로 있다가 가까스로 입을 열었다.

"로마에는 왜 가겠다는 거야? 이유가 뭐야?"

"이대로 물러설 수는 없잖아요. 끝까지 따라가서 뿌리를 뽑기 전에는 포기할 수 없어요. 지구 끝까지 따라갈 거예요."

"지금 그렇게 한가한 농담이나 하고 있을 때인가?"

병호는 정색하고 물었다. 그녀가 건방지다는 생각이 들었다.

"농담이 아니에요. 전 정말 그 사람을 따라서 로마에 갈 거예요. 보내주세요."

"미쳤군."

하는 말이 입 밖으로 튀어나오려는 것을 그는 겨우 참았다.

"제가 괜히 그러는 게 아니에요. 그들은 뭔가를 꾸미고 있는 게 분명해요."

"증거가 있나?"

"증거는 없지만 육감이 그렇게 말하고 있어요."

"범인들은 일망타진됐어요. 쓸데없는 짓 하지 말고 돌아와요."

"저는 아직 끝나지 않았어요."

이 아가씨는 대체 뭘 믿고 이렇게 건방지게 굴까 하고 생각했다.

한 시간쯤 지나 유화시는 병호 앞에 나타나 똑같은 요구를 되풀이 하는 것이었다.

"그들에게 이상한 점이 있다고 쳐. 혼자 따라가서 도대체 어떻게 하겠다는 거지? 더구나 한국 밖에서 말이야?"

"말도 안 되는 소리야. 그런 짓 할 만큼 우리가 한가하고 여유가 있는 줄 알아요?"

곁에 있던 두꺼비가 참을 수 없다는 듯 한 마디 했다. 그의 말에 화시는 발끈했다.

"필요한 경비는 제 돈으로 해결하겠어요."

그녀의 결의가 단호한 것을 보고 병호는 마음이 조금 흔들렸다. 그래서 그녀의 주장을 무턱대고 반대만 할 것이 아니라 들어줄 만하면 들어줘야 한다고 생각을 고쳤다.

"수사를 위해 외국에 나가는 것도 좋아요. 하지만 그 경우에는 신중을 기해야 해요. 시간과 경비와 위험을 줄이기 위해서 말이야. 무턱대고 나간다는 것은 좋지 않아요."

"무턱대고 나가겠다는 건 아니에요."

"나갈만한 증거가 있어야 할 거 아니야? 사소한 거 하나라도 확보했어야 설득력이 있을 거 아니야."

두꺼비가 볼멘 소리로 말했다. 화시는 그를 쏘아보다가 침착하게 대꾸했다.

"지난 밤에 율무가 어디론가 전화를 거는 것을 엿들었는데……선플라워 식스라는 말을 들었어요. 그밖에 다른 말은 알아들을 수가 없었어요."

남자들의 표정이 굳어졌다.

"선플라워 식스라면 해바라기 6호라는 말 아닙니까?"

왕 형사가 눈을 크게 뜨고 물었다.

"음, 그렇다고 볼 수 있겠는데……"

병호는 고개를 끄덕였다. 화시는 핸드백 속을 뒤지더니 무엇인가 조그만 것을 꺼냈다.

"그리고 이런 것을 발견했어요. 그 사람 호주머니 속에서 발견한 거예요."

"아니, 이거……?"

병호는 그 조그만 것을 손바닥 위에 놓고 뚫어지게 들여다보았다. 그것은 총알이었다.

"어떻게 이걸 손에 넣었지?"

왕 형사가 흥분해서 물었다

"그 사람이 잠들었을 때 호주머니를 뒤졌더니 이게 나왔어요."

"그럼 그대로 놔둬야지 이걸 가지고 나오면 어떻게 해? 그 사람이 의심하면 어떡 하려고 그래?"

"찾지도 않던데요 뭐."

화시는 대수롭지 않게 말했다. 병호는 고개를 흔들었다.

"일부러 모른 체 하고 있는지도 모르지."

병호는 압수품들을 넣어둔 박스에서 탄환을 하나 꺼냈다. 그것은 소련제 토카레프 속에서 나온 것이었다. 그것을 유화시가 가져온 탄환과 비교해 보았다. 두 개는 서로 일치했다.

"똑같군요!"

두꺼비의 목소리는 사뭇 떨리고 있었다. 병호는 따뜻한 눈길로 유 순경을 바라보았다.

"이건 매우 중요한 발견이야. 유 순경은 대단한 일을 해냈어. 정말 수고했어요."

병호의 얼굴에도 흥분한 빛이 나타나 있었다. 만일 유화시가 조그만 증거물을 발견하지 못했다면 어떻게 될 뻔했을까 생각하니 그는 모골이 다 송연했다.

왕 형사도 유 순경이 해낸 일을 칭찬하는데 인색하지 않았다.

분위기는 갑자기 일신되어 있었다.

"유 순경 정말 대단한 일을 해냈어. 매우 위험한 일인데 정말 잘 해냈어."

"이제부터 시작인데요 뭘."

화시는 아무렇지도 않다는 표정이었다.

"이런 중요한 물건을 발견했으면 미리 좀 알려주지 않고 왜 이제야 내놓는 거지?"

"떠벌리고 싶지 않아서 그랬어요. 혼자 해내고 싶었어요."

"혼자 어떻게?"

그녀는 아름다운 눈을 깜박거리다가 수줍게 미소를 지었다.

"그런데 가만 생각해 보니까 혼자서는 안 될 것 같았어요."

"놈들을 당장 체포하죠."

왕 형사의 말에 병호는 고개를 가로저었다.

"그 놈들 외에 일당이 더 있는 게 분명해. 놈이 해바라기라는 암호를 대면서 어디론가 전화를 거는 걸 유 순경이 들었단 말이야. 놈들도 모두 잡아내야 해."

"오노 다모쓰한테 건 전화일 수도 있잖아요."

"그건 가능성일 뿐이야. 그들 두 명을 지금 체포하면 남은 일당을 놓칠지도 몰라. 남은 일당이 무슨 일을 저지를지 모르는 판에 그들을 그대로 내버려둘 수는 없어. 유 순경이 그들을 따라 함께 출국하겠다는 건 충분히 일리가 있어요."

화시의 얼굴 가득히 웃음꽃이 피었다. 그녀는 승자의 표정으로 왕 형사를 쳐다보았다.

"이제 제 말뜻을 이해하시겠죠?"

"황무자도 이걸 알고 있나?"

"모르고 있을 거예요. 제가 말하지 않았거든요."

"알려야 해."

"알리면 행동하는데 제약을 줄까 봐 알리지 않았어요."

"주의를 줄 필요가 있어."

하고 병호가 말했다.

"그 여자는 지금도 율무와 함께 있을 거예요."

"그들은 깊은 관계까지 가졌나?"

두꺼비가 짓궂게 물었다. 화시의 얼굴이 붉어졌다.

"그런 건 아실 필요 없잖아요. 호랑이 굴 속에 들어갔는데 온전하겠어요?"

"그러다가 한 패가 될지도 모르잖아."

"그보다는…… 그 여자가 위험해."

병호는 걱정스런 표정으로 말했다.

"그건 이미 각오했던 것 아닌가요?"

그 말에 그는 입을 다물었다. 그러자 왕 형사가 대신 말했다.

"그래도 경고를 해주는 편이 좋을 거야. 지금 아무 것도 모르고 있을 텐데 말이야. 귀띔이라도 해주는 게 좋아요."

"전 그 여자가 싫어요."

그녀는 거세게 머리를 흔들었다. 그녀는 황무자만 생각해도 얼굴이 화끈거려 오는 것이었다.

"하지만 주의를 주겠어요. 일은 일이니까요."

그렇게 말하고 나서 그녀는 병호를 쳐다보았다. 병호의 결단을 촉구하는 표정이었다.

병호는 팔짱을 낀 채 생각에 잠겨 있다가 고개를 쳐들었다.

"두 가지 가능성을 생각해 볼 수 있어. 하나는 대원들이 체포되고 해서 계획을 포기하고 JAL 450편기로 다른 나라로 도망치는 경우야. 그 경우에는 별로 문제 될 게 없겠지. 문제는 그들이 JAL 450편기를 노릴 경우야. 그들의 진짜 목적이 세계 금융가 총회의장이 아니고 JAL기라면 문제가 심각해. 그 경우 숨어 있는 일당이 모두 그 비행기에 탈 거란 말이야. 그리고 어디론가 비행기를 납치해 가려고 하겠지."

유화시도 왕 형사도 얼굴 표정이 금방 굳어지고 있었다. 그들은 거기까지는 미처 생각지를 못하고 있었던 것 같았다.

"그럴지도 모르겠군요. 그 경우에는 정말 문제가 크겠는데요."

"JAL기가 우리 비행기가 아닌 게 다행이야. 하지만 그렇다고 해서 외면할 수는 없어. 우리의 자존심이 허락지 않아. 만일 제2의 가능성이 발생하면 우리는 그야말로 크게 망신당하는 거야. 놈들은 우리를 농락할 대로 농락한 끝에 계획대로 비행기를 납치하는 거고 소기의 목적을 이루게 되겠지."

"그럼 어떻게 해야죠?"

"우리도 그 비행기를 타는 거야. 유 순경한테만 맡길 수 없어."

그의 말이 떨어지기 무섭게 화시는 손뼉을 쳤다. 그녀는 마치 즐거운 여행을 앞두고 기뻐하는 소녀 같았다.

"반장님과 저도 그 비행기를 타자는 겁니까?"

두꺼비가 놀란 표정으로 물었다.

"그래. 우리밖에 탈 사람이 없어. 그렇다고 다른 수사관들까지 동원할 수는 없어. 확실한 가능성도 없는데 많은 인원을 동원할 수는 없지 않아? 놈들이 도망가려고 그 비행기를 탄다면 우리는 공연히 시간과 돈만 낭비하고 돌아오게 되는 거야."

"그렇군요."

"일본 측 사람들은 동원해도 문제가 없겠지. 자기들 비행기이니까 말이야. 마스오 부장한테 말해봐야겠어. 자넨 빨리 우리 세 사람 여권을 준비해. 비행기표도 예약하고 말이야."

그의 말이 떨어지기 무섭게 왕 형사는 밖으로 뛰어나갔다.

담배 깡통

외국인 테러리스트들 중 특히 일본 적군파 간부인 사쓰마 겐지가 체포된 데 대해 크게 기뻐하고 있던 일본 수사팀장 마스오 부장은 병호의 말을 듣고는 펄쩍 뛰었다.

"그렇다면 그 두 명을 지금 당장 체포해야 하지 않습니까? 그대로 비행기를 타게 했다가 무슨 사고라도 나면 큰 일 아닙니까? 사전에 예방 조치를 하는 게 뒤탈이 없을 것 같군요."

지금 당장 귄터 율무와 오노 다모쓰를 체포하자는 마스오 부장을 설득시키느라고 병호는 한동안 애를 먹어야 했다.

"모험이긴 하지만 일당을 모두 체포하기 위해서는 그들이 그대로 비행기에 타도록 내버려 두는 수밖에 없습니다. 그렇지 않으면 아직 밝혀지지 않은 자들이 무슨 짓을 할지 알 수가 없습니다. 그 두 명을 제외한 다른 자들이 꼭 서울에서 탑승할 것이라는 보장은 없습니다. 그들은 서울 아닌 도쿄에서 탈 수도 있고 앵커리지에서도 탈 수가 있습니다. 그렇다면 그들을 사전에 막을 방도가 없지 않습니까? 지금 빨리 대책을 세우지 않으면 안 됩니다."

마스오 부장은 한국 수사팀과 함께 일본 팀도 JAL 450편기에 동승하여 합동작전을 편다는 약속을 받아내고서야 병호의 의견에 굴복했다.

마스오 부장이 나서서 일본항공 서울 지점장을 직접 만나 상황을 설명했기 때문에 수사에 적극 협조해 주겠다고 약속했다.

마스오는 그에게 위험 인물을 지명해 주지는 않았다. 그 대신 JAL 450편기가 하이재킹 당할지도 모른다는 정보가 들어왔으니 협조를 부탁한다는 정도로만 말해 주었다. 그러나 그 정도의 말만으로도 효과는 충분했다. 지점장은 사색이 되어 어떻게 하면 되겠느냐고 그에게 매달렸다. 마스오는 병호가 곁에서 지켜보는 데서 승무원들은 긴장된 분위기를 보이지 말고 평소처럼 아주 자연스럽게 행동해야 한다고 일렀다. 그 대신 짐 검사와 소지품 검사를 철저히 하고 승무원들도 눈에 띄지 않게 무장을 할 것, 그리고 그가 지정하는 좌석들을 수사팀용으로 비워줄 것 등을 요구했다.

병호는 서울에서 21시 35분에 출발하는 로마 행 JAL 450편기 예약 승객 명단을 자세히 점검해 보았다.

오후 4시 현재 예약 승객 수는 모두 217명이었다. 출발 한 시간 전까지 몇 명이 더 예약할지는 알 수 없었다. 217명 가운데서 그는 귄터 율무와 오노 다모쓰의 이름을 쉽게 찾을 수 있었다. 그들은 아직 좌석 배정을 받지 않은 상태였는데 목적지는 똑같이 종착지인 로마로 되어 있었다. 그는 그들 외에 수상한 자가 없나 하고 예약자 이름들을 하나하나 체크해 보았지만 이름만 보고는 알 수가 없었다. 217명 가운데 로마까지 가는 승객은 89명이었고, 나머지는 모두 도쿄 행 승객들이었다.

"도쿄에서 탑승할 승객들은 몇 명이나 되나요?"

병호의 질문을 받은 지점장이 도쿄의 승객 명단을 뽑아오라고 하자 여직원이 즉시 예약자 명단을 가지고 왔다.

"현재 159명이 도쿄 쪽에서 예약했습니다. 아직 시간이 많이 남아 있으니까 탑승객 수는 더 늘어날 겁니다."

명단을 병호에게 넘겨주면서 지점장이 말했다.

병호는 영어로 되어 있는 그 명단을 대강 훑어본 다음 서울에서 탑승할 승객 명단 쪽으로 다시 눈을 돌렸다. 그 가운데 그가 주목하고 싶은 이름들은 귄터 율무와 오노 다모쓰를 포함한 로마 행승객 89명이었다. 그는 그 89명의 이름을 쉽게 알아볼 수 있게 이름들 앞에 동그라미 표시를 해두었다.

그 89명 가운데 나머지 테러리스트들이 꼭 끼어 있을 것만 같았다. 그들은 비행기에 오를 때까지는 평범한 일반 승객으로 가장하고 있다가 어느 순간에 일시에 자신들의 정체를 드러낼 것이라고 그는 생각했다.

"도꾜에 지원을 부탁했습니다. 특공 요원 20명을 도꾜에서 투입시키기로 했으니까 안심해도 될 겁니다."

마스오 부장이 도꾜와 통화를 하고 나서 자신만만한 투로 말했다. 병호는 못마땅한 표정으로 상대방을 바라보았다.

"20명이나 말입니까? 그렇게 많이 투입시키면 범인들이 눈치채지 않을까요?"

"유럽 행 비행기에는 일본인 승객들이 많기 때문에 별로 의심받지는 않을 겁니다. 그리고 우리 특공 요원들이 그렇게 눈에 띄게 어수룩하게 행동하지는 않을 테니까 그 점은 염려하지 않아도 좋을 겁니다. 그들은 테러에 대비해서 훈련된 요원들이니까 비행기가 납치되는 걸 좌시하지 않을 겁니다."

마스오는 자랑스레 말했지만 병호는 불안하기만 했다.

그는 비행기 납치 사건의 경우 모든 승객들의 목숨이 달려 있는 만큼 대테러 요원들 같은 거친 사나이들이 20명씩이나 탑승하여 총격전이라도 벌이면 큰 일이라고 생각했다. 그런 식의 방법보다는 소수의 인원으로 아주 조용히 해결하는 것이 승객들의 안전을 위해 적합한 방법일 것 같았다.

그러나 그의 그러한 의견은 마스오 부장에 의해 묵살당했다. 그는 그의 팀이 작전에 참가하게 되자 갑자기 오만해진 것 같았다. 거기에는 일본인으로서의 우월감도 작용하고 있는 것 같았다. 또한 그는 하이재킹을 저지할 수 있을 것으로 자신하는 것 같았고, 일본 측이 작전의 주도권을 잡음으로써 그쪽의 완전한 승리로 끝나기를 기대하고 있는 것 같았다. 병호로서는 마스오 부장의 계획을 저지할 힘이 없었다. 그가 자기 나라 비행기에 자기 나라 수사 요원들을 태우겠다는 데에는 할 말이 있을 수 없었다.

욕실 쪽에서 샤워 물이 쏟아지는 소리가 쏴아 하고 들려왔다. 침대 위에 벌거벗은 채 드러누워 있던 황무자는 발딱 몸을 일으켰다. 너무 힘을 뺐기 때문에 두 다리가 휘청거려왔다. 귄터 율무는 그야말로 지칠 줄 모르는 절륜의 사나이였다. 그는 퍼내도 퍼내도 마르지 않는 샘처럼 하면 할수록 더욱 힘이 솟아나는 것 같았고, 무자는 그와 밤을 꼬박 새고 나서도 다시 지금까지 그에게 시달려야만 했던 것이다.

율무는 이제 비로소 만족한 것 같았다. 그는 만족한 표정으로 욕실로 들어갔고, 그때까지 기회를 엿보고 있던 무자는 급히 자리를 차고 일어났던 것이다. 지금까지 율무는 잠시도 빈틈을 보이지 않았었다. 그래서 그녀는 지금까지 아무 것도 알아낼 수가 없었던 것이다.

그녀는 재빨리 옷장 문을 열고 율무의 옷을 더듬어보았다. 주머니 속에 들어 있는 것들을 꺼내보았지만 특별히 이상한 것은 눈에 띄지 않았다. 그녀는 침대 밑으로 손을 넣어보았다. 무엇인가 만져졌다. 꺼내보니 두꺼운 007가방이었다. 그것은 잠겨 있었다. 들어보니 꽤 무거운 느낌이 들었다. 그녀는 다시 옷장 문을 열고 율무의 웃옷 주머니를 뒤져보았다. 열쇠 꾸러미가 만져졌다. 열쇠 고리에는 네 개의 열쇠가 걸려있었다. 그것들을 가방의 자물쇠 구멍에다 하나하나 맞춰보았다. 세 번째 열쇠가 구멍 속으로 깊이 들어갔다. 그녀는 열쇠를 왼쪽으로 돌린 다음 조심스럽게 가방을 열었다.

맨 위에 놓여 있는 것은 책과 서류 같은 것들이었다. 책은 두 권으로 영어로 된 페이퍼 북이었는데 범죄 소설류인 것 같았다.

서류는 누런 대형 봉투 속에 들어 있었다. 그 밑에 타월이 깔려 있었다. 그것들을 들추자 양철로 된 원통형의 깡통이 나왔다. 깡통은 두 개였다. 겉에 표시되어 있는 영문 표기들을 읽어보니 파이프용 담배 가루를 담아두는 깡통이었다. 그런데 담배 가루가 들어 있는 것치고는 꽤나 무거웠다. 오 경감한테서 들을 바도 있고 해서 그녀는 깡통 뚜껑을 열어보았다. 안에는 담배 가루가 가득 들어 있다. 담배 향내가 물씬 풍겨왔다. 담배 가루를 헤집자 은박지가 보였다. 그것을 만져보자 딱딱한 느낌이었다. 은박지에 무엇인가 싸여 있는 게 분명했다. 그것을 조심스럽게 꺼낸 다음 은박지를 헤쳐보았다. 놀랍게도 은박지 안에서 수류탄이 나왔다. 다른 깡통 안에도 수류탄이 들어 있었다. 그녀는 잠시 움직임을 멈추고 욕실 쪽에 귀를 기울였다. 욕실 쪽에서는 기분이 좋은지 흥얼거리는 콧노래 소리가 들려왔다. 그녀는 이 기회가 처음이자 마지막이라고 생각했다. 그녀는 재빨리 자신의 백 속에서 펜치를 꺼냈다. 이럴 경우에 대비해서 준비해온 것이었다. 수류탄을 왼손에 움켜쥔 다음 펜치로 수류탄 꼭지 부분을 단단히 잡고 왼쪽으로 돌렸다. 움직일 것 같지 않던 그것이 조금씩 돌아가기 시작했다. 돌릴수록 그것은 쉽게 돌아갔다. 이윽고 몸체로부터 꼭지가 빠져 나왔다. 꼭지에는 스프링이 달려 있었고, 몸체 안에는 작약이 가득 들어 있었다. 그녀는 몸을 돌려 화장대의 맨 아래 서랍을 열었다. 그리고 그 안에다 작약 가루를 쏟아 부었다. 또 하나의 수류탄도 분해하여 작약을 빼냈다. 대담한 그녀도 시종 식은땀을 흘리고 있었고, 손 끝이 떨려 일의 진행 속도가 느려지고 있었다.

분해된 두 개의 수류탄을 다시 조립해서 제 자리에 넣고 나서 모든 것을 처음 상태대로 해 놓을 때까지 아주 오랜 시간이 흐른 것 같았다. 그러나 사실은 율무가 욕실에 들어간 지 아직 10분이 못 되고 있었다. 가방을 침대 밑으로 밀어 넣고 나서 마지막으로 열쇠를 남자의 옷 속에 집어넣고 난 그녀는 병호에게 전화를 걸었다.

병호는 자리에 없었다. 어떤 수사관이 전화를 받았는데 용건이 뭐냐고 꼬치꼬치 캐물었다. 그녀는 속삭이는 소리로 말했다.

"지금 자세한 걸 말할 틈이 없어요. 오 형사님께 다이아몬드한테서 전화 왔다고 전해 주세요."

"뭐, 다이아몬드라구요? 무슨 일로 그러는 겁니까?"

그녀는 망설여졌다. 상대방은 그녀에 대해서 전혀 모르는 것 같았다. 그래도 하는 수 없다고 생각한 그녀는 입을 열었다.

"담배 깡통 두 개를 발견했는데 잘 처리했으니까 안심해도 된다고 전해 주세요."

"그게 무슨 말입니까?"

"약을 모두 제거했다고 전해 주세요."

"약이라니요? 무슨 약 말입니까?"

이렇게 답답한 수사관도 있을까 하고 생각하는데 뒤에서 인기척이 났다. 그녀는 몸을 돌렸다. 율무가 타월을 목에 걸친 채 거기에 서 있었다. 그는 의심스러운 듯 그녀를 쳐다보고 있었다.

"난 자는 줄 알았지."

그는 중얼거리면서 땀에 젖은 그녀의 얼굴을 유심히 살폈다.

"방금 깼어요."

그녀는 그의 따가운 시선을 피하면서 수화기를 내려놓았다.

"어디다 전화를 걸었지?"

"친구한테 걸었어요."

"이게 무슨 냄새지?"

율무는 코를 킁킁거리면서 침대 밑을 살폈다. 이윽고 그는 카펫 위에서 무엇인가 집어 들었다. 그것은 담배 가루였다. 그것을 코에 댔다가 그는 그녀의 눈앞에 손을 벌려 보였다. 그는 그녀에게서 눈을 떼지 않은 채 침대 밑으로 발을 넣어 가방을 밀어냈다.

무자는 그렇게 파란 눈을 일찍이 본 적이 없었다. 남자의 두 눈은 유난히 파랗게 빛나고 있었고, 그래서인지 인형의 눈 같다는 생각이 들었다. 그녀는 담배 가루를 바닥에 흘린 자신의 부주의를 탓했지만 소용없는 짓이었다. 몸이 얼어붙기 전에 움직여야겠다고 생각한 그녀는 침대 위로 몸을 굴렸다. 침대 위를 한 번 굴러 바닥으로 떨어진 그녀는 벌거벗은 채로 출입문 쪽으로 돌진했다. 그녀가 문고리를 움켜쥐고 문을 잡아당기는 순간 남자의 억센 손이 뒤에서 그녀의 목을 휘어 감았다. 문이 열렸지만 쇠고리가 걸려 있어 조금밖에 열리지 않았다. 그녀는 쇠고리를 벗겨놓지 않은 것을 후회했지만 너무 늦은 일이었다. 그녀는 발악을 하면서 문쪽으로 두 손을 허우적거렸다. 그러나 목이 막혀 입에서는 아무 소리도 나지 않았고, 몸은 자꾸 뒤로 끌려가기만 했다. 그녀는 손톱으로 남자의 팔뚝을 할퀴었다. 살점이 찢어지는 것을 그녀도 알 수 있었지만 남자는 팔을 풀기는커녕 더욱 힘껏 그녀의 목을 조였다.

"넌 누구지? 가방 안에서 뭘 봤지?"

그녀는 머리를 흔들었다. 그녀의 얼굴이 카피트 바닥에 닿았다. 그녀를 바닥에 엎어놓은 다음 무릎으로 그녀의 등을 눌렀다.

외로운 죽음

그녀의 몸이 활처럼 휘어졌다. 뒤에서 목을 휘어 감고 꺾으면서 뒤로 힘껏 당기자 목과 허리가 부러지는 소리가 들려왔다. 그녀의 몸이 부르르 경련을 일으키더니 이윽고 축 늘어졌다. 그는 다시 한 번 그녀의 목을 꺾어 비틀었다가 그녀에게서 손을 떼고 뒤로 물러났다. 죽었는지 확인할 필요도 없는 일이었다.

율무는 가방을 침대 위에 올려놓고 그것을 열었다. 가방 안에도 담배 가루가 떨어져 있었다. 위에 놓여 있는 것들에도 손을 댄 흔적이 있었다. 깡통 하나를 꺼내 뚜껑을 열고 담배 가루를 헤집어 수류탄을 꺼내보았다. 이상이 없었다. 다른 쪽 깡통 속도 확인해 보았으나 수류탄은 거기에 그대로 들어 있었다. 수류탄이 들어 있는 것을 보고 놀라서 도로 제자리에 넣어둔 모양이었다. 아무튼 수류탄이 발각됐다는 것은 문제가 아닐 수 없었다. 비록 그녀를 없애긴 했지만 조금 전 통화에서 누군가에게 그 사실을 알려주었을 수도 있었다. 위험이 바로 눈앞에 다가왔다고 생각하자 그의 몸은 긴장감으로 굳어졌다. 그는 수류탄을 도로 제자리에 넣고 나서 죽은 여자를 내려다 보았다. 도대체 이년은 누구일까? 그는 발끝으로 그녀의 몸을 건드려보았다. 처음부터 어떤 목적을 가지고 침투한 경찰 끄나풀일까? 갑자기 도둑질할 마음이 생겨서 가방을 뒤진 것일까? 그 어느 경우라 할지라도 그녀를 살려둘 수는 없었다. 만일 경찰의 끄나풀이라면 그 여대생도 한 통속이라는 말이 된다. 그녀들이 적극적으로 접근해온 이유를 이제야 알 것 같았다.

그는 급히 옷을 입으면서 계속 문 쪽을 주시했다. 금방이라도 한국 경찰이 나타나서 문을 두드릴 것만 같았다. 그러나 옷을 다 입을 때까지 노크 소리는 들려오지 않았다. 그는 전화를 걸려다가 그만두었다. 그리지아에게 실수를 보고하고 싶지 않았다. 그 여인이 경찰 끄나풀이라면 모든 대원에게 위험이 닥친 것을 알려야만 한다. 그러나 그녀가 경찰의 끄나풀이라는 증거가 아직 없었다. 그녀의 소지품을 뒤져보았지만 그는 아무런 증거도 찾을 수가 없었다. 이 것은 단순한 사고이다. 굳이 그리지아에게 알려 화를 자초할 필요는 없다. 그녀에게 자신의 실수를 알리면 그녀는 가만 있지 않을 것이다. 그는 자신이 받게 될 처벌이 두려웠다.

옷을 모두 입고 난 그는 난처한 얼굴로 시체를 내려다보았다. 비행기를 타고 한국을 떠날 때까지는 시체가 발견되어서는 안 된다. 그는 손목시계를 들여다보았다. 오후 5시가 막 지나고 있었다. 비행기 출발 시간까지는 4시간 30분 정도가 남았다.

그가 시체를 침대 밑으로 밀어 넣으려고 할 때 전화벨이 울렸다. 그는 소스라치게 놀라 몸을 일으켰다. 전화벨은 계속 울려대고 있었다. 그는 망설이다가 자신이 독 안에 든 쥐라는 것을 알고는 수화기를 집어 들었다. 전화를 걸어온 사람은 유화시였다.

"저 정말 함께 따라가도 되는 거예요?"

그녀의 목소리는 잔뜩 들떠 있었다. 율무는 혼란스러웠다.

"물론 되고 말고."

"혹시 제가 따라가면 부담되는 거 아니에요?"

"아아니, 그렇지 않아. 난 한번 말한 건 꼭 지키는 사람이야. 사랑하는 미스 유하고라면 어디든지 가고 싶어."

"고마워요. 로마에서 당신하고 멋지게 데이트하고 싶어요."

"내가 밉지 않나?"

"아뇨. 이젠 밉지 않아요. 보고 싶어요."

그녀의 목소리는 더할 수 없이 감미롭게 느껴졌다. 그는 더욱 혼란에 빠졌다. 이렇게 변할 수도 있을까? 그에게 강간당하고 났을 때 그녀는 그에게 저주를 퍼부었었다.

"전 떠날 준비 다 끝냈어요. 지금 그쪽으로 가도 되겠죠?"

"아, 안 돼. 이따가 공항에서 만나기로 해. 출발 한 시간 전에 출국 대합실에서 만나기로 해."

"그 여자 때문에 그러는 거죠?"

그녀의 목소리가 갑자기 질투에 사로잡힌 것처럼 들려왔다.

"아, 아니야. 그렇지 않아. 내가 정말로 좋아하는 사람은 그 여자가 아니고 당신이야. 그 여자도 함께 따라가고 싶다는 걸 안 된다고 했어. 그랬더니 화가 나서 밖으로 나가버렸어."

"그럼 지금 그 여자 거기에 없나요?"

"없어, 나 혼자 있어."

"어디로 간다고 하면서 나갔어요? 다시 올 건가요?"

"어디로 갔는지 몰라. 다시 오겠다는 말도 하지 않고 나갔어."

"언제 나갔나요?"

"조금 전에……"

"미스터 율무, 당신은 내가 보는 앞에서 그 여자와 밤새 즐겼어요. 내가 보거나 말거나 말이에요. 어떻게 그럴 수가 있어요?"

"그건 그 여자를 사랑했기 때문에 그런 게 아니야. 너에게 질투를 느끼게 하려고 그랬던 거야."

"정말 저를 사랑하세요?"

"정말 사랑해."

한숨 소리가 들려왔다. 그가 다시 사랑한다고 말하자 그녀가 작은 소리로 대답했다.

"8시 정각에 만나요. 2층 출국 대합실 스낵코너에서 만나요."

"좋아. 그러지."

율무는 수화기를 내려놓으면서 얼굴에 번진 땀을 닦았다.

그는 생각 끝에 방안에 그대로 있기로 했다. 만일 한국 경찰이 그를 노리고 있다면 호텔 밖으로 도망친다 한들 붙잡히는 것은 시간 문제라고 생각했다. 이왕 한국 경찰에 체포될 바에는 방안에서 조용히 체포되든가 자결하는 편이 나을 것이다. 기다려보다가 아무 일 없으면 공항으로 나가도 될 것이다.

권터 율무와 통화를 끝낸 유화시는 병호를 쳐다보았다.

"다이아몬드가 율무와 싸우고 밖으로 나갔대요."

그녀는 병호의 반응을 기다렸지만 그는 황무자의 행방에 관심이 없는지 도면만 들여다보고 있었다. 그것은 JAL 450편기의 도면이었다. 그들은 지금 차 속에 앉아 있었다. 그들이 탄 낡은 콜롬보 차는 강변도로 한쪽에 세워져 있었다.

"잠복조한테 전화 걸어 확인해 봐요."

병호가 도면에다 시선을 고정시킨 채 말했다.

화시는 무선전화로 H호텔의 요원들에게 연락을 취해 보았다.

"오노는 외출 중이고 율무는 방에서 움직이지 않고 있어요."

잠복조의 말이었다.

"다이아몬드는 어디 있나요?"

"1825호실에 아직 있어요."

"그렇지 않을 텐데. 율무 말이 밖에 나갔다고 하던데요?"

"방에서 나오는 거 보지 못했어요. 나왔다면 우리 눈에 띨 텐데 보이지 않았어요."

"연락도 없었나요?"

화시는 고개를 갸우뚱했다.

"다이아몬드를 발견하든가 그 여자한테서 연락이 있으면 반장님한테 연락주세요."

그녀는 카폰 수화기를 내려놓고 다시 병호를 쳐다보았다.

"오노는 외출중이고 율무는 방안에 그대로 있대요. 다이아몬드가 방에서 나오는 건 보지 못했대요. 아무 연락도 없대요."

병호는 그녀를 힐끗 쳐다보고 나서 다시 도면을 들여다보았다.

"괜히 그 여자를 침투시켰어."

그는 황무자를 동원한 것을 후회하고 있었다.

"율무가 거짓말한 것 같아요. 그 여자는 아직 방에서……"

그녀는 말 끝을 흐리면서 가만히 입술을 깨물었다.

병호는 잠자코 자신의 콜롬보 차를 출발시켰다. 그들에게는 매우 긴장된 시간이 흐르고 있었지만, 남들이 보기에는 그들은 마치 한가롭게 드라이브나 즐기는 한 쌍 같았다.

20분쯤 지나 그들은 강변 주공 아파트 단지 안으로 들어섰다.

"어머나, 물이 하나도 없어요. 모이도 없구요."

병호의 아파트에 들어선 화시가 새장 안을 보며 한 말이었다.

"아직도 짝을 안 지어주셨네요."

"시간이 없었어."

"너무 하셨어요."

화시가 새장 안에 모이와 물을 넣어주는 동안 병호는 가만히 그녀의 움직임을 지켜보고 있었다. 사람들이 나타나자 문조는 기쁜 듯 마치 옥이 구르는 것 같은 맑은 소리로 울어대고 있었다. 쓸쓸하던 집안은 갑자기 젊고 아름다운 여자의 향긋한 내음과 움직임으로 가득 차는 것 같았다. 그 놀라운 변화를 병호는 한동안 숨을 죽인 채 감지하고 있다가 생각난 듯 말했다.

"만일 나한테 무슨 일이 있으면 유 순경이 그 새를 맡아서 길러요. 짝도 지어주고."

오늘 밤 출국하게 되면 언제 돌아올지 모르기 때문에 모이와 물을 새장 안에 미리 많이 넣어주려고 잠시 집에 들렀던 것이다.

"무슨 일이라니요?"

화시는 고개를 돌려 병호를 쳐다보다가 그의 시선이 강렬했던지 도로 새장 쪽으로 시선을 돌렸다. 병호는 그녀의 동그스름한 어깨가 약간 흔들리는 것 같은 느낌을 받았다. 그 어깨를 한 번 안아보고 싶은 충동을 느끼면서 그는 거기에다 한 쪽 손을 가만히 올려놓았다. 그녀의 어깨가 떨리고 있는 것이 분명히 느껴졌다. 그녀가 숨을 흑 하고 들이켰다. 그는 손을 거두었다.

"아, 아무 것도 아니야. 괜히 한 말이야."

그녀가 고개를 돌려 그를 빤히 쳐다보았다. 그녀의 아름다운 두 눈이 유난히 맑게 빛나는 것 같았다. 이번에는 병호가 그녀의 시선을 피했다. 그는 재빨리 가방을 챙기기 시작했다.

그가 가방을 챙기는 동안 유 순경은 집안을 치웠다. 병호가 그럴 필요 없다고 말했지만 그녀는 듣지 않고 일을 계속했다. 그녀는 집안이 마치 돼지우리 같다고 생각했다. 아무리 남자 혼자 산다고 하지만 이건 너무 지저분하다는 생각이 들었다.

H호텔 2015호실에 자리 잡고 있는 수사본부는 아주 한산한 분위기를 띠고 있었다. 국제 테러리스트들이 일망타진된 마당에 더 이상 거기에다 수사본부를 차려두고 있어야 할 이유가 없었기 때문에 거의가 철수하고 소수의 인원만이 자리를 지키고 있었다.

그나마 처음부터 수사에 참가했던 요원들은 다른 사건 때문에 이미 빠져나가고 사정을 잘 모르는 신참들만이 대신 와서 시간을 때우고 있었다. 수사본부가 아직 그대로 거기에 있는 것은 병호가 수사에서 완전히 손을 떼지 않았기 때문이었다. 그는 호텔에서 수사본부를 철수시키라는 보스의 지시에 이삼일만 더 기다려 달라고 요구했고, 범인들을 일망타진한데 대한 안도감과 만족감에 빠져 있는 보스는 그 요구를 쾌히 들어주었던 것이다.

박 순경은 서른이 넘은 노총각이었다. 주의력이 산만하고 세심하지 못한 그는 2년 가까운 경찰관 생활에 싫증을 느끼고 있었고, 조만간 별 볼 일 없는 경찰직을 그만두어야겠다고 생각하고 있었다. 그러니 현재 맡고 있는 일에 무책임할 수밖에 없었다.

그가 어떤 젊은 여인으로부터 오 반장을 찾는 전화가 걸려왔던 것을 기억해 낸 것은 호텔 내에 있는 사우나 실에서였다. 탕 속에 앉아 있다가 문득 생각이 난 그는 이내 그것을 잊어먹었다.

그가 또 그 생각이 난 것은 수사본부에 돌아왔을 때였다. 그러나 시간이 흘렀기 때문에 잘 기억할 수가 없었다. 그는 볼펜을 집어 들고 맞은편에 엎드려 있는 여성 경찰관을 바라보았다. 그녀는 이쪽으로 등을 보인 채 서서 누군가와 히히덕거리며 통화를 하고 있었는데 책상 위에 팔꿈치를 괴고 상체를 구부리고 있었기 때문에 동그스름한 엉덩이가 눈에 들어왔다. 그녀의 엉덩이를 노려보고 있다가 그녀가 통화를 끝내고 상체를 바로 하자 박 순경은 얼른 시선을 떨어뜨리면서 메모지 위에다 '다이아몬드' 라고 적었다. 그런데 그밖에는 아무 것도 생각나지가 않았다.

그 젊은 여자는 자기를 다이아몬드라고 하면서 오 반장을 찾았었다. 그리고 뭐라고 말했었는데 도무지 생각이 나지 않는다. 그는 볼펜을 놓으면서 고개를 갸우뚱했다.

통과 여객

유화시는 8시 5분 전에 국제선 청사 2층에 있는 출국 대합실 스낵 코너에 도착했다. 그녀는 여행을 떠날 수 있는 채비를 그런대로 갖추고 있었다.

모든 것이 뜻대로 될 수 있을는지 알 수 없는 불안감과 만일 일이 잘못되었을 경우에 일어날지도 모를 무서운 결과에 대한 공포 때문에 그녀는 침착한 마음을 유지하고 있기가 몹시 힘들었다. 귄터 율무가 과연 약속대로 나타나 자신과 함께 동행해 줄까 하고 생각하고 있는데 누군가가 그녀의 어깨를 툭 건드렸다. 돌아보니 율무였다. 그녀는 자기도 모르게 야릇한 표정으로 웃었고, 율무도 웃으면서 그녀 곁에 다가앉았다. 그녀를 쳐다보는 그의 눈초리 속에는 기쁨과 의혹이 엇갈리고 있는 것 같았다.

"믿어지지가 않아. 미스 유가 여기에 있다는 것이. 그리고 나하고 함께 간다는 것이……"

"저도 그래요. 꼭 꿈을 꾸고 있는 것만 같아요."

"사랑해."

그가 그녀의 귀에다 대고 뜨겁게 속삭였다. 화시는 그의 무릎 위에 손을 올려놓았고, 그 손을 그의 큼직한 손이 꼭 잡아주었다.

커피를 마시고 난 그들은 아래층에 있는 JAL 카운터로 갔다.

화시는 홀가분하게 여행 가방 한 개만을 들고 있었지만 율무는 007가방 외에 큼직한 트렁크를 한 개 굴리고 있었다. 카운터 앞에 이른 율무는 화시의 비행기 표를 받아 자기 것과 함께 카운터 위에 내놓으면서 나란히 좌석을 배정해 달라고 말했다.

잠시 후 일본항공 여직원이 내주는 두 장의 탑승권을 보니 좌석 번호가 이코노미 석 40A와 40B였다. 율무가 짐을 부치고 돌아왔을 때 화시는 황무자의 행방을 물으려다가 그만두었다. 그들은 다시 2층 출국 대합실로 올라갔다.

그때 국제선 청사의 한 사무실에서는 몇 사람이 모여 21시 35분에 출발하는 로마 행 JAL 450편기의 최종 탑승자 명단과 그 숫자, 그리고 배정된 좌석 상태를 알아보고 있었다. 귄터 율무와 오노 다모쓰는 여전히 탑승자 명단에 끼어 있었다. 그들은 취소하지 않고 예정대로 출발할 모양이었다.

"유 순경이 율무와 나란히 좌석 배정을 받았습니다."

왕 형사가 40A와 40B를 가리키며 병호에게 말했다. 병호는 그보다 한 칸 건너 뒤쪽에 있는 42열 C석을 자신의 자리로 점 찍었다. 그 자리에서는 율무를 잘 감시할 수 있을 것 같았고, 통로에 면해 있기 때문에 움직이기에 편할 것 같았다.

왕 형사는 오노 다모쓰를 감시하기로 했다. 오노의 자리는 율무보다 훨씬 뒤쪽인 57G석이었다. 왕 형사는 뒤로 두 칸 떨어진 59G석에 자리 잡기로 했다. 마스오 부장을 비롯한 세 명의 일본 측 수사관들도 제각기 떨어져서 자리를 잡기로 했다. 마스오 부장의 자리는 앞쪽인 비즈니스 석 9H였고, 그의 부하들은 이코노미 석 중간 자리와 맨 뒤쪽에 제각기 위치를 정했다.

8시 30분 현재 최종적으로 집계된 탑승객 수는 모두 327명이었고, 그중 로마까지 가는 승객이 92명. 그리고 코펜하겐 행 승객이 3명 있었다. 나머지 승객들은 모두 도쿄까지 가는 사람들이었다. 그리고 도꾜에서 탑승할 승객은 214명으로 불어나 있었다.

"450편기는 도꾜에서 1시간 30분간 지체했다가 내일 상오 1시 15분에 출발합니다. 아직 시간이 많이 남아 있기 때문에 도꾜에서 탑승할 승객 수는 더 불어날 겁니다."

일본항공 지점장의 말이었다. 그때 무전 연락을 받은 왕 형사가 급한 어조로 보고했다.

"5분 후에 450편기 탑승객의 출국 수속이 시작된답니다."

그들은 급히 2층 출국장 쪽으로 향했다. 가는 도중 두꺼비가 병호한테 마침 생각난 듯 말했다.

"조금 전에 본부에서 연락이 왔었습니다. 다이아몬드한테서 연락이 있었다는 보고였습니다."

"그 여자는 지금 어디 있지?"

그들은 긴 복도를 빠른 걸음으로 걸어갔다.

"그건 모르겠습니다."

"다이아몬드한테서 무슨 연락이 있었다는 거야? 무슨 말이 있었을 게 아니야?"

"전화를 받은 녀석이 무슨 내용인지 잘 기억을 하지 못하는 것 같습니다. 반장님을 찾다가 안 계시니까 그냥 끊었다는데…… 담배 깡통이 어쩌고 했답니다. 자신도 무슨 말인지 잘 모르고 있는 것 같았습니다."

"그게 무슨 말이야?"

병호는 걸음을 멈추고 왕 형사를 쏘아보았다.

"전화를 받은 자식이 누구야?"

"박 순경이라고 새로 배치된 녀석입니다."

"멍청한 자식 같으니!"

병호는 중얼거리면서 다시 걸음을 옮겼다. 담배 깡통이라고? 그게 무슨 말이지? 그는 얼굴이 창백해지면서 걸음을 멈췄다.

"죽은 노엘 화이트의 유품에 담배 깡통이 있었어! 바로 그 깡통 속에 수류탄이 들어 있었어!"

왕 형사는 깜짝 놀라면서 병호를 마주 쳐다보았다.

"난 그 여자한테 담배 깡통 이야기를 한 적이 있어!"

"박 순경한테 다시 전화 걸어보겠습니다."

"내가 걸 테니까 빨리 가봐."

병호는 출국장 쪽으로 가지 않고 공항 경비대 사무실로 들어가 임시 수사본부로 전화를 걸었다.

왕 형사의 말대로 박 순경은 다이아몬드의 말을 정확히 기억하고 있지 못했다. 병호가 화가 난 목소리로 다그치자 그는 당황해서 어쩔 줄을 몰라 했다.

"거긴 뭐 하러 앉아 있어?! 거기가 낮잠 자는 덴 줄 알아?! 연락이 왔으면 빨리 보고해야 할 거 아니야?!"

"죄, 죄송합니다."

"죄송하다고 해서 문제가 해결되는 게 아니야. 그게 얼마나 중요한 전화 인줄 알아?! 자넨 징계를 받아야 해."

"죄, 죄송합니다."

병호는 부하들에게 단단히 일러두지 않은 자신한테 책임이 있다고 생각했다.

"다이아몬드한테서 전화가 온 게 몇 시였어?"

"오후였습니다. 그러니까 네, 네 시 지나서였습니다."

말을 더듬거리는 것이 자기가 한 말에 자신이 없는 것 같았다. 욕이 튀어나오려는 것을 간신히 참으며 병호는 다시 물었다.

"그 여자가 분명히 담배 깡통이라고 그랬나?"

"네네, 그랬습니다."

그 말에는 자신감이 느껴졌다.

"그 여자가 무슨 말을 했는지 잘 생각해 봐! 반드시 기억해 내지 않으면 안 된다. 많은 사람들의 목숨이 달려 있는 문제야! 10분 후에 전화 걸 테니까 생각해내! 그리고 인원을 동원해서 다이아몬드를 찾아봐! 1825호실에 가봐! 그 여자의 이름은 황무자야!"

병호는 수화기를 내려놓고 한숨을 내쉬었다. 그는 담배를 피워 물고 창가로 다가가 이미 어두워진 밤하늘을 올려다보았다. 구름 한 점 없는 하늘에는 어느 새 많은 별들이 나타나 영롱한 빛들을 뿌리고 있었다. 문이 열리고 왕 형사가 급한 걸음으로 들어왔다.

"어떻게 됐습니까?"

병호는 고개를 흔들었다. 왕 형사는 그의 귀에다 입을 가까이 대고 속삭였다.

"율무와 오노는 출국 수속을 마치고 보세구역으로 들어갔습니다. 유 순경도 들어갔습니다. 율무와 오노의 휴대품에서는 이상이 발견되지 않았습니다."

"휴대품이 뭐였지?"

"007가방을 하나씩 들고 있었습니다."

"가방을 열어봤나?"

"아뇨. 휴대품 검사는 전자탐지기와 엑스레이 투시기로만 합니다. 특별히 그자들 가방만 열어보면 이상하게 생각할 것 같아 열어보지는 않았습니다. 탐지기와 투시기에 이상이 나타나지 않은 걸 보면 무기는 없는 것 같습니다."

병호는 생각에 잠겨 있다가 수화기를 들고 다시 본부로 전화를 걸었다. 박 순경은 더욱 주눅이 든 목소리로 전화를 받았다.

"1825호실에 그 여자는 없었습니다."

"그 여자를 본 사람은 없나?"

"아무도 없는 것 같습니다. 계속 알아보고 있습니다."

"그 여자가 말한 거 생각해냈나?"

"저기…… 담배 깡통은 두 개라고 한 것 같습니다. 그리고 무슨 약을 말하면서 안심해도 된다고 그랬던 것 같습니다."

"약이라니? 무슨 약 말이야?"

"갑자기 전화가 끊어졌기 때문에 더 물어볼 수가 없었습니다."

"분명히 안심해도 된다고 그랬나?"

"네, 분명히 기억납니다. 아, 이제 생각이 납니다! 약을 제거했다고 그랬습니다! 약을 제거했으니까 안심해도 된다고 그랬습니다! 그 말만 하고 전화를 끊었습니다."

"틀림없나?"

"네, 틀림없습니다."

"그 여자를 계속 찾아봐. 찾는 대로 나한테 연락해줘. 9시 35분 이후로는 로마 행 JAL 450편기 안에 있을 거니까 비행기로 무전연락을 해줘."

"알겠습니다."

9시 15분 전이었다. 사무실을 나와 출국장으로 걸어가면서 병호는 박 순경한테서 들은 내용을 두꺼비한테 이야기해 주었다.

"그러니까 담배 깡통이 두 개 있는데…… 약을 제거했으니까 안심해도 된다 이 말 아닙니까?"

"그렇지."

"그게 무슨 말이죠?"

병호는 잠자코 출국장 입구를 가리켰다. 거기서부터 그들은 서로 알은 체하지 말고 따로따로 행동해야 한다. 왕 형사는 먼저 출국장을 향해 걸어갔다.

"안녕하세요?"

맑은 목소리에 병호는 고개를 돌렸다. 이순이가 불안이 섞인 미소를 지으며 거기에 서 있었다.

"아, 귀뚜라미……"

병호는 부드러운 눈빛으로 그녀를 바라보았다.

"전송 나왔어요. 그 일본 사람 저 안으로 들어갔어요."

그녀가 출국장 쪽을 턱으로 가리켰다.

"수고 많았어요."

병호는 고개를 끄덕하고 출국장 쪽으로 급히 걸어갔다.

출국장 안으로 들어가 출국 심사대를 통과하려는데 보안 요원이 그를 불렀다. 칸막이 뒤로 돌아가니 마스오 부장과 일본항공 지점장이 거기서 그를 기다리고 있었다.

"우리만 빼놓고 모든 승객들은 출국 수속을 마쳤습니다. 지금 탑승 중입니다."

마스오 부장의 말이었다. 거기에 덧붙여 지점장이 말했다.

"이곳에서 수속을 마친 승객은 두 분을 제외한 293명입니다."

병호는 승객 명단을 들여다보면서 의아한 표정을 지었다. 거기에는 탑승객 수가 327명으로 나와 있었던 것이다.

"그게 무슨 말씀이죠? 우리 두 사람을 빼면 325명이어야 하지 않습니까?"

"네, 그런데 나머지 32명은 김해 공항에서 탄 통과 여객들입니다. 그 사람들은 김해 공항에서 출국 수속을 마쳤기 때문에 여기서는 따로 받지 않아도 됩니다."

병호는 깜짝 놀란 표정으로 지점장과 마스오 부장을 번갈아 쳐다보았다.

"그런 승객이 있다는 걸 몰랐습니다. 450편기 승객들은 모두 여기서만 타는 줄 알았습니다."

그 말에 일본인들은 입가에 냉소를 띠었다. 비행기라고는 국내선만 몇 차례 타보았을 뿐 해외 여행을 해본 적이 없는 병호로서는 통과 여객이라는 말 자체가 생소할 수밖에 없었다.

"통과 여객이라면 중간에 다른 비행기로 갈아타는 승객을 말하는 겁니까?"

"그렇죠. 그 사람들은 출발지에서 출국 수속을 마쳤기 때문에 목적지에 도착할 때까지 중간에 출입국 수속을 밟지 않고 보세구역에서 대기하고 있다가 다른 비행기로 갈아탈 수가 있죠."

마스오 부장이 자상하게 설명해 주었다.

"그렇다면 여기 출국자 명단에서 빠진 그 32명도 김해 공항에서 다른 비행기 편으로 김포까지 와서 보세구역에 대기하고 있다가 450편기에 탑승했다는 겁니까?"

"그렇죠."

지점장이 끄덕였다.

"그 승객들은 누굽니까?"

"명단 마지막 부분에 있습니다. 여기서부터입니다."

지점장이 * 표시가 되어 있는 곳을 손가락으로 짚어 보였다.

병호는 32명의 명단과 그들의 목적지를 살펴보았다. 32명 가운데 로마 행 승객은 없었다. 29명이 도꾜 행이었고, 나머지 세 명은 코펜하겐이었다. 그 세 명 가운데는 여자도 한 명 끼어 있었다.

불안한 출발

코펜하겐? 병호는 그들 세 명의 이름을 뚫어지게 들여다보았다. 아까는 그 코펜하겐 행 승객 명단을 대수롭지 않게 보아 넘겼었다. 세 명의 행선지가 같은 것으로 보아 동행인 것 같았다. 그런데 이상하게도 그들의 좌석이 나란히 잡혀 있지 않았다. 일행이라면 나란히 앉아가는 게 당연한 일일 텐데 그들은 그렇지가 않고 뿔뿔이 흩어져 앉고 있었다. 이상하다고 생각됐지만 그런 생각을 얼른 겉으로 드러내 말하지는 않았다.

"450편기는 코펜하겐에도 가나요?"

하고 물었을 뿐이었다.

"네, 그렇습니다."

지점장이 대답했다.

병호는 세 명의 코펜하겐 행 탑승객들의 국적이 어디인지 알아보고 싶었다.

병호의 요청을 받은 일본항공 지점장은 부하 직원에게 그들 세 명의 인적 사항을 알아봐 달라고 지시했다. 그 직원은 옆에 있는 컴퓨터 단말기의 키를 두드렸다. 병호는 그쪽으로 다가가 화면을 들여다보았다.

＊하니 가랄 : 42세. 미국인.

＊하인리히 분케 : 48세. 미국인.

＊질다 그리지아 : 36세. 미국인(여)

미국 국적을 가진 세 명이 같은 비행기를 타고 같은 목적지로 향한다. 이것은 그들이 일행임이 틀림없다는 것을 말해주는 것이라고 할 수 있다.

로마 행 JAL 450편기에 탑승할 손님들은 15번 게이트를 통해 빨리 탑승하라는 아나운스먼트가 들려오고 있었다.

하니 가랄은 이코노미 석 36E, 하인리히 분케는 48G, 그리고 질다 그리지아의 좌석은 앞쪽인 비즈니스 석 10B였다.

그들은 지금까지의 수사에서 전혀 떠오르지 않은 새로운 인물들이었다.

병호는 복잡한 표정으로 마스오 부장을 바라보았다. 마스오도 그를 쏘아보고 있었다.

"그들이 이상한 점이라도 있습니까?"

"아뇨. 모르겠습니다."

병호는 고개를 흔들었다. 그들이 마음에 걸리는 점이라면, 첫째, 경계가 삼엄한 서울이 아닌 부산에서 출발하여 통과 여객으로 로마 행 비행기에 탑승했다는 점, 둘째, 같은 일행이면서도 따로따로 떨어져서 좌석 배정을 받았다는 점, 그리고 서울─로마 항로의 기착지인 코펜하겐에서 내린다는 점 등이었다.

병호의 이야기를 듣고 난 마스오 부장은 고개를 갸우뚱했다. 자기로서는 그 같은 점들로 그들을 의심한다는 것이 아무래도 이해가 가지 않는다는 표정이었다.

"그렇게 마음에 걸리면 그들을 한 번 주목해 보시죠."

자기는 관심 없다는 투로 마스오가 말했다. 병호는 잠자코 고개를 끄덕이기만 했다. 로마 행 비행기 손님은 빨리 탑승하라는 아나운스먼트가 다시 들려왔다.

"무기를 준비했습니까?"

"아뇨."

병호는 고개를 저었다.

"아니, 왜요?"

마스오가 이해할 수 없다는 표정으로 그를 바라보았다.

"하기 싫어서요."

그들은 15번 게이트 앞으로 다가갔다.

"이건 치열한 전투입니다. 무기도 없이 그놈들하고 어떻게 싸우겠다는 겁니까?"

"알고 있습니다. 하지만……"

병호는 말 끝을 흐렸다. 왜 무기를 휴대하지 않았는지 사실은 그자신도 잘 모르고 있었던 것이다. 굳이 이유가 있다면 그 자신 무기를 몹시 싫어하기 때문이라고나 할까.

15번 게이트 앞은 JAL 남자 승무원 두 명만이 서 있을 뿐이었다. 이미 모든 승객들은 비행기 안으로 들어간 것 같았다. 탑승구 위에 붙어 있는 시계가 21시 12분을 가리키고 있었다. 그들은 탑승구를 지나 비행기 출입구까지 길게 연결되어 있는 로딩 브릿지를 걸어갔다.

"한국 팀은 모두 비무장인가요?"

"아뇨. 그렇지 않습니다. 그쪽은 어떻습니까?"

"우리는 모두 무기를 준비했습니다. JAL 보안 요원들 것을 빌렸지요."

마스오가 자랑스러운 듯이 말했다. 그는 덧붙여 말했다.

"도꾜에서 탑승할 특공 요원들한테도 모두 무장하라고 지시했습니다."

그 말을 듣자 병호는 걱정이 되었다. 만일 비행기 안에서 쌍방간에 총격전이라도 벌어지면 큰 일이라는 생각이 들었다.

그들이 로딩 브리지를 거의 다 걸어갔을 때 그들 앞에 목발을 짚은 외국인 한 명이 힘겹게 걸어가고 있었다. 그의 잿빛 머리 위에는 녹색의 베레모가 얹혀져 있었다.

문 앞에 서 있던 스튜어디스가 그 외국인을 부축하는 바람에 그들은 걸음을 멈추었다.

베레모의 오른쪽 다리는 통나무처럼 깁스가 되어 있었다. 그가 옆으로 얼굴을 돌릴 때 보니 그의 턱밑에는 잿빛의 염소수염이 달려 있었고, 코는 매의 부리처럼 휘어져 있었다. 목에는 조그만 가죽 가방이 걸려 있었다. 왜 저런 몸으로 외국 여행을 하는 걸까 하고 병호는 생각했다.

베레모의 뒤를 따라 마스오가 비행기 안으로 들어갔다. 맨 마지막으로 병호도 그 뒤를 따라 안으로 들어갔다.

비행기 안에는 이미 승객들이 자리를 잡고 앉아 출발 시간을 기다리고 있었다. 베레모가 앞을 가로막고 있었기 때문에 병호는 답답할 정도로 느리게 걸어 갈 수밖에 없었다. 그것이 오히려 그에게는 잘 됐다는 생각이 들었다. 왜냐하면 그 기회를 이용해 주목할 필요가 있는 자들을 살펴볼 수가 있기 때문이었다.

마스오 부장은 앞자리이기 때문에 먼저 자리를 찾아 앉았다. 병호는 베레모 뒤를 바싹 다가섰다. 그리고 비즈니스 석 10B번 좌석에 앉아 있는 사람을 주목했다. 그곳에는 흑발의 백인 미녀가 앉아 있었다. 검은 테의 안경을 끼고 있는 그녀는 지성적인 미모를 갖추고 있는 30대의 여인이었는데 첫눈에 반할 정도로 매혹적인 분위기를 지니고 있었다.

그녀는 뉴스위크지를 보고 있었다. 그녀가 바로 미국 국적을 가진 질다 그리지아였다. 그녀의 모습에서 테러리스트를 생각한다는 것은 너무 지나친 생각인 것 같았다. 하긴 테러리스트라고 해서 자기 얼굴에 그런 표시를 하고 다닐 리는 없지 않은가.

그는 손바닥을 들여다보았다. 거기에는 요주의 인물들의 좌석 번호가 적혀 있었다. 그는 머리 위 선반 아래쪽에 적혀 있는 좌석 번호를 살피면서 앞으로 걸어갔다. 녹색 베레모는 뒤쪽으로 계속 걸어가고 있었다.

3등석 36열에 이르기 전에 병호는 36E번을 바라보았다. 그 자리는 중간에 있었다. D석에 앉아 있는 거구의 흑인 때문인지 E석의 사나이는 유난히도 체구가 왜소해 보였다. 앉은 키가 흑인의 어깨 높이 밖에 되지 않았고, 좌석에 푹 파묻혀 있는 아이처럼 보였다. 붉은 머리칼이 유난히 눈에 띄었고 노리끼리한 두 눈이 무엇에 놀란 듯 동그랗게 떠진 채 계속 불안하게 깜박이고 있었다.

그가 코펜하겐 행 승객인 미국인 하니 가랄이었다. 그리지아도 그렇지만 가랄 역시 테러리스트의 이미지와는 너무 먼 모습을 하고 있었다. 너무 신경과민이야 하고 그는 자신을 타일렀다. 시선이 마주치자 가랄은 웃을 듯 말 듯한 표정이다가 다른 쪽으로 시선을 돌려버렸다.

조금 더 걸어가자 유화시의 화사한 모습이 보였다. 그녀는 입가에 행복한 미소를 머금고 있다가 병호와 시선이 마주치자 그를 묵살하면서 율무의 팔짱을 끼었다. 그녀는 창가에 앉아 있었고, 그 곁에 앉아 있는 율무는 푸른 눈을 부지런히 굴리고 있었다. 화시와는 달리 그의 표정은 굳어 있는 것처럼 보였다. 병호는 화시의 배짱에 경탄하면서 40열을 지나쳤다.

그는 끝까지 가서 요주의 인물들을 모두 보아둘 생각이었다. 그의 자리는 42 열에 있었다. 그가 43열을 지나치려고 했을 때 중간에 서 있던 스튜어디스가 그에게 좌석 번호가 몇 번이냐고 물었다. 그가 탑승권을 보이자 그녀는 지나쳤다고 하면서 그의 뒤쪽을 가리켰다. 병호는 하는 수 없이 자신의 자리인 42C석에 가서 앉았다.

보잉 747기는 이미 엔진을 가열시키고 있었다. 의자의 등받이를 바로 하고 안전벨트를 매라는 아나운스먼트가 들려왔다. 병호는 옆 자리에 앉아 있는 뚱뚱한 백인 남자의 몸에 자신의 팔꿈치가 닿지 않도록 조심하면서 안전벨트를 둘렀다.

그리고 눈을 감으면서 다이아몬드가 했다는 말을 생각해 보기 시작했다. 담배 깡통이 두 개 있는데…… 약을 제거했으니까 안심해도 된다. 이게 무슨 말일까? 담배 깡통은 피살된 노엘 화이트의 유품 가운데에도 있었다. 그리고 그 깡통 속에는 체코 제 세열 수류탄이 들어 있었다. 그렇다면 그녀는 율무의 방에서 담배 깡통 두 개를, 그리고 그 안에서 수류탄을 발견한 게 아닐까? 그렇다면 약을 제거했다는 것은 무슨 말일까? 그 약이란 화약을 뜻하는 것일까? 그 여자가 수류탄 속에서 화약을 제거했다는 말인가?! 설마 그럴 리가!

그는 자기도 모르게 고개를 저었다. 그가 그녀에게 부탁한 것은 율무에게 접근하여 정보를 캐내오라는 것이었다. 그리고 거기에는 유화시에게 다가오는 위험을 그녀에게 대신 전가시켜보려는 의도도 숨어 있었다. 그런데 그녀가 만일 수류탄에서 화약을 제거했다면 그녀의 말대로 수류탄에 대해서는 안심해도 된다. 놈들이 몇 개의 수류탄을 가지고 있는지는 몰라도 율무가 가지고 있는 수류탄에 대해서만은 안심해도 된다. 정말 그녀가 수류탄에서 화약을 제거했을까? 그는 아무리 생각해도 믿어지지가 않았다.

마침내 보잉 747의 거대한 기체가 움직이기 시작했다. 병호는 손목시계를 들여다보았다. 21시 42분. 예정보다 7분 늦게 출발하고 있었다.

기내에는 모든 움직임이 멈추고 무거운 정적이 감돌고 있었다.

비행기가 대지를 떠나 고도를 잡을 때까지는 긴장과 침묵이 계속되었다. 엔진 소리가 점점 높아지고 활주로 위를 달리는 기체의 속도가 갑자기 빨라지기 시작했다. 그런 시간이 수 분간 계속되다가 마침내 대지와의 마찰음이 사라지면서 상체가 뒤로 젖혀졌다. 비행기는 이미 공중으로 날아오르고 있었다. 귀가 갑자기 멍해지면서 현기증이 일었다.

병호는 한 칸 너머 앞에 앉아 있는 율무의 뒤통수를 바라보았다. 다이아몬드의 말이 그런 뜻이라면 저자는 빈 수류탄을 가지고 있다는 말이 된다. 저자는 수류탄 속에 화약이 없다는 것을 알고 있을까? 알고 있다면 큰 일이다. 놈은 이미 대책을 세워놓고 유화시와 천연덕스럽게 앉아 있는 게 아닐까?

그렇다면 화시가 제일 위험하다. 그건 그렇고 도대체 이 비행기에는 테러리스트가 몇 명이나 타고 있을까? 놈들의 숫자를 정확히 파악할 수만 있다면 선수를 쳐서 놈들을 저지할 수도 있으련만.

머리 위에 켜져 있던 벨트를 매라는 표시등이 꺼졌다. 여기저기서 벨트를 풀어헤치는 달그락거리는 소리가 들렸다. 승무원들이 바쁘게 통로를 오가기 시작했다. 승객들도 슬슬 움직이기 시작했다. 병호는 창 쪽을 바라보았다. 창 밖은 칠흑 같은 어둠만이 보일 뿐이었다. 스튜어디스들이 음료수를 나르기 시작했다.

스튜어디스가 푸쉬카를 밀고 2등석 9열의 마스오 부장 쪽으로 상체를 숙였다. 조금 후 마스오가 뒤쪽으로 다가왔다.

병호는 그의 표정을 살폈다. 마스오는 그에게 심각한 눈길을 한 번 주고 나서 화장실 칸막이 안으로 사라졌다. 병호는 5분쯤 지나 가만히 몸을 일으켜 화장실 쪽으로 다가갔다. 비행기의 중간쯤에 화장실이 있었다. 화장실에 들어갔는지 마스오는 보이지 않았다. 화장실은 통로를 사이에 두고 네 개가 서로 마주보고 있었다. 그 통로에 서 있으면 칸막이에 가려 좌석에 앉아 있는 승객들의 눈에는 띄지 않는다.

병호는 담배를 피워 물고 문 앞에서 기다렸다. 조금 후 문이 열리더니 마스오가 나왔다. 그는 병호 곁으로 바싹 다가서면서 재빨리 속삭였다.

"방금 무전이 들어왔는데…… 다이아몬드가 살해됐답니다. 스튜어디스가 전해 줬어요."

병호의 입에서 담배가 굴러 떨어졌다. 그는 그것을 집으려다가 구두 끝으로 밟았다.

"다이아몬드가 누굽니까?"

"내 정보원인데…… 아마 율무의 손에 죽은 것 같소."

병호는 화장실 안으로 들어가 문을 걸어 잠갔다. 심호흡을 몇 번 하고 나서 변기 위에 앉았다. 그리고 두 손으로 얼굴을 감싸 쥐었다. 다이아몬드가 죽었다고? 그게 정말일까? 정말이니까 무전 연락이 왔겠지. 그 여자를 죽인 사람은 율무가 아니라 바로 나다. 나는 위험한 줄 알면서 그녀를 적지에 투입시켰던 것이다.

하이재킹

황무자는 어떻게 죽었을까? 아마 너무 참혹한 죽음을 당했을 것이다.

그녀를 죽인 살인범은 지금 태연한 모습으로 유화시 곁에 앉아 있다. 놈은 유화시를 노리고 있다. 상황이 급박해지면 그녀를 인질로 삼겠지. 유화시는 그런 줄도 모르고 앉아 있다. 놈이 유화시와 함께 태연히 앉아 있는 것을 보면 두 가지로 해석할 수 있다.

하나는 황무자를 살해한 살인범으로 체포되기 전에 도망치는데 그 목적이 있다. 이 경우에는 이미 계획이 탄로된 것으로 알고 하이재킹은 포기한다. 두 번째는 위험을 각오하고 계획을 그대로 밀고 나가는 것이다. 공항에서 체포될 줄 알았는데 생각과는 달리 쉽게 통과되었다. 이윽고 비행기에 안전하게 탑승함으로써 위험이 사라졌다고 판단한 그들은 즉시 하이재킹에 들어간다.

병호는 두 번째 가능성이 더 크다고 생각했다.

화장실에서 나온 그는 앞쪽을 한 번 바라보고 나서 뒤쪽으로 걸어가보았다.

또 한 명의 코펜하겐 승객의 자리는 28G였다. 그 자리에 앉아 있는 사나이는 곱슬머리에 억센 인상을 지니고 있었다. 하인리히 분케. 그는 허공을 응시하고 있었다.

병호는 손바닥을 펴보았다. 다음 자리는 57G였다.

오노 다모스는 제 자리에 앉아 있었다. 호텔에서 봐두었기 때문에 그의 얼굴은 알고 있었다. 그는 주위를 흘끔거리고 있었다. 한 칸 건너 59G에는 왕 형사가 있었다. 그는 두 눈을 부릅뜬 채 병호를 쏘아보고 있었다. 병호는 코를 만졌다. 그것은 즉시 만나자는 사인이었다.

비행기의 맨 뒤에도 화장실이 있었다. 병호는 그쪽으로 걸어가다가 녹색 베레모의 노인을 보았다. 그는 화장실 가까운 64열에 앉아 있었다. 정확히 말해서 그의 좌석은 64F번이었다. 노인은 콜록콜록 잔 기침을 하고 있었다. 병호는 어쩐지 그 외국 노인이 마음에 들지 않았다. 기분 나쁜 느낌이 드는 노인이라는 생각이 들었다. 누군가가 병호를 주목했다면 중간 화장실에 들렀다가 다시 뒤쪽 화장실에 들어가는 그를 보고 이상하게 생각했을 것이다. 하지만 그는 지금 그런 것을 따지고 있을 입장이 아니었다.

다행히 뒤쪽 화장실 통로에는 아무도 없었다. 다시 담배에 불을 붙여 초조하게 그것을 빨아대고 있는데 왕 형사가 나타났다.

"무전이 들어왔는데…… 다이아몬드가 살해됐대."

"아니, 그럴 수가……"

두꺼비의 입이 벌어졌다. 콜록거리는 기침 소리가 들려왔다.

"화시가 위험해. 다른 자리로 옮기지 않으면 안 돼."

왕 형사는 고개를 끄덕이고 화장실 안으로 들어가 문을 닫았다.

녹색 베레모가 힘겹게 다리를 끌면서 통로로 들어섰다. 병호는 그에게 걸리지 않으려고 한쪽으로 비켜주었다. 베레모는 목발을 벽에 기대 세워놓은 다음 병호를 보고 씨익 웃었다. 그것은 아주 불쾌한 미소였다.

"안녕하시오?"

베레모가 영어로 말했다. 답답한 느낌이 드는 목소리였다.

"안녕하십니까?"

병호는 그 노인이 화장실에 곧 들어가지 않으면 자신이 먼저 들어가야겠다고 생각하면서 담배꽁초를 벽에 부착되어 있는 재떨이에 비벼 껐다.

"요샌 담배 피우기가 쉽지 않아요. 내 옆에는 신사가 앉아 있는데 담배 연기에 질색을 해서 이쪽으로 왔지요. 이제 우리 같은 애연가가 마음 놓고 담배를 피울 데라고는 화장실밖에 없나 봐요."

베레모가 시가를 꺼내면서 병호에게 시가를 내밀었다.

"냄새가 아주 좋은 겁니다. 질도 좋은 거지요."

병호는 시가보다도 그것을 들고 있는 유난히 마디가 굵어 보이는 갈고리 같은 손을 보았다.

"방금 피웠습니다. 고맙습니다만 사양하겠습니다."

병호는 급히 거기서 벗어나 자리로 돌아와 앉았다. 그때 율무가 일어서는 것이 보였다. 그는 머리 위 선반 문을 열더니 가방을 꺼낸 다음 도로 자리에 앉았다.

22시 4분. 출발한 지 22분이 되었다. 고도에 진입한 비행기는 동요도 없이 아주 조용히 날아가고 있었기 때문에 흡사 공중에 가만히 떠 있는 것같이 느껴지고 있었다. 왕 형사가 병호의 곁을 지나 앞쪽으로 걸어갔다. 돌아올 때 화시한테 사인을 보낼 모양이라고 병호는 생각했다. 바로 그때 뒤쪽에서 고함소리가 들려왔다.

"꼼짝 마라!"

답답한 느낌이 드는 목소리였다. 병호는 그럴 리 없다고 생각하면서 얼른 뒤쪽을 쳐다보았다. 녹색 베레모가 뒤쪽에 버티고 서 있었는데 그의 손에는 목발 대신 기관단총 같은 것이 들려 있었다.

"뒤를 돌아보지 마라! 내가 들고 있는 것은 기관단총이다! 명령에 거역하는 자는 사살한다! 뒷자리에 있는 승객들은 앞쪽 빈 자리에 가서 앉아라! 서지 말고 기어서 가라! 개처럼 기어!"

베레모는 영어로 외쳐댔다. 병호는 그의 시가를 받지 않은 것을 후회했다. 그리고 사람을 전혀 알아보지 못하는 자신의 눈이야말로 장님이나 다름없다고 생각했다.

사람들은 그때까지도 상황을 이해하지 못한 것 같았다. 그것을 파악하려는 듯 기내에는 한 순간 물을 끼얹은 듯 정적이 감돌았다. 모든 움직임은 정지되었고, 사람들은 다음 목소리를 기다리고 있었다. 그때 누군가가 통로를 뛰다시피 걸어갔다. 그는 곱슬머리의 하인리히 분케였고, 그의 손에는 권총이 들려 있었다. 앞으로 곧장 걸어간 그는 조종실 문을 박차고 그 안으로 뛰어들었다.

"테헤란으로! 테헤란으로!"

그는 조종사의 뒷덜미에 총구를 들이대며 소리쳤다.

병호는 자신의 예감이 적중한 것을 알고 전율했다.

코펜하겐 행 승객 세 명이 테러리스트들이라는 것은 이제 의심할 여지가 없었다. 녹색 베레모가 앞으로 걸어 나오면서 귀찮다는 듯 베레모와 함께 머리칼을 잡아당겼다. 잿빛 머리칼이 벗겨지면서 대머리가 나타났다. 그는 베레모와 가발을 집어던졌다. 그는 기내 중간쯤에 와서 걸음을 멈추었다. 병호는 이런 때 왕 형사가 뒤쪽 자기 자리에 있었으면 얼마나 좋았을까 하고 생각했다. 왕 형사는 앞쪽 비즈니스 석과 이코노미 석 사이의 공간에 엎드려 있었다. 거의 모든 사람들이 상체를 구부린 채 숨을 죽이고 있었다.

"꼼짝 마라! 손 들어!"

뒤쪽에서 외치는 소리가 들려왔다. 그것은 동양인이 영어로 외치는 소리 같았다. 돌아보니 일본인 형사가 권총을 뽑아 들고 대머리의 뒤를 겨누면서 다가오고 있었다. 병호가 위험하다고 생각했을 때 '탕' 하고 총소리가 났다. 밀폐된 공간이었기 때문에 총소리는 귀청을 찢을 듯이 크게 실내를 울렸다. 마스오 부장의 부하 형사가 나무토막처럼 쓰러지는 것과 함께 승객들이 비명을 질렀다. 그를 쏜 사람은 같은 일본인인 오노 다모쓰였다.

오노는 뒤쪽 통로에 나와 있었고 발사 자세를 취하고 있었다.

비행기가 회전하는지 심하게 요동했다.

그리지아가 일어서는 것이 보였다. 이제 드디어 본색을 드러내는구나 하고 병호는 생각했다. 율무 쪽을 보니 그는 아직 정체를 드러내지 않은 채 가만히 앉아 있었다.

그리지아는 짙은 선글라스로 바꿔 끼고 있었다. 그녀는 가로 흰 줄 무늬가 있는 파란색의 팔 없는 셔츠만 입고 있었고, 오른손에는 권총을, 그리고 빨갛게 루즈가 칠해진 입술에는 담배를 꼬나 물고 있었다. 노란색의 점퍼는 허리에 묶여 있었다. 그녀는 구석에 벌벌 떨면서 웅크리고 있는 일본인 스튜어디스에게 마이크를 달라고 말했다. 스튜어디스가 벽에 걸려 있는 마이크를 뽑아 그녀에게 전해 주자 그녀는 승객들을 바라보면서 말하기 시작했다.

"비스밀라히 라흐마니 라힘!"

그것을 영어로 되풀이 말했을 때에야 병호는 그 말이 '인자하시고 자비로우신 알라의 이름으로' 라는 뜻임을 알았다. 도대체 그들은 어떻게 무기를 기내에 들여왔을까?

브래지어를 하지 않은 그녀의 젖가슴이 셔츠 위로 풍선처럼 부풀어올랐고, 그녀가 몸을 움직일 때마다 그것은 보기 좋게 흔들거리곤 했다. 그녀의 목소리는 힘차고 아름다웠다.

"우리는 검은 6월단입니다. 우리는 알라의 이름으로 이 비행기를 납치했습니다. 우리는 미제국주의와 그들의 하수인인 이스라엘을 저주합니다. 알라의 이름으로 우리는 그들이 지구상에서 사라질 때까지 그들과 싸울 겁니다. 우리는 미국인들을 모두 죽일 것이고 더 나아가 모든 승객들을 몰살시킬 것입니다. 승객 여러분은 우리의 지시에 따라 주십시오. 지시에 따르지 않는 자는 이 사람처럼 비참한 죽음을 당할 것입니다."

그녀는 그때까지 죽지 않고 꿈틀거리고 있는 일본인 형사의 머리에다 대고 권총을 발사했다. 그녀의 냉혹하고 잔인한 행위는 사람들을 한 순간에 공포의 도가니로 몰아넣었다. 도대체 무엇이 저렇게 아름답고 매력적인 여인을 저토록 잔인하게 만들었을까 하고 병호는 생각했다.

그때 유화시의 비명이 들려왔다. 바로 눈앞에서 벌어지고 있는 사태에 병호는 숨이 막히는 것 같았다. 화시의 흰색 블라우스를 율무가 잡아 찢고 있었다. 그녀의 흰 어깨는 이미 훤히 드러나 있었고, 그녀는 더 이상 알몸을 드러내지 않으려고 필사적으로 율무를 뿌리치고 있었다. 율무는 그녀를 뒤에서 끌어안고 일어섰다. 그리고 X자형으로 팔을 내밀면서 소리쳤다.

"이건 수류탄이다! 손만 놓으면 터지도록 되어 있어!"

그의 양손에는 두 개의 수류탄이 들려 있었다. 사람들은 다시 비명을 질렀고, 화시의 비명은 거기에 묻혀 들리지도 않았다.

"모두 비켜! 비키란 말이야!"

율무는 그의 앞과 뒤, 그리고 옆자리에 있는 사람들을 쫓아냈다. 율무 가까이에 있던 사람들이 수류탄이 터질까봐 다투어 자리를 피하는 바람에 한 바탕 소동이 벌어지고 있었다.

"여권을 모두 거둬요."

그리지아가 누군가에게 지시했다. 그러자 난쟁이 같은 사내가 재빨리 미끄러지듯 나왔다. 하니 가랄이었다. 입에는 칼이 물려 있었다. 그는 칼을 입에 문 채 악마처럼 웃었다. 이윽고 뒤쪽으로 구르듯 달려간 그는 승객들의 여권을 거둬들이기 시작했다.

드러난 테러리스트들의 숫자는 모두 6명인 것 같았다. 그들과 싸울 수 있는 이쪽 인원도 일본 형사들까지 합쳐 6명이었다. 그러나 무기 면에서 그들과 상대가 되지 않았고, 더구나 유화시는 율무한 테 붙잡혀 있는 처지였다.

하니 가랄은 거둬들인 여권 가운데서 미국인들의 여권만 골라냈다. 그리고 미국인들의 여권 가운데서 하나를 펴 들고 거기에 적혀 있는 이름을 불렀다. 중간쯤의 자리에서 금발 머리의 젊은 아가씨가 일어섰다. 가랄은 그녀를 손짓해 불렀다. 그녀가 바들바들 떨면서 앞으로 나오려고 하자 그녀와 동행으로 보이는 금발 머리의 남자가 그녀를 젖히고 자기가 대신 나가겠다고 말했다. 그 젊은이가 가까이 다가오자 하니 가랄은 싱글싱글 웃으면서 물었다.

"너도 미국인인가?"

젊은이는 증오로 몸을 떨면서 고개를 끄덕였다.

"저 여자는 네 뭐지? 애인이냐?"

"약혼녀입니다."

"너를 부르지 않았어. 난 저 여자를 불렀어."

말이 끝나는 것과 동시에 그는 번개처럼 잭나이프로 젊은이의 얼굴을 그었다. 젊은이는 비명을 지르며 몸을 웅크렸다. 가랄은 장난치듯 젊은이의 목덜미를 찔렀다. 그의 약혼녀가 비명을 질렀다. 가랄의 입가에서는 미소가 사라지지 않고 있었다. 그는 다시 여자를 불렀다. 그녀의 이름은 헬가라고 했다. 온몸을 떨어대면서 앞으로 나온 그녀는 울부짖으며 약혼자에게 달려들었다. 그러나 가랄의 칼끝이 그녀의 목을 겨누었다. 그녀는 공포로 굳어지면서 뒤로 물러섰다. 가랄은 그녀에게 미국인들의 여권을 내밀었다.

악마들의 축제

"이건 미국인들의 여권이야. 네가 죽고 싶지 않으면 이 중에서 하나를 골라. 빨리!"

가랄은 즐거워서 못 견디겠다는 표정을 하고 있었다. 병호는 앞으로 사태가 어느 정도까지 악화될지 짐작조차 할 수 없었다. 율무는 여전히 두 손에 수류탄을 든 채 화시를 뒤에서 껴안고 있었다. 병호가 보기에 가랄이라는 자는 사람을 난도질하고도 싱글싱글 웃는 것이 살인을 즐기는 정신병자 같았다. 저자의 손에 얼마나 많은 사람들이 죽을지 모른다는 공포감에 그는 숨이 막히는 것 같았고, 빨리 놈을 저지해야 했지만 그는 꼼짝할 수가 없었다.

헬가가 드디어 여권 하나를 뽑아 들었다.

"이름을 불러봐. 이리로 나오라고 해."

난쟁이가 말했다. 재촉하는 듯 대머리가 쓰러져 있는 미국 젊은이의 몸뚱이에다 대고 기관단총을 난사했다. 사람들은 다시 비명을 질렀고, 헬가는 금방이라도 쓰러질 듯 비틀거렸다. 마스오 부장은 꼼짝하지 않고 자리를 지키고 앉아 있었다. 실내에는 숨막힐 듯한 정적이 찾아왔다. 사람들은 숨을 죽인 채 헬가를 바라보고 있었다. 마침내 헬가의 입에서 한 사람의 이름이 흘러나왔다.

"제임스…… 무어……"

"제임스 무어! 앞으로 나와라!"

난쟁이가 웃으며 말했다.

중간쯤의 자리에서 한 남자가 조심스럽게 몸을 일으켰다. 40대의 몹시 뚱뚱한 사람이었다. 식은땀을 흘리며 난쟁이 앞으로 다가온 그는 헬가에게 저주스런 눈길을 한 번 보낸 다음 난쟁이에게 애걸하기 시작했다. 자기는 사실은 포르투갈 출신으로 미국에 이민한 지는 2년밖에 안 됐는데 미국이 생각보다는 너무 좋지 않아 본래의 조국으로 돌아가려고 한다. 미국은 지상 낙원이 아닌 악마들이 득실거리는 지옥이다. 나는 지금 아내가 자동차 사고로 병원에 입원했다는 말을 듣고 급히 돌아가는 길이다. 아내가 죽기 전에 만나지 않으면 안 된다. 그 뚱뚱한 미국인은 그렇게 말하면서 눈물까지 흘렸다. 난쟁이는 여전히 싱글거렸다.

　　"살고 싶으면 무릎을 꿇고 엎드려! 그리고 돼지처럼 꿀꿀거려봐! 내가 그만두라고 할 때까지 해봐!"

　　미국인은 곤혹스런 표정으로 머뭇거리다가 바닥에 엎드렸다. 차마 돼지처럼 꿀꿀거리지는 못하고 숨만 거칠게 몰아 쉬었다.

　　"야, 돼지! 왜 가만있지? 꿀꿀거려야 할 거 아니야. 꿀꿀해봐!"

　　난쟁이는 왼손으로 권총을 뽑아 들더니 총구로 미국인의 대머리를 쿡 찔렀다. 미국인은 몸을 부르르 떨다가 고개를 푹 숙였다. 그리고 돼지처럼 꿀꿀거리기 시작했다.

　　"좀더 큰 소리로! 고개를 위로 쳐들고!"

　　무어는 얼굴을 쳐들었다. 그의 얼굴은 붉게 달아올라 있었고 땀에 흠뻑 젖어 있었다. 난쟁이는 그의 관자놀이에 총구를 갖다 댔다. 미국인은 큰 입을 벌리고 꿀꿀꿀 하고 소리를 냈다. 그의 굵은 목이 정말 돼지처럼 꿀렁거렸다. 그것을 보고 난쟁이는 깔깔거리고 웃었다. 웃는 사람은 그 혼자 뿐이었다.

　　승객들은 하나같이 불안에 떨며 그의 행동을 지켜보고 있을 뿐이었다. 꿀꿀거리는 소리와 난쟁이의 웃음 소리가 실내 분위기를 더욱 공포 속으로 몰아넣고 있었다.

"됐어. 그만 하면 됐어. 아주 잘했어. 너 CIA이지?"

"아, 아닙니다! 난 무역업자입니다! 여기 명함이 있습니다!"

뚱보가 명함을 꺼내 보였지만 난쟁이는 거들떠보지도 않았다.

"거짓말하지 마. 넌 CIA가 틀림없어."

난쟁이는 뚱보의 관자놀이를 총구로 쿡쿡 찔렀다.

"자, 여기에는 총알이 한 개 들어 있다. 6연발인데 언제 총알이 튀어나올지 나도 알 수 없어. 넌 CIA야. 그러니까 죽어야 해."

"아, 아닙니다! 절대……"

"방아쇠를 당길 테니까 기도나 해. 너희 하나님한테 말이야."

미국인은 어깨를 오므리면서 자라처럼 목을 움츠렸다. 그리고 와들와들 떨었다. 난쟁이는 장난치듯 웃으며 방아쇠를 당겼다. 권총의 공이치기가 빈 약실을 치는 소리가 딸각하고 들렸다. 미국인은 눈을 뜨고 입을 벌렸다. 그리고 안도의 한숨을 토해냈다. 그러나 잠깐이었다. 난쟁이가 관자놀이에 총구를 디밀며 말했다.

"자, 다시 한 번 해보는 거야. 이번에도 통과하면 넌 사는 거야."

"제발 살려주십시오! 난 CIA가 아닙니다!"

미국인의 입에서는 침이 흘러내리고 있었다. 병호는 그의 바지의 엉덩이께가 젖어 들고 있는 것을 볼 수 있었다. 미국인은 다시 눈을 감았는데 보기 민망할 정도로 턱이 달달 떨리고 있었다.

마침내 난쟁이가 두 번째로 방아쇠를 당겼는데, 이번에는 딸각하는 소리 대신 총소리가 기내를 벼락치듯 울렸다. 뚱뚱한 미국인은 튕기듯 옆으로 쓰러졌고, 구멍이 뻥 뚫린 관자놀이에서는 검붉은 피가 쏟아져 나오기 시작했다.

병호는 고개를 숙이고 눈을 감았다. 총소리의 여운이 가라앉자 그리지아의 목소리가 다시 들려왔다.

"또 하나 요구합니다. 우리는 한국 경찰에 체포된 동지들의 즉시 석방을 요구합니다. 총소리를 들었지요? 요구를 들어주지 않으면 계속 승객들이 목숨을 잃게 될 거예요. 이 비행기는 일단 도꾜의 나리따 공항에 기착할 거니까 거기서 한국 경찰에 체포된 4명의 우리 동지들을 인계해 주어야 해요. 우리는 동지들을 인계받은 후 다시 출발할 거예요. 한국 정부는 4명의 동지들을 즉시 비행기에 태워서 도꾜로 보내주기 바랍니다. 7월 27일 오전 2시까지 보내주지 않으면 우리는 한국인들을 살해할 것입니다."

그녀의 말소리는 기내에 울려 퍼지는 것과 동시에 무전기를 타고 지상으로도 흘러나갔다. 한국과 일본은 물론 미국까지도 통신위성을 통해 동시에 그녀의 목소리를 수신하고 있었다.

기내에는 벌써 세 구의 시체가 나뒹굴어 있었다.

오노 다모쓰가 남자 승객 두 명을 나오게 하더니 통로에 쓰러져 있는 시체들을 뒤쪽 빈자리에 옮기게 했다.

"자, 또 하나 뽑아봐."

난쟁이가 미국인들의 여권을 내밀자 헬가는 몸부림치며 울음을 터뜨렸다. 그러나 그것도 잠깐이었다. 난쟁이가 그녀의 티셔츠를 움켜잡더니 칼로 그것을 찢어냈다. 상체가 완전히 드러나고 브래지어만 남자 그는 그것도 칼로 잘라냈다. 헬가가 두 손으로 젖가슴을 가리자 날카로운 칼 끝이 그녀의 손등을 찔렀다. 그녀는 얼른 손을 치웠다. 난쟁이는 칼 끝으로 그녀의 젖꼭지를 건드렸다.

"이걸 잘라줄까? 아니면 담배불로 지져줄까?"

그는 담배에 불을 부쳤다. 그리고 두어 모금 힘껏 빨고 나더니 그녀의 한 쪽 젖가슴을 움켜쥐었다.

"뽑을 거야 안 뽑을 거야?"

헬가는 난쟁이가 내미는 여권 뭉치를 내려다보다가 머리를 완강히 흔들었다. 난쟁이는 웃으면서 여권 뭉치를 호주머니에 집어넣었다. 그리고 입에 물고 있던 담배를 손에 쥐더니 거침없이 그것을 젖꼭지에 갖다대고 눌렀다. 병호는 귓속을 파고드는 헬가의 비명소리가 마치 송곳에 찔리는 것처럼 고통스러웠기 때문에 귀를 막고 싶었다. 그녀는 더 이상 머리를 흔들지 않았다. 그녀의 손에는 어느새 한 개의 여권이 들려 있었다. 그녀는 난쟁이가 시키는 대로 여권에 적혀 있는 사람의 이름을 불렀다.

"미셸 하워드……"

여권에는 노파의 사진이 붙어 있었다. 헬가가 세 번 불러도 안 나오자 난쟁이가 두 번 더 큰소리로 불렀다. 그래도 앞으로 나오는 사람이 아무도 없자 난쟁이는 그 노파를 찾아 나섰다.

그녀는 금방 눈에 띄었다. 그녀는 통로를 사이에 두고 병호의 옆에 앉아 있었는데 그녀의 바로 옆자리에는 그녀의 남편인 듯한 노인이 자리를 지키고 있었다. 그들은 똑같이 안경을 끼고 있었고, 서로 절대 놓칠 수 없다는 듯 부둥켜 안고 있었다.

"미셸 부인…… 뭘 그렇게 무서워하십니까? 이리 나와 나하고 함께 춤이나 추시지 않겠습니까?"

난쟁이의 간드러진 말에 그녀는 쥐구멍이라도 파고들듯 남편의 가슴에 얼굴을 묻었다.

"이 악마! 죽이려면 나를 죽여라!"

노파의 남편이 분노에 차서 소리쳤다. 살인을 즐기는 테러리스트에게 죽음을 무릅쓰고 저항한 사람은 그 노인이 처음이었다.

"정말 죽고 싶어?"

난쟁이가 권총을 겨누며 그들 앞으로 다가섰다.

"그래, 이놈아! 죽일 테면 날 죽여!"

노인이 손을 쳐들어 권총을 막으려고 했다. 그때 총소리가 났다.

총알은 노인의 이마를 뚫었고, 노인은 두 손을 늘어뜨리면서 앞으로 고개를 떨구었다. 뒤이어 노파의 울부짖음이 들려왔고, 또 한 번의 총소리가 그 울부짖음을 끊어놓았다. 그녀의 상체가 남편의 등위로 포개지는 것을 보고 병호는 얼굴을 돌려버렸다. 그는 자신의 무력감에 전율까지 느끼고 있었다. 그리고 그렇게 당하고만 있어야 하는데 대한 분노와 수치심을 느끼고 있었다.

그때 유화시가 또 비명을 질렀다. 병호는 깜짝 놀라 고개를 쳐들었다. 율무가 한 손에 수류탄을 든 채 다른 한 손으로는 그녀의 머리채를 휘어잡고 소리쳤다.

"이년은 한국 경찰이 틀림없어! 이년을 살리고 싶으면 한국 경찰관들은 더 이상 숨어 있지 말고 앞으로 나와라! 5분 여유를 주겠다! 가랏! 5분 후에 이년의 젖가슴을 도려버려!"

율무는 통로로 화시를 끌고 나오더니 그녀를 난쟁이에게 인계했다. 그녀는 블라우스와 브래지어가 거의 찢겨나갔기 때문에 상체가 고스란히 드러나 있었다. 난쟁이는 흰 이를 드러내며 악마처럼 웃었다. 그리고 칼 끝으로 그녀의 젖가슴을 건드렸다.

"아름다운 가슴이야. 잘라서 먹으면 아주 맛있겠는데……"

화시는 몸을 움츠리면서 뒷걸음질 쳤다. 난쟁이는 그녀의 허리춤에 손을 집어넣어 그녀를 앞으로 끌어당겼다. 그리고 바지 지퍼를 내렸다. 노란색 팬티가 보이자 그는 괴성을 질렀다.

"네가 한국 경찰관들을 지명해도 좋아. 그럼 넌 살 수 있어. 어디에 숨어 있지? 몇 명이 여기에 탔지?"

그녀의 시선이 병호의 얼굴을 스쳐갔다. 그러나 그녀는 입을 열지 않았다. 병호는 그녀가 입을 열지 않을 것이라고 생각했다.

"한국 경찰은 모두 비겁한 놈들만 모여 있는 모양이지? 4분이 지났는데도 나오지 않고 있으니 말이야."

병호는 일어서야겠다고 생각했다. 더 이상 기다릴 수가 없었다. 왕 형사가 일어서기 전에 자신이 먼저 앞으로 나가는 것이 좋겠다고 생각했다. 결국 모두 앞으로 나갈 수밖에 없겠지만, 시간을 벌기 위해서는 간격을 두고 한 사람씩 나가는 것이 좋을 것이다. 두려운 생각이 안 드는 것이 아니었지만 그보다는 반항 한번 못하고 고스란히 죽음을 당해야 한다는 것이 너무 억울한 생각이 들었다. 놈들을 승리자로 만들어준다는 것이 못 견디게 괴로웠다. 마침내 그는 손을 쳐들었다. 그리고 앞으로 걸어나갔다.

"그놈은 내가 처리하겠다!"

그때까지 얌전하게 있던 오노 다모쓰가 앞으로 나섰다. 그의 얼굴은 살기로 굳어 있었다. 그는 먼저 병호의 몸부터 더듬었다.

"무기는 어디다 감췄지?"

"무기는 없어."

"거짓말 마! 이 조센징놈아! 무릎을 꿇어!"

갑자기 주먹으로 병호를 때리기 시작했다. 그는 병호의 얼굴만 집중적으로 갈겼다. 온 힘을 다해 마치 샌드백을 치듯 때렸기 때문에 병호의 얼굴은 금방 피투성이가 된 채 퉁퉁 부어 올랐다.

"다른 놈은 어디 있어?! 나오라고 해! 안 나오면 널 죽일 테야!"

병호는 얻어터지면서도 왕 형사 쪽을 힐끗 쳐다보았다.

두꺼비가 금방 일어설 듯 상체를 움직거리고 있는 것이 보였다.

"나오면 안 돼! 그대로 숨어 있어!"

병호는 허공에다 대고 소리쳤다. 한국말로 소리쳤기 때문에 테러리스트들은 그 말뜻을 못 알아듣고 있었다.

별

"이 조센징, 얼마나 버티나 어디 두고 보자."

오노는 한국인에게 특별한 적대감을 품고 있는 것 같았다. 그는 계속해서 병호의 얼굴에다 주먹을 날렸다. 그것도 모자랐는지 나중에는 권총을 거꾸로 쥐고 손잡이로 병호의 얼굴을 짓이겼다. 병호의 얼굴에서 줄줄 흘러내리는 피가 그의 옷을 적셨다.

"네 동료들은 어디 있어?! 이 비행기에 몇 명이 탔어?! 빨리 말하지 않으면 내 손에 죽어!"

시간이 흐를수록 오노는 초조한 빛을 보이기 시작하고 있었다. 다른 자들은 혹시 있을지도 모를 반격에 대비해 더욱 경계를 강화하고 있었다. 병호는 그렇게 지독한 구타를 당해보기는 난생 처음이었다. 너무 심하게 맞다 보니 이제는 통증도 제대로 느껴지지 않았다. 그때 갑자기 새로운 고통이 엄습했다. 귓속을 후벼대는 열기에 그는 머리가 온통 분해되는 것 같은 느낌을 받았다. 난쟁이가 담뱃불을 그의 귓속에 쑤셔 넣고 문질러댔던 것이다. 병호의 입에서는 마침내 비명이 터져 나왔다. 머리가 펄펄 끓는 기름 속에 내던져진 것 같았다. 그는 몸부림치고 비명을 지르면서도 창피하다는 생각이 들었다. 갑자기 뜨거운 열기가 눈 밑으로 다가왔다. 난쟁이가 눈 밑에다 담뱃불을 갖다 댔던 것이다.

한동안 병호는 아무 것도 보이지 않았다. 겨우 눈앞이 보이기 시작했을 때 이번에는 이상한 냄새가 풍겨왔다. 그것은 머리가 타는 냄새였다. 난쟁이가 라이터 불을 크게 만들어 그것으로 병호의 머리칼을 태우고 있었다. 머리 가운데를 마치 가르마를 타듯 태워나갔기 때문에 병호의 몰골은 괴이한 모습으로 변해갔다. 병호는 터져 나오려는 울부짖음을 집어삼키면서 난쟁이의 발작적인 웃음을 듣고 있었다.

문득 아무런 노력도 없이 무사하기만을 빈다는 것이 얼마나 어리석은 짓인가 하는 생각이 들었다. 그는 더 이상 고통도 모욕도 견딜 수 없었다. 자신이 막다른 데까지 다달았다는 생각과 함께 이제 남은 것은 죽음밖에 없다는 것을 알았다. 죽음을 각오하고 누군가가 먼저 시도하면 돌파구가 마련될 수 있을 것이다. 그런데 그는 무기가 없었다. 다행히 그의 두 손은 그때까지도 자연스러운 상태에 놓여 있었다. 그는 가장 문제되는 인물이 율무라고 생각했다. 다른 자들은 총기를 휴대하고 있는데 그는 수류탄만을 들고 있었다.

총기를 가지고 비행기를 폭파하는 것은 거의 불가능한 일이지만 수류탄은 얼마든지 가능하다. 만일 그것이 폭발하면 기내의 승객들은 모두 몰살될 것이다. 거기에 비하면 총기에 의한 살상의 범위는 매우 유동적이라고 할 수 있다. 경우에 따라서는 그 수가 많을 수도 혹은 적을 수도 있다. 그런데 지금 율무를 저지하는 것은 어렵게 되어 있다. 놈은 언제라도 폭파할 수 있게 수류탄의 안전핀을 뽑은 채 다시 자리에 앉아 있었다. 그리고 그 주위에는 접근을 어렵게 하기 위해 빈 자리를 많이 만들어놓고 있었다. 총기를 소지하고 있는 자들은 모두 처치한다 해도 율무를 저지하지 못하면 비행기는 폭파될 것이고, 승객들은 모두 바다 속에 수장될 것이다.

살해된 다이아몬드의 말이 사실이라면 율무가 문제될 것은 없는데……. 그게 사실이라면 율무가 들고 있는 수류탄은 속이 빈 껍데기에 불과하다.

툭툭 부어올라 잘 보이지 않는 눈을 깜박거리며 그는 앞쪽 벽면에 걸려 있는 전자시계를 쳐다보았다. 23시 22분. 나리따 공항에 기착한다고 했으니까 20여분쯤 남았다.

이왕 비행기가 폭파할 바에는 공중에서 폭파하는 것보다는 지상에서 폭파하는 쪽이 훨씬 낫겠지. 그쪽이 인명 피해를 얼마라도 줄일 수 있는 가능성이 있으니까. 일을 벌이기에 가장 적당한 기회는 비행기가 활주로 위를 굴러갈 때일 것 같다. 그 기회를 놓치면 한국에서 공수되어온 나머지 4명이 비행기에 올라올 것이고, 그렇게 되면 상황은 더욱 나빠질 것이다.

결국 그는 비행기가 나리따 공항에 도착할 때까지의 20분 동안을 어떻게든지 자신이 감당해내야겠다고 생각했다. 시간을 끄는 방법으로서는 자신이 도맡아 고문을 받을 수밖에는 다른 도리가 없을 것 같았다. 그는 오노를 노려보면서 입가에 차가운 냉소를 흘렸다.

"더러운 왜놈 같으니! 난 입이 열 개라도 말할 수 없으니까 네놈이 직접 찾아봐."

고분고분 얻어맞기만 하던 병호의 입에서 그런 말이 튀어나오자 오노는 조금 놀라는 것 같았다.

"야아, 이 조센징이 제법 지껄이는데. 아직 맛을 덜 본 모양이지. 난 네놈 입을 열게 할 수 있어, 얼마든지! 내가 일일이 찾아내는 것보다는 그쪽이 더 빠르단 말이야!"

오노는 주먹과 권총 손잡이, 그리고 구둣발로 병호를 난타하고 짓밟아대기 시작했다. 병호는 자신에게 쏟아지는 타격이 마치 소나기 같다고 생각했다. 이윽고 그는 두 손으로 바닥을 짚었다가 앞으로 폭 꼬꾸라졌다. 의식이 가물가물해지는 것을 느끼면서 그는 꼼짝하지 않았다. 그 편이 오히려 나을 것 같다는 생각이 들었다.

오노는 한참을 더 짓밟고 나서야 직성이 풀리는지 씩씩거리며 물러섰다.

차츰 의식이 뚜렷이 살아나기 시작했을 때 곧 비행기가 나리따 공항에 도착할 것이라는 아나운스먼트가 들려왔다. 모든 승객은 자리에 앉아 안전벨트를 매라는 말도 들려왔다.

그러나 테러리스트들은 약속이나 한 듯 자리에 앉지도 않았고 안전벨트를 매지도 않았다.

갑자기 비행기가 심하게 흔들렸다. 요동치듯 좌우로 흔들리는 바람에 테러리스트들은 중심을 잃고 나동그라지기도 하고 의자를 붙잡고 늘어지기도 했다. 병호는 문득 조종사가 기회를 주는 게 아닐까 하는 생각이 들었다. 아직 활주로에 닿은 것은 아니었지만 좋은 기회인 것만은 틀림없는 것 같았다. 활주로에 닿기까지는 5분이나 10분 정도 걸릴 것이다. 그 안에 율무가 수류탄을 폭파시킬 것 같지는 않았다.

비행기가 다시 한 번 심하게 흔들렸다. 테러리스트들이 다시 나동그라지는 것을 보고 병호는 몸을 일으켰다.

"왕 형사!"

그의 외침에 왕 형사가 권총을 뽑아들고 일어서는 것이 보였다. 뒤이어 총소리가 났고, 기관단총을 든 대머리가 쓰러지는 것이 보였다. 마스오 부장도 몸을 일으키고 있었다. 병호는 몸을 일으키는 오노의 권총 든 손을 구둣발로 냅다 걷어찼다. 권총이 공중을 튀어 올랐다가 승객들 가운데로 떨어졌다. 난쟁이가 병호를 향해 권총을 발사하기 전에 기관단총 소리가 났다.

병호는 화시의 손에 어느 새 대머리의 기관단총이 들려 있는 것을 보았다. 난쟁이가 쓰러지는 것과 함께 남자 승객 두 명이 그 위로 한꺼번에 덮쳐 드는 것이 보였다. 유화시는 기관단총 같은 것을 만져본 적이 없을 텐데 하고 병호는 생각했다. 때문에 그녀는 무턱대고 방아쇠를 당기는 것 같았다. 승객들이 오노에게 달려들어 그를 짓이기고 있었다.

"꼼짝 마라! 움직이면 수류탄을 폭파하겠다!"

율무가 발을 구르며 고함을 질러댔다. 기내의 소동이 일순 정지되었을 때 비행기 바퀴가 활주로에 부딪치는 것이 느껴졌다.

"그 수류탄은 빈 껍데기야!"

병호가 큰 소리로 외쳤을 때 그리지아가 화시를 향해 권총을 발사했다.

화시가 기관단총을 떨어뜨리며 쓰러지자 왕 형사는 맹수처럼 그리지아에게 달려들었다. 그리지아의 권총이 다시 불을 뿜었다. 왕 형사의 오른쪽 어깨가 꿈틀하는 것 같았다. 그가 왼손에 권총을 바꿔 들었을 때 마스오 부장이 그리지아의 얼굴에다 대고 연속해서 두 번이나 권총을 발사했다.

비행기는 활주로 위를 미친 듯이 질주하고 있었고, 창 밖으로 비상등을 켠 차량들이 따라오고 있는 것이 보였다.

"모두 엎드려요! 한 곳에 모이지 말고 흩어져서 엎드려요!"

병호는 소리지르면서 율무 앞으로 다가갔다.

왕 형사는 왼손으로 권총을 조준할 수 없을 것 같았다. 그는 그것을 내버리고 조종실 쪽으로 걸어갔다. 그의 오른쪽 어깨는 피에 젖어 있었다. 조종실 앞에는 승무원 한 명이 방화용 도끼를 든 채 떨며 서 있었다.

"아직 안에 있나?"

왕 형사는 거칠게 물었다.

"네, 아직 있습니다."

두꺼비는 승무원의 손에서 도끼를 빼앗아 들고 그에게 턱짓을 해 보였다.

"문을 열어! 빨리!"

"기장님이 위험합니다!"

"위험하긴 마찬가지야! 빨리 열어!"

그의 무서운 기세에 눌려 승무원은 조종실 문을 열어젖혔다.

분케는 기장의 뒤통수에 권총을 들이대고 있다가 왕 형사를 힐 끗 쳐다보았다. 그 순간 떨어져 앉아 있던 부조종사가 몸을 일으키 면서 번개처럼 구둣발로 분케의 오른손을 올려 찼다. 분케가 방아 쇠를 당겼지만 총알은 엉뚱한 곳으로 빗나가고 말았다. 왕 형사는 여유를 주지 않고 도끼로 분케의 오른쪽 어깨를 찍었다. 분케는 비 명을 지르며 권총을 떨어뜨렸다. 그것을 부조종사가 재빨리 걷어찼 다. 왕 형사가 다시 한 번 도끼를 겨누었을 때 뒤늦게 뛰어든 마스오 부장이 분케의 머리통에다 권총을 갈겼다.

비행기가 멈춰서는 것과 함께 기내에는 갑자기 정적이 찾아왔 다. 여기저기서 들려오는 괴로운 신음 소리 외에는 아무 소리도 나 지 않았다. 모든 사람들의 시선이 율무와 병호한테 쏠려 있었다.

"너는 포위됐어. 너를 구해줄 사람은 이제 아무도 없어. 어리석 은 짓 하지 말고 자수해."

"흥, 자수하라고? 자수할 바에는 죽는 게 나아! 혼자 죽지는 않 겠다! 모두 데리고 죽을 거야!"

율무는 이를 갈면서 말했다. 그는 정말 자결한 결심이 서 있는 것 같았다. 그가 수류탄을 들고 통로로 나오자 사람들이 비명을 지르 며 구석 쪽으로 흩어졌다. 병호는 율무를 막아 섰다.

"너는 죽을 수 없어. 여기에 있는 사람들도 더 이상 죽지 않아! 그 수류탄은 터지지 않아!"

병호는 확신을 가지고 말했다. 율무의 두 눈이 번쩍 빛났다.

"좋아! 그럼 어디 죽어봐라!"

율무는 수류탄 한 개를 병호를 향해 냅다 던졌다. 그것은 병호의 어깨에 맞고 바닥에 떨어졌다. 사람들의 비명이 가라앉은 뒤에도 폭발 소리는 일어나지 않았다.

"봐! 내 말이 맞지? 그것도 터지지 않을 거야! 네가 죽인 여자가 못 쓰게 만들었어!"

병호는 율무가 들고 있는 다른 한 개의 수류탄을 가리키며 말했다. 황무자가 수류탄 두 개와 자신의 목숨을 바꾸었다는 사실이 감동의 물결이 되어 그의 가슴을 덮쳐왔다.

"그럴 리가 없어!"

율무는 부르짖으면서 나머지 한 개의 수류탄을 발 밑에다 내동댕이쳤다. 그러나 그것 역시 터지지는 않았다.

숨을 죽인 채 엎드려 있던 승객들이 하나둘씩 몸을 일으켰다.

남자들은 약속이나 한 듯 율무 쪽으로 몰려들기 시작했는데 그들 중 몇 사람은 양주병을 움켜쥐고 있었다.

병호는 몸을 돌려 화시가 쓰러져 있는 곳으로 다가갔다. 그녀의 가슴은 검붉은 피로 흥건히 젖어 있었다. 뒤쪽에서 율무의 비명 소리와 함께 퍽퍽하는 소리가 들려왔다. 화시의 맥박은 거의 감지할 수 없을 정도로 약하게 뛰고 있었다. 비틀거리며 다가온 왕 형사가 화시의 손을 움켜잡으며 울음을 터뜨렸다. 화시의 입가에 미소가 나타났다가 사라졌다. 그녀의 입술이 움직였다. 병호는 그녀를 부둥켜안고 귀를 기울였다.

그녀의 목소리는 끊어질 듯 이어지고 있었다. 처음에는 알아들을 수 없었는데 나중에는 가까스로 알아들을 수가 있었다. 병호의 손을 움켜잡고 있는 그녀의 손에 갑자기 힘이 가해지는 것 같았다.

"경감님은…… 서울에서…… 제일 쓸쓸한…… 사람이에요…… 제발…… 결혼하세요…… 그리고…… 새…… 짝 맞춰주는 거……

잊지 마세요……"

　이틀이 지나서야 병호는 집에 돌아올 수 있었다.

　그가 아파트 문을 열었을 때 집안은 어둠과 적막 속에 싸여 있었
다. 그의 손에는 조그만 종이 상자가 하나 들려 있었다. 그 안에서 문
조 암컷이 놀라 파닥거리는 것이 고스란히 느껴지고 있었다. 너무
나 조용했기 때문에 그는 혹시 새장 안의 새가 죽은 게 아닐까 하고
걱정했다. 벽을 더듬어 스위치를 누르자 집안이 환해졌다. 조금 있
자 새장으로부터 문조의 울음 소리가 들려왔다. 그는 미소를 지으
면서 그쪽으로 다가가 새장 문을 열고 암컷을 넣어주었다.

　낯선 새가 나타나자 수놈은 처음에는 놀란 모습으로 울어대다
가 차츰 경쾌한 몸짓으로 암컷의 주위를 뛰어다니면서 맑고 고운
소리를 내기 시작했다. 그 모습을 보고 있다가 병호는 안도의 한숨
을 내쉬면서 창가로 다가가 베란다로 통하는 거실 문을 활짝 열어
젖혔다.

　강 위로 휘황하게 불을 밝힌 유람선이 떠가는 것이 보였다.

　강물 위로 불어오는 후덥지근한 바람을 가슴 깊이 들이마시면
서 그는 밤하늘에 떠 있는 별들을 올려다보았다. 아주 오래도록 그
렇게 쳐다보고 있는 것이 마치 그 누군가의 별을 찾고 있는 것 같았
다.

−끝−

작가 김성종

1941년 중국 제남에서 출생. 전남 구례에서 성장기를 보냄.
구례농업고등학교 졸업, 연세대학교 정치외교학과 졸업.
1969년 "조선일보" 신춘문예 단편소설 <경찰관>당선.
1971년 "현대문학" 소설 추천 완료.
1974년 "한국일보"장편소설 공모에 <최후의 증인>당선.
1975년~1983년 대하소설:<여명의 눈동자>전10권 발표.

ㅡ장편추리소설:
<최후의 증인><제5열><백색 인간><제5의 사나이><라인X>
<부랑의 江><Z의 비밀><일곱 개의 장미송이><반역의 벽>
<아름다운 밀회><여자는 죽어야 한다><나는 살고 싶다>
<국제 열차 살인 사건><죽음을 부르는 소녀><얼어붙은 시간>
<형사 오병호><미로의 저쪽><피아노 살인><서울의 황혼>
<한국 국민에게 고함><안개 속에 지다><홍콩에서 온 여인>
<비련의 화인><봄은 오지 않을 것이다><불타는 여인>
<후쿠오카 살인><제3의 정사><해운대, 그 태양과 모래>
<슬픈 살인>등 100여권의 장편추리소설을 집필했다.

ㅡ단편소설 창작집:
<어느 창녀의 죽음><고독과 굴욕><회색의 벼랑>
<죽음의 도시> 등의 창작집이 있다.

김성종

1941년 중국 제남시 출생. 전남 구례에서 성장기를 보냈다.
구례 농고와 연세대학교 정치외교학과 졸업.
언론매체에 종사하다가 전업 작가로 전업..
1969년 조선일보 신춘문예 단편소설「경찰관」당선
1971년 현대문학 소설「우리가 소년이었을 때」추천 완료
1974년 한국일보 장편소설 공모에「최후의 증인」당선
장편 대하소설「여명의 눈동자」(전10권)는 TV드라마로 방영
장편 추리소설「제5열」,「부랑의 강」등 50여 편의 작품을 발표하였다.

형 사 오 병 호

김 성 종 장편소설

초판발행 ——— 2019년 02월 20일
초판 1쇄 ——— 2019년 02월 20일
저   자 ——— 金聖鍾
발 행 인 ——— 金仁鍾
발 행 처 ——— 도서출판 남도
등 록 일 ——— 서기 1978년 6월 26일 (제2009-000039호)
주   소 ——— 경기도 성남시 중원구 둔촌대로 464.
              드림테크노 507호
전   화 ——— 031-746-7761   서울 02-488-2923.
팩   스 ——— 031-746-7762 서울 02-473-0481
Email ——— ndbook@naver.com

ⓒ 2019 Kim Sung Jong. Printed in Korea
  저자와의 합의로 인지를 붙이지 않습니다.

ISBN 978-89-7265-579-4   03810
파본이나 잘못된 책은 교환하여 드립니다.

정가: 16,000원

이 도서의 국립중앙도서관 출판예정도서목록(CIP)은
서지정보유통지원시스템 홈페이지(http://seoji.nl.go.kr)와 국가자료공동목
록시스템(http://www.nl.go.kr/kolisnet)에서 이용하실 수 있습니다.
(CIP제어번호 : CIP2019002008)